TRÊS COROAS NEGRAS

KENDARE BLAKE

TRÊS COROAS NEGRAS

KENDARE BLAKE

Tradução
Alexandre D'Elia

Copyright © 2017 by Kendare Blake
Copyright da tradução © 2017 by Editora Globo S. A.

Todos os direitos reservados. Nenhuma parte desta edição pode ser utilizada ou reproduzida — em qualquer meio ou forma, seja mecânico ou eletrônico, fotocópia, gravação etc. — nem apropriada ou estocada em sistema de banco de dados sem a expressa autorização da editora.

Título original: *Three Dark Crowns*

Editora responsável **Sarah Czapski Simoni**
Editora assistente **Veronica Armiliato Gonzalez**
Capa **Aurora Parlagreco**
Imagens da capa **John Dismukes**
Diagramação **Gisele Baptista de Oliveira**
Projeto gráfico original **Laboratório Secreto**
Preparação **Luciana Bastos Figueiredo**
Revisão **Cecília Floresta, Mayara Freitas e Ana Maria Barbosa**

Texto fixado conforme as regras do Acordo Ortográfico da Língua Portuguesa (Decreto Legislativo nº 54, de 1995).

CIP-BRASIL. CATALOGAÇÃO NA FONTE
SINDICATO NACIONAL DOS EDITORES DE LIVROS, RJ

B568t	Blake, Kendare Três coroas negras / Kendare Blake ; tradução Alexandre D'Elia. – 1. ed. – São Paulo : Globo Alt, 2017. 304 p. ; 23 cm.
	Tradução de: Three dark crowns ISBN: 978-85-250-6079-2
	1. Ficção infantojuvenil americana. I. D'Elia, Alexandre. II. Título.
17-40192	CDD: 028.5 CDU: 087.5

1ª edição, 2017
7ª reimpressão, 2022

Direitos de edição em língua portuguesa para o Brasil adquiridos por Editora Globo S. A.
Rua Marquês de Pombal, 25
20.230-240 – Rio de Janeiro – RJ – Brasil
www.globolivros.com.br

Três rainhas sombrias
Num vale vêm ao mundo,
Pequenas doces trigêmeas
Nutrem um ódio profundo

Três irmãs sombrias
Lindas de se ver
Duas a serem devoradas
E uma Rainha por ser

O aniversário de dezesseis anos das rainhas

21 de dezembro
Quatro meses até o Beltane

Greavesdrake Manor

Uma jovem rainha encontra-se descalça sobre um bloco de madeira, com os braços estendidos. Para conter a corrente de ar, ela tem apenas suas parcas roupas de baixo e os longos cabelos pretos que lhe caem pelas costas. Cada grama de força em sua leve estrutura é necessária para manter seu queixo elevado e os ombros nivelados.

Duas mulheres altas contornam o bloco. As pontas de seus dedos batucam nos braços cruzados, e seus passos ecoam ao longo do piso de madeira.

— Ela é magra demais. Dá pra ver até as costelas — comenta Genevieve e lhe desfere um tapinha de leve nessa região, como se isso pudesse fazer os ossos afundarem ainda mais sob a pele. — E ainda tão pequenina. Rainhas pequenas não inspiram muita confiança. As pessoas no Conselho não falam em outra coisa.

Ela estuda a rainha com aversão, seus olhos se arrastando por cada imperfeição: as bochechas magras, a pele pálida. Casquinhas oriundas do carvalho envenenado que lhe foi aplicado ainda mancham a mão direita. Mas nenhuma cicatriz. Elas são sempre cuidadosas acerca disso.

— Abaixe os braços — ordena Genevieve, dando-lhe as costas.

A Rainha Katharine olha de relance para Natalia, a mais alta e mais velha das duas irmãs Arron, antes de fazer o que lhe foi ordenado. Natalia assente com a cabeça, e o sangue volta a circular nas pontas dos dedos de Katharine.

— Ela terá que usar luvas hoje à noite — diz Genevieve. Seu tom é inequivocamente crítico. Mas é Natalia quem determina o treinamento da rainha, e se ela quiser esfregar carvalho envenenado nas mãos de Katharine uma semana antes do aniversário dela, assim o fará.

Genevieve levanta uma mecha de cabelo de Katharine. Em seguida a puxa com força.

Katharine pisca. Ela foi maltratada de todas as maneiras pelas mãos de Genevieve desde que subiu no bloco de madeira. E repuxada às vezes com tanta brutalidade que parece que Genevieve quer que ela caia apenas para poder repreendê-la pelos machucados.

Genevieve puxa novamente seu cabelo.

— Pelo menos não está caindo. Mas como é possível que cabelo preto seja tão sem vida? E ela ainda é tão, mas tão pequena.

— Ela é a menor e a mais jovem do trio — diz Natalia com sua voz calma e profunda. — Algumas coisas, Irmã, não podem ser mudadas.

Quando Natalia dá um passo à frente, é difícil para Katharine impedir que seus olhos a sigam. Natalia Arron é o mais próximo do que seria uma mãe para ela. Foi em sua saia de seda que Katharine se enfurnou quando tinha seis anos durante todo o trajeto do Chalé preto em direção à sua nova residência, a Greavesdrake Manor, soluçando depois de ser separada de suas irmãs. Não havia nenhum sinal de realeza em Katharine naquele dia. Mas Natalia foi paciente com ela. Deixou que Katharine chorasse e estragasse seu vestido. Acariciou seus cabelos. Essa é a lembrança mais antiga de Katharine. A única vez em que Natalia lhe permitiu agir como uma criança.

Na luz oblíqua e indireta do salão, o coque louro-gelo de Natalia tem uma aparência quase prateada. Mas ela não é tão velha. Natalia jamais será velha. Ela tem trabalho demais e inúmeras responsabilidades para se dar ao luxo de envelhecer. Ela é a cabeça dos Arron, a família envenenadora, e o membro mais forte do Conselho Negro. Ela é a responsável por sua nova rainha.

Genevieve agarra a mão envenenada de Katharine. Seu polegar percorre as casquinhas até encontrar uma das grandes, puxando-a até verter sangue.

— Genevieve — alerta Natalia. — Já chega.

— Luvas serão uma boa escolha, eu suponho — diz Genevieve, embora ainda pareça irritada. — Luvas sobre os cotovelos vão dar forma aos braços dela.

Ela solta a mão de Katharine, que desaba e se choca com a lateral de seus quadris. A rainha está em cima do bloco há mais de uma hora, e ainda resta grande parte do dia pela frente. Muito tempo até o cair da noite, até sua festa e o *Gave Noir*. O banquete dos envenenadores. Só de pensar nisso seu estômago dá um nó, e ela estremece ligeiramente.

Natalia franze as sobrancelhas.

— Você tem descansado? — pergunta ela.

— Tenho — responde Katharine.

— Nada além de água e mingau ralo?

— Nada.

Apenas isso para comer por dias, e ainda assim pode não ser suficiente. O veneno que ela terá de consumir, a imensa quantidade dele, pode superar o treinamento de Natalia. É claro que isso não teria importância alguma se os dons de envenenadora de Katharine fossem fortes.

De pé sobre o bloco, as paredes do salão escuro oprimem, ameaçadoras. Elas pesam, carregadas com o número gritante de Arron que abrigam. Eles vieram de todas as partes da ilha para isso. O aniversário de dezesseis anos da rainha. Greavesdrake normalmente dá a sensação de ser uma grande e silenciosa caverna, vazia salvo por Natalia e os serviçais; seus irmãos, Genevieve e Antonin; e seus primos, Lucian e Allegra, quando não estão em suas casas na cidade. Hoje, o lugar está movimentado e bastante decorado. Está cheio de expectativa, com venenos e envenenadores. Se uma casa pudesse rir, Greavesdrake estaria sorrindo.

— Ela tem que estar pronta — avisa Genevieve. — Cada canto da ilha ficará sabendo do que acontecer esta noite.

Natalia inclina a cabeça para a irmã. O gesto transmite de imediato o quanto ela é solidária às preocupações de Genevieve e o quanto está cansada de ouvi-las.

Natalia se vira para olhar pela janela, ao longo das colinas na direção de Indrid Down, a capital. As gigantes torres gêmeas do Volroy, o palácio no qual a rainha reside durante seu reinado e onde o Conselho Negro reside permanentemente, erguem-se acima da fumaça das chaminés.

— Genevieve. Você está nervosa demais.

— Nervosa demais? Nós estamos entrando no Ano da Ascensão com uma rainha fraca. Se perdermos... eu não vou voltar para Prynn!

A voz de sua irmã é tão aguda que Natalia ri. Prynn. O lugar foi, no passado, a cidade dos envenenadores, mas apenas os mais fracos vivem lá. Toda a capital de Indrid Down pertence a eles. E assim é há mais de cem anos.

— Genevieve, você nunca esteve em Prynn.

— Não ria de mim.

— Então não seja engraçada. Não sei o que dá em você, às vezes.

Ela olha novamente pela janela, na direção das grandes torres pretas do Volroy. Cinco Arron têm assentos no Conselho Negro. Nada menos do que cinco têm assentos lá há três gerações, convocados pela rainha envenenadora no poder à época.

— Só estou contando o que você perdeu, tendo ficado tão afastada dos assuntos do Conselho, treinando e mimando a nossa rainha.

— Eu não sinto que perdi coisa alguma — afirma Natalia, e Genevieve baixa os olhos.

— É claro. Desculpe, irmã. É que o Conselho está ficando cada vez mais preocupado, com o templo apoiando abertamente os elementais.

— O templo serve para dias de festival e orações destinadas às crianças doentes. — Natalia se vira e dá um tapinha no queixo de Katharine. — Para todo o resto, as pessoas se dirigem ao Conselho.

— Por que você não vai aos estábulos e anda um pouco a cavalo, Genevieve? — sugere ela. — Isso vai acalmar seus nervos. Ou então volte para o Volroy. Com certeza deve haver algum assunto lá que precise de atenção.

Genevieve fecha a boca. Por um momento, parece que ela irá, quem sabe, desobedecer ou ir até o bloco e dar um tapa na cara de Katharine, apenas para descarregar sua tensão.

— Essa é uma boa ideia — assente Genevieve. — Nos vemos hoje à noite, Irmã.

Depois que Genevieve se vai, Natalia acena com a cabeça para Katharine.

— Pode descer.

Os joelhos da menina magricela tremem à medida que ela desce do bloco, tomando cuidado para não cair.

— Vá para o seu quarto — indica Natalia, virando-se para estudar um maço de papéis em cima da mesa. — Vou mandar Giselle levar uma tigela de mingau. Depois disso, mais nada além de alguns goles de água.

Katharine baixa a cabeça e faz uma mesura parcial para que Natalia possa ver com o canto do olho. Mas fica onde está.

— É... — começa Katharine — ... a situação é assim tão ruim como diz Genevieve?

Natalia a encara por um instante, como se estivesse se decidindo se valeria a pena responder ou não.

— Genevieve se preocupa — responde ela por fim. — Ela é assim desde que nós somos crianças. Não, Kat. Não é tão ruim assim. — Ela se aproxima e prende alguns fios de cabelo atrás da orelha da menina. Natalia faz isso com frequência quando está satisfeita. — Rainhas envenenadoras ocupam o trono desde muito antes de eu nascer. E elas vão continuar ocupando o trono muito tempo depois que você e eu estivermos mortas.

Ela repousa as mãos nos ombros de Katharine. A alta e friamente bela Natalia. As palavras de sua boca não deixam nenhum lugar para argumentações, nenhum espaço para dúvidas. Se Katharine fosse mais parecida com ela, os Arron não teriam nada a temer.

— Hoje à noite haverá uma festa — lembra Natalia. — Para você, pelo seu aniversário. Divirta-se, Rainha Katharine. E deixe que eu me preocupe com o resto.

Sentada diante do espelho da penteadeira, a Rainha Katharine estuda seu reflexo enquanto Giselle penteia seus cabelos pretos com escovadas longas e precisas. Katharine ainda está usando seu robe e as roupas de baixo, e continua com frio. Greavesdrake é cheia de correntes de ar que se aderem às sombras do lugar. Às vezes, ela sente que passou a maior parte da vida no escuro e arrepiada até os ossos.

No lado direito de seu tableau, há uma gaiola com as laterais em vidro. Dentro dela descansa sua cobra-coral, gorda devido aos grilos. Katharine a possui desde que o animal ainda estava no ovo, e é a única criatura venenosa que ela não teme. A cobra conhece as vibrações da voz de Katharine e o aroma de sua pele. Ela jamais a mordeu, nem uma vez sequer.

Katharine estará com ela em sua festa à noite, enroscada em seu punho como uma pulseira musculosa e quente. Natalia estará com uma mamba negra. Uma pequena pulseira de cobra não é tão elegante quanto uma cobra nos ombros, mas Katharine prefere seu pequeno adorno. Ela é mais bonita: vermelha, amarela e preta. Cores tóxicas, dizem. O acessório perfeito para uma rainha envenenadora.

Katharine toca o vidro, e a cobra ergue a cabeça arredondada. A jovem foi instruída a jamais lhe dar um nome. Disseram-lhe repetidamente que não se tratava de um animal de estimação. Mas, na cabeça de Katharine, ela a chama de Docinho.

— Não beba champanhe demais — alerta Giselle enquanto segura os cabelos de Katharine por partes. — Com certeza está envenenada, ou com algum suco tóxico. Ouvi uma conversa na cozinha sobre uns frutos de visco, aqueles rosados.

— Vou ter que beber um pouco — argumenta Katharine. —Afinal, eles vão brindar ao meu aniversário.

O aniversário dela e o aniversário de suas irmãs. Em todos os cantos da ilha as pessoas estão comemorando o décimo sexto aniversário da mais nova geração de rainhas trigêmeas.

— Molhe os lábios, então — sugere Giselle. — Nada mais. Não é apenas com o veneno que você precisa se preocupar, mas com a bebida propriamente dita. Você está magra demais para aguentar beber além da conta sem ficar tonta.

Giselle trança os cabelos de Katharine e joga as tranças para o alto de sua cabeça, formando um coque. Seu toque é delicado. Ela não dá puxões. Ela sabe que os anos de envenenamento enfraqueceram o couro cabeludo da menina.

Katharine faz menção de que deseja se maquiar mais, mas Giselle estala a língua. A rainha já está branca de tanta maquiagem, uma tentativa de esconder os ossos que se projetam dos ombros e de disfarçar os vazios nas bochechas. Ela ficou magra de tanto veneno que ingeriu. Noites e noites de suor e vômitos tornaram sua pele frágil e translúcida como um papel molhado.

— Você já é bonita o bastante — diz Giselle, sorrindo para o espelho. — Com esses olhões escuros de boneca.

Giselle é gentil. Sua criada favorita entre todas as de Greavesdrake. Mas até ela é mais bonita do que a rainha em vários sentidos, com seus quadris cheios, o rosto corado e os cabelos louros que brilham, muito embora ela tenha que tingi-los até que adquiram o tom louro-gelo preferido por Natalia.

— Olhos de boneca — repete Katharine.

Talvez. Mas eles não são lindos. São orbes grandes e pretos com uma aparência doentia. Olhando no espelho, ela imagina seu corpo em pedaços. Ossos. Pele. Sangue insuficiente. Não seria muito difícil deixá-la quase sem nada, destroçar seus parcos músculos e arrancar os órgãos para que secassem ao sol. Ela imagina frequentemente se suas irmãs também não poderiam se desfazer de modo similar. Se, por baixo da pele, elas seriam idênticas. Não uma envenenadora, uma naturalista e uma elemental.

— Genevieve acha que eu vou fracassar — comenta Katharine. — Ela diz que eu sou pequena e fraca demais.

— Você é uma rainha envenenadora — retruca Giselle. — O que mais importa se não isso? Além do mais, você não é assim tão pequena. Não é assim tão fraca. Já vi outras mais fracas e menores do que você.

Natalia entra no recinto num tubinho preto. Elas deveriam tê-la ouvido chegar; saltos estalando no chão e soando nos tetos altos. Estavam distraídas demais.

— Ela está pronta? — pergunta Natalia, e Katharine se levanta. Ser vestida pela chefe da casa Arron é uma honra, reservada para os dias de festejos. E para o mais importante dos aniversários.

Giselle pega o vestido de Katharine. É preto e longo. Pesado. Sem mangas, mas luvas de seda para cobrir as casquinhas oriundas do veneno já foram providenciadas.

Katharine entra no vestido, e Natalia começa a fechá-lo. O estômago de Katharine estremece. Sons do início da festa começaram a subir pelos degraus. Natalia e Giselle deslizam as luvas sobre as mãos dela. Giselle abre a gaiola da cobra. Katharine pesca Docinho, e a cobra se enrosca obedientemente em seu pulso.

— Ela está drogada? — pergunta Natalia. — Talvez devesse estar.

— Ela vai ficar tranquila — afirma Katharine, acariciando as escamas de Docinho. — Ela é bem-comportada.

— Como quiser. — Natalia vira Katharine na direção do espelho e coloca as mãos em seus ombros.

Nunca antes três rainhas de mesma dádiva governaram sucessivamente. Sylvia, Nicola e Camille foram as últimas três. Todas eram envenenadoras, criadas pelos Arron. Mais uma, e quem sabe acabaria se constituindo uma dinastia; talvez, depois disso, apenas a rainha envenenadora terá permissão para crescer, e suas irmãs serão afogadas ao nascerem.

— Não haverá nada muito surpreendente no *Gave Noir* — comenta Natalia. — Nada que você não tenha visto antes. Mas, mesmo assim, não coma demais. Use seus truques. Faça como nós praticamos.

— Seria um bom presságio — começa Katharine suavemente — se a minha dádiva aparecesse esta noite. No meu aniversário. Como aconteceu com a Rainha Hadly.

— Você voltou a ler histórias na biblioteca. — Natalia borrifa um pouco de perfume de jasmim no pescoço de Katharine e em seguida toca as tranças empilhadas na sua nuca. Os cabelos louro-gelo de Natalia seguem o mesmo estilo, talvez como uma demonstração de solidariedade. — A Rainha Hadly não era uma envenenadora. Ela possuía a dádiva da guerra. É diferente.

Katharine faz que sim com a cabeça enquanto é virada para a esquerda e para a direita, menos uma pessoa do que um manequim, barro bruto no qual Natalia pode operar sua arte envenenadora.

TRÊS COROAS NEGRAS **15**

— Você é magra demais — observa Natalia. — Camille nunca foi tão magra. Ela era quase gorducha. Ela esperava com anseio o *Gave Noir*, como uma criança espera uma festa de aniversário.

As orelhas de Katharine queimam à menção da Rainha Camille. Apesar de ter sido criada como irmã de Camille, Natalia quase nunca fala da rainha anterior. A mãe de Katharine, embora Katharine não pense nela dessa maneira. A doutrina do templo decreta que rainhas não possuem mães ou pais. Elas são somente filhas da Deusa. Além do mais, a Rainha Camille partiu da ilha com seu rei consorte logo após o resguardo pós-parto, como fazem todas as rainhas. A Deusa envia as novas rainhas, e o reinado da antiga é encerrado.

Mesmo assim, Katharine gosta de ouvir histórias acerca daquelas que vieram antes. A única sobre Camille que Natalia conta é a história de como Camille levou sua coroa. Como ela envenenou suas irmãs de maneira tão manhosa e silenciosa que elas levaram dias para morrer. Como, quando tudo estava acabado, elas tinham um aspecto tão pacífico que, não fosse pela espuma em seus lábios, todos teriam imaginado que haviam morrido enquanto dormiam.

Natalia viu ela mesma aqueles rostos pacíficos e envenenados. Se Katharine tiver sucesso, ela verá mais dois.

— Você é como Camille, no entanto, de outras maneiras. — Natalia suspira. — Ela também adorava aqueles livros empoeirados na biblioteca. E sempre parecia muito jovem. Ela *era* muito jovem. Reinou por apenas dezesseis anos após ser coroada. A Deusa enviou sua trinca cedo.

A trinca da Rainha Camille foi enviada cedo porque ela era fraca. Isso é o que as pessoas sussurram. Katharine imagina às vezes o quanto viverá. Durante quantos anos ela guiará seu povo antes que a Deusa decida que é necessário substituí-la. Ela supõe que os Arron não se importem com isso. O Conselho Negro governa a ilha nesse ínterim e, contanto que ela seja coroada, eles ainda estarão no controle.

— Camille era como uma irmã pequena pra mim, eu acho — comenta Natalia.

— Isso faz de mim sua sobrinha?

Natalia segura-lhe o queixo.

— Não seja tão sentimental. — E solta Katharine. — Por parecer tão jovem, Camille matou as irmãs com atitude. Ela sempre foi uma ótima envenenadora. Sua dádiva apareceu muito cedo.

Katharine franze o cenho. Uma de sua própria trinca também exibiu cedo sua dádiva. Mirabella. A grande elemental.

— Eu vou matar as minhas irmãs com a mesma facilidade, Natalia — diz Katharine. — Prometo. Embora, talvez, quando eu tiver terminado, elas não pareçam estar dormindo.

O salão de baile norte está cheio até a borda de envenenadores. Parece que qualquer um que se julgasse no direito de pertencer à linhagem Arron, além de muitos outros envenenadores de Prynn, fizeram a viagem a Indrid Down. Katharine estuda a festa a partir do topo da escadaria principal. Tudo é cristal e prata e gemas, até as cintilantes torres de pequenos frutos púrpuras de beladona envoltos em redes de açúcar queimado.

Os convidados exibem um refinamento quase que excessivo; as mulheres com pérolas negras e gargantilhas de diamantes negros, os homens com gravatas de seda pretas. Todos com muita carne nos ossos. Muita força nos braços. Eles a julgarão e perceberão que lhe falta algo. Eles rirão.

Enquanto ela observa, uma mulher com cabelos ruivos escuros joga a cabeça para trás. Por um momento, seus molares — além de sua garganta, como se sua mandíbula tivesse se desencaixado da cabeça — ficam visíveis. Nos ouvidos de Katharine, as educadas conversas se transformam em gemidos, e o salão de baile está repleto de monstros resplandecentes.

— Eu não consigo fazer isso, Giselle — sussurra ela, e a criada para de alisar o volumoso vestido e agarra seus ombros por trás.

— Consegue, sim.

— Há mais escadas aqui do que havia antes.

— Não há, Rainha Katharine — diz Giselle, sorrindo. — Você estará perfeita.

Abaixo, no salão de baile, a música para. Natalia levantou a mão.

— Você está pronta — confirma Giselle e verifica o caimento do vestido mais uma vez.

— Agradeço a todos vocês — diz Natalia aos convidados com a voz profunda e forte — por estarem aqui conosco esta noite, em uma data tão importante. Uma data importante em qualquer ano. Mas este ano é mais importante do que a maioria dos anos. Este ano nossa Katharine completa dezesseis anos! — Os convidados aplaudem. — E quando a primavera chegar, e com ela o momento do Festival de Beltane, este será mais do que apenas um festival. Será o começo do Ano da Ascensão. No Beltane, a ilha verá a força dos envenenadores durante a Cerimônia da Aceleração! E, depois do fim do Beltane, nós teremos o prazer de contemplar nossa rainha envenenando deliciosamente suas irmãs.

Natalia faz um gesto na direção da escadaria.

— O festival deste ano para começar e o festival do ano seguinte para coroar. — Mais aplausos. Risos e gritos de aprovação.

Eles acham que será muito fácil. Um ano para envenenar duas rainhas. Uma rainha forte poderia fazê-lo em um mês, mas Katharine não é forte.

— Nesta noite, entretanto — continua Natalia —, vocês devem simplesmente desfrutar da companhia dela.

Natalia se vira na direção da escadaria coberta por um carpete em tom borgonha. Uma cintilante passadeira preta foi adicionada para a ocasião. Ou talvez apenas para fazer com que Katharine escorregue.

— Esse vestido é mais pesado do que parecia no armário — comenta Katharine silenciosamente, e Giselle ri.

No momento em que sai da sombra e pisa no primeiro degrau da escada, Katharine sente cada par de olhos sobre si. Envenenadores são naturalmente severos e rigorosos. Eles podem, com um olhar, cortar tão facilmente quanto com uma faca. O povo da Ilha de Fennbirn fica mais forte com a rainha no poder. Naturalistas tornam-se mais fortes sob o comando de uma naturalista. Elementais, mais fortes sob uma elemental. Após três rainhas envenenadoras, os envenenadores estão no ápice de sua força, principalmente os Arron.

Katharine não sabe se deve sorrir. Sabe apenas que não deve tremer. Ou tropeçar. Ela quase esquece de respirar. Capta o olhar de Genevieve, de pé atrás dela e à direita de Natalia. Os olhos lilases de Genevieve são como pedras. Ela parece estar não só furiosa, mas também temerosa, como se estivesse desafiando Katharine a cometer um erro. Como se sentisse prazer diante da perspectiva da sensação de sua mão no rosto de Katharine.

Quando os saltos de Katharine aterrissam no piso do salão de baile, taças são erguidas e dentes brancos são exibidos. O coração de Katharine dá saltos no peito. Vai dar certo, pelo menos por enquanto.

Um serviçal oferece uma taça de champanhe; ela bebe e fareja: a champanhe tem um leve aroma de carvalho e recende ligeiramente a maçã. Se a bebida foi envenenada, então não o foi com frutos rosados de visco, como Giselle suspeitava. Mesmo assim, ela toma apenas um gole, suficiente para molhar o lábio, se tanto.

Com sua entrada encerrada, a música recomeça e as conversas são retomadas. Envenenadores em seus melhores trajes pretos disparam até ela como corvos e voam para longe na mesma rapidez. São muitos, fazendo educadas mesuras e reverências, cuspindo tantos nomes, mas o único nome que importa é Arron. Em questão de minutos a ansiedade começa a lhe espremer. Seu vestido subitamente lhe parece apertado, e o salão subitamente quente. Ela procura Natalia, mas não consegue encontrá-la.

— Está tudo bem, Rainha Katharine?

Katharine pisca para a mulher à sua frente. Ela não consegue se lembrar do que estava falando antes.

— Está, sim. É claro que está.

— Bem, o que você acha? As comemorações das suas irmãs são tão gloriosas quanto esta?

— Claro que não! — responde Katharine. — Os naturalistas devem estar grelhando peixes em espetos. — Os envenenadores riem. — E Mirabella... Mirabella...

— Deve estar chapinhando descalça em poças de chuva.

Katharine se vira. Um belo jovem envenenador sorri para ela, com os olhos azuis de Natalia e seus cabelos louros-gelo. Ele estende a mão.

— O que mais os elementais fazem, afinal? — pergunta ele. — Minha rainha. Vamos dançar?

Katharine o deixa conduzi-la até a pista de dança e puxá-la para perto de si. Um belo escorpião *deathstalker* nas cores azul e verde está afixado em sua lapela direita. Ainda parece vivo, suas pernas se contorcendo sem pressa. Um ornamento grotescamente belo. Katharine recua um pouco; veneno de *deathstalker* é excruciante. Ela foi picada e curada sete vezes, mas ainda demonstra pouca resistência a seus efeitos.

— Você me salvou — diz ela. — Se eu ficasse mais um minuto procurando palavras, seria obrigada a sair correndo daqui.

O sorriso dele é atencioso o bastante para deixá-la enrubescida. Eles giram na pista, e ela estuda suas feições angulares.

— Qual é o seu nome? Você deve ser um Arron, é bem o tipo deles. Tem os mesmos cabelos. A menos que tenha tingido pra ocasião.

Ele ri.

— O quê? Tipo o que os serviçais fazem? Ah, tia Natalia e suas aparências.

— Tia Natalia? Quer dizer, então, que você é um Arron.

— Sou, sim — confirma ele. — Meu nome é Pietyr Renard. Minha mãe era Paulina Renard. Meu pai é irmão de Natalia, Christophe. — Ele a rodopia na pista. — Você dança muito bem.

A mão dele desliza pelas costas dela, e Katharine fica tensa quando ele se aventura perto demais de seu ombro, onde talvez pudesse sentir a aspereza causada por um envenenamento antigo que endureceu aquela parte de pele.

— Isso chega a ser incrível, tendo em vista o quanto esse vestido é pesado. Ele me dá a sensação de que as alças vão perfurar a pele até sair sangue.

— Bom, você não deve permitir que isso aconteça. Dizem que as rainhas envenenadoras mais fortes possuem sangue envenenado. Eu odiaria que algum desses abutres te levasse pra longe em busca de algo saboroso.

Sangue envenenado. Como eles ficariam decepcionados, então, se provassem o dela.

— Abutres? Não há muitas pessoas aqui da sua família?

— Sim, precisamente.

Katharine ri e para apenas quando seu rosto está perto demais do *deathstalker*. Pietyr é alto, e mais alto do que ela quase que uma cabeça. Ela poderia facilmente dançar olhando nos olhos do escorpião.

— Você tem uma risada ótima — elogia Pietyr. — Mas isso é muito estranho. Eu esperava que você estivesse nervosa.

— Eu estou nervosa. O banquete...

— Não sobre o banquete. Em relação a este ano. A Aceleração no Festival de Beltane. O começo de tudo.

— O começo de tudo — repete ela suavemente.

Muitas vezes Natalia lhe disse para aceitar as coisas como elas viessem. Para não se sobrecarregar. Até o momento, tem sido fácil. Claro, Natalia faz com que tudo pareça bastante simples.

— Vou encarar tudo como tenho de encarar — diz Katharine, e Pietyr ri.

— Quanto desânimo na sua voz. Espero que você consiga exibir um pouquinho mais de entusiasmo quando conhecer seus pretendentes.

— Isso não vai ter importância. Quem quer que eu escolha como rei consorte vai me amar quando eu for rainha.

— Você não preferiria que eles te amassem antes disso? — pergunta ele.

— Penso que todo mundo desejaria isso. Ser amado pelo que se é, e não pela posição que ocupa.

Ela está prestes a declamar a retórica apropriada: ser rainha não é uma posição. Nem todas podem ser rainha. Apenas ela, ou uma de sua irmãs, está ligada à Deusa. Apenas elas podem receber a geração de trinca seguinte. Mas ela compreende o que Pietyr quer dizer. Seria agradável ser estimada apesar de seus defeitos e ser desejada pela pessoa que ela é, muito mais do que pelo poder que lhe acompanha.

— E você não iria preferir que todos eles te amassem? Em vez de apenas um?

— Pietyr Renard, você deve ter vindo de muito longe se não ouviu as fofocas. Todos nesta ilha sabem pra onde está direcionada a simpatia dos pretendentes. Dizem que a minha irmã, Mirabella, é bonita como a luz de uma estrela. Ninguém jamais disse algo tão lisonjeador a meu respeito.

— Mas talvez não passe disso: lisonja. E também dizem que Mirabella é meio maluca. Propensa a ataques de fúria. Que ela é uma fanática e uma escrava do templo.

— E que ela é forte o bastante pra sacudir um edifício.

Ele olha para o teto sobre suas cabeças, e Katharine sorri. Ela não se referira a Greavesdrake. Nada no mundo é forte o suficiente para arrancar Greavesdrake de suas fundações. Natalia não permitiria isso.

— E a sua outra irmã, Arsinoe, a naturalista? — pergunta Pietyr, despretensiosamente. Ambos riem. Ninguém fala sobre Arsinoe.

Pietyr gira Katharine na pista de dança mais uma vez. Eles estão dançando há um bom tempo. As pessoas começaram a reparar.

A canção termina. A terceira deles, ou quarta. Pietyr para de dançar e beija a ponta dos dedos enluvados da rainha.

— Espero voltar a vê-la, Rainha Katharine.

Katharine balança a cabeça em anuência. Ela não repara como o salão de baile fica em silêncio até ele partir, e a conversa recomeça, ricocheteando pelas paredes de espelhos do sul e ecoando até alcançar as telhas entalhadas do teto.

Natalia capta o olhar de Katharine a partir do centro de um emaranhado de vestidos pretos. Ela deveria dançar com outra pessoa. Mas a longa mesa coberta com um tecido preto já está cercada de serviçais, como inúmeras formigas, depositando bandejas de prata para o banquete.

O *Gave Noir*. Às vezes, chamado de "a fartura negra". Trata-se de um banquete ritualístico de venenos encenado por rainhas envenenadoras em quase todos os festivais de importância. E, portanto, com uma dádiva fraca ou não, Katharine precisa encená-lo também. Ela precisa conter a incidência do veneno até a última picada, até que esteja fechada em segurança nos seus aposentos. Nenhum dos envenenadores visitantes pode ter permissão para ver o que acontece após isso. O suor, as convulsões e o sangue.

Quando os violoncelos começam a tocar, ela quase sai correndo. É muito cedo. Ela deveria ter tido mais tempo.

Todos os envenenadores relevantes estão presentes esta noite no salão de baile. Todos os Arron do Conselho Negro: Lucian e Genevieve, Allegra e Antonin. Natalia. Ela não suporta a possibilidade de decepcionar Natalia.

Os convidados se movem na direção da mesa posta. A multidão, pela primeira vez, é uma ajuda, aglomerando-se numa onda preta que avança.

Natalia instrui os serviçais para que revelem os pratos que se encontram sob as coberturas de prata. Pilhas de amoras cintilantes. Galinhas recheadas com molho de cicuta. Bombons de escorpião e sumo doce embebidos em oleandro. Um saboroso cozido pisca em tons vermelho e preto com ervilhas-do-rosário. A visão faz com que a boca de Katharine fique seca. A cobra em seu pulso e o espartilho parecem lhe esmagar.

— Está com fome, Rainha Katharine? — pergunta Natalia.

Katharine desliza um dedo pelas escamas cálidas de Docinho. Ela sabe o que deve dizer. Está tudo no roteiro. Tudo foi ensaiado.

— Estou faminta.

— O que seria a morte para outros, a você servirá de alimento — continua Natalia. — A Deusa provê. Está satisfeita?

Katharine engole em seco.

— A oferenda é adequada.

A tradição ordena que Natalia faça uma mesura. Quando ela o faz, parece um ato pouco natural, como se fosse um vaso de barro rachando.

Katharine deposita as mãos sobre a mesa. O resto do banquete é por sua conta: seu progresso, sua duração e velocidade. Ela pode se sentar ou ficar de pé, como preferir. Ela não precisa comer nada do que está exposto, mas quanto mais comer, mais impressionante será. Natalia a aconselhou a ignorar os talheres e usar as mãos. Deixar os sumos escorrerem pelo queixo. Se ela fosse uma envenenadora forte do mesmo modo que Mirabella é uma forte elemental, devoraria o banquete inteiro.

A comida tem um aroma delicioso. Mas o estômago de Katharine não pode mais ser enganado e se contorce para se fechar, causando-lhe cãibras dolorosas.

—A galinha — solicita ela. Um serviçal a atende. O recinto está pesado e repleto de olhos à espera. Eles vão enfiar o rosto dela no prato, se assim tiverem de fazê-lo.

Katharine move os ombros para trás. Sete dos nove membros do Conselho estão próximos, na frente da multidão. Os cinco que são Arron, evidentemente, bem como Lucian Marlowe e Paola Vend. Os dois membros restantes foram despachados como cortesia para as celebrações de suas irmãs.

Há apenas três sacerdotisas no evento, mas Natalia diz que sacerdotisas não têm importância. A Alta Sacerdotisa Luca esteve sempre na mão de Mirabella, abandonando a neutralidade do templo em favor da crença de que Mirabella será a primeira a arrancar o poder das mãos do Conselho Negro. Mas o Conselho é o que conta agora na ilha, e sacerdotisas não passam de relíquias e babás.

Katharine corta a carne branca da parte mais macia do peito, a carne que está mais afastada do recheio tóxico. Ela a enfia na boca e mastiga. Por um momento, teme ser incapaz de engolir. Mas o pedaço de carne desce e a multidão relaxa.

Ela pede em seguida os bombons de escorpião. Esses são fáceis. Doces bonitinhos e resplandecentes em esquifes de açúcar dourado. Todo o veneno está na cauda. Katharine come quatro conjuntos de tenazes e então pede o cozido de veado com ervilhas-do-rosário.

Ela deveria ter deixado o cozido por último. Ela não consegue contornar seu veneno. As ervilhas-do-rosário penetraram em tudo. Em cada fenda de carne e em cada gota de molho.

O coração de Katharine começa a retumbar. Em algum lugar do salão de baile, Genevieve a está xingando por agir como uma tola. Mas não há nada a ser feito. Ela precisa dar a mordida e inclusive lamber os dedos. Ela beberica o sumo maculado e em seguida limpa o palato com água fria e límpida. A cabeça começa a doer, e a visão muda à medida que suas pupilas se dilatam.

Não vai demorar muito até ela passar mal. Até falhar. Ela sente o peso da expectativa de todos. Eles exigem que ela finalize. A vontade deles é tão forte que ela quase consegue escutá-la.

A torta de cogumelos silvestres é a próxima, e ela a consome rapidamente. Sua pulsação já está desnivelada, mas ela não tem certeza se isso ocorre em função do veneno ou se são apenas seus nervos. A velocidade com a qual come dá uma boa impressão de entusiasmo, e os Arron batem palmas. Eles gritam vivas para ela. Eles fazem com que ela se descuide, e ela engole mais cogumelos do que era sua intenção. Um dos últimos nacos tem sabor de um *russula*, mas não deveria ter. Eles são perigosos demais. Seu estômago dá pontadas. A toxina é rápida e violenta.

— As amoras.

Ela coloca duas na boca, mexe-as de encontro às bochechas e em seguida ingere um pouco de vinho maculado. Grande parte do líquido lhe escorre pelo pescoço, na direção da parte dianteira do vestido, mas isso pouco importa. O *Gave Noir* está acabado. Ela bate ambas as mãos na mesa.

Os envenenadores rugem de contentamento.

— Isto aqui é apenas uma provinha — declara Natalia. — O banquete para a Aceleração vai ser algo lendário.

— Natalia, eu preciso ir embora — diz ela e agarra a manga do vestido de Natalia.

A multidão se aquieta. Natalia se livra discretamente da mão de Katharine.

— O que é?

— Eu preciso ir embora! — grita Katherine, mas é tarde demais.

Seu estômago está em polvorosa. A coisa acontece com tanta rapidez que não há nem tempo para se virar. Ela se curva na altura da cintura e vomita o conteúdo do banquete sobre o tecido que cobre a mesa.

— Vou melhorar — diz ela, lutando contra a náusea. — Devo estar doente.

Seu estômago gorgoleja novamente. Mas ainda mais audíveis são os arquejos de repulsa. O farfalhar dos vestidos à medida que os envenenadores se afastam da confusão.

Katharine enxerga suas carrancas através de olhos vermelhos de sangue e cheios de água. Sua desgraça está refletida em cada fisionomia.

— Alguém poderia, por favor — diz Katharine, arquejando de dor —, me levar aos meus aposentos?

Ninguém se apresenta. Seus joelhos se chocam duramente contra o piso de mármore. Não se trata de um enjoo simples. Ela está molhada de suor. Os vasos sanguíneos estouraram em suas bochechas.

— Natalia. Eu sinto muito.

Natalia não diz nada. Tudo o que Katharine consegue ver são os punhos cerrados de Natalia e o movimento de seus braços à medida que ela orienta silenciosa e furiosamente os convidados a abandonar o salão de baile. Em meio ao espaço, pés se agitam na pressa de sair, afastando-se o máximo possível de Katharine. Ela enjoa novamente e puxa o pano da mesa para se cobrir.

O salão de baile escurece. Serviçais começam a limpar as mesas enquanto outro ataque de cãibra acomete seu pequeno corpo.

Por mais desonrada que ela esteja, nem eles movem um dedo para ajudá-la.

Wolf Spring

Camden está no encalço de um camundongo na neve. Um ratinho marrom está no meio de uma clareira e, por mais rápido que ele deslize pela superfície, as grandes patas de Camden cobrem mais chão, mesmo que esteja afundada até os joelhos.

Jules se diverte assistindo o jogo macabro. O camundongo está aterrorizado, mas determinado. E Camden assoma sobre o bichinho, tão excitada quanto estaria se estivesse atrás de um cervo ou de um vistoso naco de carneiro em vez de algo que mal lhe encheria a boca. Camden é um puma e, aos três anos de idade, está no auge de seu maciço tamanho. Ela está a quilômetros de distância daquele filhotinho com olhos leitosos que seguiu Jules até sua casa vindo da floresta, jovem o bastante naquela época para ainda ter pintas, com mais penugem do que pelagem. Agora, ela é lisa e ostenta um dourado tom de mel, e o que restou de preto em seu corpo está nas extremidades: orelhas, patas e na ponta do rabo.

Neve voa das patas em esguichos gêmeos à medida que ela avança, e o ratinho rasteja com mais rapidez em busca de abrigo na moita nua. Apesar dos laços familiares que a unem à gata, Jules não sabe se o camundongo será poupado ou devorado. De uma forma ou de outra, ela espera que o desfecho não demore. O pobre ratinho ainda tem um longo percurso pela frente antes de alcançar seu abrigo, e a caçada agora mais parece uma tortura.

— Jules, isso não está funcionando.

A Rainha Arsinoe está de pé no centro da clareira, vestida toda de preto, como é o hábito entre as rainhas, parecendo um pingo de tinta na neve. Ela tem tentado fazer uma roseira florescer, mas, na palma de sua mão, o botão permanece verde e firmemente fechado.

— Reze — diz Jules.

Elas cantaram essa mesma canção mil vezes ao longo dos anos. E Jules sabe o que vem em seguida.

Arsinoe estende a mão.

— Por que você não ajuda?

Para Jules, o botão de rosa parece energia e possibilidades. Ela pode sentir cada gotinha de perfume guardada em seu interior. Ela sabe que tom de vermelho a rosa terá.

Tal tarefa deveria ser fácil para qualquer naturalista. Deveria ser especialmente fácil para uma rainha. Arsinoe deveria ser capaz de fazer todas as roseiras florescerem e tornar férteis campos inteiros. Mas sua dádiva não chegou. Por causa dessa fraqueza, ninguém espera que Arsinoe sobreviva ao Ano da Ascensão. Mas Jules não desistirá. Nem mesmo sendo o aniversário de dezesseis anos da rainha, e o Beltane daqui a quatro meses, pairando como uma sombra.

Arsinoe mexe os dedos, e o botão rola de um lado para o outro.

— Apenas um empurrãozinho — pede ela. — Só pra eu esquentar.

Jules suspira. Está tentada a dizer não. Ela deveria dizer não. Mas o botão fechado é como uma coceira que necessita ser coçada. A pobre rosa está morta, de um jeito ou de outro, separada de sua planta-mãe na estufa. Ela não pode deixar que murche e enrugue ainda verde.

— Foco. Junte-se a mim.

— Mm-hmm. — Arsinoe balança a cabeça, concordando.

Não demora muito. Nem mesmo o tempo de um pensamento. De um sussurro. O botão de rosa se abre como a casca de um feijão em óleo quente, e uma rosa vermelha e gorda de belas pétalas ganha vida na mão de Arsinoe. Brilhante como sangue e com cheiro de verão.

— Feito — declara Arsinoe e deposita a rosa na neve. — E também não ficou nem um pouco ruim. Acho que eu fiz a maior parte dessas pétalas no meio.

— Vamos fazer outra — sugere Jules, ligeiramente certa de que ela própria fizera toda a rosa. Quem sabe devessem tentar outra coisa. Ela ouviu estorninhos enquanto estava na trilha, vindo da casa. Poderiam chamá-los até que eles enchessem os galhos nus ao redor da clareira. Milhares deles, até que nem um único estorninho permanecesse em qualquer outro lugar que não fosse Wolf Spring, e as árvores crepitassem de corpos salpicados de pintas pretas.

A bola de neve de Arsinoe atinge Camden no rosto, mas Jules também a sente: a surpresa e uma leve irritação quando o puma sacode os flocos de seu pelo. A segunda bola atinge Jules no ombro, numa altura suficiente para que o canhonaço de neve entrasse na gola quentinha de seu casaco. Arsinoe ri.

— Você é uma criança mesmo! — grita Jules, irritada, e Camden rosna e salta.

Arsinoe mal consegue se desviar do ataque. Ela cobre o rosto com o braço e se abaixa, e as garras do puma voam sobre as costas dela.

— Arsinoe!

Camden recua e desliza para longe, envergonhada. Mas não é culpa dela. Ela sente o que Jules sente. Suas ações são as ações de Jules.

Jules corre até a rainha e a inspeciona rapidamente. Não há sangue. Nenhuma marca de garras ou rasgões no casaco de Arsinoe.

— Desculpa!

— Está tudo bem, Jules. — Arsinoe coloca a mão no antebraço de Jules com o intuito de demonstrar firmeza, mas seus dedos estão trêmulos. — Não foi nada. Quantas vezes nós já não nos empurramos de árvores quando éramos crianças?

— Isso não é a mesma coisa. O que nós fazíamos eram brincadeiras. — Jules olha para seu puma com arrependimento. — Cam não é mais um filhote. As garras dela, e também os dentes, são afiados e rápidos. Preciso ter mais cuidado de agora em diante. E terei. — Então, seus olhos se arregalam. — Isso na sua orelha é sangue?

Arsinoe tira sua boina preta e joga para trás os cabelos da mesma cor, curtos e desgrenhados.

— Não. Está vendo? Não chegou perto. Eu sei que você jamais me machucaria, Jules. Nenhuma das duas.

Ela estende a mão, e Cam desliza sobre ela. Seu ronronar forte e profundo é o pedido de desculpas do puma.

— Eu realmente não tive a intenção — repete Jules.

— Eu sei. Todos nós estamos sob pressão. Não pense nisso. — Arsinoe recoloca a boina preta. — E não conte pra vovó Cait. Ela já tem coisas demais pra se preocupar.

Jules consente balançando a cabeça. Ela não precisa contar para a vovó Cait para saber o que ela diria. Ou para imaginar a decepção e a preocupação em seu rosto.

Depois de saírem da clareira, Jules e Arsinoe percorrem a pé as docas, passando pela praça e seguindo na direção do mercado de inverno. Ao passarem pela enseada, Jules acena para Shad Millner, de pé nos fundos de seu barco, que acabara de retornar do mar. Ele acena com a cabeça em saudação e exibe um linguado gordo e marrom. Seu Familiar, uma gaivota, bate as asas com orgulho, embora ela duvide que tenha sido a ave a responsável por pegar o peixe.

— Espero não pegar uma dessas — diz Arsinoe, apontando para a gaivota. Esta manhã ela chamou por seu Familiar. Como todas as manhãs desde que saiu do Chalé Negro, ainda criança. Mas nada apareceu.

Elas continuam pela praça, Arsinoe chutando a neve suja acumulada e Camden zanzando atrás, infeliz por abandonar a natureza selvagem pela gélida cidade de pedra. Há uma feiura invernal que não abandona Wolf Spring. Meses de neve intensa e degelos parciais revestiram os paralelepípedos de fuligem. Neblina cobre as janelas, e a neve está salpicada de manchas marrons depois de ter sido pisada por tantos pés cobertos de lama. As nuvens pesadas acima deixam a cidade com um aspecto geral leitoso, dando a impressão de estar sendo vista por um vidro fosco.

— Tenha cuidado — murmura Jules enquanto elas passam pela mercearia das irmãs Martinson. Ela aponta na direção de engradados vazios de fruta. Três crianças encrenqueiras estão agachadas atrás deles. Uma delas é Polly Nichols, usando a velha boina de tweed de seu pai. Os dois meninos ela não conhece. Mas sabe o que estão prestes a fazer.

Cada um está com uma pedra na mão.

Camden se posiciona ao lado de Jules e rosna audivelmente. As crianças ouvem. Elas olham para Jules e se agacham ainda mais. Os dois meninos se acovardam, mas Polly Nichols estreita os olhos. Ela cometeu uma maldade para cada sarda que possui no rosto, e até sua mãe está ciente disso.

— Não jogue isso, Polly — ordena Arsinoe, mas o comando parece piorar a situação. A boquinha de Polly está tão rigidamente fechada que seus lábios mal aparecem. Ela salta de trás dos engradados e lança a pedra com força. Arsinoe bloqueia o projétil com a palma da mão, mas a pedra consegue ricochetear e atinge a lateral de sua cabeça.

— Ai!

Arsinoe pressiona a mão no ponto atingido pela pedra. Jules cerra os punhos e manda Camden sair rosnando atrás das crianças, determinada a lançar Polly Nichols nos paralelepípedos.

— Eu estou bem, chame ela de volta — pede Arsinoe. Ela enxuga o fio de sangue que escorre de seu queixo. — Que malandrinhos esses aí.

— Malandros? Eles são umas pestes! — sibila Jules. — Deveriam ser chicoteados! Deixe a Cam destroçar aquele chapéu ridículo, pelo menos!

Mas Jules chama Camden, e o felino para na esquina e sibila.

— Juillenne Milone!

Jules e Arsinoe se viram. É Luke, proprietário e administrador da Livraria Gillespie, elegante num paletó marrom, seus cabelos amarelos penteados para trás, afastados do rosto bonito.

— Pequena de estatura, mas com a grandeza de um leão — comenta ele, e ri. — Entrem pra tomar um chá.

Assim que elas entram na loja, Jules fica na ponta dos pés para aquietar o sino de latão acima da porta. Ela segue Luke e Arsinoe ao longo das altas estantes em tom verde-azulado e escada acima, na direção do patamar onde uma mesa está posta com sanduíches e uma bandeja com fatias de bolo amanteigado.

— Sentem-se — diz Luke, e vai até a cozinha apanhar uma chaleira.

— Como você sabia que a gente estava vindo? — pergunta Arsinoe.

— Tenho uma boa visão da colina. Cuidado com as penas. Hank está na fase de muda.

Hank é o Familiar de Luke, um bonito galo preto e verde. Arsinoe sopra uma pena para fora da mesa e vê um prato com pequenos muffins. Ela pega um e o examina.

— Esses pedacinhos pretos e brilhantes são pernas? — pergunta Jules a ela.

— E conchas — diz Arsinoe. Muffins de besouro, pra ajudar Hank a desenvolver novas penas. — Pássaros — diz ela, e coloca o muffin na mesa.

— Você já quis um corvo, como a Eva — lembra Jules.

Eva é o Familiar de Cait, a avó de Jules. Um grande e bonito corvo preto. A mãe de Jules, Madrigal, também possui um, cujo nome é Aria. Ela é um pássaro com uma estrutura mais delicada do que Eva, e mais mal-humorado, bem semelhante à própria Madrigal. Por um bom tempo, Jules imaginou que também teria um corvo. Ela costumava observar os ninhos, esperando que um penguento filhote preto caísse em suas mãos. Secretamente, no entanto, ela sempre desejou um cão, como Jake, o spaniel branco de seu avô Ellis. Ou o bonitinho cão de caça cor de chocolate de sua tia Caragh. Agora, evidentemente, ela não trocaria Camden por nada.

— Acho que eu gostaria de uma lebre veloz — comenta Arsinoe. — Ou um guaxinim esperto com máscara preta pra me ajudar a roubar mariscos fritos da Madge.

— Você terá algo muito mais grandioso do que um coelho ou um guaxinim — argumenta Luke. — Você é uma rainha.

Ele e Arsinoe olham de relance para Camden, tão alta que sua cabeça e ombros estão visíveis sobre o tampo da mesa. Familiar da rainha ou não, nada poderia ser mais grandioso do que um puma.

— Quem sabe um lobo, como o da Rainha Bernadine — sugere Luke. Ele serve chá para Jules, adicionando creme e quatro torrões de açúcar. Chá para uma criança, da maneira que ela mais gosta, embora não tenha permissão para beber em casa.

— Um outro lobo em Wolf Spring — divaga Arsinoe enquanto abocanha um pedaço de bolo. — Do jeito que as coisas estão, eu ficaria feliz em ter... um dos besouros dos muffins de Hank.

— Não seja pessimista. Meu próprio pai só conseguiu o dele depois que completou vinte anos.

— Luke — Arsinoe ri. — Rainhas sem dádiva não vivem até os vinte anos. Ela dirige-se à mesa para pegar um sanduíche.

— De repente é por causa disso que o meu Familiar não apareceu — diz ela. — Ele sabe que eu estarei morta daqui a um ano, de um jeito ou de outro. Oh!

Uma gota de seu sangue pingou no prato. A pedra jogada por Polly deixou um corte, escondido pelos cabelos. Outra gota cai sobre a elegante toalha de mesa de Luke. Hank salta e dá uma bicada no sangue.

— É melhor eu limpar isto aqui — diz Arsinoe. — Sinto muito, Luke. Eu compro outra pra você.

— Nem pense nisso — assegura-lhe Luke enquanto ela vai para o banheiro. Ele põe as mãos no queixo, triste. — Ela vai ser a coroada no Beltane da próxima primavera, Jules. Pode escrever o que eu estou dizendo.

Jules olha fixamente para o chá, tão cheio de creme que está quase branco.

— Primeiro precisamos passar pelo Beltane *desta* primavera — comenta ela.

Luke apenas sorri. Ele tem muita certeza. Mas, nas últimas três gerações, rainhas naturalistas mais fortes do que Arsinoe foram, ainda assim, mortas. Os Arron são poderosos demais. O veneno deles sempre surte efeito. E mesmo que não o faça, eles têm Mirabella como oponente. Todo barco que se dirige ao norte da ilha retorna com histórias das ferozes Tempestades Shannon sitiando a cidade de Rolanth, onde os elementais residem.

— É apenas esperança da sua parte, você sabe disso — argumenta Jules. — O mesmo acontece comigo. Porque você não quer que Arsinoe morra. Porque você a ama.

— É claro que eu a amo. Mas eu também acredito. Acredito que Arsinoe é a rainha escolhida.

— Como é que você sabe?

— Eu simplesmente sei. Por qual outro motivo a Deusa designaria uma naturalista tão forte quanto você para protegê-la?

A comemoração de aniversário de Arsinoe é realizada na praça da cidade, sob grandes tendas pretas e brancas. Todos os anos as tendas esquentam em virtude da fartura de comida e da grande quantidade de pessoas. Quando isso acontece, as abas precisam ser abertas para permitir que o ar invernal penetre no interior. Todos os anos, a maior parte dos convidados fica bêbada antes do pôr do sol.

Enquanto Arsinoe circula, Jules e Camden a seguem de perto. O clima é jovial, mas basta um segundo para que o uísque faça efeito.

— Este inverno está demorando a passar — Jules ouve alguém dizer. — Mas a loucura até que tem sido suave. Chega a ser impressionante outros pescadores não terem se perdido em seus barcos ou levado um golpe de arpão na cabeça.

Jules apressa Arsinoe em meio à multidão. Há muitas pessoas a ver até que elas possam se sentar e comer em paz.

— Isto foi muito bem-feito — comenta Arsinoe, que se curva para cheirar um vaso com uma ramagem alta de flores silvestres. O arranjo contém também tons de rosa e púrpura de urtigas e vistosas orquídeas. É tão bonito quanto um bolo de casamento, florescidas precocemente pela dádiva de um naturalista. Cada família tem o seu, e a maioria trouxe arranjos extras para decorar as mesas dos desprovidos de dádiva.

— Nossa Betty aqui as fez este ano — diz o homem mais próximo de Arsinoe. Ele dá uma piscadela do outro lado da mesa e olha radiante para uma ruborizada menininha de oito anos que está vestindo um suéter preto recentemente tricotado e um colar de couro trançado.

— É mesmo, Betty? Bom, elas são as mais lindas que eu vi por aqui este ano. — Arsinoe sorri, Betty agradece e, se alguém nota que a menininha realiza florações tão elegantes quando a rainha não consegue sequer abrir uma rosa, ninguém comenta nada.

Os olhos de Betty se iluminam diante da visão de Camden, e o grande felino se aproxima para que ela possa acariciá-lo. O pai da menina observa. E faz uma mesura para Jules quando elas se afastam.

TRÊS COROAS NEGRAS   31

Os Milone são os mais prósperos naturalistas em Wolf Spring. Seus campos são ricos e os pomares, repletos. Suas florestas estão cheias de animais para fins de caça. E agora eles têm Jules, a naturalista mais poderosa dos últimos sessenta anos, dizem. Por essas e outras razões, eles foram escolhidos para cuidar da rainha naturalista, e devem assumir todas as responsabilidades que a tarefa envolve, incluindo fazer as vezes de anfitriões a membros do Conselho em suas eventuais visitas. Algo que não lhes é natural.

No interior da grande tenda, a avó e o avô de Jules estão sentados em ambos os lados da convidada de honra, Renata Hargrove, membro do Conselho Negro, enviada da capital Indrid Down. Madrigal também deveria estar aqui, mas seu lugar está vazio. Ela desapareceu, como de costume. Pobres Cait e Ellis. Presos em suas cadeiras como se estivessem numa armadilha. As bochechas do vovô Ellis ficarão doloridas mais tarde por causa do excesso de sorrisos forçados. Em seu colo, Jake, seu pequeno spaniel, exibe os dentes no que mais parece uma atitude hostil do que um gesto amigável.

— Eles só mandaram uma representante este ano — diz Arsinoe baixinho. — Uma entre nove existentes. E a sem dádiva, além disso. O que você acha que o Conselho está tentando dizer?

Ela ri e enfia na boca uma pata de caranguejo grelhada na manteiga e salpicada de ervas. Arsinoe esconde tudo atrás do mesmo sorriso afetado e amistoso. Ela faz contato visual com Renata, e esta inclina a cabeça. Mal chega a ser um cumprimento, e os pelos do pescoço de Jules ficam eriçados.

— Todo mundo sabe que o assento dela no Conselho foi comprado e pago por sua família sem dádivas — rosna ela. — Ela lamberia o veneno dos sapatos de Natalia Arron se ela lhe pedisse.

Jules olha de relance para as poucas sacerdotisas do Templo de Wolf Spring que decidiram comparecer. Enviar um membro do Conselho é um insulto, mas é ainda melhor do que o tratamento que Arsinoe recebeu do templo. A Alta Sacerdotisa Luca não compareceu a um aniversário dela nem uma vez sequer. Ela ia ao de Katharine, ocasionalmente, nos primeiros anos. Agora é só Mirabella, Mirabella, Mirabella.

— Aquelas sacerdotisas não deveriam nem aparecer — resmunga Jules. — O templo não deveria ser parcial em suas escolhas.

— Calma, Jules. — Arsinoe tenta tranquilizá-la dando-lhe um tapinha no braço e mudando de assunto. — A pescaria foi formidável.

Jules se volta para a cabeceira da mesa, completamente abarrotada de peixes e caranguejos. A pesca dela forma um centro de mesa: um enorme bacalhau preto acompanhado de dois igualmente imensos peixes prateados. Ela os convocou das profundezas no início da manhã, antes mesmo de Arsinoe se levantar da cama. Agora estão sobre pilhas de batatas, cebolas e repolhos brancos de inverno. A maior parte de seus suculentos filés já foi consumida.

— Você não deveria deixar pra lá — alerta Jules. — É importante.

— O desrespeito? — pergunta Arsinoe e bufa. — Não, isso não tem importância. — Ela come mais uma pata de caranguejo. — Anote aí: se eu conseguir passar pelo meu Ano da Ascensão, vou querer um tubarão como centro de mesa.

— Um tubarão?

— Um grande tubarão-branco. Não me venha com economias no que diz respeito à minha coroação, Jules.

Jules ri:

— *Quando* você passar pela Ascensão, você vai poder evocar seu próprio tubarão-branco.

Ambas riem. Exceto pela intensa coloração, Arsinoe não parece muito uma rainha. Seus cabelos são ásperos, e ninguém consegue impedir que ela os corte. As calças pretas são as mesmas que usa todos os dias, bem como a jaqueta acinzentada. A única peça fina que conseguiram fazê-la usar para a ocasião é um cachecol novo que Madrigal encontrou na Pearson's, confeccionado com a lã de seus elegantes coelhos de orelhas caídas. Mas, provavelmente, é melhor assim. Wolf Spring não é uma cidade de coisas finas. É uma cidade de pescadores e fazendeiros e de gente que trabalha nas docas, e ninguém usa suas roupas pretas mais elegantes, exceto no Beltane.

Arsinoe estuda a tapeçaria pendurada atrás da mesa principal e franze o cenho. Normalmente, estaria pendurada na prefeitura, mas é sempre tirada de lá na época do seu aniversário. Ela representa a coroação da última grande rainha naturalista da ilha, Bernadine, que saturava de frutas os pomares por onde passava e tinha um enorme lobo cinza como Familiar. Na tecedura, Bernadine está sob uma árvore repleta de maçãs, com o lobo a seu lado. Na mandíbula do lobo está o pescoço arrancado de uma de suas irmãs, cujo corpo jaz aos pés de Bernadine.

— Odeio esse troço — comenta Arsinoe.

— Por quê?

— Porque me faz lembrar do que eu não sou.

Jules dá uma ombrada na rainha.

— Tem bolo de semente na tenda de sobremesas — avisa. — E bolo de abóbora. E bolo branco com cobertura de morango. Vamos encontrar Luke e comer um pouco.

— Tudo bem.

No caminho, Arsinoe pausa para conversar com pessoas e para brincar com seus respectivos Familiares. A maioria é composta de cães e pássaros, típicos guardiões de naturalistas. Thomas Mintz, o melhor pescador da ilha, manda seu leão-marinho oferecer a Arsinoe uma maçã equilibrada em seu focinho.

— Vocês estão indo embora? — pergunta Renata Hargrove.

Jules e Arsinoe se viram, surpreendidas com o fato de Renata ter se dignado a sair da mesa principal.

— Só vamos dar um pulinho na tenda de doces — responde a rainha. — Você quer que a gente... traga algo pra você?

Ela olha de relance para Jules, com estranheza. Nenhum membro do Conselho Negro jamais demonstrou interesse algum em Arsinoe, apesar de serem convidados anuais das suas festas de aniversário. Eles comem, conversam com os Milone e partem, resmungando sobre a qualidade da comida e o tamanho dos quartos no Wolverton Inn. Mas Renata parece quase feliz ao vê-las.

— Se vocês forem embora agora, vão perder o meu anúncio. — Renata sorri.

— E que anúncio é esse? — quer saber Jules.

— Vou anunciar que o banimento de Joseph Sandrin foi encerrado. Ele já está a caminho da ilha e deve chegar aqui em dois dias.

As águas em da Enseada de Sealhead batem na extremidade da longa doca. As desgastadas tábuas de madeira cinza rangem ao vento forte, e o mar ondulado e banhado pelo luar espelha o tremor na respiração de Jules.

Joseph Sandrin está voltando para casa.

— Jules, espere.

As passadas de Arsinoe chacoalham na doca enquanto ela segue Jules até o ponto, com Camden trotando relutantemente a seu lado. O puma nunca foi amigo da água, e uma fina tábua de madeira curvada não lhe parece uma barreira das mais confiáveis.

— Você está bem? — pergunta Jules por força do hábito.

— Por que você está me perguntando isso? — rebate Arsinoe. Ela enfia o pescoço bem fundo no cachecol para se proteger do vento.

— Eu não devia ter te deixado sozinha.

— Devia, sim. — responde Arsinoe. — Ele está voltando. Depois de todo esse tempo.

— Você acha que isso é verdade?

— Pra mentir sobre isso, na comemoração do meu aniversário, seria necessário muito sangue-frio. Nem um Arron teria tanto.

Elas olham para a água escura, para a enseada, para a faixa de areia submersa que a protege das ondas e para as correntes profundas.

São mais de cinco anos desde que eles tentaram escapar da ilha. Desde que Joseph roubou um dos veleiros diurnos do pai e as ajudou a tentar escapar.

Jules se apoia no ombro de Arsinoe. É o mesmo gesto tranquilizador que elas fazem desde que eram crianças. Por mais que a tentativa de fuga deles tenha lhes custado muito, Jules jamais lamentou. Ela tentaria novamente, se houvesse alguma esperança.

Mas não há nenhuma. Abaixo da doca, o mar sussurra, exatamente como fez de encontro às laterais o barco que os levava cativos na névoa que cercava a ilha. Independente de como eles pusessem as velas, ou trabalhassem os remos, era impossível. Eles foram encontrados, com frio e com medo, e balançando no porto. Os pescadores disseram que eles deveriam ter tido um pouco mais de juízo. Que Jules e Joseph poderiam muito bem ter conseguido, perdendo-se no mar, ou talvez encontrando o continente. Mas Arsinoe era uma rainha. E a ilha jamais permitiria que ela partisse.

— Como você acha que ele é agora? — imagina Arsinoe.

Provavelmente não mais pequeno, com terra no queixo e sob as unhas. Ele não deve mais ser uma criança. Ele terá crescido.

— Eu estou com medo de vê-lo — admite Jules.

— Você não tem medo de nada.

— E se ele mudou?

— E se ele não mudou? — Arsinoe enfia a mão no bolso e tenta jogar uma pedra na água, mas há ondas demais. — Sinto que isso é o certo. Ele estar voltando. Por causa do nosso último ano. Sinto que isso era pra acontecer.

— Como se fosse o desejo da Deusa? — sugere Jules.

— Eu não disse isso.

Arsinoe baixa os olhos e sorri. Ela coça Camden atrás das orelhas.

— Vamos embora — chama Jules. — Pegar uma gripe agora não vai melhorar em nada a situação.

TRÊS COROAS NEGRAS **35**

— Com certeza não, se os seus olhos ficarem vermelhos e o seu nariz, inchado.

Jules dá um empurrãozinho em Arsinoe para que retorne à marina e à longa estrada sinuosa que leva à casa dos Milone.

Camden trota à frente e bate de encontro à parte traseira dos joelhos de Arsinoe. Nem Jules nem o felino dormirão muito esta noite. Graças a Renata Hargrove, cada lembrança que elas têm de Joseph percorre suas cabeças.

Enquanto elas passam pela última doca, Camden diminui a passada, e suas orelhas apontam na direção da cidade. Alguns passos à frente, Arsinoe lamenta a falta de bolo de morango em seu estômago. Ela não escuta. Jules tampouco, mas os olhos amarelos de Camden lhe dizem que há algo errado.

— O que é? — pergunta Arsinoe, finalmente percebendo algo.

— Não sei. Uma briga, acho eu.

— Alguns bêbados que sobraram depois do meu aniversário, sem dúvida nenhuma.

Elas correm de volta à praça. Quanto mais perto ficam, mais rapidamente o grande felino se move. Elas passam pela Livraria Gillespie, e Jules diz para Arsinoe bater na porta e esperar lá dentro.

— Mas, Jules! — Arsinoe está sobressaltada, só que Jules e Cam já se foram, disparando rua afora e passando pelas tendas agora vazias, na direção do beco atrás da cozinha da Heath e Stone.

Jules não reconhece as vozes. Mas reconhece o som de punhos quando começam a entrar em ação.

— Parem! — grita ela, saltando para o meio da contenda. — Parem com isso agora!

Com Camden a seu lado, as pessoas dão meia-volta. Dois homens e uma mulher. Brigando por algo que ela não se importa em saber. E deixará de ter importância ao amanhecer, depois que passar o efeito da cerveja.

— Milone — deboca um dos homens —, você persegue a gente com esse seu puma. Só que você não é a lei.

— Tem razão. Eu não sou. O Conselho Negro é a lei, e se você continuar agindo assim, eu vou te entregar pra eles. Vou deixar que te envenenem na Praça Indrid Down até você enlouquecer, ou de repente até morrer.

— Jules — chama Arsinoe, dando um passo para sair da sombra. — Está tudo bem?

— Tudo bem. É só uma discussão.

Uma discussão, mas uma discussão que se avoluma. Há um pequeno porrete na mão da mulher bêbada.

— Por que você não cuida da rainha — diz a mulher — e dá o fora daqui?

A mulher levanta o porrete e o balança no ar. Jules dá um salto para trás, mas a extremidade do porrete pega em seu ombro, atingindo-a dolorosamente. Camden rosna, e Jules cerra os dentes.

— Idiota! — grita Arsinoe. Ela dá um passo e se posiciona entre Jules e a mulher. — Não a empurre. Não me empurre.

— Você? — diz o bêbado e ri. — Quando a verdadeira rainha vier, a gente vai oferecer a sua cabeça numa estaca.

Jules exibe os dentes e avança. Ela o acerta em cheio no queixo antes que Arsinoe possa segurar seu braço.

— Mande ele pra Indrid Down! — grita Jules. — Ele te ameaçou!

— Deixe ele pra lá — responde Arsinoe. Ela se vira e dá um empurrão no homem, que está segurando o queixo ensanguentado. Camden sibila, e os outros dois se afastam. — Saiam daqui! — ela berra. — Se querem ter sua chance comigo, vocês terão! Todos terão, depois que o Beltane terminar.

Rolanth

Os peregrinos se reúnem abaixo do domo norte do Templo de Rolanth, seus lábios pegajosos por conta do bolo de caramelo e do espetinho de galinha doce com limões; os ombros envoltos em capas pretas onduladas.

A Rainha Mirabella está postada no altar da Deusa. Suando, mas não em virtude do calor. Elementais não são muito afetados pela temperatura, e se fossem, ninguém lá dentro poderia reclamar de estar sentindo calor. O Templo de Rolanth é o templo de uma rainha do tempo, aberto a leste e a oeste, com o teto sustentado por vigas e espessas colunas de mármore. O ar circula em seu interior, independente da estação, e ninguém estremece, exceto as sacerdotisas.

Mirabella acabou de preencher o ar com relâmpagos. Raios magníficos, resplandecentes, estalando pelo céu e estourando em densos veios por todos os lados. Explosões longas e repetidas que iluminaram o interior do recinto como se fosse dia. Ela se sente exultante. Relâmpagos são seus favoritos. Relâmpagos e tempestades, a eletricidade percorrendo sua corrente sanguínea — vibrando até os ossos.

Mas, pelos olhares nos rostos de seu povo, seria possível imaginar que ela não fizera absolutamente nada. À luz alaranjada das velas, a expectativa nos olhos arregalados é nítida. Eles ouviram as fofocas, os boatos do que ela pode fazer. E querem ver tudo isso. O fogo, o vento, a água. Eles a fariam sacudir a terra até que os pilares do templo rachassem. Talvez eles inclusive desejem que ela faça cortes em todo o penhasco preto, lançando-o ao mar de modo que o templo possa vagar à deriva na baía abaixo.

Mirabella bufa. Algum dia, quem sabe. Mas, agora, o pedido lhe parece despropositado.

Ela convoca o vento, que sopra, apagando metade das tochas e fazendo voar dos braseiros fagulhas alaranjadas e cinzas. Gritos de prazer enchem seus ouvidos enquanto a multidão se acotovela alegremente para sair do caminho.

Ela nem espera que o vento pare para levantar as chamas da última das tochas, altas o bastante para chamuscar o mural da Rainha Elo, a sopradora de fogo, representada em sua barcaça dourada, queimando uma frota agressora formada por barcos do continente até fazê-la afundar no Porto de Bardon.

E, ainda assim, querem mais. Reunidos, ficaram volúveis como crianças. Há mais pessoas ali do que ela jamais viu em outra ocasião, abarrotadas no interior do templo e pressionadas umas contra as outras no pátio do lado de fora. A Alta Sacerdotisa Luca lhe disse, antes de a cerimônia começar, que a estrada para o templo refulgia com as velas de seus apoiadores.

Nem todos os que vieram são elementais. Sua dádiva também inspirou outros seguidores, naturalistas e alguns que carregam consigo a rara dádiva da guerra. Muitos não possuem dádiva alguma. Eles chegam desejando ver os boatos se provando verdadeiros, de que Mirabella será a próxima rainha de Fennbirn e que o longo reinado das envenenadoras chegou ao fim.

Os braços de Mirabella tremem. Faz muito tempo que ela não força tanto o limite de sua dádiva. Talvez não o tenha feito desde que chegou em Rolanth e nos Westwood, quando foi separada de suas irmãs aos seis anos de idade e tentou derrubar a Westwood House com vento e raios. Ela olha de relance para a rasa piscina refletora à sua direita, lindamente iluminada por velas flutuantes.

Não. Água, não. Água é seu pior elemento. O mais difícil de controlar. Ela deveria ter feito isso primeiro. Ela o teria feito se sua mente não estivesse tão enevoada por seus nervos.

Mirabella olha por sobre a multidão, na direção dos fundos do templo, onde a Alta Sacerdotisa Luca está encostada na curva da parede sul, vestida com camadas de espessos robes. Mirabella acena para ela com sua cabeça gotejante, e a Alta Sacerdotisa compreende.

A voz límpida e autoritária de Luca corta o alarido.

— Mais um.

A multidão é sugestionável, e em instantes murmúrios de "mais um" se entrelaçam com gritos de incentivo.

Um. Apenas mais um elemento. Mais uma demonstração.

TRÊS COROAS NEGRAS

Mirabella vai ao fundo de si, evocando silenciosamente a Deusa, agradecendo a dádiva que lhe foi concedida. Mas isso é apenas um ensinamento de templo. Mirabella não precisa de orações. Sua dádiva elemental se enrosca em seu peito. Ela respira fundo e a libera. Uma onda de choque lhe passa sob os pés. Chacoalha o templo e todos dentro dele. Em algum lugar, um vaso cai e se despedaça. Pessoas do lado de fora sentem a reverberação e arquejam.

No interior do templo, finalmente, o povo urra.

Ela sangra a irmã com uma podadeira de prata. O que era para ser apenas o ato de lhe aparar os cabelos lhe arrancou, em vez disso, uma orelha.

— Isso é uma história de ninar, Irmã? — pergunta uma. — Isso é um conto de fadas?

— Eu já a ouvi — diz Mirabella e estuda a mancha carmim. Ela deixa a orelha cair no colo da irmã e passa o dedo ao longo do afiado fio da podadeira.

— Cuidado pra não se cortar. Nossa pele de rainha é frágil. Além disso, meus pássaros vão querer você inteira. Olhos na sua cabeça e orelhas no lugar. Não beba. Ela transformou o nosso vinho em sangue.

— Quem? — pergunta Mirabella, embora saiba muito bem.

— Vinho e sangue indo e voltando, no interior de nossas veias e para dentro das xícaras.

Em algum lugar, atravessando a torre, a voz de uma menina canta; o som sobe até as estrelas e dá voltas e voltas como se fosse um nó sendo apertado.

— Ela não é minha irmã.

Sua irmã dá de ombros. Sangue escorre numa lenta cachoeira do buraco aberto na lateral de sua cabeça.

— Ela é e eu sou. Nós somos.

A podadeira abre e fecha. A outra orelha cai no colo da irmã.

Mirabella acorda com gosto de sangue na boca. Foi apenas um sonho, mas um sonho vívido. Ela quase espera olhar para baixo e ver pedaços de suas irmãs grudados nos punhos.

A orelha de Arsinoe aterrissou tão suavemente em seu colo! Embora não fosse de fato Arsinoe. Tantos anos já se passaram que Mirabella nem sabe como é a aparência da irmã. As pessoas lhe dizem que Arsinoe é feia, com cabelos crespos e um rosto comum. Mas Mirabella não acredita nisso. Isso é apenas o que imaginam que ela deseja ouvir.

Mirabella chuta as cobertas para o lado e toma um bom gole de água do copo que se encontra na mesa de cabeceira. A enorme Westwood House está quieta. Ela imagina que toda Rolanth está quieta, muito embora a luz do sol lhe diga que já é quase meio-dia. Sua comemoração de aniversário avançou noite adentro.

— Você está acordada.

Mirabella se vira na direção da porta aberta e sorri levemente para a pequenina sacerdotisa que entrou em seu quarto. Ela é diminuta e jovem. As pulseiras pretas nos punhos ainda são pulseiras de verdade, não tatuagens.

— Estou — diz Mirabella. — Acabei de acordar.

A menina faz um aceno com a cabeça e se aproxima para ajudá-la a se vestir, juntamente com uma segunda iniciancla que estava oculta na sombra.

— Dormiu bem?

— Sim — mente Mirabella. Os sonhos pioraram ultimamente. Luca diz que isso é algo esperado. Que essa é a maneira das rainhas, e que depois que suas irmãs estiverem mortas, os sonhos vão parar.

Mirabella fica parada enquanto as sacerdotisas penteiam seus cabelos e colocam-na num confortável vestido depois da noite agitada. Então, por fim, afastam-se para as sombras. Elas estão sempre com ela, as sacerdotisas. Mesmo na Westwood House. Desde que a Alta Sacerdotisa viu a força de sua dádiva, ela é mantida sob a guarda do templo. Às vezes, a rainha gostaria que elas desaparecessem.

No corredor que leva à cozinha, ela passa pelo tio Miles, que está pressionando uma compressa fria na testa.

— Vinho em excesso? — pergunta ela.

— Tudo em excesso — responde ele e faz uma mesura desajeitada antes de voltar para seu quarto.

— Onde está Sara?

— Na sala de estar — indica ele por sobre o ombro. — Ela não tirou os pés de lá desde o café da manhã.

Sara Westwood. Sua mãe de criação. Uma mulher devotada e gentil, mas um tanto quanto propensa a preocupações. Ela cuida bem de Mirabella e tem uma dádiva forte, especializada no elemento da água. Quando Mirabella se acomoda na sala de estar para tomar o chá, os gemidos de Sara ocasionalmente ecoam escada acima, do sofá onde ela está provavelmente reclinada. Excesso de indulgência tem seu preço.

Mas a noite foi um sucesso. Luca o disse. Todas as sacerdotisas o disseram. O povo de Fennbirn falará sobre isso por muitos anos. Eles dirão que estavam lá quando a nova rainha ascendeu.

Mirabella põe os pés sobre a cadeira de veludo verde em frente ao sofá e se espreguiça. Ela está acabada. Sua dádiva lhe dá a sensação de uma borracha no estômago, trêmula e inquieta. Mas retornará.

— Aquilo foi um show e tanto, minha rainha.

Bree se encosta na porta e em seguida rodopia preguiçosamente para entrar na sala. Ela desaba sobre o comprido sofá de cetim ao lado de Mirabella. Seus brilhantes cabelos castanhos dourados estão soltos, sem as costumeiras tranças, e embora também ela pareça estar exausta, trata-se de uma exaustão da melhor espécie.

— Eu odeio quando você me chama assim — comenta Mirabella, sorrindo. — Onde você estava?

— Fenn Wexton estava me mostrando os estábulos da sua mãe.

— Fenn Wexton — ri Mirabella. — Ele é um idiota que não para de rir.

— Mas você já viu os braços dele? — pergunta Bree. — E ele não exagerou nos risos ontem à noite. Tilda e Annabeth ficaram lá por um tempo também. Nós levamos uma jarra de vinho com mel e ficamos deitados no telhado do celeiro dele sob as estrelas. Quase caímos daquela coisa apodrecida!

Mirabella olha para o teto.

— A gente podia ter te sequestrado e te levado pra lá também, de repente — comenta Bree, e Mirabella ri.

— Bree, eles colocam sinos nos meus tornozelos. Sinos grandes que chacoalham, como se eu fosse um gato. Como se eles achassem que eu fosse dar uma escapada por aí.

— Não que você não tenha desaparecido antes — emenda Bree, com um risinho.

— Nunca por algo tão importante! — protesta Mirabella. — Sempre sou obediente quando importa. Mas eles sempre precisam saber onde estou. O que estou fazendo. O que estou pensando.

— Eles vão ficar ainda mais em cima de você agora que o Ano da Ascensão está se aproximando — lembra Bree. — Rho e aquelas guardas sacerdotisas. — Ela se vira de barriga para baixo. — Mira, algum dia você vai ser livre?

Mirabella olha para ela de soslaio.

— Não seja tão dramática. Agora, você precisa se arrumar. Temos que experimentar uns vestidos esta tarde.

O degrau solto da escadaria range seis vezes e, instantes depois, seis altas sacerdotisas entram na sala. Bree faz uma cara de desgosto e se espreguiça vagarosamente.

— Minha rainha — chama a menina mais próxima —, a Alta Sacerdotisa Luca deseja vê-la.

— Muito bem. — Mirabella se levanta. Ela imaginava que se trataria de um recado menos prazeiroso. Mas é sempre bom visitar Luca.

— Certifiquem-se de trazê-la de volta pra experimentar os vestidos hoje à tarde — diz Bree, e balança os dedos num preguiçoso tchau.

Mirabella duvida que ainda consiga ver Bree durante o resto do dia. Com vestidos para experimentar ou não, nada é totalmente capaz de impedir Bree de fazer o que ela bem entende e, na condição de adorada filha única de Sara Westwood, ninguém jamais se deu muito ao trabalho de tentar. Seria fácil se ressentir da liberdade de Bree se Mirabella não a amasse tanto.

Do lado de fora, Mirabella mantém uma passada acelerada, sua sutil alfinetada nas sacerdotisas que a guardam tão escrupulosamente. A maioria delas está tão de ressaca por causa do aniversário quanto Sara, e a caminhada descompassada as deixa com um aspecto ligeiramente esverdeado.

Mas isso não é algo terrivelmente cruel. Westwood House fica perto do templo. Quando Mirabella era mais nova, e mais hábil em driblar suas guardas, ela às vezes escapava para visitar Luca sozinha, ou para correr ao longo do terreno do templo até os penhascos escuros de basalto de Shannon's Blackway. Ela sente falta daquele espaço. Daquela privacidade. Quando ela podia caminhar com uma postura relaxada ou jogar pedras nas árvores. Quando podia ser selvagem como uma rainha elemental deve ser.

Agora ela está cercada de robes brancos. Precisa esticar o pescoço sobre o ombro da mais próxima apenas para vislumbrar uma nesga da cidade abaixo. Rolanth. A cidade dos elementais, um extenso centro de pedra e água descendo em velocidade das colinas de sempre-vivas. Canais passam como artérias entre edifícios transportando pessoas e suprimentos do mar para o continente através de um sistema de eclusas. Dessa altura, os edifícios parecem orgulhosos e brancos. Os canais, quase azuis. Ela consegue imaginar facilmente como a cidade brilhava no passado, quando era rica e fortificada. Antes que os envenenadores tomassem o trono e o Conselho, recusando-se a sair.

— Está um dia lindo — comenta Mirabella para quebrar a monotonia.

— Está, sim, minha rainha — concorda uma das sacerdotisas. — A Deusa provê.

Elas não dizem mais nada. Mirabella não sabe o nome de nenhuma de suas acompanhantes. Tantas sacerdotisas vieram para o Templo de Rolanth ultimamente que ela não consegue acompanhar as recém-chegadas. Luca diz que templos em toda a ilha têm passado pelo mesmo favorecimento. A força de Mirabella renovou a fé da ilha. Às vezes, Mirabella gostaria que Luca atribuísse menos coisas à sua dádiva.

Luca se encontra com ela no templo mesmo, em vez de em seus aposentos no andar de cima. A idosa abre os braços. Ela tira Mirabella das sacerdotisas e lhe beija o rosto.

— Você não parece estar muito cansada — observa ela. — Talvez eu devesse ter te mandado trabalhar a água ontem à noite, no fim das contas.

— Se você tivesse feito isso, não teria visto nada — responde Mirabella. — Ou eu poderia ter encharcado alguém acidentalmente.

— Acidentalmente — repete Luca, olhando para ela de soslaio. Quando conheceu Luca, Mirabella tentou afogá-la evocando um elemental aquoso do Lago Starfall e fazendo-o descer garganta adentro da Alta Sacerdotisa. Mas isso foi há muito tempo.

Luca recoloca as mãos sob a camada de robes e peles. Mirabella não sabe que dádiva Luca tinha antes de se tornar sacerdotisa, mas não era uma dádiva elemental. Ela é vulnerável demais ao frio.

Uma sacerdotisa de passagem quase tropeça, e o braço de Luca se estica rapidamente para equilibrá-la.

— Tenha cuidado, criança — orienta Luca, e a menina acena com a cabeça. — Esses robes estão longos demais. Você vai acabar se machucando. Mande alguém fazer uma bainha.

— Pois não, Luca — sussurra ela.

A menina é apenas uma inicianda. Ainda pode falhar no serviço do templo. Ela ainda pode mudar de ideia e voltar para casa.

A menina anda lentamente em direção à parede sul, onde três outras se reuniram para restaurar o mural da Rainha Shannon. O pintor original captou a rainha excepcionalmente bem. Seus olhos pretos espiam da parede, concentrados e atentos apesar da chuva e da tempestade que obscurecem a metade inferior de seu rosto.

— Ela sempre foi a minha favorita — comenta Mirabella. — A Rainha Shannon e suas tempestades.

— Uma das mais fortes. Até você aparecer. Um dia seu rosto eclipsará o dela na parede.

— Nós deveríamos esperar que não — responde Mirabella. — Nenhum desses murais representa tempos de paz.

Luca suspira.

— Os tempos atuais não são tão pacíficos, com décadas de envenenadores na capital. E a Deusa não teria te feito tão forte se você não fosse precisar dessa força. — Luca a pega pelo braço e a conduz ao redor do domo sul. — Um dia, quem sabe depois de você ser coroada, eu vou te levar ao Templo da Rainha da Guerra, em Bastian City. Lá não há murais, apenas uma estátua de Emmeline suspensa no teto: uma lança ensanguentada acima de sua cabeça e flechas.

— Suspensa no teto? — pergunta Mirabella.

— Muito tempo atrás, quando a dádiva da guerra era forte, uma rainha da guerra podia mover coisas no ar, simplesmente pela pura força de sua vontade.

Os olhos de Mirabella se arregalam, e a Alta Sacerdotisa ri.

— Ou pelo menos é o que dizem.

— Por que você quis me ver, Alta Sacerdotisa?

— Porque uma tarefa surgiu. — Luca dá as costas para o mural e une as mãos. Ela se dirige ao norte, na direção do altar da Deusa, e Mirabella a segue de perto. — Eu queria esperar — continua ela. — Sabia que você estaria muito cansada, no dia seguinte a um espetáculo de tamanha grandeza. Mas por mais que eu tente te manter jovem e procure mantê-la aqui comigo neste lugar tranquilo, eu não posso. Você cresceu. Você é uma rainha e, a menos que a sua dádiva tenha se expandido para deter o tempo, a Aceleração está chegando. Nós não podemos mais adiar o que precisa ser feito. — Ela coloca a mão macia na bochecha de Mirabella. — Mas se você não estiver preparada, eu mantenho o adiamento de um jeito ou de outro.

Mirabella coloca a própria mão sobre a de Luca. Ela beijaria a cabeça da idosa se as sacerdotisas não estivessem observando. Nenhuma Alta Sacerdotisa jamais demonstrou preferência por uma rainha como Luca demonstra por ela. Ou causou tamanho escândalo a ponto de abandonar seus aposentos no Templo de Indrid Down, instalando-se numa localidade próxima a de sua favorita.

TRÊS COROAS NEGRAS **45**

— Eu estou pronta — anuncia Mirabella. — Vou fazer o que quer que você me peça pra fazer com todo o prazer.

— Bom — diz Luca e lhe faz um carinho. — Bom.

As sacerdotisas acompanham Mirabella até um ponto bem além do terreno do templo, através da floresta de sempre-vivas e na direção dos penhascos de basalto acima do mar. Mirabella sempre amou o ar salgado, e gosta da brisa leve, e de mexer as pernas à vontade na saia.

Quando vieram pegá-la no templo, elas não lhe disseram o que desejavam. A sacerdotisa Rho lidera a escolta, de modo que Mirabella acha que se trata muito provavelmente de uma caçada. Rho sempre lidera as caçadas. Todas as iniciandas no templo a temem. Ela é conhecida por agredir as que a desagradam. Ser uma sacerdotisa é não ter nenhum passado, mas Mirabella tem certeza de que Rho possui a dádiva da guerra.

Hoje, entretanto, Rho está severa e sóbria. As sacerdotisas carregam suas lanças de caça, mas não trouxeram consigo nenhum cão. E todos os lugares de boa caça estão bem para trás de onde elas se encontram, no interior da floresta.

Elas alcançam os penhascos e continuam para o norte, mais perto das formações rochosas do que Mirabella jamais esteve antes.

— Aonde estamos indo? — pergunta Mirabella.

— Não falta muito, minha rainha — diz Rho. — Não falta muito mesmo. — Ela cutuca a sacerdotisa à sua esquerda. — Vá na frente — ordena. — Certifique-se de que está tudo pronto.

A sacerdotisa assente com a cabeça e em seguida sai correndo trilha acima para desaparecer numa curva da rocha.

— Rho? O que vamos fazer? O que vou ter de fazer?

— Cumprir a ordem da Deusa e a tarefa da rainha. Haveria, por acaso, alguma outra coisa? — Ela olha por sobre o ombro para Mirabella, sorrindo maldosamente, e seus cabelos se projetam do gorro, vermelhos como sangue.

As botas fazem barulho quando se chocam com a pedra e o cascalho, mas a pisada é constante. Nenhuma das meninas indicada para escoltá-la adiante será mais rápida do que isso, por mais que Mirabella tente mudar o ritmo delas. Ela rapidamente para de tentar, sentindo-se uma tola, como se fosse um pássaro batendo asas de encontro a uma gaiola de robes.

À frente, a trilha dá uma guinada, e o grupo faz o contorno e se move ainda mais para o fundo do cânion de rocha escura. Mirabella vislumbra, pela primeira vez, seja lá o que for que as fez trazê-la àquele local. Não parece ser grande coisa. Uma reunião de sacerdotisas em robes pretos e brancos. Um braseiro alto, queimando algo que mal faz fumaça. E um barril. Quando o grupo as ouve chegar, todas se viram e se posicionam em fila.

Nenhuma delas é iniciada. Somente duas são novatas. Uma das novatas está estranhamente vestida com uma simples camisa preta e traz um cobertor sobre os ombros. Seus cabelos castanhos estão soltos, e apesar do cobertor, sua pele parece fria e muito pálida. Ela encara Mirabella com olhos arregalados e cheios de gratidão, como se Mirabella tivesse vindo salvá-la.

— Você devia ter me falado — diz Mirabella. — Rho, você devia ter me falado!

— Por quê? — pergunta Rho. — Faria alguma diferença? — Ela faz um aceno de cabeça para a menina dar um passo à frente, e esta desliza para fora do cobertor e caminha adiante de pés descalços e tremendo.

— Ela está fazendo esse sacrifício por você — sussurra Rho. — Não a desonre.

A jovem sacerdotisa se ajoelha diante de Mirabella e levanta o olhar. Seus olhos estão límpidos. Elas nem mesmo a drogaram para aliviar a dor. A jovem estende a mão e, relutantemente, Mirabella a toma, permanecendo paralisada enquanto a menina reza. Quando termina, ela se levanta e anda até a face do penhasco.

Está tudo ali. Água no barril. Fogo no braseiro. O vento e o relâmpago sempre na ponta de seus dedos. Ou ela poderia sacudir as rochas e enterrá-la. Talvez isso fosse indolor, pelo menos.

A menina que se tornaria um sacrifício sorri para Mirabella e em seguida fecha os olhos, para tornar a coisa mais fácil. Mas a coisa não fica mais fácil.

Impaciente, Rho faz um aceno de cabeça na direção de uma sacerdotisa que está ao lado do braseiro, e ela acende uma tocha.

— Se você não fizer isso, minha rainha, nós faremos. E a nossa maneira será mais lenta do que a sua.

Greavesdrake Manor

Giselle despeja água morna sobre as bolhas na pele da Rainha Katharine. Os brilhantes vergões vermelhos e cheios de fluido se estendem em tiras ao longo das costas, bem como nos ombros e nas partes superiores dos braços. As bolhas são resultado de uma tintura de urtiga. Natalia fez listras com a substância no corpo de Katharine naquela manhã, pintando-o com uma bola de algodão embebido na tintura.

— Ela foi descuidada — murmura Giselle. — Isso vai deixar uma cicatriz. Não se mexa. — Ela toca Katharine com delicadeza, e uma lágrima escorre pelo rosto da jovem rainha.

Natalia jamais produziria uma tintura tão forte. Mas não foi ela quem preparou a substância. Foi Genevieve.

— Quando ela perceber o que a coisa causou, como o teor da toxina ficou elevado demais, vai mandar aquela irmã dela ser chicoteada na praça.

Katharine consegue rir um pouquinho. Como ela adoraria ver isso. Mas ela não verá. Natalia vai ficar aborrecida ao ver as marcas. Mas qualquer castigo que Genevieve venha a receber será mantido em silêncio e tratado como um assunto privado.

Ela solta o ar enquanto Giselle despeja delicadamente mais água sobre seus ombros. A criada colocou uma infusão de camomila em seu banho para diminuir um pouco o inchaço, mas, mesmo assim, levará dias até que Katharine consiga se vestir normalmente, sem medo de que as bolhas estourem.

— Curve o corpo para a frente, Kat.

Ela obedece e começa a chorar novamente. Através da porta aberta do banheiro, ela consegue ver o quarto, a penteadeira e a gaiola vazia de Docinho.

Sua pequena cobra ficou assustada quando ela caiu no *Gave Noir*. Ela rastejou do punho de Katharine e desapareceu. Provavelmente está morta agora, perdida para sempre em algum lugar nas paredes gélidas de Greavesdrake.

O envenenamento por urtiga não foi um castigo. Isso foi o que Natalia disse, o que lhe assegurou numa voz calma e equilibrada enquanto aplicava listra após listra. Mas Katharine sabe muito bem que isso não é verdade. Há um preço a pagar por fracassar com um Arron, e até mesmo rainhas devem pagar.

Poderia ter sido pior. Conhecendo Genevieve como conhece, ela poderia ter recebido uma injeção contendo veneno de aranha e desenvolvido para sempre em seu corpo cicatrizes oriundas de um processo de necrose.

— Como ela pode fazer isso com você? — pergunta Giselle, pressionando um pano molhado na nuca da rainha.

— Você sabe o motivo — responde Katharine. — Ela faz isso pra me deixar mais forte. Ela faz isso pra salvar a minha vida.

As salas e corredores de Greavesdrake Manor estão maravilhosamente quietos. Por fim, após as muitas chegadas e partidas dos dias anteriores, a casa está em repouso, e Natalia pode relaxar na solidão de seu estúdio e no conforto de sua poltrona de couro favorita. Até alguém bater na porta.

Quando o mordomo entra de mãos vazias, seu rosto desaba.

— Eu estava esperando que você me trouxesse um bule de chá de mangue.

— Certamente, ama. E devo trazer também uma xícara para o seu convidado?

Ela se vira ainda mais na poltrona para ver a figura à espera no corredor ensombrecido. Ela balança a cabeça uma vez, irritada, e seu convidado entra no quarto.

— Depois de trinta anos aqui, é de se imaginar que o meu próprio mordomo soubesse que eu não quero convidados depois de esvaziar a minha casa — diz Natalia, levantando-se.

— Eu estava imaginando pra onde todos haviam ido. Até os serviçais se tornaram fantasmas.

— Eu mandei todo mundo embora hoje de manhã. — Ela havia se cansado dos rostos. Dos olhares presunçosos e acusadores. — Como você está, Pietyr?

O sobrinho se aproxima e lhe dá um beijo no rosto. Até o baile, fazia anos desde a última vez que ela o vira, o único filho de seu irmão Christophe. Era uma criança quando o irmão abandonara o Conselho em favor de uma vida no campo. Mas ele não era mais nenhuma criança, crescera e se tornara um jovem bonito.

— Estou bem, tia Natalia.

— A que devo essa visita? Pensei que você estaria em casa a uma hora dessas, de volta ao campo com meu irmão e Marguerite.

Ele franze ligeiramente o cenho diante da menção do nome de sua madrasta. Natalia não o culpa. A primeira mulher de Christophe era bastante superior. Ela jamais o teria colocado na direção do templo.

— É precisamente isso. Eu estou com a esperança de que você me diga pra jamais voltar pra lá.

Ele dá um passo à frente sem esperar por um convite e se serve de uma dose do conhaque contaminado da tia. Quando ele vê a expressão exasperada dela, diz:

— Desculpe. Você quer um pouco? Pensei ter ouvido que você estava esperando um chá.

Natalia cruza os braços. Ela se lembra agora que Pietyr sempre foi seu favorito entre todos os sobrinhos e sobrinhas. Ele é o único que possui as mesmas maçãs do rosto pronunciadas e os mesmos frios olhos azuis dela própria. Ele possui a mesma boca séria e o mesmo gênio.

— Se você não tem intenção de voltar para o campo, então o que pretende fazer? Você quer que eu te ajude a encontrar alguma vocação na capital?

— Não. — Ele sorri. — Eu estou com a esperança de ficar aqui, com você. Quero ajudar com a rainha.

— Foi com você que ela dançou por tanto tempo — lembra Natalia.

— Foi.

— E agora você acha que sabe de que ajuda ela necessita.

— Eu sei que ela vai precisar de alguma coisa — observa ele. — Eu estava lá fora hoje de manhã quando você a estava envenenando. Ouvi os berros.

— A dádiva dela é teimosamente fraca. Mas está chegando.

— Ah, é? Quer dizer então que você viu um aperfeiçoamento de imunidades? Mas isso se dá em virtude da dádiva dela ou da sua — ele baixa a voz — "prática"?

— Isso não importa. Ela envenena muito bem.

— Bom ouvir isso.

Mas Natalia sabe que Katharine vai precisar de mais do que isso. Nenhuma rainha Arron jamais teve de encarar uma rival tão poderosa quanto Mirabella.

Há gerações a ilha não tem uma rainha com metade da força dela. Até mesmo em Indrid Down os boatos dizem que cada rainha Arron é mais fraca do que a anterior. Fala-se que Nicola podia ficar doente devido à ingestão de cogumelos, e que Camille não conseguia suportar veneno de cobra. Fala-se que a perícia de Camille com as toxinas deixava tanto a desejar que Natalia assassinou suas irmãs para ela.

Mas e daí? A dádiva importa cada vez menos. Coroas não são mais conquistadas, mas criadas, através de políticas e alianças. E nenhuma família na ilha navega essas águas melhor do que os Arron.

— É claro, os Westwood ainda estão nos pressionando — comenta Pietyr. — Eles acham que Mirabella é a escolhida. Que ela é intocável. Mas você e eu sabemos muito bem que se Mirabella for coroada, não será ela quem reinará, mas o templo.

— Sim — diz Natalia. — Desde que Luca começou a mostrar aos Westwood tais favores, eles ficaram todos na palma da sua mão.

Idiotas. Mas o simples fato de serem idiotas não significa que não representem uma ameaça. Se Mirabella vencer a coroa, ela usará seu direito de rainha para substituir cada envenenador no Conselho por um elemental. Por um Westwood. E com um Conselho liderado por um Westwood, a ilha ficará suficientemente fraca para cair.

— Se você tem uma proposta, sobrinho, agora é a hora de expô-la.

— Katharine possui outros ativos — começa Pietyr. — Outras forças. — Ele levanta a taça na direção da luz e espia através do vidro. Com toda certeza não existe conhaque tão bom quanto o servido na residência de Marguerite. — Depois que o Beltane tiver se encerrado — prossegue ele —, os pretendentes delegados estarão bastante próximos das outras rainhas. Eles poderiam transportar veneno pra lá com facilidade, e as nossas mãos ficariam limpas.

— Os pretendentes delegados conhecem as regras. Nenhum deles arriscará ser descoberto.

— Pode ser que sim, se amarem Katharine.

— Isso é verdade — admite Natalia.

Rapazes podem fazer muitas coisas por uma garota se acham que a amam. Infelizmente, Katharine não é bem equipada o bastante para inspirar tal lealdade. Ela é doce, porém excessivamente humilde. E Genevieve está certa quando diz que ela é magricela demais.

— Você consegue melhorá-la se dispuser de algum tempo? — pergunta ela.

TRÊS COROAS NEGRAS   **51**

— Consigo — afirma ele. — E, quando eu tiver terminado meu trabalho, ela será uma joia tão vistosa que eles se esquecerão de tudo acerca de política e de alianças. Eles vão pensar com seus corações.

Natalia ri.

— Seria igualmente interessante se eles pensassem com aquilo que têm entre as pernas.

— Eles também o farão.

O mordomo retorna com um bule contendo chá de mandrágora, mas Natalia o dispensa com um gesto. Ela tomará um conhaque, em vez disso, para selar o acordo que acabaram de acertar. Mesmo que os pretendentes não sejam de nenhuma utilidade para envenenamentos, já valerá a pena somente pela desgraça que a recusa representará para Mirabella.

— E o que você quer em troca de sua ajuda?

— Não muito — responde Pietyr. — Apenas nunca voltar pro meu pai enfraquecido e sua esposa bobalhona. E — seus olhos azuis brilham —, depois que Katharine for coroada, eu quero um assento no Conselho Negro.

Katharine está parada em silêncio num robe preto leve como uma pena enquanto Giselle e Louise tiram os lençóis de sua cama. Depois da noite do banquete e da manhã de dor, eles estão arruinados, com manchas escuras de suor e respingos de sangue. Ou talvez eles ainda possam ser salvos. Louise aprendeu muitos truques de lavanderia desde que se tornou uma de suas criadas. Ela está acostumada a fazer a limpeza depois de um intenso processo de envenenamento.

Katharine fecha bem o robe e estremece quando o tecido se arrasta sobre suas bolhas. Abaixo de sua mão, a gaiola vazia de Docinho está aberta. Sua pobre cobra desaparecida. Ela poderia ter prestado mais atenção quando o animal caiu de seu punho. Ela deveria tê-la deixado aos cuidados de sua serviçal antes do início do banquete. Enjoada como estava, só se deu conta de que Docinho havia desaparecido na manhã seguinte. Tarde demais. Mas o que a deixa verdadeiramente magoada é o fato de que, apesar de estar bastante assustada, a cobra não deu nenhuma picada.

Katharine se sobressalta quando Louise grita, e Giselle dá um forte beliscão no ombro da outra criada. Louise sempre foi desajeitada. Mas sua surpresa tem um motivo. Há um rapaz dentro do quarto da rainha.

— Pietyr — diz Katharine, e ele faz uma mesura.

— Aconteceu alguma coisa com seu bicho de estimação? — pergunta ele e faz um gesto na direção da mão dela sobre a gaiola.

— Minha cobra. Ela sumiu depois do... depois do...

— Natalia mandou os serviçais darem uma busca no salão de baile?

— Eu não quis incomodá-la.

— Tenho certeza de que isso não seria incômodo nenhum. — Ele faz um aceno de cabeça para Louise, que faz uma mesura e sai em disparada para avisar Natalia. Depois, Pietyr também dispensa Giselle.

Katharine aperta o robe ainda mais, apesar das bolhas. A vestimenta está longe de ser apropriada para receber a visita de um convidado.

— Sinto muito por ter entrado sem me anunciar — desculpa-se Pietyr. — Não estou acostumado a seguir hábitos e protocolos. De onde eu venho, no campo, nós tomamos todo tipo de liberdade. Espero que você me perdoe.

— É claro — responde Katharine. — Mas o que... Por que você veio? Todos que estavam no baile já partiram.

— Não eu. — Ele ergue as sobrancelhas. — Tive agora há pouco uma conversa com minha tia e, aparentemente, vou ficar por aqui.

Ele dá um passo na direção dela, mas interrompe o avanço no último instante para inspecionar as garrafas de perfume em cima da penteadeira. Seu sorriso fala de malícia e de um segredo compartilhado entre ambos, ou quem sabe de segredos que virão.

— Ficar? Aqui?

— Exato. Com você. Estou destinado a ser seu melhor amigo, Rainha Katharine.

Katharine empina a cabeça. Isso tudo só pode ser alguma piada muito bem elaborada por Natalia. Katharine jamais entendeu o senso de humor dela.

— Ah. E que tipo de coisas nós faremos?

— Tenho a impressão de que nós dois vamos fazer todo tipo de coisas que os amigos fazem. — Pietyr desliza o braço ao redor da cintura dela. — Quando você estiver bem o bastante pra fazê-las.

— Já sei dançar.

— Há mais coisas além de dançar.

Ele se curva para beijá-la, e ela recua. Foi repentino demais. Ela gagueja um pedido de desculpas. Embora não saiba por que deveria ser ela a se desculpar quando na verdade foi ele quem avançou em excesso. Mas, de qualquer maneira, ele não parece estar zangado.

TRÊS COROAS NEGRAS   **53**

— Está vendo? — Ele sorri. — Você passou tempo demais na companhia das minhas tias e das suas criadas. Elas não te prepararam pra cortejar seus pretendentes muito mais do que te prepararam para o banquete de veneno.

Katharine enrubesce.

— Quem você pensa que é — pergunta ela —, pra dizer algo assim?

— Seu serviçal — responde ele e toca-lhe o rosto. — Sou seu escravo. Estou aqui pra garantir que nenhum dos pretendentes pense em quaisquer das suas irmãs antes de pensarem em você.

Wolf Spring

O dia da volta de Joseph amanhece com o tempo encoberto e feio. Jules observa o clima cinza deitada em sua cama no quarto que divide com Arsinoe. Ela mal dormiu.

— Eles sabiam que ele estava vindo há semanas — comenta ela.

— É claro que sabiam — confirma Madrigal, que está de pé atrás da jovem enquanto Jules se senta diante da penteadeira e tem seus arredios cabelos castanho-escuros escovados.

— Então, por que mandá-lo pra casa agora, dois dias depois do aniversário de Arsinoe? Além de ter perdido a comemoração, ele vai chegar aqui bem a tempo de ver o lixo acumulado nas ruas e as gaivotas e corvos lutando pra bicar os restos de comida.

— Esse é exatamente o motivo — diz Madrigal. — E agora eles precisam fazê-lo pular em cima da gente, pra depois ficar nos observando brigar como galinhas nervosas. A coitada da Annie Sandrin deve estar fora de si.

Sim.

Na casa da família de Joseph, perto do píer, sua mãe estará exasperada, aprontando tudo e esbravejando com seu marido e com Matthew e com Jonah. Esbravejando de felicidade, mas, ainda assim, esbravejando.

— E se ele não vier? — pergunta Jules.

— Por que ele não viria? — Madrigal tenta novamente prender os cabelos de Jules no alto da cabeça. — Aqui é a casa dele.

— Como você acha que ele deve estar? — pergunta ela.

— Se ele for um pouquinho parecido com o irmão, Matthew, então todas as garotas de Wolf Spring estão em perigo — responde Madrigal e sorri. — Quando Matthew tinha a idade de Joseph, metade da cidade nadava atrás do barco dele.

Jules se contorce debaixo da escova.

— Matthew nunca ligou a mínima pra ninguém além da tia Caragh.

— Sim, sim — murmura Madrigal. — Ele era dedicado como um cão de caça à minha séria irmã, exatamente como Joseph sem dúvida será com você. — Ela joga as mãos para o alto, e os cabelos de Jules voam pelos ares. — É inútil tentar qualquer coisa com essa bagunça aqui.

Jules olha com tristeza para o espelho. Madrigal é tão facilmente bela, com seus cabelos cor de mel e membros flexíveis e graciosos. Ninguém jamais adivinharia que ela e Jules são mãe e filha. Às vezes, Jules desconfia que Madrigal gosta que seja assim.

— Você devia ter dormido mais — repreende Madrigal. — Você está com olheiras escuras.

— Eu não consegui, não com Camden se levantando e dando voltas de minuto em minuto.

— E por que você acha que ela não estava conseguindo dormir? O seu nervosismo a mantém acordada. Se ela der de cara com a mesa e quebrar alguma coisa hoje, vai ser culpa sua. — Madrigal sai de trás da filha e estuda a si mesma. Ela toca as extremidades de suas ondas macias e douradas e borrifa perfume no longo e branco pescoço.

— Fiz tudo o que estava ao meu alcance — conclui. — Ele vai ter que te amar como você é.

Arsinoe sobe a escada e encosta na porta.

— Você está com uma aparência ótima, Jules.

— Você deveria deixar ele vir até você — sugere Madrigal.

— Por quê? Ele é meu amigo. Isto não é um jogo. — Jules se afasta bruscamente da penteadeira e desce a escada. Ela passou pela porta e já percorreu metade da longa trilha de terra quando repara que Arsinoe permaneceu perto da casa.

— Você não vem?

A rainha enfia as mãos nos bolsos.

— Acho que não. Isso deve ser só entre vocês dois.

— Ele vai querer te ver.

— Eu sei. Mas em outra hora.

— Bom, ande comigo um pouquinho pelo menos!

Arsinoe ri.

— Tudo bem.

Elas percorrem juntas a estreita e sinuosa estrada que vai da propriedade até a cidade, passando pelas docas, pela praça e pelo mercado de inverno. Assim que alcançam a crista da última colina antes da enseada, Arsinoe para.

— Você alguma vez já imaginou o que estaríamos fazendo se tudo tivesse sido diferente?

— Diferente como? — pergunta Jules. — Se a gente nunca tivesse tentado fugir? Se tivéssemos conseguido? Ou então se eles tivessem nos banido também?

Mas apenas Joseph foi banido. A sentença de Jules foi ser a solitária parteira e babá das rainhas. Viver sozinha no Chalé Negro como serviçal da Coroa, sua única companhia a rainha e seu rei consorte durante a gravidez, e a trinca, até as irmãs crescerem e atingirem a idade de direito. Ela estaria agora no Chalé Negro se sua tia Caragh não tivesse se oferecido para assumir seu lugar.

— Eles deveriam ter me matado — sussurra Arsinoe. — Eu devia ter me oferecido, em troca da permissão pra que Joseph ficasse. Em troca da permissão pra que Caragh não fosse para aquela casa.

— Eles queriam matar todos nós — observa Jules. — Natalia Arron teria mandado nos envenenar e nós ficaríamos nos contorcendo e espumando no chão do Conselho. Bem ali no Volroy.

Ela teria feito um desfile com os corpos pela praça da cidade em Indrid Down, se imaginasse que isso pudesse ser levado a cabo. Elas tinham apenas onze anos de idade na época.

— Esse ainda pode ser o nosso destino, se sairmos da linha — comenta Arsinoe. — E vai ser ruim. Eles vão bolar alguma coisa pra gente morrer ao longo de vários dias. Com sangue escorrendo dos olhos e da boca. — Ela cospe no cascalho. — Envenenadores.

Jules suspira e olha para a cidade na qual cresceu. Construções de madeira grudadas umas nas outras contornam a enseada como um aglomerado de cracas cinzentas. Wolf Spring parece feia hoje. Com uma aparência que não chega nem perto de ter a grandeza necessária para atrair Joseph ou qualquer outra pessoa.

— Você acha que ele tem uma dádiva? — pergunta Arsinoe.

— Provavelmente não terá muita coisa. Nenhum dos outros Sandrin tem. Exceto Matthew, encantador de peixes.

—Acho que Matthew só contou isso pra sua tia Caragh pra impressioná-la — sugere Arsinoe. — A verdadeira dádiva dele é encantar garotas, e todos os rapazes Sandrin possuem essa dádiva. Até Jonah já começou a ir atrás delas.

Jules xinga baixinho. Foi exatamente o que Madrigal disse.

— É disso que você tem medo?

— Eu não tenho medo — retruca Jules. Mas ela está com medo. Ela está com muito medo de que ele tenha mudado e que seu Joseph não exista mais. Que seu Joseph tenha desaparecido nos cinco anos em que eles ficaram separados um do outro.

Camden trota à frente, percorrendo a beira da estrada, e dá um bocejo.

— É que eu não sei o que fazer com ele, só isso. Simplesmente não vai dar mais pra gente pegar sapos e caramujos no Welden Stream.

— Não com esse tempo — concorda Arsinoe.

— Como é que você acha que são as garotas do continente? — pergunta Jules.

— As garotas do continente? Ah, elas são terríveis. Horríveis.

— É claro. É por isso que a minha linda mãe se encaixa tão bem lá.

Arsinoe resfolega.

— Se elas tiverem alguma semelhança com Madrigal — diz ela —, então você não tem nada com que se preocupar.

— Mas talvez ela estivesse certa. Talvez eu não devesse ter vindo.

Arsinoe a empurra para a frente, com dureza.

— Desça lá, sua idiota — incentiva. — Ou você vai se atrasar.

Então Jules desce na direção da doca, onde está a família de Joseph com seus melhores casacos pretos. Seu barco ainda não pode ser visto no horizonte, mas sua mãe, Annie, já está em cima de um engradado se esforçando para ver. Jules poderia esperar com eles. Ela é bem-vinda ao lar dos Sandrin desde que ela e Joseph eram crianças, antes inclusive de sua tia Caragh e do irmão de Joseph, Matthew, terem decidido se casar. Mas, em vez disso, ela faz um desvio, atravessando a praça, para observar de longe.

Na praça, as tendas ainda estão montadas. Uma parte foi limpa, porém não todas elas. Desde o fim das festividades, Wolf Spring está envolta em uma ressaca coletiva. Pouca coisa de fato foi feita. Através das abas abertas das tendas, Jules espiona travessas ainda dispostas sobre a mesa principal, cobertas pelas asas pretas dos pássaros. Os corvos encontraram o que restou do bacalhau. Depois que eles se fartarem, alguém jogará as espinhas de volta à água.

Nas docas, mais pessoas se reuniram, e não apenas no píer. Ao redor de toda a enseada, cortinas e persianas foram abertas, e aqui e ali, algumas pessoas se aventuraram a aparecer na janela, fingindo varrer as sacadas.

Ela sente uma cutucada na cintura e olha para os famintos olhos verde-amarelos de Camden. Seu próprio estômago também está roncando. Na escrivaninha de Jules, no quarto, está uma bandeja intocada contendo chá e pão com manteiga. Mais cedo, nem passou pela sua cabeça a possibilidade de comer. Mas agora ela nunca se sentiu tão vazia.

Ela compra peixe para Camden no mercado de inverno, uma vistosa perca-do-mar de olhos límpidos e cauda curvada, como se tivesse sido congelada enquanto ainda nadava. Para si, ela compra algumas ostras recolhidas naquela manhã por Madge e as retira da concha com sua faca de lâmina grossa.

— Pronto. — Madge lhe entrega um recipiente com vinagre. Ela empina a cabeça na direção da enseada. — Você não devia estar lá, bradando com o resto?

— Eu não gosto de multidões.

— Eu não a culpo. — Ela põe na mão de Jules um outro marisco. — Para o puma — acrescenta ela, dando uma piscadela.

— Obrigada, Madge.

Nas docas, a multidão se agita, e o movimento alcança o alto da colina e o mercado. O pescoço de Madge se estica.

— Ei, olha lá. Chegou.

O barco de Joseph entrou no porto. Despistou a todos; já está perto o bastante para que Jules possa distinguir os marujos no deque.

— Velas pretas, todas elas — observa Madge. — Alguém do continente está tentando puxar nosso saco.

Jules estica o corpo o máximo que consegue. Lá está o barco. Levando consigo o momento com o qual ela tem sonhado, e se apavorado, nos últimos cinco anos.

— É melhor você descer lá, Jules Milone. Todos nós sabemos que é o seu rosto que ele vai querer ver.

Jules presenteia Madge com um sorriso, e então ela e Camden disparam para longe do mercado de inverno. Os pés dela batem com firmeza no piso da praça ao passar pelas tendas flácidas.

Há muitas pessoas reunidas, decididas a vir para o porto depois que a curiosidade as venceu. Ela não vai conseguir passar. Nem mesmo com Camden abrindo caminho. A menos que o felino comece a mostrar as garras e a rosnar, fato que vovó Cait jamais aprovaria e sobre o qual ela certamente ficaria sabendo.

Jules anda de um lado para o outro, inquieta, no declive em que acompanha o movimento. Eles desembarcam troncos a princípio. Pertences e talvez mercadorias para serem comercializadas. Presentes. Jules espia o barco do continente. Parece deslocado na Enseada de Sealhead, pintado com uma tinta branca brilhante e com um excesso de ouro e prata ao redor das janelas e massames. Sob o soturno dia de Wolf Spring, a embarcação praticamente refulge.

Então Joseph pisa na prancha de desembarque.

Ela saberia que era Joseph mesmo sem os gemidos da mãe dele. Ela teria sabido mesmo ele estando mais alto e mais velho, e toda a suavidade infantil em seu rosto tendo se dissolvido com o tempo.

Os Sandrin correm efusivamente para recebê-lo. Matthew o levanta num forte abraço, e seu pai dá tapinhas nas costas dos dois. Joseph passa a mão nos cabelos de Jonah. Annie não solta o paletó de Joseph.

Jules dá meio passo para trás. Cinco anos é um longo tempo. Um tempo longo o bastante para esquecer alguém. O que ela fará se ele a vir na colina e sorrir educadamente? Se acenar para ela com a cabeça enquanto passa por sua família?

Ela já está se afastando quando ele chama seu nome. Ele grita seu nome, alto, por cima de todos.

— Jules!

— Joseph!

Eles correm na direção um do outro, ele lutando em meio à multidão, e ela descendo o declive a toda velocidade. O paletó preto dele voa aberto sobre uma camisa branca, e eles colidem.

Não se trata de um encontro de contos de fada, nada parecido com o que ela imaginava ou sonhava durante todo esse tempo em que ele esteve ausente. O queixo dela se gruda ao peito dele. Ela não sabe onde colocar os braços. Mas ele está ali, real e sólido, ambos mudados e nem um pouco mudados.

Quando se separam, ele a toma pelos ombros, e ela o segura pelos cotovelos. Ela começou a chorar um pouco, mas não de tristeza.

— Você está tão...

— E você também. — Ele enxuga o rosto dela com o polegar. — Meu Deus, Jules. Eu estava com medo de não te reconhecer. Mas você não mudou praticamente nada!

— Não mudei? — pergunta ela, mortificada subitamente pelo fato de ser tão pequena. Ele vai pensar que ela ainda é uma criança.

— Eu não me referi a isso — conserta ele. — É claro que você cresceu. Mas como é que eu pude pensar que não reconheceria esses olhos?

Ele toca a têmpora dela, ao lado do olho azul, e então a outra, ao lado do verde.

— Por muito tempo eu tive certeza que te veria, se ao menos olhasse com afinco.

Mas isso era impossível. O Conselho não dera permissão para nenhuma correspondência entre eles. Jules e sua família ficaram sabendo apenas que ele estava no continente, cuidado e vivo até aquele momento. Seu banimento era absoluto.

Camden desliza ao redor da perna de Jules e ronrona. O movimento parece quase tímido, mas Joseph dá um salto para trás.

— Qual é o problema?

— Qu... qual é o pr...? — tartamudeia ele e depois ri. — É claro. Tenho a impressão de que estive longe tempo demais. Eu tinha esquecido o quanto Fennbirn pode ser estranha.

— Como assim "estranha"?

— Você entenderia se saísse daqui. — Ele estende a mão para Cam farejá-la, e o felino lambe seus dedos. — Ele é um Familiar.

— *Ela* é um Familiar — corrige Jules. — Essa aqui é a Camden.

— Mas... mas ela não pode...

— Pode, sim. Ela é minha.

Ele olha ora para a menina ora para o puma.

— Mas ela deveria ser de Arsinoe. Pra ter um Familiar como esse, você deve ser a naturalista mais forte dos últimos cinquenta anos — comenta ele.

— Sessenta. Pelo menos, é o que se diz por aí. — Jules dá de ombros. — Uma rainha naturalista ascende, e a dádiva ascende com ela. Ou será que você também se esqueceu disso?

Joseph sorri e coça atrás das orelhas de Camden.

— O que Arsinoe tem, então? E onde ela está? Há algumas pessoas aqui que eu quero que ela conheça. Uma mais do que as outras.

— Quem?

— Meu irmão de criação, William Chatworth Jr. E o pai dele. Eles têm uma delegação este ano.

Ele olha para ela com malícia. O templo não vai gostar de saber que eles estão aqui. Delegações não podem chegar até o início do Festival de Beltane, e pretendentes só têm permissão para conversar com as rainhas depois que a Aceleração for encerrada. Ela imagina quem seriam esses homens para conseguir driblar as regras.

Joseph acena com a cabeça para alguém por sobre seu ombro esquerdo, e Jules se vira para ver Autumn, uma sacerdotisa do Templo de Wolf Spring, aproximando-se com uma fisionomia sombria.

— Juilenne Milone — chama ela delicadamente. — Perdoe-me a intrusão. O templo deseja dar as boas-vindas a Joseph Sandrin em seu retorno. Nós gostaríamos de levá-lo, e também a família dele, para que recebam uma bênção no altar.

— É claro.

— Mas precisa ser agora? — pergunta Joseph, resmungando quando a sacerdotisa não responde.

Na colina do leste está situado o Templo de Wolf Spring, um círculo branco de tijolos cercado de pequenos chalés que servem de moradia para as sacerdotisas. Autumn é uma entre apenas doze sacerdotisas que lá residem. O lugar sempre pareceu solitário a Jules nas vezes em que ela lá esteve para rezar. Exceto em dias de festival, o templo está quase sempre vazio, com exceção de Autumn, que cuida do terreno e das outras, que cuidam dos jardins.

— E, como sempre — diz Autumn —, nós estendemos o convite à Rainha Arsinoe, para que também venha receber uma bênção.

Jules assente com a cabeça. Arsinoe nunca pôs os pés dentro do templo. Ela diz que não rezará para uma Deusa de costas.

— Escute — diz Joseph —, eu apareço lá quando estiver pronto. Se é que vou aparecer.

O rosto sereno de Autumn se transforma numa carranca. Ela gira nos calcanhares e vai embora.

— Isso não foi exatamente uma recepção de boas-vindas — comenta Jules. — Sinto muito.

— Não preciso de mais boas-vindas do que isso. — Joseph coloca o braço nos ombros dela. — Você. Aqui. E a minha família. Venha comigo dar um alô pra eles. Quero vocês todos perto de mim, pelo tempo que eu puder.

* * *

Madrigal diz para Arsinoe que elas vão para as colinas caçar faisões. Ela lhes encantará e Arsinoe atirará neles.

— Você nunca saiu pra caçar na vida — observa Arsinoe, colocando sobre o ombro sua pequena besta e um saco com flechas. — O que é que a gente vai realmente fazer?

— Eu não sei do que você está falando — responde Madrigal. Ela joga para trás os bonitos cabelos castanhos, mas a maneira como olha pela janela da cozinha, onde Cait está preparando um cozido, diz a Arsinoe que ela está certa.

Juntas, elas caminham bem para o norte, subindo a trilha, passando pela clareira, pela Lagoa Dogwood e entrando na floresta. Arsinoe enterra os tornozelos na neve. Madrigal cantarola uma musiquinha, graciosa apesar da ventania. Sua Familiar, Aria, voa bem acima das árvores. Ela nunca pousa nos ombros de Madrigal, como Eva pousa nos de Cait. É quase como se elas não tivessem nenhum laço familiar. Ou talvez isso signifique apenas que Aria nunca combine com os trajes que Madrigal gosta de vestir.

— Madrigal, nós estamos indo pra onde?

— Não é muito longe.

Já está distante demais. Elas subiram bastante, até um local onde grandes pedras cinzentas aparecem no chão. Algumas delas são apenas rochas, e outras são principalmente os restos de monólitos enterrados da época em que a ilha era verdadeiramente velha e tinha um nome diferente.

No inverno, entretanto, elas ficam escondidas sob a neve e são escorregadias. Arsinoe quase cai duas vezes.

Madrigal muda de rota e anda ao longo de uma elevação a sotavento, onde a neve é menos profunda. É um lugar esquisito onde o tronco espesso e os galhos nus de uma árvore estão curvados, formando uma espécie de dossel. No sopé da colina, Madrigal tem um esconderijo com madeira seca e dois banquinhos de três pés. Ela entrega um dos banquinhos a Arsinoe e começa a dispor a madeira para acender uma fogueira, trançando finos gravetos. Em seguida, despeja óleo de um frasco de prata sobre a lenha e a acende com um fósforo.

As chamas sobem e crepitam. As pequenas toras são rapidamente tomadas pelo fogo.

— Até que não foi tão ruim pra uma naturalista — pontua Madrigal. — Embora talvez fosse mais fácil se eu fosse uma elemental. Às vezes eu fico imaginando que preferiria ser quase qualquer coisa que não uma naturalista.

— Até uma envenenadora? — pergunta Arsinoe.

— Se eu fosse uma envenenadora, eu estaria vivendo numa casa grandiosa em Indrid Down em vez de naquele chalé cheio de correntes de ar que minha mãe tem à beira-mar. Mas não. Eu estava pensando, quem sabe, na dádiva da guerra. Ser uma guerreira seria bem mais excitante. Ou então ter visões e saber o que acontecerá no futuro.

Arsinoe posiciona seu banquinho perto do fogo. Ela não menciona que a casa Milone é bem mais do que um chalé cheio de correntes de ar à beira-mar. É assim que Madrigal sempre considerará a casa.

— Por que você voltou? — pergunta Arsinoe. — Se você está tão insatisfeita? Você viveu seis anos no continente; poderia ter ficado lá.

Madrigal cutuca as chamas com um graveto comprido.

— Por causa de Jules, é claro — responde. — Eu não conseguiria ficar longe e deixar que ela fosse criada pela chata da minha irmã. — Ela faz uma pausa.

Sabe que falou demais. Ninguém na família jamais ouvirá uma palavra sequer sendo proferida contra Caragh. Principalmente depois que ela assumiu o lugar de Jules no Chalé Negro. Como isso deve perturbar Madrigal, que dificilmente tem alguma palavra gentil a dizer.

— E por você — completa ela, dando de ombros. — Uma nova rainha. Eu nem era nascida quando a última foi coroada, de modo que nunca poderia perder um evento como esse. Você é a única coisa estimulante que essa ilha já viu em todo esse tempo.

— Sim, estimulante — repete Arsinoe. — Imagino que a minha morte vai ser bastante estimulante.

— Não seja tão amarga — repreende Madrigal. — Estou do seu lado, ao contrário de metade dessas pessoas. Por que acha que eu fiz você percorrer todo esse caminho até aqui em cima?

Arsinoe deposita a besta e as flechas ao lado do pé e enfia as mãos geladas nos bolsos. Ela deveria ter se recusado a vir. Mas com Jules em Wolf Spring, na companhia de Joseph, seria isso ou fazer tarefas.

— O que você acha que a minha Juillenne está fazendo lá na cidade? — Madrigal medita, remexendo algo em seu casaco. Ela tira um saquinho e o deposita no colo.

64 KENDARE BLAKE

— Dando boas-vindas a um velho amigo — diz Arsinoe. — O melhor amigo dela.

— *Você* é a melhor amiga dela — corrige Madrigal astutamente. — Joseph Sandrin sempre foi... uma outra coisa.

Ela tira quatro coisas do saco: uma trança de cabelo curva, uma tira de tecido cinza, um pedaço de fita de cetim preta e uma afiada faca de prata.

— Magia baixa — observa Arsinoe.

— Não fale assim. Essa é a maneira como elas falam no templo. Isto aqui é o sangue vital da ilha. A única coisa que permanece da Deusa no mundo exterior.

Arsinoe observa Madrigal dispor os itens numa fileira cuidadosa. Ela não pode negar o fato de que está fascinada. Há uma guinada diferente no ar aqui e uma sensação peculiar no chão, como um pulsação cardíaca. É estranho ela jamais ter esbarrado antes nesse lugar e nessa árvore curva. Mas é a verdade. Se tivesse, reconheceria imediatamente.

— Seja como for — continua Arsinoe —, magia baixa não é dádiva de rainha. Nós não somos como todas as outras pessoas. Nossa linhagem é... — Ela para. "Sagrada", ela quase diz. Da Deusa. É verdade, mas as palavras deixam um gosto amargo em sua boca. — Eu não deveria fazer isso. Eu devia descer até a água e berrar pra um caranguejo até ele ficar prostrado na minha frente.

— Quanto tempo você já gastou tentando fazer isso? — pergunta Madrigal. — Quantas vezes você chamou um Familiar que não aparece?

— Ele virá.

— Virá, sim. Se levantarmos a sua voz.

Madrigal sorri. Arsinoe nunca pensa em Madrigal como uma mulher bela, embora muitas e muitas pessoas, sim. "Bela" é uma palavra delicada demais para o que ela é.

— Jules vai me ajudar a levantá-la.

— Não seja teimosa. Jules pode não ser capaz disso. Para ela, as coisas acontecem com muita facilidade. A dádiva está lá, na ponta dos dedos. Ela me faz lembrar da minha irmã nesse ponto.

— É mesmo?

— É. Caragh abriu os olhos um dia e obteve a dádiva. Toda ela. Exatamente como Jules. Não veio tão brutalmente forte como aconteceu com Jules, mas foi forte o suficiente pra virar a cabeça dos meus pais. E ela fez isso sem trabalho. — Madrigal atiça o fogo e lança fagulhas no ar. — Eu às vezes ficava imaginando se Caragh não é, de certa forma, a mãe de verdade de Jules. Muito embora eu me lembre de ter dado à luz. Elas ficaram muito próximas depois que voltei pra ilha. Jules até se parece mais com ela.

— Então você quer dizer que ela é mais "feia". — Arsinoe franze o cenho.

— Eu não disse isso.

— O que mais você poderia querer dizer? Você e Caragh se parecem. E Jules não se parece nem um pouco com nenhuma das duas. A única característica que ela e Caragh têm em comum é que ambas são menos bonitas do que você. Jules estabeleceu um laço com Caragh, mas o que você poderia esperar? Você estava longe. Caragh a criou.

—A criou — repete Madrigal. — Ela não tinha nem completado nove anos quando eu voltei.

Ela pega o pano em seu colo e arranca alguns fios soltos até que as bordas ficam limpas.

— Talvez eu me sinta mesmo culpada por ter ido embora — diz ela, mirando o trabalho que acabou de realizar. — Talvez seja por isso que eu esteja aqui agora.

Arsinoe estuda o pedaço de tecido cinza. Estuda a trança de cabelos castanho-escuros e imagina a quem ela pertence. Sob a árvore curva a brisa aquietou, e o fogo queima tranquilamente. O que quer que Madrigal esteja fazendo, não deveria estar sendo feito. Magia baixa é para os mais humildes ou desesperados. Mesmo quando funciona, há sempre um preço a pagar.

— Você reparou que ninguém está em pânico pelo fato da sua dádiva não ter aparecido? — pergunta Madrigal. — Cait não está. Ellis não está. Nem Jules está de fato. Ninguém imagina que você vai sobreviver, Arsinoe. Porque rainhas naturalistas não sobrevivem. A menos que sejam feras, como Bernadine e seu lobo. — Ela dá um nó na faixa de tecido e o usa para ancorar um outro nó ao redor da trança.

—A Grande Rainha Bernadine — murmura Arsinoe. — Você sabe o quanto eu estou cansada de ouvir falar dela? Ela é a única rainha naturalista de que alguém se lembra.

— Ela é a única que vale a pena ser lembrada — completa Madrigal. — E apesar de toda a selvageria deles, o povo de Wolf Spring se acostumou com isso. Eles aceitaram isso. Mas eu, não.

— Por que não? — pergunta Arsinoe.

— Não tenho certeza. — Madrigal dá de ombros. — Talvez seja porque acompanhei você crescendo sob a sombra do poder de Jules, do mesmo jeito que eu cresci sob a de Caragh. Ou talvez porque eu quero que a minha filha me ame, e se eu te salvar, talvez ela possa aprender a me amar.

Ela levanta o pedacinho de trança e tecido. Arsinoe sacode a cabeça.

— Isso vai dar errado. Algo sempre dá errado quando eu estou envolvida. Alguém vai acabar se ferindo.

— Você vai se ferir quando as suas irmãs te matarem — lembra Madrigal, apertando o encanto na mão de Arsinoe.

Parece um inofensivo pedaço de lixo. Mas a sensação não é essa. A sensação é de algo com um peso muito maior do que uma trança e uma tira de pano deveriam ter. E mais vivo do que qualquer botão de rosa em sua mão.

—A Deusa está aqui, neste lugar — diz Madrigal. —As sacerdotisas rezam pra ela como se ela fosse um ser, alguma criatura distante, mas você e eu sabemos muito bem que não é assim. Nós a sentimos dentro da ilha. Em todos os lugares. Você a sentiu na névoa naquela noite, no barco, quando ela se recusava a te deixar partir. Ela é a ilha, e a ilha é ela.

Arsinoe engole em seco. As palavras lhe dão uma sensação de verdade. Talvez, no passado, a Deusa tenha estado em todas partes, esparramada pelo céu até o continente. Mas agora ela está contida, enroscada em si mesma como se fosse uma fera enjaulada. Igualmente poderosa. Igualmente perigosa.

— Esse cabelo é de Jules? — pergunta Arsinoe.

— Sim. Eu peguei quando a estava penteando hoje de manhã pra fazer um coque. Demorou uma eternidade pra alisá-lo e juntar as tranças.

— E o tecido? — Ele parece velho, enrugado e sujo.

— Uma tirinha da camisa de Joseph, de quando ele era um menino. Ou pelo menos é o que diz a minha mãe. Ele estragou a camisa num prego no celeiro, e Jules a guardou depois de lhe dar uma nova. Não sei como ela se lembra dessas coisas. — Ela bufa. — Mas é claro que existem outras coisas de Joseph que nós poderíamos usar, embora ninguém queira que ele saia por aí caçando Jules como um veado no cio.

— Isso é um feitiço de amor — conclui Arsinoe. — Você está me ensinando a usar magia baixa pra fazer um feitiço de amor pra Jules?

— Existe motivação mais pura neste mundo? — Madrigal lhe estende o pedaço de fita preta. — Enrole bem e depois amarre com isto aqui.

— Como você sabe fazer isso? — Arsinoe quer saber. Embora, na verdade, ela tenha a sensação de que ela própria sabe como fazê-lo. Seus dedos envolvem a trança e o tecido sem nenhum esforço, e ela saberia como pegar a fita mesmo que Madrigal não a tivesse instruído.

— Fora da ilha, não há mais nada — sussurra Madrigal. — Feche os olhos. Olhe dentro das chamas.

— Jules iria querer ela mesma fazer isso. Não, ela não faria isso de jeito nenhum. Ela não precisa.

Do outro lado do fogo, Madrigal franze os lábios pesarosamente. Qualquer menina em Wolf Spring sabe a respeito dos rapazes Sandrin. Seus sorrisos maliciosos e os olhos como nuvens tempestuosas refletidas no mar. O vento em seus cabelos escuros. Joseph ficará assim agora. E muito embora Arsinoe ame Jules e a ache linda, ela sabe que Jules não tem o tipo de beleza capaz de prender um rapaz como aquele.

Arsinoe baixa os olhos para o amuleto, que se entrelaça em seus dedos. Momentos atrás, era um pedacinho de nada a ser jogado na lixeira ou oferecido aos pássaros para que usassem como revestimento de seus ninhos. Mas há mais coisas nesse nó que Madrigal produziu e nos pedaços onde o cabelo de Jules e a camisa de Joseph estão atados um ao outro.

Ela termina de dar a última volta na fita e prende a extremidade. Madrigal pega a faca prateada e faz um talho na parte inferior do antebraço de Arsinoe com tanta rapidez que o ferimento leva alguns segundos para verter sangue.

— Ai — reclama Arsinoe.

— Não doeu.

— Doeu, sim, e você poderia ter me avisado antes de fazer isso.

Madrigal a dispensa e pressiona o amuleto no sangue que escorre. Ela aperta o braço de Arsinoe, espremendo-o de encontro aos nós como se espreme leite num balde.

— O sangue de uma rainha — diz Madrigal. — O sangue da ilha. Graças a você, Jules e Joseph jamais voltarão a se separar.

Arsinoe fecha os olhos. Jules e Joseph. Eles eram inseparáveis desde o nascimento, até ela aparecer. Até eles tentarem salvá-la, sendo separados pelos problemas surgidos com essa tentativa. O Conselho Negro não impôs nenhuma punição a Arsinoe por sua participação na fuga. Com exceção da culpa. E nos anos que se seguiram, a culpa pelo fato de Jules ter perdido Joseph vem punido-a incessantemente.

Madrigal solta o braço dela, e Arsinoe curva o cotovelo. O sangramento arrefeceu, e o corte começa a latejar. Madrigal não foi prevenida o bastante a ponto de trazer consigo alguma coisa para limpar a ferida, ou mesmo um curativo. Talvez o preço da magia seja a perda do braço de uma rainha.

Madrigal desliza o encanto para dentro de uma bolsa preta. Quando a entrega a Arsinoe, seus dedos estão pegajosos e vermelhos, e o amuleto lhe parece um pequeno coração batendo.

— Depois que secar — orienta Madrigal —, mantenha-o em algum lugar seguro. Debaixo do travesseiro. Ou junte-o a seu próprio cabelo, se puder evitar cortá-lo constantemente.

Arsinoe segura o amuleto. Agora que o feitiço foi feito, ele parece errado; algo deturpado, distorcido a partir de boas intenções. Ela não sabe por que fez isso. Ela não tem desculpa, exceto pelo fato de que foi uma coisa fácil, e nada jamais foi fácil para ela antes.

— Eu não posso fazer isso com a Jules. Eu não posso tirar a vontade dela dessa maneira. Independente do motivo, ela não iria querer isso.

Antes que possa reconsiderar, Arsinoe lança o encanto ao fogo. O saco queima e se desfaz como se não fosse nada, e o cabelo de Jules e a tirinha de pano ressecada da camisa de Joseph escurecem e se contraem como as pernas de um inseto moribundo. A fumaça que eles produzem é malcheirosa. Madrigal dá um berro e se levanta prontamente.

— Apague esse fogo e vamos voltar pra casa — ordena Arsinoe. Ela tenta soar como uma rainha, mas está trêmula e fraca, como se tivesse perdido meio litro de sangue, e não umas poucas colheradas.

— O que foi que você fez? — pergunta Madrigal, arrasada. — O que você acabou de fazer com a nossa pobre Jules?

Rolanth

No pátio resguardado no lado leste do terreno do templo, Mirabella consegue ficar sozinha. É um dos poucos lugares aos quais as sacerdotisas permitem que ela vá desacompanhada. Um dos poucos lugares que elas consideram seguro. Mesmo quando ela reza no altar, uma ou duas delas estão lá, em pé nas sombras. Somente no pátio, e em seu quarto na Westwood House, ela pode ficar a sós consigo mesma. Livre para pensar ou repousar, e inclusive chorar.

Ela tem chorado frequentemente desde o teste de Rho nos penhascos. Ela escondeu a maioria das lágrimas. Mas não todas. Notícias de sua inquietude se espalharam rapidamente, e as sacerdotisas começaram a lançar olhares suspeitos em sua direção. Elas não conseguem decidir se o choro dela é um sinal de fraqueza ou de uma grande misericórdia. De uma forma ou de outra, elas prefeririam que ela não chorasse.

Mirabella engata as pernas no frio banquinho de pedra. Assim que ergue o pé, um pequeno pica-pau preto e branco com a cabeça tufada aterrissa em sua pegada e salta para a frente e para trás.

— Oh! — É uma coisa vivaz, com espertos olhos pretos. Ela mexe nos bolsos da saia e sacode delicadamente as dobras da capa. — Sinto muito. Eu não tenho nenhuma semente pra te dar.

Ela deveria ter trazido um pouco. Pombos arrulhando seriam uma distração bem-vinda.

— Não é semente o que ele quer.

Mirabella se vira. Uma jovem iniciante está na entrada do pátio, na abertura da sebe encrustada de neve. Ela aperta com firmeza o manto branco de encontro ao corpo para se proteger do vento gelado.

Mirabella limpa a garganta.

— Então, o que ele quer?

A menina sorri e entra no pátio.

— Ele quer te animar.

Ela abre o capuz do manto e o pica-pau voa rapidamente do chão para mergulhar em seu colarinho.

Os olhos da rainha se arregalam.

— Você é uma naturalista.

A menina assente, balançando a cabeça.

— Meu nome é Elizabeth. Cresci em Bernadine's Landing. Espero que você não se importe com a minha intrusão. É que você parecia tão triste. E Pepper sempre consegue me fazer sorrir.

O pequeno pássaro espia da parte traseira do capuz da menina e desaparece novamente com a mesma rapidez. Mirabella observa com interesse. Ela jamais viu um Familiar; no templo, sacerdotisas renunciam a sua dádiva, e Familiares são proibidos.

— Como você conseguiu mantê-lo? — pergunta Mirabella.

Elizabeth esfrega a bochecha bronzeada na cabeça do pássaro.

— Por favor, não conte pra ninguém. Elas o matariam assim que o vissem. Tentei mantê-lo longe, mas ele não vai embora. Imagino que tenha sorte pelo fato de ele ser fácil de esconder. É cruel nos obrigar a abandoná-los antes de pegarmos nossas pulseiras. E se eu mudar de opinião e sair do templo? Onde Pepper vai ficar nesse caso? Na floresta aqui perto? Ou bem no alto das montanhas, onde pode ser que ele nunca ouça o meu chamado?

— Você ser obrigada a abandoná-lo é, de fato, algo cruel — concorda Mirabella.

Elizabeth dá de ombros.

— A minha mãe diz que, no passado, as sacerdotisas não eram obrigadas a fazer isso. Mas agora há muitas cisões na ilha. Naturalista contra envenenador contra elemental. Até aquelas poucas pessoas com a dádiva da guerra, ou aquelas ainda mais raras, que possuem a dádiva da visão, são hostis umas com as outras. — Ela olha para Pepper e suspira. — Renunciar a eles nos une. E o sacrifício faz com que a gente forme um laço em torno de nossa fé. Mas você está certa. Ainda assim, é uma coisa cruel.

— Posso? — pergunta Mirabella, estendendo a mão. Elizabeth sorri, e o pequeno pássaro voa rapidamente para se empoleirar nas pontas dos dedos de Mirabella.

— Ele gosta de você — comenta Elizabeth.

Mirabella ri.

— É gentil da sua parte. Mas você é uma naturalista. Esse pássaro faz o que você mandar.

— Não é exatamente assim que funcionam os laços entre nós e os Familiares. E, de qualquer modo, você seria capaz de saber. Ele ficaria hesitante e com os olhos menos brilhantes. E talvez fizesse cocô na sua mão.

— Sorte ele ter gostado de mim, nesse caso.

Pepper pisca uma vez e em seguida dispara, voltando para a segurança do capuz de Elizabeth.

— Vendo você aqui sozinha, tão triste, eu tinha que ver se nós poderíamos ajudar. — Elizabeth se senta no banquinho ao lado dela. — Eu sei por que você chora.

— Imagino que todas as sacerdotisas no templo saibam.

Elizabeth faz que sim com a cabeça.

— Mas significa algo especial pra mim — diz ela —, já que quase fui eu a garota a ser sacrificada.

— Você?

— O sentido que elas dão à coisa — explica ela. — O dever e a comunhão com a Deusa. Eu quase disse sim. Achava que era meu dever dizer sim. O nome dela é Lora. A voluntária. Ela morreu acreditando que fez um grande serviço. E há maneiras piores de se morrer do que aquela.

Maneiras piores, como ser queimada viva pelas irmãs sacerdotisas. Mirabella tentou seguir essa linha de pensamento. Dizer para si mesma que salvara a garota das chamas. Não funcionou. Não era correto, independente de como havia acontecido.

— Todas nós temos uma natureza dupla, Rainha Mirabella. Toda dádiva é luz e treva. Nós, naturalistas, podemos fazer as coisas crescerem, mas também podemos atrair lagostas para panelas, e nossos Familiares destroçam coelhos.

— Sim. Eu sei disso.

Elementais queimam florestas com a mesma facilidade que fazem chover sobre elas. A dádiva da guerra serve tanto para proteger o bem como para promover chacinas. Mesmo aqueles com a visão são frequentemente amaldiçoados com loucura e paranoia. É por essa razão que rainhas nascidas com a visão são afogadas.

— Mesmo os envenenadores — observa Elizabeth — também são curadores.

— Agora, *disso* eu nunca ouvi falar — comenta Mirabella.

Envenenadores são notoriamente perversos. Todas as execuções que empreendem são uma bagunça, nas quais cada mulher ou homem executado é posto para morrer por meio de venenos luxuriantes que fazem os olhos sangrarem e causam espasmos tão fortes que quebram as costas das vítimas.

— É verdade — insiste Elizabeth. — Eles sabem as maneiras de curar. Eles apenas se esqueceram diante da voracidade em obter assentos no Conselho.

Mirabella sorri ligeiramente. Em seguida, sacode a cabeça.

— Mas não é a mesma coisa, Elizabeth. Não é a mesma coisa para rainhas.

— Ah, eu sei disso — responde a sacerdotisa. — Estou aqui em Rolanth há pouco tempo. Mas já consigo ver que você é uma boa pessoa, Mirabella. Não sei se você vai dar uma boa rainha, mas o que eu vejo já parece ser um começo promissor.

Uma trança escura desliza do capuz de Elizabeth, quase tão escura quanto as da própria rainha. Mirabella se lembra de Bree, da maneira como ela mantém os cabelos. Pepper, o pica-pau, mexe as penas. Ele parece ser um pássaro de poucas palavras.

— Você é a única sacerdotisa aqui que já conversou de fato comigo. Tirando Luca, claro.

— Sou mesmo? — pergunta Elizabeth. — Ah, poxa. Mais um sinal de que eu não sou uma sacerdotisa muito boa. Rho está sempre me falando isso. Talvez ela tenha razão.

Rho, a sedenta de sangue. O terror do templo. Mirabella não consegue se lembrar de tê-la visto sendo gentil ou de ter escutado de seus lábios uma única palavra com delicadeza. Mas ela será uma boa proteção quando o Beltane estiver encerrado e a Ascensão tiver começado. Luca está certa em relação a isso.

Elizabeth inclina a cabeça.

— Você está se sentindo um pouco melhor agora?

— Estou — diz Mirabella.

— Que bom. Aquele ritual de sacrifício, você pode ter certeza de que foi ideia da Rho. Ela quer trazer de volta os velhos modos e suplantar mais uma vez o Conselho com o templo. Ela acha que pode fazer isso pela força, como se ela sozinha fosse a mão da Deusa. Mas ela não é. — Elizabeth sorri vividamente. — Você é.

— Você disse que ela fez, então está feito — conclui a Alta Sacerdotisa.

— Eu não disse que foi bem-feito — observa Rho.

Rho levanta uma bugiganga do canto da escrivaninha de mogno de Luca — um globo brilhante e lustroso de opala — e faz uma careta. Ela não gosta dos aposentos da Alta Sacerdotisa no andar superior do templo, com vista para os penhascos de Shannon's Blackway. Eles são macios demais, apinhados de travesseiros e cobertores para enfrentar as correntes de ar. E são abarrotados demais, cheios de coisas, objetos decorativos inúteis, como vasos de mosaico e ovos com entalhes folheados a ouro. Como a pequena opala.

Luca observa Rho mover o braço para trás com o intuito de arremessar o objeto pela janela.

— Não faça isso — alerta a Alta Sacerdotisa. — Foi um presente.

— É só uma pedra.

— Mas continua sendo um presente. E feche essa janela. A brisa está fria hoje. Eu mal posso esperar pela chegada da primavera. As fogueiras do Beltane, que depois vão dar nas quentes noites de verão. Quer tomar uma sopa? A cozinha está me dizendo que a sopa hoje é de coelho com repolho e creme.

— Luca, você não está escutando. O rito foi uma farsa. Nossa rainha estava encurralada e, mesmo assim, ela não iria fazer nada até que deixássemos a garota sentir o fogo.

Luca suspira.

— O sacrifício está enterrado embaixo de uma pilha de pedras caídas. Ela realizou o rito. Você não pode pedir que ela sinta prazer nisso.

A própria Luca não o sentiu. Ela ouviu quando lhe disseram que era mole demais. Ela acreditou quando falaram que Mirabella sairia prejudicada por isso no fim das contas. E agora uma inocente está morta. Esmagada debaixo de rochas que formam um conveniente monumento, no qual as pessoas rezarão.

— Nós não vamos mais pedir que ela faça algo semelhante a isso — diz Luca. — Você não a conhece como eu conheço. Se nós a pressionarmos em excesso, ela vai acabar resistindo. E se Mirabella aprender a resistir... Se ela se lembrar de como fazer isso...

Luca olha pela janela com vista para o oeste, através das árvores e na direção do telhado da Westwood House. Mesmo àquela distância, os para-raios cor de cobre ainda estão visíveis, eriçados como fios de cabelo duro. Os Westwood também sabem que é melhor deixá-los onde estão.

— Você não estava aqui — acrescenta Luca — quando eles trouxeram Mirabella do Chalé Negro. Nem eu estava. Encontrava-me em Indrid Down, lutando com o Conselho dos Arron por qualquer fiapo de poder que fosse. Eu não teria acreditado em Sara Westwood quando ela chegou pra mim e disse que a nossa rainha de seis anos de idade teria arrancado sua casa de debaixo de seus pés se não fosse pelo olhar estampado em seu rosto.

— A ilha não vê uma dádiva como a dela há centenas de anos. Pelo menos, desde Shannon e as Rainhas Idosas. Nós somos suas mantenedoras, mas não suas mestras.

— Pode até ser, mas se ela não ascender ao trono e cumprir seus deveres, o Conselho Negro vai manter sua mão de ferro por mais uma geração — argumenta Rho.

Luca esfrega a rosto com força. Talvez ela esteja velha demais para isso. Exausta demais por conta de uma vida dedicada a arrancar o poder das mãos dos Arron. Mas Rho está certa. Se outra rainha envenenadora subir ao trono, os Arron do Conselho Negro dominarão até que a trinca seguinte amadureça. Quando isso acontecer, Luca já estará há muito tempo morta.

— Mirabella vai ascender — diz a Alta Sacerdotisa. — E o templo voltará a ter as rédeas do Conselho. Repleto de Westwood, ele será bem mais fácil de controlar.

Alguns dias mais tarde, Mirabella desperta de outro sonho com o gosto de sangue na boca. No sonho, ela, Arsinoe e Katharine eram crianças. Ela se lembra de cabelos pretos esparramados na água e de terra no nariz de Arsinoe. Recorda-se de suas próprias mãos transformadas em garras e dilacerando Arsinoe e Katharine.

Ela levanta a cabeça dos travesseiros e se apoia nos antebraços. É meio-dia, e seu quarto está vazio. Talvez não haja nenhuma sacerdotisa à espreita do lado de fora da porta, já que Sara, Bree e os outros Westwood estão todos em casa.

Os sonhos têm vindo com mais frequência, despertando-a duas, até três vezes por noite. Luca disse que isso era esperado. Que lhe mostraria o caminho. Ela não a alertou sobre o pavor que os sonhos provocariam.

Mirabella fecha os olhos. Mas, em vez de escuridão, ela vê o rosto da sacerdotisa sacrificada nas rochas. Ela vê o nariz sujo de Arsinoe. Ela ouve a risada de Katharine.

Rainhas não devem amar suas irmãs. Ela sempre soube disso, mesmo quando estavam juntas no Chalé Negro, onde ela as amava de um jeito ou de outro.

— Elas não são mais aquelas crianças — sussurra para as próprias mãos. São rainhas. E precisam morrer.

Bree bate na porta e estica a cabeça, sua longa trança castanha balançando sobre o ombro.

— Está na hora? — pergunta Mirabella. Hoje elas têm que ir até a cidade, onde os melhores artesãos de Rolanth estão à espera para apresentar suas mais finas joias e vestidos para as cerimônias do Beltane.

— Quase — responde Bree. — Mas não fique tão pra baixo. Veja só quem chegou do templo.

Bree abre mais a porta, e Elizabeth entra do lado oposto. Mirabella sorri.

— Ah, não. As pessoas vão começar a falar que eu só faço amizade com garotas que usam trança.

Depois que Mirabella está pronta e vestida, ela, Bree e Elizabeth entram numa carruagem à espera em frente à Westwood House. Sara já está no interior do veículo.

— Muito bom — comenta Sara, e bate no teto, sinalizando ao cocheiro que estão prontas para partir. — É muita gentileza da sua parte se juntar a nós, sacerdotisa. — Ela sorri para Elizabeth. — O templo certamente aprovará a nossa escolha de hoje.

— Ah, não estou aqui em busca de aprovação do templo. — Elizabeth dá um risinho cheio de felicidade, observando a cidade passar ruidosamente. — Só estou escapando das minhas tarefas.

Sara franze os lábios e Bree ri.

— Nós estamos contentes de ter a sua presença da mesma forma — completa Sara. — Mira, você está bem? Você parece um pouco pálida.

— Estou bem, sim.

Sara dá um tapa no teto, agora com mais força, e o cocheiro instiga os cavalos para que corram mais rápido.

— Talvez você precise comer algo. Vai ter muita coisa, assim que chegarmos ao parque.

Moorgate Park fica no distrito central que margeia o canal. Na primavera, é um lugar bonito, cheio de árvores e pedras brancas, com uma gorgolejante fonte de marfim. Nessa época do ano, as árvores estão nuas e o terreno, mais aberto. Há bastante espaço para que os joalheiros e costureiros apresentem suas mercadorias.

— Espero que o costureiro da Third Street tenha trazido aquele filho bonitinho dele — comenta Bree.

— Pensei que você estivesse saindo com o rapaz da família Wexton — lembra Sara.

Bree se recosta nas almofadas de veludo da carruagem.

— Não mais. Desde o aniversário de Mira, ele se esqueceu de como se beija. Língua demais! — Ela estremece e exibe um semblante de enjoo, encostando em Mirabella em busca de conforto. Mirabella e Elizabeth riem. Sara não diz nada, mas seus olhos se arregalam e seus lábios praticamente desaparecem.

Mirabella olha pela janela. Elas estão quase lá. No distrito central, as construções são largas e brancas. As rachaduras que porventura existam foram cuidadosamente escondidas com tinta. Aqui, percebe-se o quanto a cidade de Rolanth foi elegante no passado. É possível ver o quão elegante ela voltará a ser depois que Mirabella subir ao trono.

— Aqui estamos — anuncia Sara, assim que a carruagem dá um leve solavanco e para. Ela alisa a saia do vestido preto longo, preparando-se para sair do veículo. — Bree — murmura ela —, por favor, tente não sumir.

— Sim, mamãe. — Bree revira os olhos.

Mirabella sai depois de Sara. Através do portão aberto do parque, ela consegue ver os joalheiros e os costureiros esperando numa fila. E as sacerdotisas, evidentemente. Sempre de guarda.

Bree estica o pescoço.

— Ele está aqui. — E dá um risinho.

É fácil ver a quem ela está se referindo. Um bonito rapaz com cabelos castanho-claros está ao lado do joalheiro próximo do fim da fila. Ele também já viu Bree.

— Como você é rápida — comenta Mirabella baixinho.

— Claro. Eu tenho anos de experiência. — Bree agarra o braço de Mirabella com uma das mãos e o de Elizabeth com a outra. — A gente precisa descobrir o nome dele.

— Já chega disso — interrompe Sara. Ela solta os braços das meninas e se posiciona ao lado da rainha.

— Mãe — rosna Bree. — A gente só está escolhendo algumas joias. Você não precisa tratar isto aqui como se fosse o Desembarque!

— Tudo que é público será formal depois que ela for coroada — avisa Sara. — É melhor vocês se acostumarem com isso.

TRÊS COROAS NEGRAS **77**

Assim que elas entram no parque, Sara faz um gesto para uma das sacerdotisas noviças.

— A Rainha Mirabella não comeu hoje. Será que você poderia fazer a gentileza de preparar alguma coisa para ela?

A menina balança a cabeça em afirmativa e se afasta em disparada. Mirabella não está de fato com fome. Os sonhos com as irmãs a deixam frequentemente sem apetite até o anoitecer. Mas será mais fácil comer um pequeno lanche agora do que discutir com Sara.

Os comerciantes fazem mesuras quando elas se aproximam de suas mesas. Os Westwood compram algo de todos — um anel ou pulseira, um cachecol. Apenas uns poucos receberão encomendas de vestidos ou de pares de gemas.

— Eu posso te dizer, sem olhar, que na primeira mesa nós só vamos comprar lenços — afirma Sara no ouvido de Mirabella. — Aquela mulher não tem nenhum senso de movimento elemental. Tudo o que ela costura é apertado e severo. Apropriado para uma envenenadora.

Aproximando-se da barraca da mulher, Mirabella pode ver que Sara tem razão. Só se vê brilho ali, e todos os vestidos têm corte justo. Mas a costureira está muito nervosa. Muito esperançosa.

— Aquelas luvas são muito finas — diz Mirabella antes que Sara possa falar. — Você também trabalha com couro? — Ela se vira parcialmente para Sara. — Bree precisa de um novo par para praticar arco e flecha. E as do pequeno Nico já devem estar apertadas.

— Trabalho, sim, Rainha Mirabella — responde a comerciante. — E gosto particularmente de trabalhar com couro.

Mirabella deixa a mesa de modo que Sara possa discutir o pagamento e para não ser obrigada a ouvi-la trincar os dentes. Da comerciante seguinte, ela escolhe anéis de prata retorcidos, e da próxima, anéis de ouro polido, enquanto Bree a empurra apressadamente para que conheça seu rapaz de cabelos castanhos.

A sacerdotisa noviça retorna com uma bandeja contendo queijos e pão, e uma pequena jarra com tomates em conserva. Elizabeth pega a bandeja das mãos dela.

— Bree, diminua um pouco esse ritmo. — E ri. — Pare um momento pra comer.

Ela o faz, mas elas agora estão a apenas uma mesa de distância do rapaz, e a maneira como ela dá mordidas em seu queijo é bastante sugestiva.

— Nós precisamos achar algo que a distraia — sussurra Elizabeth para Mirabella. — Quem sabe esses vestidos. Eles são lindos!

— Eu acho que nenhum vestido vai conseguir distraí-la — diz Mirabella. — Por mais bonito que seja.

O costureiro estuda Bree. Ele pega algo de debaixo da mesa.

— Quem sabe este aqui — diz ele, abrindo-o diante delas.

Mirabella e Elizabeth ficam mudas. Bree solta o queijo.

Não é um vestido para uma rainha. Aqueles devem ser todos na cor preta. Esse possui um corpete com ondas azuis bordadas e uma cauda de cortes de seda em tom azul-tempestade que acompanham a saia preta. É uma peça esplêndida.

— É este — diz Mirabella. Ela se vira para Bree e toca sua trança com delicadeza. — Você vai brilhar mais do que eu com este aqui. Todos os pretendentes vão olhar pra você.

— Não — rebate Elizabeth. — Isso não é verdade, Mira!

Talvez não seja. Os cabelos pretos como um corvo e os estranhos olhos pretos de uma rainha sempre prendem a atenção. Mas Elizabeth não entendeu. Mirabella não está com ciúme. Ela jamais poderia ter ciúmes de Bree.

Sara se junta novamente a elas e mostra sua aprovação com um menear de cabeça.

— Levaremos três vestidos — anuncia ela —, incluindo este aqui para minha filha. Talvez mais, se não encontrarmos mais nada que se equipare a sua habilidade. Entrarei em contato com a sua loja para discutirmos mais detalhes.

— Finalmente — sussurra Bree no ouvido de Mirabella. Elas chegaram na barraca do joalheiro e do rapaz.

— Nós vamos falar com o pai dele, não com ele — diz Mirabella. — Como é que você vai fazer?

Bree faz um gesto discreto com o queixo. O comerciante e seu filho possuem um braseiro pequeno e atarracado disposto atrás da mesa para manter a temperatura aquecida enquanto esperam. Talvez, então, eles não sejam elementais, ou talvez suas dádivas sejam simplesmente fracas.

Bree abraça Elizabeth.

— Minha doce Elizabeth, você está tremendo! — Ela se volta para o rapaz. — Será que nós podemos dar a volta e ficar um pouquinho ao lado do seu fogo?

— É claro — responde ele rapidamente.

Mirabella franze os lábios enquanto ele conduz Bree e Elizabeth até o braseiro. Com um simples movimento do punho, Bree faz com que algumas chamas saiam voando das brasas vermelhas. Ela olha por cima do ombro para Mirabella e dá uma piscadela.

— Ainda bem — diz Sara em voz baixa. — Pensei que teríamos de comprar tudo o que estava exposto só para lhe dar mais tempo para paquerar.

Mas talvez elas comprem tudo mesmo. As peças do joalheiro são lindíssimas. Dispostas sobre a mesa, gemas cuidadosamente cortadas resplandecem em conjuntos de muito bom gosto. A mão de Mirabella flutua na direção de um colar com três vibrantes pedras em tom vermelho-alaranjado penduradas numa corrente curta de prata. Mesmo sobre a mesa, à luz do inverno, elas parecem queimar.

— Eu gostaria deste aqui, para a noite da Aceleração.

Após as compras, elas retornam para a carruagem. Mirabella está com o colar de fogo num estojo de veludo em seu colo. Ela mal pode esperar para mostrá-lo a Luca. Ela tem certeza de que a Alta Sacerdotisa vai gostar. Talvez, depois que a Aceleração terminar, Mirabella a presenteie com a joia.

— Agora que tiramos isso do caminho — começa Sara quando a carruagem inicia seu deslocamento —, tenho algumas novidades. De Wolf Spring, por incrível que pareça.

— Novidades? — pergunta Bree. — Que novidades?

— Parece que um pretendente está hospedado lá. A delegação dele chegou hoje cedo.

— Mas isso não é permitido — lembra Mirabella. — O templo está a par disso? — Ela olha para Elizabeth, mas a inicianda apenas dá de ombros.

— Estão, sim — informa Sara. — É a primeira delegação da família dele. Estão recebendo tratamento especial por conta de uma desvantagem evidente. Para que eles possam se orientar por aqui, um território que lhes é muito desconhecido. E para recompensá-los por terem cuidado de Joseph Sandrin durante seu banimento.

— Faz muito tempo desde a última vez que ouvi esse nome — comenta Mirabella. Ela costumava pensar no nome com frequência. Sempre que pensava em Arsinoe. Ele era o menino que tentou fugir com ela. Que tentou ajudá-la a escapar. Quando foram pegos, ela ouviu falar que ele cuspiu nos pés de Natalia Arron.

E agora ele traz um pretendente para Arsinoe. Deve ter sido difícil fazê-lo, tendo em vista que ele próprio nutria tanto amor por ela.

— Acho que você vai conhecê-lo — avisa Sara.

— Joseph?

— Não, o pretendente. Antes do Beltane. Nós vamos dar um jeito de ele vir até aqui. Sob os olhares do templo, evidentemente.

— Acho uma pena isso — intervém Bree. — Todos aqueles pretendentes e você só pode escolher um. Ainda assim, todos aqueles pretendentes... — Ela estremece, animada. — Às vezes eu gostaria de ser rainha.

Mirabella franze o cenho.

— Nunca diga uma coisa dessas.

Todos na carruagem se aquietam diante do tom da voz dela.

— Foi só uma piada, Mira — argumenta Bree delicadamente. — É claro que eu não desejo uma coisa dessas. Ninguém gostaria de fato de ser rainha.

Greavesdrake Manor

A grandiosa e sombria biblioteca de Greavesdrake é um dos lugares favoritos de Katharine. A grande lareira espalha calor por todas as partes, exceto nos cantos mais escuros e, quando ela era criança, as prateleiras altas e as maciças cadeiras de couro forneciam diversos lugares onde ela poderia se esconder dos tapas de Genevieve ou dos exercícios com venenos. Hoje, todavia, o fogo queima baixo, e ela e Pietyr estão sentados na parte exterior. Eles abriram três conjuntos de cortinas das janelas que dão para o leste e estão aconchegados sob o mais intenso dos raios de luz. O calor do sol oferece, de alguma maneira, uma sensação mais agradável. Mais delicada e obtida com menos dificuldade.

Pietyr lhe entrega um pedaço de pão coberto por uma suave camada de queijo de ovelha triplamente cremoso. Ele montou um piquenique no tapete com as mais finas iguarias sem veneno que conseguiu encontrar. Um gesto gentil, mesmo que sua intenção principal seja fazê-la engordar.

— Você deveria experimentar esse suflê de caranguejo — sugere ele. — Antes que fique frio.

— Eu vou.

Ela dá uma mordida no pão e no queijo, mas é difícil. Mesmo os alimentos mais gostosos têm gosto de lama quando acompanhados de náusea. Ela toca o pequeno curativo no punho.

— O que foi dessa vez? — pergunta Pietyr.

— Alguma espécie de veneno de cobra.

Não foi nenhum tipo de veneno a que seu corpo não tivesse sido submetido antes. Mas o corte usado para aplicá-lo foi pior do que o necessário, graças à irritação persistente de Genevieve em relação à noite do *Gave Noir*. Pietyr já olhou para o ferimento e não gostou do que viu.

— Quando você for coroada, não haverá mais motivo pra isso.

Ele lhe serve um pequeno prato de ovos mexidos com caviar e creme azedo. Ela dá uma mordida e tenta sorrir.

— Isso não é um sorriso, Kat. Isso é uma careta.

— Talvez devêssemos adiar esse piquenique — sugere ela — até o jantar.

— E deixar você perder mais duas refeições? — Ele sacode a cabeça. — Nós precisamos recuperar seu apetite de envenenadora. Tente um folheado. Ou um pouco de suco, pelo menos.

Katharine ri.

— Você é o melhor assistente pessoal que eu já tive na vida. Melhor até do que Giselle.

— Sou mesmo? — Ele ergue a sobrancelha. — Não tenho nenhuma experiência com isso. Minha casa no campo é bem fortificada e bem administrada por Marguerite, embora eu odeie admitir isso. Passei a vida inteira sendo cuidado por alguém.

— Então talvez você tenha aprendido a partir dos exemplos — supõe Katharine. — Você quer muito que eu seja coroada. Mas todo Arron deseja isso. Você veio mesmo pra cá pra fugir do campo? O que foi que Natalia te prometeu?

— Ela me prometeu um assento no Conselho — responde ele —, depois que você assumir o trono. Mas é mais do que isso.

Ele olha fixamente para ela, e ela enrubesce. Ele gosta quando ela enrubesce. Ele diz que Mirabella provavelmente é orgulhosa demais para mostrar qualquer prazer diante do interesse de alguém.

— Rainhas envenenadoras são boas para a ilha. — Ele lhe oferece mais um pedaço de pão. — Nós a administramos há cem anos. Os Westwood são realmente arrogantes se imaginam que conseguem fazer melhor.

— Os Westwood... e o templo — completa Katharine.

— Exato. O templo. Não sei por que eles se sentem tão menosprezados. Por que eles têm que possuir o coração de todas as pessoas. Mas é assim que eles se sentem.

Pietyr come um pouco de pão com geleia de maçã. Ele não torce o nariz para alimentos sem veneno como os demais Arron. Ele não faz Katharine se sentir pequena por ser fraca.

— Este lugar tem cheiro de poeira, Kat. Eu não sei por que você gosta daqui.

Katharine olha ao redor, na direção das altas pilhas de livros com capas de couro.

— A Rainha Camille gostava deles. Ela gostava de ler sobre as rainhas do continente. Você sabia que é de lá que vem o nome de Arsinoe?

— Não, eu não sabia.

— Havia uma rainha no continente que foi assassinada pela irmã. Ela também se chamava Arsinoe. Portanto, quando Arsinoe nasceu fraca, esse foi o nome que deram a ela. Arsinoe, a naturalista.

— Que maneira mais perversa de chamar um recém-nascido. Quase tenho pena dela — comenta Pietyr.

—A rainha sabe o que nós somos desde o nascimento. Ela conhece as nossas dádivas. Uma coisa imprestável é uma coisa imprestável, mesmo naquela época.

— Ela deu a você um ótimo nome, de qualquer modo: Katharine, a envenenadora. Ela devia saber na época que você cresceria e se transformaria numa pessoa doce e boa. — Ele passa um dedo pelo rosto dela. — E muito bonita.

— Bonita o bastante pra capturar o olhar de todo e qualquer pretendente? — pergunta ela. — Preciso mesmo fazer isso?

— Precisa. Imagine a cara da Mirabella quando todos eles a ignorarem. Talvez ela fique tão consternada que acabe se jogando dos penhascos de Rolanth.

Isso seria de fato conveniente. Embora roubasse de Katharine a visão dela agarrando sua garganta, fechada após ter sido envenenada.

Katharine ri.

— O que foi? — Pietyr quer saber.

— Eu estava pensando em Arsinoe. Em como vai ser fácil matá-la depois que Mirabella estiver morta.

Pietyr dá uma risada. Ele a puxa para perto de si.

— Me beije — diz ele, e ela o faz. Ela está ficando bem melhor nisso, e mais ousada. Em seguida, ela morde o lábio dele delicadamente.

Ele é realmente muito bonito. Ela poderia beijá-lo o dia inteiro sem jamais ficar cansada.

— Você aprende rápido — elogia ele.

— E você? Também aprendeu rápido? Com quantas garotas você praticou, Pietyr?

— Com muitas. Praticamente com toda serviçal que aparecia na nossa casa, e a maioria das que moravam na aldeia, também. Bem como algumas das amigas mais perspicazes da minha madrasta.

— Eu não devia ter perguntado. — Ela faz beicinho.

Ele passa a mão pela perna dela, e Katharine ri. Tantas garotas. Tantas mulheres. Mas ele é dela e somente dela. Por enquanto.

— Você não me acha sem graça, depois de todas essas garotas experientes?

— Não. — Ele olha bem nos olhos dela. — Nunca. Na realidade, a parte mais difícil disso tudo vai ser uma coisa que realmente não havia passado pela minha cabeça.

— O quê?

— Lembrar do motivo pelo qual estou aqui. Fazer de você o tipo de rainha que conquista corações. Ajudar você a obter o apoio da ilha no festival.

— O que importa o apoio deles? Eles não vão me ajudar a matar minhas irmãs.

— Uma rainha amada tem muitos olhos e ouvidos. O apoio, qualquer que seja, vai importar e muito, depois que você for coroada.

Katharine sente um nó no estômago e empurra sua comida.

— É só pressão e expectativa. E vou fracassar. Vou fracassar, como aconteceu no dia do meu aniversário.

— Não vai, não — retruca Pietyr. — Quando você pisar no palco durante a Aceleração, ninguém vai se dar ao trabalho de olhar pros palcos das suas irmãs. Quando os pretendentes colocarem os olhos em você no Desembarque, eles vão esquecer que há outras rainhas.

— Mas Mirabella...

— Esqueça Mirabella. Ela vai estar com as costas rígidas e com aquele ar arrogante dela. Você vai sorrir. Flertar. Você vai ser a rainha que eles querem. Se ao menos eu conseguir que você fique com uma postura reta.

— Postura reta?

— Você tem uma postura muito humilde quando anda, Kat. Quero que você se mova pelos salões como se eles já pertencessem a você. Às vezes, me parece que você dá umas corridinhas em vez de simplesmente caminhar.

— Corridinhas!

Ela ri e o empurra para longe de si. Ele se recosta no carpete e também ri.

— Mas você tem razão. Às vezes eu dou mesmo essas corridinhas. Como se eu fosse um rato. — Ela sorri. — Mas isso acabou. Você vai me ensinar e vou fazer eles esquecerem seus próprios nomes. Com um único olhar.

— Um único olhar? Isso, sim, é uma promessa ousada.

— Mas eu vou cumprir. E também vou fazer você se esquecer. — Katharine desvia o olhar.

— Esquecer o quê?

Ela levanta os olhos para ele.

— Que eu não sou pra você.

Quando Natalia pede a Katharine que a acompanhe até o Volroy, só pode ser por um motivo em particular: envenenar um prisioneiro. Esse é o único motivo pelo qual ela alguma vez se dirigiu ao palácio. Ela nunca se sentou numa sessão do Conselho Negro, escutando-os discutir o imposto sobre frutas naturalistas ou sobre janelas de vidro de Rolanth. Nem jamais se encontrou com os representantes do último rei consorte, vindos do continente para expor seus interesses. Mas isso não é problema, diz Natalia. Ela o fará um dia, quando for coroada.

— Ele foi julgado em Kenora — informa Natalia enquanto elas pegam a carruagem na direção de Indrid Down e das torres pretas do Volroy. — Por assassinato. Punhaladas brutais. O Conselho não demorou muito pra determinar o castigo dele.

A carruagem para momentaneamente em Edgemoor Street para que seja permitida sua passagem pelo portão lateral que leva ao interior do terreno onde se localiza o palácio. Katharine inclina a cabeça para trás, em direção à sombra escura da fortaleza, mas eles já estão perto demais para que ela possa ver o topo das torres. Quando for coroada, morará aqui, mas ela nunca ligou muito para o Volroy. Apesar da grandiosidade das gigantes torres gêmeas, com seus botaréus voadores, a construção é formal demais e cheia de superfícies duras. Há mais janelas e luz do que em Greavesdrake, no entanto o lugar ainda assim é frio. Tantos corredores, e correntes de ar deslizam por eles como se fossem notas saídas de uma flauta.

Katharine se afasta da janela da carruagem à medida que o teto se fecha sobre as duas.

— Genevieve e Lucian estão aqui hoje? — pergunta ela.

— Estão. Quem sabe nos encontraremos com eles depois, durante o almoço. Posso mandar Genevieve se sentar numa mesa separada.

Katharine sorri. Genevieve ainda não tem permissão para voltar a morar em Greavesdrake; Natalia prefere manter a casa quieta. Com sorte, ela só terá permissão para voltar após o término do Beltane.

A carruagem para, e elas desembarcam e entram no edifício. Pessoas nos corredores acenam respeitosamente para o par em sóbrios casacos abotoados de lã e cálidos chapéus pretos. Katharine toma cuidado para manter as mangas do vestido abotoadas com o objetivo de esconder os curativos de Genevieve e a última casquinha formada após as bolhas. Elas estão quase saradas agora; o processo de cura ocorreu muito mais rapidamente do que ela havia esperado. Graças a Pietyr, ela está mais saudável e mais forte. A maior parte das casquinhas oriundas dos ferimentos se desfez naturalmente, deixando a pele rosada em seu lugar. Nenhuma delas resultará em cicatriz.

Na escadaria que leva às celas de detenção abaixo, Katharine faz uma pausa. Lugares profundos sempre a deixaram desconfortável, e as celas de detenção possuem um odor distinto e desagradável. O cheiro é de frio e de gelo sujo. O vento que não escapa do Volroy através de suas muitas janelas do andar de cima desce às celas para apodrecer.

— O único crime dele é esse assassinato? — pergunta Katharine enquanto elas descem cuidadosamente os degraus de pedra. As celas de detenção são usualmente reservadas a prisioneiros de importância especial. Como aqueles que cometeram crimes contra a rainha.

— Talvez pudessem ter cuidado dele em Kenora depois do julgamento — admite Natalia. — Mas imaginei que esse treinamento extra poderia ser útil.

Na parte mais inferior, o cheiro de gelo frio dá lugar ao verdadeiro odor das celas: sujeira humana, suor e medo. O cheiro se torna ainda mais pungente pela proximidade dos alojamentos e pelo calor proveniente das muitas tochas.

Natalia se livra do casaco, e uma das guardas estende sua mão para recebê-lo antes que elas se agachem para passar pelo umbral baixo. Uma outra guarda abre a última grande porta de metal, empurrando-a com tanta força para dentro que o pesado aço oscila nos trilhos.

Das muitas celas no nível inferior, apenas uma está ocupada. O prisioneiro está encostado na parede, no canto mais extremo da cela, com os joelhos grudados no peito. Ele parece estar sujo, cansado, e não aparenta ser muito mais do que um menino.

Katharine agarra as barras da cela. Ele foi considerado culpado. De assassinato. Mas, assustado como ele parece estar agora, ela não consegue imaginá-lo cometendo tal ato.

— Quem ele matou? — pergunta ela a Natalia.

— Um outro menino. Apenas um pouco mais velho do que ele.

Eles lhe deram um cobertor e um pouco de palha. Os restos do parco café da manhã que lhe foi servido estão no canto ao lado dele, uma canequinha de metal e um prato raspado por seus dedos. As barras que os separam são sólidas, mas ela estaria a salvo mesmo que fossem feitas de tecido. Qualquer que tenha sido a luta na qual ele esteve envolvido, a prisão drenou-lhe todas as energias nos poucos dias em que passou ali.

— Qual é o nome dele? — pergunta ela e, com o canto do olho, vê Natalia franzir o cenho. O nome dele não importa. Mas, mesmo assim, ela gostaria de sabê-lo.

— Walter Mills.

Os olhos dele oscilam. Ele sabe o que ela veio fazer.

— Walter Mills — diz ela delicadamente. — Por que você matou aquele garoto?

— Ele matou a minha irmã.

— Então, por que não é ele quem está nesta cela? Em vez de você?

— Porque eles não sabem. Eles acham que ela fugiu.

— Como você sabe que ela não fugiu? — pergunta Natalia ceticamente.

— Eu sei e pronto. Ela não fugiria assim.

Natalia se aproxima do ouvido de Katharine.

— Nós não sabemos se o que ele está dizendo é verdade. Ele foi julgado. Ele é culpado. De qualquer maneira, não temos como trazer o cadáver para fazer um interrogatório. — Natalia suspira. — Já viu o suficiente?

Katharine balança a cabeça, assentindo. Não há nada a ser feito. O Conselho determinou o destino dele. E agora ela sabe tudo o que precisa saber. O crime. O motivo. Em termos gerais, sua saúde, idade e peso.

— Por favor — sussurra o menino. — Misericórdia.

Natalia coloca o braço nos ombros de Katharine e a tira de lá. Não é necessariamente legal Katharine participar de execuções antes de ser coroada. Mas o tamanho dos pauzinhos que Natalia consegue mexer é ilimitado. Katharine tem ido na companhia dela à câmara de venenos quase que desde o momento de sua saída do Chalé Negro.

Dentro da câmara, bem no alto da Torre Leste, Katharine desabotoa o casaco e o joga sobre as adoradas poltronas de Natalia. Suas luvas continuam consigo. Elas são justas, isolantes, e fornecem alguma proteção na eventualidade de um vazamento.

— Há detalhes do crime?

— Foi uma série de punhaladas executadas com uma faca de lâmina curta — responde Natalia. — Dezesseis punhaladas, de acordo com o relatório do curador.

Dezesseis vezes. É um número excessivo que demonstra raiva. Evidência de raiva poderia muito bem dar crédito à reivindicação de vingança da parte de

Walter Mill. Mas ela não tem como saber de fato. Isso é o que torna a situação bastante difícil.

Os gabinetes de veneno ocupam duas paredes inteiras da sala. A coleção foi reunida ao longo dos anos, mantida em estoque e aumentada por inúmeras expedições de membros da família Arron ao redor da ilha e do continente. Há ervas, venenos e frutos ressecados de cada continente e de cada clima, cuidadosamente preservados e catalogados. Os dedos de Katharine passam sobre as gavetas; ela murmura nomes de venenos à medida que as percorre. Um dia, ela poderá usá-los para despachar Mirabella e Arsinoe. Para elas serão misturas refinadas, com toda certeza. Mas, para Walter Mills, ela não será tão criativa.

Ela faz uma pausa sobre uma gaveta cheia de frascos contendo mamonas. Consumido sozinho, o veneno proporcionaria uma morte bem lenta, bem sangrenta, causando hemorragias em todos os órgãos do corpo.

— O menino que ele matou — pergunta ela —, por acaso ele demorou a morrer? Ele sofreu?

— Por uma longa noite e um dia inteiro.

— Sem misericórdia, então.

— Você acha que não? — pergunta Natalia. — Mesmo ele sendo tão jovem?

Katharine olha de relance para Natalia. Ela não advoga por misericórdia com frequência. Mas muito bem. Nada de mamona, nesse caso. Em vez disso, Katharine abre uma gaveta e aponta para algumas jarras com cascas de árvore ressecadas contendo nozes venenosas.

— Boa escolha.

O veneno de nozes está guardado numa jarra de vidro. Tudo cuidadosamente acondicionado. Até as gavetas e prateleiras dos gabinetes são alinhadas para impedir qualquer vazamento de veneno, caso ocorra algum transbordamento acidental. Tais precauções provavelmente pouparam muitas criadas descuidadas de atordoantes e dolorosas mortes.

Katharine deposita o veneno sobre uma das mesas compridas e pega um pilão. Ânforas com água e óleo estão preparadas para a emulsão da mistura. Às nozes venenosas ela acrescenta pó de salgueiro para reduzir a dor do rapaz e valeriana para mitigar seu medo. A dose é maciça, e a morte não tem escapatória, mas será de fato misericordiosa.

— Natalia — diz ela. — Você pode, por favor, pedir uma jarra com um bom vinho doce?

* * *

Ela está sempre presente quando o veneno é administrado. Natalia é firme quanto a isso. Na condição de rainha, Katharine deve ser obrigada a saber o que ela faz, ver a maneira como eles lutam contra suas amarras, ou como enfrentam as mãos que forçam o veneno em suas bocas. Ela precisa ver a maneira como a multidão na praça pode aterrorizá-los. No começo, era difícil assistir a tudo isso. Mas agora já faz anos desde que uma execução fez Katharine chorar, e ela aprendeu a manter seus olhos bem abertos nessas ocasiões.

Bem abaixo do Volroy, Walter Mills está sentado em sua cela com as costas na parede e as mãos nos joelhos.

— Você voltou rápido — diz ele. — Vai me tirar daqui? Vai me levar pro pátio, pra que as pessoas possam assistir a tudo?

— A rainha o agraciou com um ato de misericórdia — diz Natalia. — Você vai morrer aqui. Em privacidade.

Ele olha para a ânfora nos braços de Katharine e começa a chorar em silêncio.

— Guarda — chama Katharine, e faz um gesto para ela. — Traga uma mesa e três cadeiras. Duas taças.

— O que é que você está fazendo, Rainha Katharine? — pergunta Natalia silenciosamente. Mas ela não a detém.

— Abra a cela — pede Katharine depois que a guarda traz a mesa. — Disponha três lugares.

Por um momento, Walter olha para a porta aberta, mas, mesmo em pânico como está, ele sabe que é inútil. Katharine e Natalia se sentam, e Katharine serve o vinho em duas taças. Walter olha fixamente para as taças como se esperasse que o conteúdo começasse a crepitar e esfumaçar. Nenhuma das duas coisas ocorre, evidentemente. Ao contrário, o que se sente é o aroma mais doce no recinto.

— Ele assassinou a minha irmã — repete ele.

— Então você deveria tê-lo trazido até nós — diz Natalia. — Nós teríamos lidado com ele, acredite em mim.

Katharine tenta sorrir delicadamente para ele.

— Você realmente acha que eu vou beber isso? — pergunta ele.

— Eu acho que é uma grande honra — retruca Katharine — dar seus últimos goles com a líder dos Arron. E eu acho que é mais elegante ainda conversar e beber até que você caia no sono do que ser contido e obrigado a ingerir o líquido até engasgar.

Ela estende a taça. Walter oscila por alguns instantes e verte mais algumas lágrimas. Mas, por fim, se senta.

Natalia dá o primeiro gole. Leva um longo tempo, então Walter encontra coragem. Ele bebe. E consegue inclusive não chorar novamente depois de ingerir a bebida.

— É... — diz ele e para. — É bem bom. Você não vai beber, Rainha Katharine?

— Eu nunca consumo os meus próprios venenos.

Uma sombra tremeluz no rosto dele. Ele imagina que agora sabe que os boatos são verdadeiros e que ela não possui nenhuma dádiva. Mas isso não tem importância. O veneno já está em sua barriga.

Walter Mills bebe e bebe, e Natalia o acompanha taça após taça até ele ficar com as bochechas rosadas e bêbado. Eles conversam sobre coisas agradáveis. Sua família. Sua infância. Sua respiração fica pesada, até que ele finalmente fecha os olhos e desaba sobre a mesa. Em menos de uma hora seu coração parará de bater.

Natalia olha para Katharine e sorri. Sua dádiva envenenadora pode ser fraca, ou pode ser que nem seja uma dádiva. Mas ela é realmente habilidosa com envenenamentos.

Wolf Spring

Jules sabia que quando Joseph voltasse para casa, certas coisas teriam mudado. Ela não esperava que ele se reencaixasse totalmente em sua vida. Ela nem mesmo sabia se ele imaginaria que pudesse ter um lugar ali depois de passar tanto tempo longe. Cinco anos podem não parecer muita coisa para algumas pessoas, mas, durante esse período, Joseph se transformou num jovem homem. Talvez com uma compreensão mais ampla do mundo do que Jules poderia jamais esperar ter de seu lugar no canto sudoeste da Ilha de Fennbirn.

Mas agora ele está em casa. Sua família soltou finalmente o ar que estava preso em seus pulmões. E ele e Jules mais do que exauriram seu estoque de amenidades.

— Está com frio? — ele pergunta enquanto caminham pela rua depois de sair do Lion's Head Pub.

— Não.

— Está, sim. Seu pescoço está tão encolhido que quase desapareceu. — Ele olha ao redor e adiante, ao longo da rua. Não há nenhum lugar onde eles queiram entrar. Ambos estão cansados de velhos amantes piscando para eles de soslaio e de olhares desconfiados de pessoas que odeiam o continente.

Uma neve fraca começa a cair, e Camden resmunga e sacode os pelos. Não há nada a fazer. Eles deveriam admitir isso e dar boa-noite, mas nenhum dos dois deseja se separar do outro em hipótese alguma.

— Eu conheço um lugar. — Joseph sorri.

Ele pega a mão de Jules e a conduz rapidamente rua abaixo na direção da enseada, onde o barco que vai para o continente está ancorado.

— Só a tripulação básica estará aqui esta noite. O sr. Chatworth e Billy estão hospedados no Wolverton até que ele parta.

— Ele? Você não quer dizer "eles"?

— Billy não vai partir. Ele vai ficar até o Beltane. Pra poder conhecer Arsinoe. Eu pensei que a gente podia de repente apresentar um ao outro logo. Fazer um piquenique no lago. Acender uma fogueira.

Ele pega a mão dela, e eles descem correndo o declive que vai dar nas docas. O barco do continente balança silenciosamente na água. Suas portinholas e amarrações brilham ao luar. Mesmo à noite, o brilho está intenso demais para um lugar como Wolf Spring.

— Você quer que ele seja rei consorte — conclui Jules.

— É claro que sim. Meu irmão de consideração e Arsinoe no trono, você e eu no Conselho. Tudo ficaria muito bem amarrado.

— Eu no Conselho?! — escarnece Jules. — Liderando a guarda pessoal dela, seria mais provável. Você certamente planejou tudo, Joseph.

— Bom, eu tive cinco anos pra pensar nisso.

Eles atravessam a prancha de acesso ao barco, e Jules mantém a mão atrás para atrair Camden.

— Ela tem medo de barcos?

— Não, mas ela não gosta. A gente anda de barco às vezes, com Matthew. Pra ajudar na pescaria.

— Fico feliz que vocês tenham continuado próximos — diz Joseph. — Mesmo depois de Caragh. Acho que ficar perto de você faz com que um pedaço dela permaneça com ele. Uma coisa que aqueles filhos da mãe não conseguem tirar.

— Sim — concorda Jules. Matthew ainda ama sua tia Caragh, e ela espera que ele sempre a ame.

Jules olha ao redor. Os deques estão polidos, e tudo está arrumado e limpo. Nada cheira a peixe. As velas pretas estão atadas. Mas é claro que Chatworth traria sua melhor embarcação para a ilha. E os Chatworth devem ser uma família importante no lugar de onde vêm. Do contrário, como um filho deles poderia se tornar um pretendente?

— Jules, por aqui.

Joseph a conduz até as cabines, entrando sorrateiramente, evitando a tripulação. Eles entram por uma pequena porta num quarto completamente escuro, até que ele acende um lampião. O quarto no qual entraram também é peque-

TRÊS COROAS NEGRAS **93**

no, com um beliche, uma escrivaninha e algumas peças de roupa ainda penduradas no closet. Cam fica de pé nas patas traseiras e fareja ao redor da porta.

O centro do barco é cálido, e o pescoço de Jules fica visível. Mas ela gostaria de alguma desculpa para esconder o rosto.

— Eu não sei o que dizer a você — começa ela. — Eu quero que as coisas sejam exatamente como eram antes.

— Eu sei. Mas a gente não pode mais brincar de "cavaleiros invadem o castelo", não é?

— Com certeza não, sem a Arsinoe aqui pra fazer o papel de dragão.

Ambos riem, lembrando do passado.

— Ah, Jules — geme ele. — Por que eu fui voltar justo agora? Durante uma Ascensão? Cada momento com você já me dá a sensação de estar sendo roubado.

Jules engole em seco. É um choque ouvi-lo falar assim. Eles nunca tiveram o hábito de dizer coisas como essa quando eram crianças. Nem durante seus mais grandiosos pronunciamentos de lealdade.

— Eu trouxe algo pra você. Agora parece uma bobagem.

Joseph vai até a escrivaninha e abre uma gaveta. Dentro dela está uma caixinha branca, amarrada com uma fita verde.

— É um presente, pelo seu aniversário — explica ele.

Ninguém jamais comemora o aniversário de Jules. Jules é uma Cria de Beltane, uma criança concebida durante o Festival de Beltane, como as rainhas. Considera-se algo bastante afortunado, e todos os nascidos nessas circunstâncias são tidos como encantados, mas é um aniversário horrível de se ter. Esquecido e eclipsado.

—Abra.

Jules desamarra a fita. Dentro da caixa está um delicado anel de prata, adornado com pedras verde-escuras. Joseph o tira e o desliza no dedo dela.

— No continente, isso significaria que você tem que casar comigo — diz ele baixinho.

Um anel em troca de um casamento. Ele só pode estar brincando, mas seu olhar parece muito sério.

— É um anel muito bonito.

— É, sim. Mas não combina com você. Eu devia ter me dado conta disso.

— Ele é bonito demais pra mim?

— Não é isso — responde ele rapidamente. — Quis dizer que você não precisa fingir que gosta dele. Você não precisa usá-lo.

— Eu quero usá-lo.

Joseph abaixa a cabeça e beija as mãos dela. Ela estremece, embora os lábios dele estejam cálidos. Ele a olha de um modo como jamais olhou, e ela sabe com esperança e pavor que é verdade. Eles cresceram.

— Eu quero que as coisas sejam exatamente como teriam sido se eu nunca tivesse sido banido. Eu não vou deixar que eles tirem nada de mim, Jules. Principalmente você.

— Luke. Esse bolo está seco.

Arsinoe dá um lento gole no chá para engolir o pedaço de bolo. Normalmente, os doces de Luke estão entre os seus favoritos na ilha. Ele está sempre experimentando novas receitas retiradas das diversas publicações especializadas que mantém nas prateleiras, mas que jamais consegue vender.

— Eu sei. — Luke suspira. — Estava me faltando um ovo. Às vezes eu gostaria muito que Hank fosse uma galinha.

Arsinoe empurra seu prato na bancada, e o galo preto e verde dá uma bicada nas migalhas.

Jules chegará na loja com Joseph logo, logo. Finalmente, ela terá seu próprio reencontro com ele. Jules diz que ele não a culpa por seu banimento. E isso provavelmente é verdade. Mas não muda o fato de que ele deveria culpá-la.

Jules e Joseph estão bem, todavia, mais uma vez inseparáveis, e isso é suficiente para Arsinoe. Jules tem estado tão feliz que é quase difícil ficar perto dela. Ao que tudo indica, o fato de ela ter queimado o amuleto de Madrigal não teve nenhuma consequência nefasta.

Arsinoe não contou para Jules, nem para nenhuma outra pessoa, a respeito da visita à árvore curvada. Tampouco contou a qualquer pessoa sobre a curiosa e crescente vontade que lhe acomete de retornar ao local. Causaria apenas uma discussão. Magia baixa não é vista com bons olhos por aqueles que possuem dádivas. Na condição de rainha, ela deveria ter horror a tais práticas. Ela sabe disso. Mas não quer ouvir isso de Jules, em voz alta.

Passos na tábua do lado de fora precedem o soar na campainha de latão de Luke. Arsinoe respira bem fundo. Ela está quase tão nervosa em ver Joseph quanto Jules estava, e quase tão animada. Ele pode ter sido amigo de Jules primeiro, mas se tornou amigo dela também. Um dos poucos que ela já teve.

Ela se vira com migalhas de bolo no casaco, com uma expressão nervosa...

Jules e Joseph não estão sozinhos. Eles trouxeram um rapaz com eles. Arsinoe cerra os dentes. Ela mal sabe o que dizer a Joseph. Agora ela precisa ser simpática com um estranho.

Jules, Joseph e o rapaz entram rindo, terminando alguma hilária conversa particular. Quando Joseph vê Arsinoe, seu sorriso se espalha pelo rosto. Ela cruza os braços.

— Você está exatamente como eu imaginei que estivesse — diz ela.

— E você também — diz Joseph. — Você nunca teve cara de rainha mesmo.

Jules sorri silenciosamente, mas Arsinoe ri em alto e bom som, puxando-o para lhe dar um abraço. Ela não tem exatamente a mesma altura que ele, mas chega perto. Certamente ela é mais próxima da estatura dele do que Jules.

— Melhor deixar um pouquinho pra mim também — diz Luke, avançando para dar um tapinha nas costas de Joseph e apertar sua mão. — Joseph Sandrin. Faz muito tempo, hein?

— Luke Gillespie. Faz muito tempo mesmo. Oi, Hank.

O galo na bancada mergulha a cabeça, e a loja se aquieta. Arsinoe procura algo a dizer. Mais um momento de silêncio e ela não será capaz de continuar ignorando o estranho que eles trouxeram. Mas ela não é rápida o bastante.

— Eu quero te apresentar a uma pessoa — começa Joseph.

Ele a vira obstinadamente na direção do estranho, um rapaz mais ou menos da sua altura, com cabelos louro-escuros e uma expressão que parece satisfeita demais consigo mesma para o gosto dela.

— Este aqui é William Chatworth Jr. A família dele está com uma delegação este ano. Ele é um dos pretendentes.

— Foi o que eu ouvi falar — comenta Arsinoe.

O rapaz estende a mão; ela a pega e aperta uma vez.

— Pode me chamar de Billy. Todo mundo me chama assim. Com exceção do meu pai.

Arsinoe estreita os olhos, considerando que torceria com facilidade o pescoço de Jules se Camden não a estraçalhasse. Ela imaginou que se encontraria com velhos amigos. Não que seria vítima de uma emboscada da parte de um novo pretendente indesejado.

— E então, Júnior — ela se dirige ao rapaz —, quantos sacos no Conselho Negro você puxou pra te deixarem chegar aqui tão cedo?

Ela sorri com doçura.

— Não faço ideia. — Ele retribui o sorriso. — Meu pai é quem faz a maior parte dos subornos na família. Vamos?

O plano insidioso de Jules e Joseph é um piquenique às margens da Lagoa Dogwood. Uma fogueira e algumas carnes grelhadas em espetos. Arsinoe espera que Billy Chatworth fique decepcionado. Chocado pela ausência de grandiosidade da parte deles. Escandalizado por sua falta de decoro. Mas se ele ficou, não é o que demonstra. Ele parece estar absolutamente contente em caminhar até o lago, afundado na neve até os joelhos.

—Arsinoe — sussurra Jules. — Tente pelo menos tirar essa carranca da cara.

— Eu não. Você não devia ter feito isso. Devia ter me avisado.

— Se eu tivesse te avisado, você não teria vindo. Além do mais, em algum momento isso teria de acontecer mesmo. Você é o motivo pelo qual ele está aqui.

Mas isso é apenas parcialmente verdadeiro. Os pretendentes terão encontros com todas as rainhas, mas eles cortejarão apenas a certa. A que será coroada. Não ela. Se ele está entusiasmado em conhecê-la, é apenas para usá-la como experiência antes de se encontrar com Mirabella e Katharine.

— Isso poderia ter acontecido mais tarde. Eu pensei que hoje seríamos apenas nós três. Como era antes.

Jules suspira como se houvesse tempo de sobra para isso. Mas se há algo que Arsinoe jamais teve é tempo de sobra.

Quando eles se aproximam do lago, os rapazes correm à frente para acender a fogueira. Para um dia no fim de dezembro, até que não está terrivelmente frio. Se o sol saísse de trás das nuvens, talvez a neve pudesse até derreter um pouco. Camden pisa firme na neve, provocando verdadeiras chuvaradas. Arsinoe tem de admitir, está um dia lindo. Mesmo com o intruso.

— E aí, o que você achou dele? — pergunta Jules quando Joseph e Billy estão seguramente fora de alcance.

Arsinoe estreita os olhos. Billy Chatworth usa roupas de um ilhéu, mas não as usa bem. Ele é apenas uns três centímetros mais baixo do que Joseph, e seus cabelos louro-escuros são curtos, rentes à cabeça.

— Ele não tem nem metade da beleza de Joseph — implica Arsinoe, e Jules enrubesce. — Eu sabia que ele ficaria com aquele queixo dos Sandrin. E com aqueles olhos. — Ela cutuca Jules nas costelas até que esta começa a rir e a empurra para longe. — De qualquer modo, o que *você* acha do continentino?

— Eu não sei. Ele disse que, quando era mais novo, tinha um gato que era parecido comigo. Com um olho azul e outro verde. Disse que o bicho nasceu surdo.

— Encantador — comenta Arsinoe.

Elas alcançam o lago. Joseph pega um pacote de carne para grelhar, e Camden escala o torso dele para farejar. O fogo já está bem quente, com uma coloração intensamente alaranjada, ao lado do gelo e das árvores cobertas de neve.

Arsinoe vai até a árvore mais próxima e arranca alguns galhos, um para ela e outro para Jules. Juntas, elas afiam os galhos com suas facas. O continentino observa, e Arsinoe faz questão de dar golpes longos e aparentemente perigosos.

— Você gostaria — começa Billy, limpando a garganta —, você gostaria que eu fizesse isso pra você?

— Não — responde Arsinoe. — Na realidade, estou fazendo isso aqui pra você.

Ela tira um pedaço de carne do pacote. A carne desliza sobre a ponta afiada por ela como se fosse manteiga. Em seguida ela a empurra diretamente para as chamas e escuta o crepitar.

— Obrigado. Nunca conheci uma garota tão habilidosa com uma faca. Mas, pra ser sincero, também nunca conheci uma garota que tivesse um tigre.

— É um puma — corrige Jules e joga para Camden um naco de carne crua. — Nós não temos tigres aqui.

— Mas vocês poderiam ter? — pergunta Billy. — Poderia existir um por aqui?

— Como assim?

— Uma de vocês poderia ser tão forte a ponto de chamar um tigre do outro lado do mundo?

— Eu talvez pudesse — divaga Arsinoe. — Talvez seja por isso que esteja demorando tanto.

Ela lança um sorriso afetado na direção de Jules enquanto afia mais um espeto.

— Eu não consigo imaginar uma dádiva com essa força toda — responde Jules. — Sou uma das naturalistas mais fortes da ilha, e o meu chamado não alcança muito além das águas profundas do litoral.

— Você não tem como saber — rebate Arsinoe. — E aposto que você conseguiria, se tentasse. Eu aposto que você conseguiria chamar qualquer coisa, Jules.

— Eu também acho — concorda Joseph. — Ela se transformou numa coisa feroz desde que eu parti.

A carne é retirada dos espetos, e eles comem em silêncio. Está gostosa, marmoreada e macia. Arsinoe avalia a possibilidade de deixar que os sumos do alimento escorram por seu queixo, mas decide que isso seria ir longe demais.

Mesmo assim, ela só fala quando Jules lhe dá um chute no pé.

— O que está achando da ilha, Júnior?

— Estou apaixonado por este lugar. Absolutamente apaixonado. Joseph tem me falado de Fennbirn desde o momento em que chegou em nossa casa. É um prazer enorme ver isso tudo, e ver vocês, e Jules, de quem eu já ouvi falar com mais frequência ainda.

Arsinoe franze os lábios. Foi uma boa resposta. E ele a falou tão bem!

— Acho que devo te agradecer — diz Arsinoe. — Por ter cuidado de Joseph. Ele por acaso contou pra você que eu fui o motivo pelo qual ele foi banido?

— Arsinoe — interrompe Joseph. — Não diga isso. Se eu pudesse voltar no tempo, eu não mudaria nada do que fiz.

— Mas eu, sim — rebate ela. — Senti sua falta.

— Eu também senti sua falta. — Então Joseph busca a mão de Jules para segurá-la. — Senti falta de vocês duas.

Os dois deveriam estar a sós. Por mais que Arsinoe tenha sentido saudade de Joseph, não foi da mesma maneira que Jules sentiu.

Arsinoe enfia o último pedaço de carne na boca e em seguida se levanta.

— Pra onde você vai? — pergunta Jules.

— Vou mostrar pro Júnior a paisagem do lugar — responde ela. — Não vamos demorar. — Ela dá uma piscadela para Joseph. — Bom. Não vamos demorar muito.

Arsinoe conduz o continentino através das árvores, em direção a uma trilha estreita e margeada por rochas que serpenteia ao redor das colinas acima de Sealhead. Trata-se de uma trilha insegura para se percorrer no inverno, a menos que você conheça o local. Ela se sente um pouco culpada. Mas se ele quer se tornar um rei consorte, vai ter que suportar coisas bem piores.

— Isto é uma trilha? — pergunta ele, atrás dela.

— É, sim. Dá pra ver pela falta de árvores e de arbustos.

As rochas são pontudas, cobertas de gelo em sua grande parte. Um escorregão é garantia certa de um corte no cotovelo ou um rasgão no joelho. Um passo em falso poderia levar à morte. Arsinoe anda na velocidade que sua consciência permite, mas Billy não reclama. Nem tenta pará-la. Ele aprende as coisas com rapidez.

— É verdade que no continente ninguém possui dádivas? — pergunta ela.

— Dádivas? Ah, você quer dizer magia? É, é verdade, sim.

Não foi isso, na realidade, o que ela quis dizer. E não é verdade. Embora ele possa não saber disso, a magia baixa está viva e saudável no resto do mundo. Madrigal lhe disse isso.

— Dizem que vocês tinham isso no passado — continua ela. — Mas que perderam com o passar do tempo.

— E quem são esses que dizem isso? Eles contavam histórias bem criativas pra você.

— Isso seria estranho. Não ter dádiva. O continente deve ser um lugar esquisito.

— Tê-las é bem mais esquisito, acredite em mim. E você devia parar de falar assim. O "continente". Há vários continentes, sabia?

Arsinoe não diz nada. Na ilha, tudo o que não é ilha é continente. É assim que sempre foi. É assim que sempre será para ela, que jamais terá a chance de sair de lá para ver quaisquer diferenças que porventura existam.

— Você vai ver — afirma Billy. — Algum dia.

— Não, não vou. A rainha talvez sim.

— Bom, e por acaso você não é uma rainha? Você se parece com uma. Cabelos pretos como a noite, olhos pretos arrebatadores.

— Arrebatadores — murmura Arsinoe. Ela sorri afetadamente. Ela não será conquistada assim tão facilmente.

Eles chegam ao cume do derradeiro pedaço de colina e alcançam o mirante.

— Ali — aponta Arsinoe. — A vista mais completa de Wolf Spring aqui na ilha. A casa dos Sandrin e o mercado de inverno. E o seu barco, balançando no porto.

— É lindo. — Ele percorre um pouco o local. — O que é aquele pico ali?

— Mount Horn. Nasci no sopé dele, em sua sombra, na ravina no Chalé Negro. Mas não dá pra ver isso daqui.

Billy está sem fôlego. O que a deixa satisfeita. Ela está apenas um pouco quente por causa do cachecol. Quando ele pega a mão dela, é um gesto tão inesperado que ela nem tenta rechaçá-lo.

— Obrigado por me mostrar tudo isso. Tenho certeza de que você vai me mostrar muito mais, antes de ser coroada e de eu ser coroado ao seu lado. Ou será que reis consortes não são coroados? Essa parte nunca foi exatamente clara pra mim.

— Você é bem teimoso. — Ela solta sua mão com um leve puxão. — Mas você não é bobo, nem eu.

Ele exibe um sorriso teimoso que se parece bastante com os sorrisos de Joseph. Oblíquo e sinuoso. Talvez tenha aprendido com ele.

— Tudo bem, tudo bem. Meu Deus, isto aqui é difícil.

— E só vai piorar. Talvez fosse melhor você voltar pra casa.

— Eu não posso.

— Por que não?

— A coroa, é claro, e tudo o mais que a acompanha. Os direitos comerciais com a Ilha de Fennbirn. O prestígio. Meu pai quer tudo isso.

— E você acha que eu posso te ajudar a conseguir?

Billy dá de ombros. Ele olha para a enseada, pensativo.

— Joseph imagina que sim. E eu espero que seja verdade. Isso o deixaria feliz. Ele não vai gostar se você morrer e eu me casar com outra rainha.

Arsinoe franze o cenho. Joseph não gostaria disso. Mas eles aceitariam, no fim. Eles todos aceitariam. Até mesmo Jules.

— É tão estranho — comenta Billy. — Entrei num barco na baía e atravessei um bom trecho de névoa até que apareceu Fennbirn, embora o lugar jamais tivesse estado lá antes quando passei na mesma direção. E agora aqui estou eu, participando de toda essa insanidade.

— Está atrás de solidariedade? — pergunta Arsinoe.

— Não. Jamais. Eu sei que o que você tem a fazer é bem pior. E eu gosto do que você fez agorinha mesmo. Puxando a mão. Isso me obrigou a ser honesto com você. Não existem muitas garotas por aí que fariam isso lá de onde eu venho.

— Existem várias aqui que fariam isso. Tantas que você logo, logo se cansaria de nós. Só não desperdice seu tempo comigo, certo? Eu não devo... Eu não devo ser cortejada.

— Tudo bem. — Ele lhe mostra a palma da mão. — Mas nós seremos vizinhos por algum tempo. Então, quem sabe você não possa apertar a minha mão e me guiar cuidadosamente de volta por essa trilha traiçoeira?

Arsinoe sorri e aperta a mão de Billy. Ela já gosta mais dele, agora que ambos se entenderam.

— O que você acha que eles estão fazendo agora? — pergunta Jules enquanto atiça o fogo.

— Acho que tudo está indo de acordo com o planejado — responde Joseph.

Ele se aproxima dela sobre a tora úmida e cheia de neve. Ele está cálido e o fogo está cálido. Jules mexe e remexe a pedra verde em seu dedo. No continente, isso representaria seu desejo de se casar com ela, dissera ele. Mas, na ilha, é apenas um anel. Ela ainda não encontrou coragem para lhe perguntar qual dos sentidos ele quer dar ao presente.

— É um pouco cedo pra dizer isso — diz Jules. — Talvez ela nem goste dele. E ele ainda precisa se encontrar com as outras rainhas.

— Sim, é verdade. E ele vai se encontrar. Mas ele não vai querer. Depois de todas as histórias que lhe contei sobre Arsinoe, eu acho que ele já está meio apaixonado por ela.

Jules não sabe que histórias Joseph poderia ter contado acerca de Arsinoe para fazer alguém se apaixonar por ela, tendo em vista que eles não passavam de crianças quando foram obrigados a se separar. Mas se foram mentirosas ou fantasiosas, Billy irá descobrir a verdade logo, logo.

— Vai ser estranho depois que ela for coroada — comenta Joseph. — Ter que fazer uma mesura quando ela falar.

— A gente só vai precisar fazer isso na frente das pessoas — lembra Jules.

— Acho que sim. Mas vai ser difícil fazer uma mesura mesmo assim, depois de tanto tempo longe daqui. Eu provavelmente vou me esquecer de fazer uma pra Alta Sacerdotisa e vou acabar sendo banido de novo.

— Joseph — repreende Jules, rindo. — Ninguém iria te banir por isso.

— Não. Mas fora daqui é tudo tão diferente, Jules. Fora daqui os homens não tremem quando as mulheres falam.

— Ninguém deveria tremer. É por isso que a ilha precisa de mudanças no Conselho Negro.

— Eu sei. E ela terá.

Ele coloca o braço em torno dela e em seguida toca primeiro o anel que lhe deu e depois seus cabelos.

— Jules... — Ele se curva para beijá-la.

Ela dá um salto quando seus lábios se tocam. Joseph recua, confuso.

— Me desculpa. Eu não sei por que fiz isso.

— Tudo bem.

A sensação, contudo, é que nada está bem. Mas Joseph não se afasta. Ele fica onde está e a abraça com firmeza.

— Jules, houve algum outro? Desde que eu parti?

Ela sacode a cabeça em negativa. Ela nunca se envergonhou disso antes, mas está envergonhada agora.

— Ninguém mesmo?

— Não.

Ninguém jamais olhou para ela como Joseph olha. Nem mesmo Joseph, antes de voltar. Ela não é bonita como sua mãe ou sua tia Caragh. Ela sempre se sentiu muito pequena, sem graça e estranha. Mas ela não vai dizer isso para ele.

— Eu acho — diz ela, em vez disso — que os rapazes sempre tiveram medo de mim.

— Eu não duvidaria. Eles tinham medo de você quando éramos pequenos, simplesmente por causa do seu temperamento. O puma não pode ter ajudado muito nisso.

Jules sorri para Camden.

— Eu devia sentir muito — diz Joseph. — Mas eu não gosto de pensar em outra pessoa te tocando. Eu pensava nisso algumas vezes quando estava longe. E aí o Billy me levava pra tomar umas e outras.

Jules ri e repousa sua testa na dele. Lá, ao lado do lago, ele lhe dá a sensação de ser o menino que ela conhece há tanto tempo. Seu Joseph. Ele só parece diferente no exterior, todo aquele cabelo escuro e os novos ângulos em seu rosto. A amplitude de seu tórax e ombros.

— Não somos mais os mesmos — constata Jules. — Mas eu não quero essa mudança.

— Só que a gente mudou, Jules — argumenta Joseph suavemente. — A gente cresceu. Eu te amava quando era criança. Do jeito que uma criança ama uma amiga. Mas eu me apaixonei por você de verdade enquanto estava longe daqui. As coisas não podem ficar da maneira como eram antes.

Ele se aproxima novamente, e seus lábios se encontram. Ele é delicado e lento. Cada movimento diz a ela que ele vai parar, mesmo enquanto seus braços a puxam mais para si na altura da cintura. Ele vai parar, se isso não for o que ela quer.

Jules desliza os braços ao redor do pescoço dele e o beija profundamente. Isso é exatamente o que ela quer. É tudo o que sempre quis.

Rolanth

— **Elas vão chegar logo pra separar a gente** — comenta Arsinoe.

Ela estava novamente no mato, atrás de amoras. Um vívido suco vermelho escorre por sua bochecha. Ou talvez seja um corte provocado por um espinho.

— Willa não vai deixar a gente ir — rebate Katharine. — Eu não quero ir. Quero ficar aqui.

Mirabella também gostaria de ficar lá. Está um dia quente, primavera recente. Vez por outra, quando fica excessivamente quente, ela chama o vento para pinicar suas peles e fazer Katharine rir.

Elas estão do lado mais extremo do riacho, separado do chalé, e Willa não vai mais atravessar a água para recolhê-las. Está frio demais, diz ela. O que faz suas juntas doerem.

— Willa não vai te salvar — avisa Arsinoe.

— Vai, sim — retruca Katharine. — Porque eu sou a favorita dela. É você que ela não vai salvar.

— Eu vou salvar vocês duas — promete Mirabella, passando os dedos pelos compridos cabelos pretos de Katharine. Macios como seda e brilhosos. Pequena Katharine. A mais jovem da trinca. Ela é o tesouro de Mirabella e Arsinoe desde que elas têm idade suficiente para lhe segurar a mão.

— Como? — pergunta Arsinoe e cai na grama com as pernas cruzadas. Ela arranca uma flor e esfrega pólen no nariz de Katharine até ele ficar amarelo.

— Eu vou chamar um trovão pra espantá-los — responde Mirabella, trançando os cabelos de Katharine. — E um vento tão forte que vai soprar a gente lá pra cima da montanha.

Arsinoe avalia a ideia, sua pequena testa franzida. Ela balança a cabeça.

— Isso nunca vai funcionar — conclui ela. — A gente vai precisar pensar em uma outra coisa.

— Foi apenas um sonho — explica Luca. Elas estão bem no interior do templo, em seu quarto bagunçado cheio de travesseiros e quinquilharias.

— Não foi, não — retruca Mirabella. — Foi uma lembrança.

Luca treme sob um xale de pele, tentando não ficar irritada por ter sido tirada abruptamente da cama antes do amanhecer. Quando os olhos de Mirabella se abriram em sua cama na Westwood House, ainda estava escuro. Ela esperou o máximo de tempo que pôde suportar antes de vir até o templo acordar Luca, mas uma leve espiada através das persianas do templo leva a crer que o tom cinzento predomina do lado de fora.

— Vamos até a cozinha — convida Luca. — Não tem ninguém acordado que possa nos preparar um chá a essa hora. Teremos que preparar nós mesmas.

Mirabella respira fundo. Quando expira, o ar está trêmulo. A lembrança, ou o sonho, se foi isso mesmo, ainda está grudado nela, como os sentimentos que foram despertados.

— Tenha cuidado aqui — alerta Mirabella enquanto guia Luca pela íngreme escada do templo. Ela levanta bem a chama de sua lamparina. Luca devia pegar um quarto num andar mais baixo. Quem sabe um cômodo mais quente, próximo à cozinha. Mas ela não vai admitir que está velha. Não até estar morta.

Na cozinha, Mirabella acende o fogão e aquece água numa chaleira enquanto Luca vasculha prateleiras em busca das folhas de que mais gosta. Elas só voltam a falar uma com a outra quando se sentam com duas xícaras fumegantes de chá adoçado com mel.

— É apenas algo que a sua mente inventou. Porque você está nervosa. Não surpreendente, com a Aceleração se aproximando. E com você tão assombrada pela morte daquele sacrifício. Rho jamais deveria ter mandado você fazer aquele ritual.

— Não é isso — insiste Mirabella. — Eu não inventei aquilo.

— Você era uma criança quando viu suas irmãs pela última vez — diz Luca delicadamente. — Quem sabe tenha ouvido histórias. Talvez você se lembre um pouco do chalé e da propriedade.

— Eu tenho uma memória muito boa.

— Rainhas não se lembram dessas coisas — argumenta Luca e toma um gole do chá.

— O fato de você dizer isso não significa que seja necessariamente verdade.

Luca olha solenemente o interior da xícara. À luz alaranjada da lamparina em cima da mesa, cada linha, cada ruga no rosto da idosa fica visível.

— Você vai precisar que isso seja verdade — diz a Alta Sacerdotisa. — Porque, do contrário, é muito cruel forçar uma rainha a matar aquelas a quem ama. Suas próprias irmãs. E ver que elas surgem à porta como lobos em busca de sua cabeça.

Quando Mirabella fica em silêncio, Luca se aproxima e cobre a mão dela com a sua.

O eco produzido pelas palavras de Luca soa tão alto nos ouvidos de Mirabella que Elizabeth está quase em cima dela antes que a rainha a ouvisse.

— Você não me ouviu? — pergunta Elizabeth, ligeiramente sem fôlego.

— Me desculpe — diz Mirabella. — Está muito cedo; eu não esperava encontrar ninguém acordado.

Elizabeth faz um gesto na direção do tronco de uma sempre-viva que se encontra nas proximidades.

— Pepper se levanta junto com o sol. Então eu faço o mesmo.

Olhando para a jovem sacerdotisa, Mirabella não consegue evitar um sorriso. Elizabeth tem um jeito de tornar impossível a tristeza. Seu capuz está baixo e seus cabelos escuros ainda não foram trançados. O pica-pau de crista voa em disparada para cima de seu ombro, e ela lhe dá sementes na palma da mão.

— Eu também acho legal — comenta ela — levantar bem cedo. Assim não precisamos nos preocupar em sermos vistos.

Mirabella segura delicadamente o pulso de Elizabeth. As pulseiras que a sacerdotisa está usando são apenas isso: pulseiras feitas de fitas pretas e contas. Ela é só uma inicianda e ainda pode mudar de ideia.

— Por que você fica aqui? — pergunta Mirabella. — Quando eu te conheci, você me disse que elas pegariam o Pepper e o matariam se soubessem da existência dele. Mas o seu laço com ele é muito forte. Por que você não vai embora?

Elizabeth dá de ombros.

— E iria pra onde? Eu era uma criança do templo, Mirabella. Não te contei isso?

— Não.

— A minha mãe era uma sacerdotisa do Templo de Kenora. O meu pai era um curador com quem ela sempre trabalhou. A minha mãe não me deu pra adoção. Eu cresci lá. O templo é tudo o que eu conheço. E eu espero...

— Espera o quê?

— Que você me leve com você pro Templo de Indrid Down depois que for coroada.

Mirabella assente balançando a cabeça.

— Certo. Muitas pessoas em Rolanth esperam por coisas similares.

— Eu sinto muito. Não tive a intenção de aumentar ainda mais o seu fardo!

— Não. — Mirabella abraça a amiga. — Eu sei que não. É claro que eu vou te levar comigo, mas pense numa coisa. — Ela segura as pulseiras de Elizabeth. — Eu não preciso necessariamente levar você pro templo. Você tem escolhas. Você tem todas as escolhas do mundo.

Rho não gosta de ser chamada aos aposentos de Luca. Ela está parada perto da janela, seus ombros encaixados e as costas rígidas. Ela nunca tenta se sentir em casa. Jamais parece estar em casa em lugar nenhum, exceto talvez quando está supervisionando as sacerdotisas mais novas em suas tarefas.

Luca pode ver por que Mirabella não gosta dela. Rho é severa e intransigente, e quando sorri, o sorriso não lhe alcança os olhos. Mas ela é uma das melhores sacerdotisas que Luca já conheceu. A rainha pode não gostar de Rho, e nem Rho da rainha, mas Rho certamente terá sua utilidade.

— Ela disse isso — constata Rho, depois que Luca lhe conta sobre a visita de Mirabella mais cedo. — Ela se lembra das irmãs.

— Eu não sei se é verdade. Pode ser que sejam apenas sonhos pregando peças. Ou talvez apenas os nervos dela.

Rho baixa os olhos. Está claro que ela não concorda com isso.

— E então, o que você quer fazer? — pergunta Rho.

Luca se recosta na cadeira. Nada. Talvez nada precise ser feito. Ou talvez ela tenha estado equivocada esse tempo todo e Mirabella não seja a rainha escolhida. Ela esfrega a boca com as costas da mão.

— Você vai parecer uma tola — alerta Rho — depois de apoiá-la. É tarde demais pra mudar o rumo das coisas.

— Eu não vou mudar o rumo das coisas — rebate Luca com hostilidade. — A Rainha Mirabella é a escolhida. Ela tem que ser a escolhida.

Ela olha por cima do ombro de Rho, na direção do mosaico pendurado na parede. Uma representação da capital de Indrid Down, o domo hexagonal de seu templo e as enormes torres pretas do Volroy.

— Quanto falta até podermos olhar pra isso e pensar que se trata apenas da capital? — pergunta Luca. — Em vez da cidade dos envenenadores?

Rho segue o olhar da outra e em seguida dá de ombros.

— Ela já foi, no passado — observa Luca. — Ela já foi nossa. Nossa e da rainha. Agora é deles. E o Conselho é deles. Eles ficaram fortes demais para nos ouvir, e nós não pertencemos a lugar nenhum.

Rho não reage. Se Luca estava esperando pena, ela deveria ter chamado outra sacerdotisa.

— Rho, você a viu. Você a observa como um gavião sobrevoando um rato. O que você acha?

— Se eu acho que ela consegue matá-las? — pergunta Rho e cruza os braços. — É claro que sim. Uma dádiva como a dela afundaria uma frota inteira. Ela poderia ser grandiosa. Como as Rainhas de Antigamente.

— Mas?

— Mas — Rho usa um tom sombrio — nela esse poder está desperdiçado. Ela consegue matar as irmãs, Alta Sacerdotisa. Porém não o fará.

Luca suspira. Ouvir isso finalmente verbalizado não a choca. Na verdade, ela já desconfiava havia algum tempo, nutria esse medo desde que conhecera Mirabella nas margens do Lago Starfall e quase se afogar na ocasião. A criança tinha muita raiva. Ela ficou de luto pela perda de Arsinoe e Katharine durante quase um ano. Fosse ela tão forte naquela época quanto é agora, Luca e todos os Westwood estariam mortos.

— Se ao menos houvesse uma maneira de canalizar essa raiva — murmura ela.

— Talvez você pense em uma, mas eu pensei em outra.

— O quê? — pergunta Luca.

— A Rainha de Mão-Branca.

Luca empina a cabeça. Rainhas de Mão-Branca são rainhas que ascendem ao trono sem jamais derramar uma gota sequer de sangue das irmãs. Sem manchar suas mãos.

— Do que você está falando? Mirabella nasceu como uma das três comuns.

— Eu não estou falando da Rainha Azul — diz Rho, referindo-se à rara gêmea nascida em quarto lugar que é considerada tão abençoada que suas irmãs são afogadas pelas parteiras ainda bebês.

— Então o quê? — pergunta Luca.

— Nas lendas antigas havia outras Rainhas de Mão-Branca — insiste Rho.

— A Rainha Andira, cujas irmãs eram oráculos, com a dádiva da visão — lembra Luca. Rainhas com a dádiva da visão são propensas à loucura e entregues à morte. Mas nem Arsinoe nem Katharine são oráculos.

— Uma outra — continua Rho. — Há ainda uma outra. Eu falo da Rainha de Mão-Branca do Ano Sacrificial.

Luca estreita os olhos. Rho está pensando nisso há um bom tempo. Um Ano Sacrificial se refere a uma geração na qual duas das rainhas são praticamente desprovidas de dádivas. Tão fracas que são vistas mais como sacrifícios do que como presas.

Rho escavou bem fundo. Somente acadêmicos do templo podem provavelmente ter ouvido a mais vaga alusão ou alegoria acerca do Ano Sacrificial.

— Pode ser que estejamos exatamente num ano desses — admite Luca. — Mas eu não consigo enxergar como isso poderá nos ajudar caso Mirabella não reivindique os sacrifícios.

— Em alguns Anos Sacrificiais, as pessoas fazem os sacrifícios por ela — explica Rho. — Na noite da Aceleração, nos lugares mais sagrados, as pessoas se insurgem e lançam as outras rainhas às chamas.

Luca observa Rho cuidadosamente. Ela nunca leu nada a respeito.

— Isso não é verdade — duvida ela.

Rho dá de ombros.

— Boatos bem espalhados tornarão isso verdade. E seria rápido, limpo e pouparia o coração mole da rainha.

— Você quer que nós... — começa Luca, mas então olha de relance para a porta e baixa a voz — sacrifiquemos Arsinoe e Katharine no Beltane?

— Exato. No terceiro dia. Após a Cerimônia da Aceleração.

A sanguinária Rho, sempre em busca de soluções definitivas. Mas Luca jamais imaginou que ela pudesse tramar qualquer coisa semelhante.

— O Conselho mandaria nos matar.

— Mirabella estaria no trono. E, além do mais, eles não fariam isso se a ilha estivesse do nosso lado. Não se os boatos forem espalhados. Nós vamos precisar de Sara Westwood.

Luca balança a cabeça.

— Sara não concordaria.

— Sara se tornou uma mulher religiosa. Ela fará o que o templo a instruir. E o mesmo ocorrerá com as sacerdotisas. Além disso, será bom para a ilha ser lembrada de suas antigas lendas.

Antigas lendas. Lendas tecidas do nada.

— Eu não quero desistir de Mira tão rapidamente — diz ela, e Rho franze o cenho. — Mas é algo a ser considerado.

Greavesdrake Manor

Katharine e Pietyr estão sentados com Natalia ao redor de uma mesa já sem resquícios de comida. O almoço foi um lombo de porco preparado com a carne de um animal envenenado, o molho feito de manteiga e leite retirado de uma vaca que havia sido alimentada com meimendro-negro. Pão de aveia fortificada para embeber o que restou do molho. Havia também um suflê de cogumelos com propriedades tóxicas. Natalia não gosta de comer alimentos sem veneno, mas tudo o que ela serviu continha venenos aos quais Katharine adquiriu uma quase imunidade.

Natalia solicita mais vinho. Sua sala de jantar está agradavelmente cálida. Fogo crepita na lareira e espessas cortinas vermelhas mantêm o calor.

— Como estava Half Moon hoje? — pergunta Natalia. — Um dos tratadores está preocupado com um inchaço que ele estava desenvolvendo na quartela traseira direita.

— O galope estava bom — responde Katharine. — E não tinha nenhuma inflamação na perna.

Half Moon é seu cavalo favorito, preto e castrado, cujo nome é uma homenagem a uma manchinha branca em forma de lua crescente em sua testa. Tivesse ele mostrado quaisquer sinais de coxeadura, Katharine jamais o teria levado para um passeio. Embaixo da mesa, ela encosta seu joelho no de Pietyr.

— Você notou alguma coisa, Pietyr? — pergunta ela.

— Não, nada. Ele parecia perfeitamente saudável.

Ele limpa a garganta e afasta seu joelho, como se temesse que Natalia pudesse sentir o contato. Quando estão na presença dela, ele sempre toma cuidado para manter distância, apesar de Natalia saber o que eles fazem. Muito embora ele esteja ali em função da insistência de Natalia.

— Tenho novidades muito interessantes — começa Natalia. — Uma delegação chegou hoje cedo do continente. E o pretendente deseja se encontrar com Katharine.

Katharine estica o corpo e olha de relance para Pietyr.

— Ele não é o único que você precisará conhecer, você sabe — continua Natalia. — Mas é um início promissor. Nós temos um relacionamento com a família dele há muitos anos. Foram os pais adotivos de Joseph Sandrin durante seu banimento.

— Eu vou avaliá-lo com delicadeza, nesse caso — diz Katharine.

— Não com mais delicadeza do que você deve avaliar quaisquer outros — instrui Natalia, embora ela queira dizer exatamente o oposto. — O nome dele é William Chatworth Jr. Não sei quando conseguiremos marcar um encontro. Ele está em Wolf Spring atualmente, conhecendo Arsinoe, o pobrezinho. Mas quando for possível, você vai estar preparada?

— Vou, sim.

— Eu acredito em você. Você está com uma aparência bem melhor nessas últimas semanas. Parece mais forte.

É verdade. Desde que Pietyr chegou, Katharine está mudada. Genevieve ainda diria que ela está magra e pequenina demais. Depois de tantos anos de envenenamento, é improvável que ela algum dia venha a recuperar totalmente, ou reconquistar, o crescimento que perdeu. Mas seus cabelos e sua compleição, e a maneira como ela se porta, tudo isso melhorou a olhos vistos.

— Tenho um presente para você — anuncia Natalia. Seu mordomo, Edmund, entra segurando um cercado de vidro. Em seu interior, uma pequena cobra-coral nas cores vermelho, amarelo e preto se estica em direção ao topo.

— Olha só quem eu encontrei tomando sol na janela.

— Docinho? — exclama Katharine. Ela empurra a cadeira para trás com força quase que suficiente para fazê-la tombar e corre até Edmund para enfiar as mãos no cercado. A cobra recua ligeiramente e em seguida se enrola no pulso de Katharine.

— Eu pensei que a tivesse matado — sussurra ela.

— Não exatamente — responde Natalia. — Mas eu tenho certeza de que ela gostaria de voltar para a gaiola dela e para o calor da lamparina. E eu preciso falar com Pietyr a sós.

— Pois não, Natalia. — Katharine sorri uma vez para cada um deles e em seguida sai, quase pulando de alegria.

— Um presente a transforma novamente numa criança — comenta Natalia.

— Katharine ama aquela cobra — argumenta Pietyr. — Pensei que estivesse morta.

— Está morta. Foi encontrada inerte e fria no canto da cozinha três dias depois do *Gave Noir*.

— Então o que é aquilo? — pergunta Pietyr.

Natalia dá de ombros.

— Ela não vai notar a diferença. Aquela lá foi treinada da mesma maneira que a anterior.

Ela faz novamente um gesto para Edmund, que traz uma bandeja de prata e dois copos do conhaque envenenado predileto dela.

— Você está fazendo progresso — elogia Natalia.

—Algum. Ela ainda pensa apenas em se vestir de modo a cobrir uma erupção cutânea ou uma costela protuberante. E quando está assustada, ainda corre como se fosse um rato.

—Ah, por favor, Pietyr. Nós não a tratamos tão mal assim.

— Talvez não você. Mas Genevieve é um monstro.

— Minha irmã é tão severa quanto eu permito que ela seja. E o treinamento de Katharine com venenos não lhe diz respeito.

— Mesmo se ele torna a minha tarefa mais difícil?

Ele sopra cabelos louros para longe de seus olhos e desaba na cadeira. Natalia sorri atrás de seu conhaque. Ele realmente a faz lembrar muitíssimo de si mesma. Um dia, talvez ele possa inclusive ascender e se tornar o chefe da família se nenhuma filha apropriada para a tarefa atingir a maturidade.

— Diga-me, ela está preparada para conhecer esse candidato?

— Suponho que sim. Não deve ser difícil impressioná-lo se ele vem de Wolf Spring. Todos sabem que Arsinoe tem cara de mingau.

— Ela pode até ter, mas Mirabella não tem. Levando em consideração o que os Westwood dizem, ela é mais bonita do que o céu noturno.

— E tão isolada e fria quanto — completa Pietyr. — Katharine, pelo menos, tem um senso de diversão. E é uma pessoa doce. Isso você não conseguiu tirar dela.

Há algo no tom de Pietyr que não agrada Natalia. Ele parece excessivamente protetor. Quase possessivo, e isso não pode ocorrer.

— Até onde você foi? — pergunta ela.

— Como assim?

— Você sabe o que quero dizer. Ensine a ela todos os truques que quiser, mas você não pode ir longe demais, Pietyr. Continentinos são estranhos. Eles vão querer que ela case na condição de virgem.

Natalia o observa cuidadosamente, para ver se ele vai ficar irrequieto. Ele parece decepcionado — frustrado, quem sabe —, mas não assustado. Ele ainda não cometeu a ousadia de dar esse passo.

— Tem certeza de que eles não valorizariam as habilidades dela na cama, ao contrário do que você imagina? — Então, dá de ombros. — Tenho a impressão de que, se for mesmo o caso, eu posso lhe dar aulas sobre o assunto depois que eles estiverem casados.

Ele toma o que resta do conhaque num único e grande gole e deposita o copo sobre a mesa. Ele gostaria de ter a permissão de se retirar, de seguir Katharine e de vesti-la e despi-la como se ela fosse uma boneca.

— Certamente será para o próprio bem dela e de nós todos, sobrinho — diz Natalia. — Se você for pra cama com ela, temo que ela possa se apaixonar por você. Ela parece já estar quase apaixonada, e não é isso o que pretendemos.

Pietyr empurra para a frente e para trás seu copo vazio.

— Certo? — diz ela, com um tom mais servero.

— Não se preocupe, tia Natalia. Apenas um rei consorte seria tolo o bastante para se apaixonar por uma rainha.

Katharine ainda está segurando a cobra quando Pietyr entra em seus aposentos. Ela sentiu tanto a falta do bicho que não consegue se separar dele e está sentada diante do espelho da penteadeira com Docinho enroscada em sua mão, seu nariz praticamente grudado na venenosa cabeça da cobra.

— Katharine, solte a cobra. Deixe-a descansar um pouco.

Katharine faz o que ele pede, levantando-se para colocar a cobra delicadamente na gaiola aquecida. Ela deixa a tampa aberta e estica a mão para acariciar as escamas de Docinho.

— Não consigo acreditar que ela tenha sobrevivido — comenta Katharine. — Natalia deve ter colocado todos os serviçais atrás dela.

— Deve mesmo.

— Então — ela retira as mãos da gaiola e as dobra sobre o colo —, estou realmente prestes a conhecer meu primeiro pretendente?

— Sim.

Ela e Pietyr estão próximos um do outro sem se tocar e sem trocar olhares. Pietyr passa os dedos ao longo das costas da cadeira revestida de brocado na qual ela está e se ocupa com um fio solto.

— Tem certeza de que eu não posso envenenar as minhas irmãs antes?

Pietyr sorri.

— Tenho certeza. Isso precisa ser feito, Kat.

Ele olha através do ínfimo espaço entre as cortinas para o céu nublado e para todas as sombras no pátio. O pequeno lago no qual eles passearam a cavalo lado a lado naquela manhã se assemelha a uma poça acinzentada voltada para o sudeste. Logo ele estará com uma intensa tonalidade azul, e o pátio ficará verde e repleto de narcisos. A temperatura em si já está mais cálida. A madrugada traz mais névoa do que geada.

— Vai ser difícil superar Mirabella — comenta Pietyr. — Ela é alta e forte e bonita. Em Rolanth, já existem canções sobre os cabelos dela.

— Canções sobre os cabelos dela? — pergunta Katharine, e bufa em alto e bom som. Ela deveria cuidar disso. Mas, na realidade, ela não se importaria se todos os pretendentes preferissem Mirabella. Nenhum deles vai beijar do jeito que Pietyr beija. Ele a abraça com um desejo tão desesperado que ela nem consegue respirar.

— Você acha que os pretendentes vão beijar como você beija, Pietyr? — pergunta ela, só para ver o lábio inferior dele se projetar.

— É claro que não. Eles são meninos do continente. São atrapalhados e bobos. Vai ser difícil pra você fingir que está gostando.

— Eles não podem ser assim tão ruins. Tenho certeza de que vou encontrar um do qual eu goste.

Pietyr franze a testa. Seus dedos se enterram nas costas da cadeira, mas relaxam quando ele vê a expressão no rosto dela.

— Você está me provocando, Kat?

— Estou. — Ela ri. — Estou te provocando. Não foi isso que você me ensinou a fazer? Para me opor à formalidade principesca da minha irmã com sorrisos e um coração palpitante?

Ela toca o peito dele, e ele agarra sua mão.

— Você é muito boa nisso — sussurra ele, puxando-a de encontro ao peito. — Você vai ter que rir das piadas deles, mesmo quando não forem engraçadas.

— Sim, Pietyr.

— E faça com que falem deles próprios. Faça-os lembrar de você. Você deve ser a joia, Kat. A que se destaca das outras. — Ele solta a mão dela com um pouco de relutância. — Não importa o que você faça, eles ainda assim vão querer testar as três. Até a sem graça da Arsinoe. E Mirabella... — Ele respira fundo pelo nariz. — Seja lá que vestido ela esteja usando na Aceleração, você pode ter certeza de que eles vão estar morrendo de vontade de arrancá-lo.

Katharine franze o cenho.

— Tenho a impressão de que ela vai ser apresentada como prêmio.

— E que prêmio! — Pietyr suspira. Katharine lhe dá um soco no peito e ele ri.

— Agora *eu* estou te provocando. — Ele a puxa mais para perto de si. — Eu não tocaria naquela elemental nem que ela se ajoelhasse e implorasse. Ela finge que a coroa já é dela. Mas ainda não é. Você é a nossa rainha, Kat. Não se esqueça disso.

— Não vou me esquecer. Nós vamos fazer o bem pra essa ilha, Pietyr, quando eu for coroada e você for o chefe do Conselho Negro.

— O chefe? — pergunta ele, seus olhos resplandecendo. — Eu imagino que Natalia tenha algo a dizer sobre isso.

— É claro que Natalia permanecerá na posição dela pelo tempo que desejar — corrige Katharine. — Mas nem mesmo ela pode ficar lá pra sempre.

Atrás deles, a cobra-coral sobe na lateral da gaiola. Sua cabeça escamosa desliza por cima da portinhola aberta e faz uma pausa ali, saboreando o ar com a língua. Sem perceber, Katharine deixa o braço repousar em cima da mesa. A cobra não gosta do movimento. Ela curva o corpo para atacar.

— Katharine!

O braço de Pietyr se lança para a frente. As presas da cobra o atingem na altura do punho. Ele segura o réptil com delicadeza até ele se soltar, muito embora devesse quebrar seu pescoço. Katharine não estará segura perto do bicho, e não se pode permitir que algum dano lhe ocorra tão perto da Aceleração.

— Oh! Eu sinto muitíssimo, Pietyr! Ela ainda deve estar um pouco fora de si.

— Certo. — Ele recoloca a cobra na gaiola, certificando-se de fechar a tampa com firmeza dessa vez. — Mas você precisa ter cuidado com ela de agora em diante. Treine-a de novo. Mesmo poucas semanas sozinha podem ter sido suficientes para torná-la selvagem novamente.

Dois pontinhos idênticos de sangue estão visíveis no braço de Pietyr. O ferimento não é grave. Num Arron forte como ele, o veneno causará apenas uma leve vermelhidão.

— Eu tenho um bálsamo que pode ajudar. — Katharine vai até o outro cômodo para pegá-la.

Pietyr olha pesarosamente para a cobra enquanto segura o pulso. Reagir foi a coisa certa a fazer. Katharine teria ficado doente dias e dias com o veneno, mesmo depois de receber tratamento. Mas ele fez isso sem pensar. E ficou com medo de que Katharine se ferisse. Medo de verdade.

— Apenas um rei consorte seria tolo o bastante para amar uma rainha — repete ele baixinho.

Wolf Spring

Arsinoe e Billy caminham lado a lado pelo mercado de inverno. Desde que foram apresentados um ao outro, e da tarde que passaram juntos na Lagoa Dogwood, tem sido difícil para Arsinoe escapar dele, mas, no mercado, ela não se importa. Jules está frequentemente com Joseph e, sem sua presença, Arsinoe se sente exposta em lugares movimentados. Em partes agitadas da cidade, como no mercado, olhares maldosos aferroam como abelhas. Qualquer um na multidão poderia se encorajar a se aproximar e lhe cortar a garganta.

— Arsinoe — chama Billy. — Qual é o problema?

Ela estuda as feições taciturnas e invernais dos vendedores de peixe que conhece desde que chegou em Wolf Spring. Um bom número deles considera sua fraqueza uma desgraça e preferiria vê-la morta.

— Nada.

Billy suspira.

— Não estou no clima pro mercado hoje — comenta ele. — Vamos comprar alguma coisa pra comer e subir até os pomares. Não está tão frio, afinal.

No caminho, eles param na barraquinha de frutos do mar de Madge para que Billy possa comprar duas porções de mariscos recheados fritos na hora. Ele quase não se atrapalha com as moedas dessa vez. Está aprendendo.

Eles comem rapidamente enquanto andam, para que não sofram demais com o frio. Madge recheia os mariscos com nacos de caranguejo e pedacinhos de pão na manteiga. Quando está particularmente generosa, ela inclui também gordas fatias de bacon.

Enquanto passam pelas docas, na direção da estrada que leva à colina e às macieiras, Billy examina a concha do seu marisco, virando-a e revirando-a em suas mãos.

— Ficar olhando não vai fazer nascer recheio — brinca Arsinoe. — Você deveria ter comprado três porções.

Ele sorri e leva o braço para trás para arremessar a concha na enseada o mais longe que consegue. Arsinoe arremessa a dela também.

— A minha foi mais longe — atesta ela.

— Não foi mesmo.

Arsinoe sorri. Na realidade, ela não tinha como ter certeza.

— O que aconteceu com a sua mão? — pergunta Billy.

Arsinoe baixa a manga da jaqueta para cobrir a casquinha que se formou a partir da nova runa que ela entalhou na palma da mão.

— Eu me cortei no galinheiro.

— Ah.

Ele não acredita nela. Ela deveria ter inventado outra desculpa. Nenhum galinheiro poderia deixar um desenho tão intrincado. E ela ainda não contou para Jules o que ela e Madrigal estão fazendo.

— Júnior — diz ela, olhando detidamente para as docas. — Onde está o seu barco?

O embarcadouro no qual ele estava preso desde o retorno de Joseph está vazio, e toda a enseada parece mais escura por causa disso.

— Meu pai voltou pra casa — responde ele. — É fácil ir e vir. Um trechinho rápido cortando a névoa e pronto. Meu Deus, eu me sinto louco só de dizer isso em voz alta. E mais louco ainda sabendo que isso é verdade.

— Fácil ir e vir — murmura Arsinoe. Fácil para qualquer pessoa, menos para ela.

— Mas, escute, quando ele voltar...

— O quê?

— Ele quer que eu conheça as suas irmãs. Nós viajaremos até Indrid Down para encontrar os Arron. E a Rainha Katharine.

É claro. Ele quer que seu filho use a coroa. Ele não tem nenhuma lealdade particular para com os naturalistas, independentemente do quanto tenha se afeiçoado a Joseph durante o banimento.

— Você não me chama mais de "Rainha Arsinoe" — repara ela.

— Você quer que eu chame?

Ela sacode a cabeça em negativa. Ser chamada de rainha lhe dá a sensação de que estão se dirigindo a ela com um apelido. Como algo que apenas Luke usa para falar com ela. Eles sobem a estrada e em seguida acenam para Maddie Pace quando ela passa em seu carrinho de boi. Arsinoe não precisa olhar para saber que Maddie virou o corpo em seu assento a fim de olhar fixamente para eles. A cidade inteira está interessada no cortejo deles.

— Eu não sei se quero conhecer as outras — comenta Billy. — A sensação que eu tenho é que isso seria um pouco como fazer amizade com uma vaca que está prestes a ser abatida.

Arsinoe ri.

— Não se esqueça de dizer isso às minhas irmãs quando você se encontrar com elas. Mas se você não quer se encontrar com elas, então não o faça.

— Meu pai não é o tipo de homem a quem se diz não. Ele consegue o que quer. Ele não criou o filho para o fracasso.

— E para quê a sua mãe criou?

Ele lhe lança um olhar, surpreso.

— Pouco importa. Ela nunca quis isso. Você sabe como são as mães. Elas querem que a gente fique grudado aos seus aventais pra sempre, se isso for possível.

— Não sei como é isso — retruca Arsinoe. — O que eu sei é que você me dá a impressão de estar emburrado. Não se esqueça da diferença entre o que significa uma coroa perdida pra você e o que significa pra mim.

— É verdade. Você tem razão. Me desculpe.

Ela o observa com o canto do olho. Não pode ser fácil ser um estranho e renunciar a tudo que lhe é conhecido por uma coroa e uma vida com a qual não se é nem um pouco familiarizado. Ele tentou ser justo, e ela deveria tentar também. E deveria manter distância. Não vai ser fácil para ele vê-la morta caso fiquem íntimos. Mas ela tem tão poucos amigos. Ela não pode dar as costas a um.

Arsinoe faz uma pausa. Sem pensar, ela os levou a uma trilha que vai dar na floresta, e nas velhas pedras, e na árvore curvada.

— Não. — E muda a direção. — Vamos pegar uma outra trilha.

— Como você acha que são as suas irmãs?

— Eu não sei e nem quero saber. As duas devem estar provavelmente treinando pra Cerimônia da Aceleração.

— Beltane. Acontece todo ano, certo?

— Isso. Mas este ano vai ser diferente. Este Beltane marcará o começo do Ano da Ascensão.

— Eu sei disso. Mas qual é a diferença? Ainda dura três dias?

Arsinoe empina a cabeça. Ela só pode dizer o que ouviu. Nem ela nem Jules jamais participaram de um. Para ir, é preciso ter pelo menos dezesseis anos.

— Ainda são três dias — confirma ela —, e há sempre a Caçada. A caçada ritual pra fornecer carne pros banquetes. Aí, normalmente, temos as bênçãos diárias e ritos realizados no templo. Mas este ano não vai ter muito disso. Todo mundo vai estar se preparando pro Desembarque na noite depois da Caçada e pra Aceleração na noite seguinte ao Desembarque.

— O Desembarque... Quando você é apresentada aos pretendentes.

— Quando os pretendentes nos são apresentados. — Ela lhe dá um leve soco no braço.

— Tudo bem. Ai, ai. E a Aceleração. É quando vocês demonstram as suas dádivas. Como é que você vai fazer isso? — pergunta ele e se prepara para receber mais um golpe.

No entanto, Arsinoe apenas ri.

— Estou pensando em aprender a fazer malabarismo com três arenques. Katharine vai comer veneno, e Mirabella... Mirabella pode peidar ciclones até onde eu sei. A ilha vai amá-la mais do que todas.

— Peidar ciclones — repete Billy, com um risinho afetado.

— Isso aí. Você gostaria disso, não?

Ele balança a cabeça.

— E depois que o Beltane tiver acabado é que vocês vão ser cortejadas, oficialmente. E também é quando...

— É quando a gente vai poder matar umas as outras — completa Arsinoe. — Temos um ano inteiro pra fazer isso. Até o Beltane do ano seguinte. Mas se Mirabella chegar atacando como se fosse um touro raivoso, eu posso acabar morrendo já na primeira semana.

Eles avançam pela neve, pisando em uma crosta de gelo derretido, em direção à área do pomar. Penetram mais fundo no vale até que os pássaros param de cantar e o vento começa a soprar com mais intensidade.

— Você às vezes pensa no que aconteceu com a sua mãe? — pergunta Billy. — Depois que ela teve você e deixou a ilha com o rei dela?

— Rei consorte — corrige ela. — Não, não penso.

TRÊS COROAS NEGRAS **121**

Há histórias, evidentemente. Narrativas de rainhas grandiosas que deixaram a ilha para se tornar rainhas grandiosas novamente no continente. Outras narrativas relatam rainhas que vivem o resto da vida em paz e tranquilidade com seus consortes. Mas Arsinoe jamais acreditou em uma palavra. Em sua mente, todas as rainhas estão no fundo do mar, afogadas pela Deusa no momento em que não lhe serviam mais.

Jules passa a mão pelos cabelos escuros na têmpora de Joseph. São macios e longos o bastante para que ela os enrole em seus dedos. Eles estão sozinhos na casa dos Sandrin hoje. O pai de Joseph está com Matthew no *Whistler*, e sua mãe e Jonah pegaram uma carruagem até Highgate para comprar utensílios para os barcos. É algo bom, também, já que o pai de Billy voltou para sua casa no continente e lhes confiscou o uso da cabine de Joseph.

— Aqui é tão desconfortável quanto o barco — comenta Joseph. Ele está deitado com metade do corpo sobre o dela, e Camden esticada sobre as pernas de ambos.

— Eu nem reparei. — Ela o puxa para baixo e abre a boca abaixo da dele. Pela maneira como ele a abraça, Jules pode dizer que ele tampouco está reparando.

— Muito em breve, porém, nós vamos ter de encontrar uma cama grande o bastante pra nós dois e pro puma.

— Muito em breve — concorda ela. Mas, por enquanto, Jules está contente com o quarto apertado e com a falta de privacidade. Por mais que ame Joseph, ela não está pronta para ir além disso. Com Camden impedindo seus movimentos, ela consegue beijar Joseph pelo tempo que quiser sem sentir que deveriam fazer algo mais.

Joseph baixa a cabeça e beija a clavícula de Jules, aparente através da camisa amarfanhada. Ele repousa o queixo de encontro a ela e suspira.

— O que foi? — pergunta ela. — A sua cabeça está longe hoje.

— A minha cabeça está apenas em você. Mas tem uma coisa.

— O quê?

— Você se lembra daquele barco no nosso atracadouro do lado oeste? — pergunta ele. — Um pequeno barco vistoso com um deque reformado e recentemente pintado de azul?

— Na verdade, não.

O estaleiro dos Sandrin tem estado repleto de trabalhos como esse há meses. Reparos por vaidade, de vários locais ao longo da costa. Continentinos vão chegar logo, logo à ilha, e a ilha quer mostrar uma cara nova. Eles têm inclusive trabalhado com barcos pesqueiros de Wolf Spring, que dizem a palavra "continentino" através de lábios franzidos e desdenhosos. Eles podem falar de continentinos e cuspir, mas vão usar esse cuspe para lustrar seus próprios sapatos.

— O que tem ele? — pergunta ela.

— Eu tenho de conduzi-lo até Trignor pra devolvê-lo ao dono. Devo sair assim que a minha mãe e o Jonah voltarem de Highgate.

—Ah... E por que isso te preocupa?

Joseph sorri.

— Vai parecer bobagem minha dizer isso em voz alta, mas eu não quero me separar de você nem mesmo por um minuto.

— Joseph — Jules ri —, nós estamos juntos praticamente o tempo todo desde que você voltou.

— Eu sei. E não vou demorar muito. Se os ventos colaborarem, posso alcançar Trignor ao cair da noite. A viagem de volta a Wolf Spring de carruagem deve durar, no máximo, alguns dias. Mesmo assim — ele se coloca ainda mais sobre ela —, será que não daria pra você ir comigo?

Viajar numa pequena embarcação com Camden e passar longos dias em carruagens barulhentas não parece uma das melhores experiências, mas estar com Joseph poderia torná-la agradável. Ela desliza os braços pelo pescoço dele e ouve a voz de Arsinoe: *Jules e Joseph, inseparáveis desde o nascimento.*

— Eu não posso. Já estou muito em falta com Arsinoe. Ela teve de trabalhar na dádiva dela com a minha mãe, e eu não posso pedir que ela assuma outras tarefas que são minhas. Ela é uma rainha.

— As melhores rainhas não se importam com tarefas extras.

— Mesmo assim — insiste Jules. — Eu não deveria deixá-la aqui. E você não deveria me pedir pra fazer isso. Você também a ama, lembra? Tanto quanto me ama.

— Quase tanto, Jules. Só quase.

Ele repousa a cabeça sobre o ombro dela.

— A gente não vai ficar muito tempo longe um do outro, Joseph. Não se preocupe.

Rolanth

O sonho é ruim. Mirabella desperta com o som do próprio choro. É um despertar súbito; resquícios do sonho formam um borrão no ar familiar de seu quarto, seu corpo preso numa armadilha, metade em cada consciência, e suas pernas emaranhadas em lençóis úmidos. Ela se senta e toca o rosto. No sonho, ela estava chorando. Chorando e rindo.

Sua porta se abre suavemente com um clique, e Elizabeth estica a cabeça. Ela assumiu grande parte da função de acompanhante pessoal de Mirabella, e Mirabella solta o ar, aliviada por ver que é ela quem está tomando conta de seu quarto esta noite.

— Está tudo bem? — pergunta Elizabeth. — Eu ouvi você gritando.

Pepper, o pica-pau, voa do ombro dela e adeja ao redor da rainha, da cintura à cabeça, certificando-se de que ela está em segurança.

— Eu também ouvi — comenta Bree. Ela abre ainda mais a porta, e ambas entram e a fecham atrás de si. Mirabella leva os joelhos ao peito, e Bree e Elizabeth sobem na cama. Bree acende as velas na penteadeira.

— Eu sinto muito. Vocês acham que eu acordei mais alguém?

Bree balança a cabeça em negativa.

— Tio Miles dormiria mesmo em meio à batalha do Porto de Bardon.

Os quartos de Sara e do jovem Nico são distantes demais. Bem como os aposentos dos serviçais no primeiro andar. São apenas elas três, um ponto desperto numa casa às escuras.

— Mira, você está tremendo — observa Bree.

— Vou pegar água — avisa Elizabeth, e Pepper aterrissa ao lado da jarra e pia para guiar o caminho.

— Não — diz Mirabella. — Nada de água.

Ela se levanta e começa a andar pelo quarto. Os sonhos com as irmãs se grudam nela, às vezes por dias e dias. Eles não vão embora como os outros.

— Como era? — pergunta Bree.

Mirabella fecha os olhos. O sonho não era uma lembrança, mas uma série de imagens.

— Seria impossível descrever.

— Era sobre as outras rainhas? — pergunta Elizabeth de maneira hesitante.

As outras rainhas, sim. Suas duas irmãs, mortas e empalhadas em cadeiras com a pele esverdeada e a boca costurada. Então, surge um lampejo de Katharine, deitada de costas com o tórax aberto, nada dentro além de um buraco seco e vermelho. Finalmente Arsinoe, tentando gritar, mas sem voz, porque sua garganta está entupida com sangue espesso e escuro.

Mirabella, elas dizem. *Mirabella, Mirabella.*

— Eu as segurava debaixo d'água — sussurra Mirabella. — No córrego ao lado do chalé. A água estava fria demais. Tinta saía da boca das duas. Elas eram apenas crianças.

— Ah, Mira — lamenta Bree. — Isso é horrível, mas foi só um sonho. Elas não são crianças.

— Elas sempre serão crianças pra mim — retruca Mirabella.

Ela pensa no que sentiu quando Arsinoe e Katharine ficaram inertes e esfrega as mãos uma na outra como se estivessem imundas.

— Eu não posso mais fazer isso.

Luca ficará desapontada, pois depositou fé nela e a criou para reinar. Bem como os Westwood, a cidade e a própria Deusa. Ela foi criada para reinar. Para se tornar a rainha que a ilha necessita. Se ela for ao templo, Luca lhe dirá exatamente a mesma coisa. Que esses sonhos e sentimentos foram colocados no caminho dela por um motivo. Como um teste.

— Eu preciso ir embora. Eu preciso sair daqui.

— Mirabella. Acalme-se. Beba um pouco d'água — pede Elizabeth.

Ela aceita o copo e bebe, ao menos para agradar sua amiga. Mas é difícil engolir. A água tem o gosto de algo morto.

— Não. Preciso ir embora. Preciso sair daqui. — Ela vai até o closet e abre bem as portas. Examina vestidos e capas na tentativa de escolher o que vestir, tudo preto, preto, preto.

TRÊS COROAS NEGRAS **125**

Bree e Elizabeth se levantam. Elas estendem as mãos para tentar detê-la, para tentar acalmá-la.

— Você não pode ir. Estamos no meio da madrugada! — lembra Elizabeth.

— Mira, você não estará segura — acrescenta Bree.

Mirabella escolhe um vestido de lã. Ela o veste sobre a camisola e abre uma gaveta para pegar meias longas.

— Vou para o sul. Ninguém vai me ver.

— Vai, sim! — alerta Elizabeth. — Eles vão mandar uma comitiva atrás de você.

Mirabela faz uma pausa, ainda trêmula. Elas estão certas. É claro que estão certas. Mas ela precisa tentar.

— Eu preciso ir — insiste ela. — Por favor. Eu não posso mais ficar aqui sonhando com as minhas irmãs falando comigo por meio de corpos mortos. Não posso matá-las. Sei que vocês precisam que eu mate; sei que é isso que se espera que eu faça...

— Mira, você pode, sim — afirma Bree.

— Eu não vou — rebate ela com ferocidade.

Elizabeth e Bree estão agora na frente da porta com o intuito de bloqueá-la. Elas estão tristes e preocupadas, e a instantes de acordar Sara e de alertar o templo. Mirabella passará o resto de seu tempo até o Beltane trancada nos aposentos de Luca e sob vigilância constante.

Mirabella calça as botas e as amarra. Quem quer que enviem atrás dela certamente a pegará, mas terá de se esforçar para isso.

Ela dá um passo à frente, preparada para abrir caminho entre suas amigas.

— Espere — pede Elizabeth. Ela levanta uma das mãos e sai do quarto. Se ela gritar no corredor, pode ser que não haja tempo para Mirabella fugir. Mas Elizabeth não grita. Ela retorna ao quarto carregando sua capa branca de sacerdotisa. — Pegue isso. Mantenha o capuz na cabeça e os cabelos cobertos. — Ela exibe o mais doce, mais delicado dos sorrisos. — Ninguém olha duas vezes para uma sacerdotisa. Só fazem uma mesura e saem da frente.

Mirabella a abraça com gratidão. A capa é um pouco curta. Mas é grande, feita para cobrir as amplas curvas de Elizabeth, e cobre por completo o vestido de Mirabella.

— Elizabeth — chama Bree, mas em seguida para. Ela segura o braço de Mirabella. — Deixe a gente ir com você, pelo menos.

— Não, Bree — responde Mirabella com delicadeza. — Prefiro que vocês não saibam de nada disso. Quando eles perceberem que eu fugi, vão procurar alguém pra pôr a culpa. Alguém pra ser punida. Não permita que seja você ou Elizabeth.

— Eu prometo. Vamos cuidar uma da outra.

Mirabella sorri com tristeza e toca o rosto de Bree.

— Nunca te vi tão assustada. — Ela a abraça com força. — Por favor, entenda, Bree. Eu as amo. Da mesma maneira que eu amo vocês. E eu não posso ficar aqui e deixar que o templo me force a matá-las.

Ela solta Bree e estende o braço para Elizabeth. Ela teve sorte de poder contar com as duas.

Quando Mirabella toma o rumo do sul, percorrendo a propriedade dos Westwood até deixá-la para trás, o amanhecer já começou a exibir seus tons róseos a leste. O sonho deve tê-la despertado mais tarde do que imaginava. Fogueiras e lamparinas já queimam na cidade à medida que os comerciantes e ferreiros madrugadores se preparam para o dia. Ela fecha bem o capuz branco sobre a cabeça para ocultar o rosto.

Então, pega a estrada principal na direção de Rolanth. Talvez fosse mais sábio da parte dela se manter nas estradas secundárias, mas esse é o caminho que ela conhece por causa das viagens de carruagens, e um risco ligeiramente maior de ser pega é melhor do que se perder em locais desconhecidos.

Quando a estrada dá uma guinada na direção das eclusas e do centro da cidade, Mirabella prende a respiração diante do som das pessoas. À frente, na calçada, uma mulher tira poeira de um tapete e dá um bom-dia a um vizinho que está esvaziando um balde no esgoto. Mirabella mantém a cabeça baixa, mas Elizabeth estava certa. A mulher não faz mais do que acenar com a cabeça antes de dar um passo para sair do caminho. Se alguém se perguntasse o que uma sacerdotisa estaria fazendo na cidade numa hora dessas, não pararia para lhe perguntar.

Ao sair de Rolanth ela olha para trás, os telhados e as chaminés queimando suavemente, sua cidade à luz crescente. Além, seguros entre as altas sempre-vivas, Sara e o resto dos Westwood House estarão despertando. No templo, Luca provavelmente já estará tomando chá.

É difícil deixá-las, mas sair foi mais fácil do que ela pensou, considerando tudo.

Wolf Spring

Ao lado da fogueira, sob a árvore curvada, a cabeça de Arsinoe gira. Madrigal fez um corte profundo em seu braço dessa vez, para que seu sangue embebesse três extensões de corda. A corda vai manter o sangue até que elas necessitem dele. E para feitiço forte o suficiente para matar outra rainha, elas vão precisar de tudo o que Arsinoe puder poupar.

Elas ainda não discutiram que feitiço será. Uma maldição, talvez. Ou um encanto que proporcione má sorte. Pouco importa. Tudo o que Arsinoe sabe é que ela está ficando cada dia mais forte.

— Isso já basta — avisa Madrigal. Ela coloca as cordas cuidadosamente no interior de uma jarra de vidro. — Não vai durar para sempre. Nós devemos colocá-las em uso logo após o Beltane.

Madrigal desliza a jarra para dentro de um saco de tecido preto e ajusta a correia ao longo do corpo.

— Aqui. — Ela pressiona um copo com algo nos lábios de Arsinoe. — Sidra. Beba um pouco.

— Você trouxe nozes? — pergunta Arsinoe. — Pão? Qualquer coisa pra comer?

Ela segura o copo com as mãos trêmulas e dá um gole. As laterais do copo estão pegajosas e manchadas com as impressões digitais de Madrigal no sangue de Arsione.

— Jules está certa — murmura Madrigal. — Você é principalmente estômago.

Ela dá para a rainha um pequeno pacote com queijo e uma dúzia de amoras-pretas amadurecidas por naturalistas.

— Obrigada — diz Arsinoe. Seu braço lateja e ela sente uma picada quando Madrigal o limpa e o amarra, mas a sensação é agradável. Na realidade, Arsinoe jamais se sentiu tão esperançosa em toda a sua vida.

— Eu jamais teria adivinhado que seria você a pessoa que iria me ajudar. Com o que quer que fosse.

Madrigal torce o nariz. Nela, até esse gesto é bonito.

— Pois é... Eu sei.

Ela se recosta e se cobre com uma pele quente, amuada por nunca ser valorizada. Mas ninguém pode culpar Cait e Ellis. Desde menina, Madrigal prefere o conforto ao trabalho. Caragh costumava falar de uma época em que Madrigal fazia flores crescerem em padrões sinuosos apenas para colhê-las e colocá-las em seus cabelos. E tudo isso enquanto pepinos morriam no jardim.

— Onde está a minha Juillenne hoje? — pergunta Madrigal.

— Despedindo-se de Joseph. Ele vai velejar pro norte, na direção de Trignor.

Madrigal olha fixamente para o fogo.

— Sorte da Jules ter um rapaz como aquele. Não achava que ela conseguiria, ainda mais com aqueles olhos engraçados dela. E se parecendo com o pai como ela se parece.

— Com o pai? — pergunta Arsinoe. — Achava que você não se lembrava do pai de Jules.

— Eu não lembro. Não mesmo. Eu lembro das fogueiras do Beltane. E de pensar em como seria maravilhoso se eu concebesse um bebê naquela noite sagrada. Como ela seria forte. O quanto ela me amaria. — Ela ri, amarga. — Não lembro quem era o pai dela. Mas ela não se parece nem um pouco comigo, portanto só pode se parecer com ele.

— Você acha que ele sabe?

— Sabe o quê?

— Que ele tem uma filha e que ela é a naturalista mais poderosa da ilha.

Madrigal dá de ombros. Pouco provável. E se ele soubesse, não faria a menor diferença. Crias do Beltane são sagradas aos olhos do templo. E, de modo semelhante às rainhas, elas não possuem pais reconhecidos aos olhos do templo.

Arsinoe se recosta. Com o queijo e as frutas em sua barriga, ela está aquecida novamente e deixou de sentir os tremores. Estica as pernas e aproxima as solas dos sapatos das brasas.

— Joseph é tão bonito — comenta Madrigal, tristonha.

— É, sim — concorda a rainha.

— Vê-lo junto de Jules me faz perceber o quanto eu tenho me sentido solitária. Talvez eu devesse fazer um feitiço. Trazer um amante como ele pra mim.

— Pfff — bufa Arsinoe, seus olhos quase fechados. — Você não precisa de magia baixa pra isso, Madrigal.

— Talvez não. Mas se eu usasse apenas um centímetro dessas cordas — ela dá um tapinha no saco preto em seu colo —, eu poderia ter o homem mais lindo dessa ilha.

Arsinoe olha de soslaio para ela, certificando-se de que está brincando antes de começar a rir. Em pouco tempo o riso quase se transforma numa gargalhada e em seguida ambas estão rindo. Mas mesmo que não estivessem, ainda assim não teriam ouvido a silenciosa aproximação de Camden e Jules.

O puma chega na fogueira antes de Jules, mas não chama atenção suficiente para que elas possam tentar fingir inocência.

Jules olha de sua mãe para Arsinoe.

— O que é isso?

Arsinoe faz uma careta. Elas estão sentadas abaixo das pedras sagradas, cercadas de trapos empapados com o sangue da rainha. A manga da camisa de Arsinoe está arregaçada acima do cotovelo e exibe nitidamente o curativo.

— É isso o que você faz? — Jules pergunta à mãe quase gritando. — Assim que eu viro as costas? Você a traz aqui e faz esses cortes nela? Você ensina magia baixa pra ela?

— Jules... — Arsinoe se levanta. Ela estica um braço, como que para proteger Madrigal, o que apenas deixa Jules ainda mais enraivecida. Camden começa a rosnar.

— Eu a estou ajudando — explica Madrigal.

— Ajudando? — Jules se aproxima e agarra Arsinoe com tanta força que ela quase tropeça na tora em que estava sentada. — Você não pode fazer isso. É perigoso.

Madrigal balança a cabeça.

— Você não entende. Você não sabe nada sobre isso.

— Eu sei que sempre há um preço. E sei que isso serve para os simples, para os desesperados e fracos.

— Então serve pra mim! — Arsinoe desenrola a manga para cobrir o curativo e os cortes das runas na palma de sua mão.

— Arsinoe, isso não é verdade.

— É verdade, sim. E vou usar isso. É tudo o que eu tenho.

130 KENDARE BLAKE

— Mas você não sabe o que isso vai te custar.

— Vai dar tudo certo, Jules. Madrigal usou isso quando estava no continente e ela está sã e salva.

— Aqueles que se colocam contra isso estão apenas reproduzindo as superstições do templo — concorda Madrigal enquanto apaga o fogo.

Ela e Arsinoe contornam a colina silenciosamente, ansiosas para fazer com que Jules se afaste de seu local sagrado. Jules segue atrás, enraivecida.

Até onde Arsinoe consegue se lembrar, ela e Jules jamais discutiram acerca de nada mais importante do que o tamanho de uma fatia de bolo. Seus ombros caem.

— Vai levar um tempo — diz Madrigal suavemente. — Mas ela vai acabar concordando.

A Costa Oeste

É melhor quando não há carruagens ou carroças e ela consegue viajar no acostamento da estrada. Pelo menos o espaço ali é aberto e ela pode ver uma nesga de céu não encoberto. Mirabella levanta os olhos na direção da luz evanescente. São dois dias inteiros de caminhada desde que ela fugiu de Rolanth, intercalados por umas poucas horas desconfortáveis de cochilos encostada nesse ou naquele tronco espesso. O campo na direção sul não é composto de campinas e penhascos íngremes. É formado por uma floresta mais densa e por suaves colinas ondeadas. Muitas e muitas árvores. Mesmo no inverno, sem a presença das folhas, ela se sente oprimida por elas. Ela não consegue entender por que os naturalistas amam tanto as florestas.

Mirabella levanta a saia para pular uma poça praticamente degelada na vala, tentando preservá-la, muito embora a capa de sacerdotisa que Elizabeth lhe emprestou esteja com manchas de água suja e lama na bainha. A jornada não tem sido fácil. Suas pernas doem e seu estômago está vazio. Ontem, ela usou um pequeno raio para pegar uma truta, mas ela não tem habilidade para caçar sem a presença das sacerdotisas e de seus cães de caça.

A rainha sente falta de Bree e de Elizabeth. De Luca e Sara. Até do tio Miles e do pequeno e entusiasmado Nico. Mas ela vai aguentar. Ela não pode parar por muito tempo em nenhum lugar aberto, tampouco pode entrar com frequência em cidades. Todavia, logo ela terá de comprar roupas novas e pagar por uma refeição que contenha verduras para que seus dentes não caiam.

Mirabella salta rapidamente sobre a vala quando alguma coisa se aproxima na estrada. Seja lá o que for, parece grande. Diversas carruagens, quem sabe. Um grupo de busca vindo de Rolanth?

Ela vai ter de penetrar bem na floresta para impedi-los de vê-la e para impedir que ela os veja. A visão da pobre Luca pressionada de encontro à janela partiria seu coração.

Quando já está no interior da floresta, ela para e se põe a escutar. Somente uma carruagem passa. Provavelmente, uma carroça de quinta categoria se dirigindo a Indrid Down, quem sabe carregando um suprimento de lã, ou leite e queijo de ovelha. Há pouco tempo ela sentiu cheiro de pastos de ovelhas e imaginou que estava passando por Waring e suas muitas fazendas.

Mas ela não tem certeza de onde está. Ela estuda mapas desde a infância, porém a ilha parece bem menor no papel, e ela não encontra outra placa desde que passou por uma indicando a direção de North Cumberland de manhã cedo. Agora, com o sol se pondo, ela já deve estar pelo menos num ponto tão distante quanto Trignor. Talvez até mesmo Linwood. Mais alguns dias e ela terá de costear o limite de Indrid Down.

Onde eles a pegarão, sua tola, Luca diz em sua cabeça.

Mirabella tira fios de cabelo preto da frente dos olhos. Em algum lugar a leste, trovões ribombam. Cansada como está, ela nem sabe se foi ela própria quem os evocou, mas assim mesmo anseia por eles e se afasta ainda mais da estrada para seguir o aroma da tempestade.

Ela anda mais rápido à medida que os penhascos e o céu aberto a chamam. Acima das árvores, densas nuvens pretas rolam até que ela não consegue precisar que hora do dia seria ou se já anoitecera.

Ela penetra na floresta. Por um momento, teme haver, de algum modo, andado em um círculo amplo. Os penhascos sobre os quais está são muito parecidos com os Blackway de casa. Mas não são os Blackway. Um lampejo de raios exibe a face do penhasco em tons de branco e de um dourado suave, um material mais macio do que seu adorado basalto preto.

— Um pouco mais — diz ela ao vento, e este corre ao redor dela e a abraça. Então sopra o arruinado capuz para trás de seus ombros.

Mirabella dá um passo na direção da borda do penhasco acima do mar. Relâmpagos iluminam a água em tons verdes e azuis. Deve haver uma trilha por onde se possa descer. Ela quer entrar na água e ficar encharcada até a cintura.

O único caminho que encontra é íngreme e margeado por rochas úmidas. É traiçoeiro, mas ela vai em seu ritmo, deliciando-se com o vento e com a chuva. Amanhã, as pessoas que vivem aqui falarão disso como se fosse a Tempestade Shannon, assim chamada por causa da rainha cujo mural decora a maior porção do Templo de Rolanth. Eles falarão disso nas mesas durante o café da manhã. A tempestade estragará telhados e deixará um rastro de árvores derrubadas que precisará ser desobstruído. Pessoas cantarão a canção de Shannon e dirão como ela era capaz de evocar furacões e enviá-los a todas as partes como se fossem pombos.

São apenas contos fantasiosos, talvez. Um dia, eles chamarão grandes incêndios de Chama Mirabella e dirão que ela possuía a habilidade de calcinar o sol. Ou o fariam, se ela não tivesse fugido para desaparecer.

Mirabella olha na direção do mar e baixa o capuz de sua capa para que a chuva lustre seus cabelos. Então, o relâmpago lampeja e ela vê um barco tombar.

— Não.

A embarcação é pequena e as ondas, pesadas. Talvez a tempestade a tenha arrancado de seu atracadouro. Ninguém poderia ser tão desafortunado a ponto de ser pego no meio de tamanha monstruosidade num barco tão diminuto como aquele.

O barco rola sobre si mesmo e se apruma novamente. A vela se soltou e balança ao vento, molhada e desfraldada. A embarcação não foi abandonada ou arrastada sem a sua tripulação para o mar. Um marinheiro solitário se agarra desesperadamente ao mastro.

Mirabella olha em todas as direções, mas não há ninguém na praia, nenhuma cidade, nenhum fulgor ou fogueiras amistosas. Ela se volta para a estrada e grita por ajuda, mas a estrada já está longe demais.

O barco vai rolar novamente e então fracassará na tentativa de se reaprumar. Será conduzido bem para o fundo do mar e lançado nas incessantes correntes até que não sobre mais nada de sua estrutura.

Mirabella levanta a palma da mão. Ela não pode ficar ali parada sem fazer nada enquanto o marinheiro afunda. Muito embora esteja cansada demais e a água sempre lhe tenha sido o elemento mais difícil.

— Use o vento — diz para si mesma, mas ela jamais usou o vento para mover o que quer que fosse além de seu próprio corpo ou alguns pequenos pertences. O cachecol de Luca ou o chapéu de Sara.

Mirabella estuda a água. Ela pode tentar empurrar o barco de volta, para um ponto suficientemente distante da praia, quem sabe, onde talvez seja possível escapar da tempestade.

Ou então ela pode tentar trazê-lo.

Qualquer escolha é arriscada. Ela poderia despedaçar o barco de encontro aos penhascos. Ela poderia perder o controle da água e atolá-lo. Ou o casco poderia ficar empalado em um rochedo invisível despontando sorrateiramente abaixo da superfície.

Ela cerra os punhos. Não há mais tempo. Então concentra sua dádiva na água ao redor do barco, trabalhando-a e alterando suas correntezas para deslizar a pequena embarcação na direção da costa. Ela chama vento demais, e o barco salta à frente como se fosse um cavalo assombrado.

— Deusa, guia a minha mão — pede Mirabella, os dentes cerrados.

O barco se lança para a frente e para trás, desgovernado. O botaló balança como o rabo de um cão, e o marinheiro faz um esforço para agarrá-lo. Não consegue, e o botaló o acerta em cheio nas costas. Ele tomba de lado e cai no mar.

— Não! — grita Mirabella.

Ela usa sua dádiva para remexer a água, separando-a nas profundezas. Ela jamais fez algo parecido. As camadas do oceano, suas correntes, e a areia fria e agitada se movem ao comando dela. Não é fácil, mas a água obedece.

O rapaz irrompe à superfície, aconchegado na corrente que ela criou. Ele é menor do que o barco e mais fácil de ser administrado.

Quando atinge a praia, seu corpo rola com dureza na areia molhada. Ela não soube agir com delicadeza. Provavelmente quebrou todos os ossos dele.

Mirabella desce com dificuldade a íngreme trilha. Ela escorrega e começa a seguir caminho rastejando, cortando as palmas das mãos nas rochas afiadas. Corre pela areia até o rapaz e pressiona as mãos ensanguentadas em seu peito.

Água escapa de sua boca. Ele está muito pálido, o corpo estendido no limite da maré. Poderia ser qualquer outra criatura marinha, cuspida das ondas com a barriga para cima.

— Respire! — grita ela, mas não consegue colocar ar em seus pulmões. Ela não é curadora. Ela não sabe o que fazer.

Ele tosse. Começa a tremer violentamente, mas isso é melhor do que estar morto.

— Onde estou?

— Eu não sei. Em algum lugar perto de Trignor, acho.

Ela tira a capa e o cobre. Não vai ser suficiente. Será necessário aquecê-lo, mas, até onde ela consegue ver, não existe nada que possa cobri-lo.

— Esse era... — ela o sacode pelos ombros quando ele parece perder novamente a consciência — esse não era o melhor lugar pra desembarcar!

Para sua surpresa, o rapaz ri. Ele tem mais ou menos a idade dela e fartos cabelos escuros. Seus olhos, quando se encontram com os dela, são como a tempestade. Talvez ele nem seja um rapaz, mas alguma coisa elemental, criada pelo bater da água e pelo interminável trovão.

— Você consegue andar? — pergunta ela, mas ele mais uma vez perde a consciência, tremendo com tanta intensidade que seus dentes rangem. Ela não pode carregá-lo. Nem trilha acima e tampouco através da extensa faixa de praia que talvez exista entre eles e a cidade seguinte.

Os penhascos tornam-se estreitos no ponto em que cortam a paisagem na direção da estrada, de modo que a abertura é menos acentuada no topo do que na base. Não é uma enseada. Mal chega a ser uma saliência, mas vai ter de servir.

Mirabella desliza o braço por baixo dele e o puxa pelos ombros, arrastando--o, encharcado e inerte. A areia gruda em suas botas. Suas pernas, já fatigadas, queimam em protesto, mas conseguem alcançar o abrigo dos penhascos.

— Preciso encontrar madeira pra acender uma fogueira.

Ele deita de lado, trêmulo. Mesmo que ela consiga fazê-lo ficar aquecido, ele pode não sobreviver àquela noite. Ele pode ter engolido água do mar em excesso.

Pedaços de galhos flutuantes escuros e molhados caídos das árvores acima entulham a praia. Mirabella os recolhe e os arranja sob o abrigo dos penhascos para formar uma grande e bagunçada pilha intercalada com algas marinhas, conchas errantes e pedrinhas.

Ela também treme. Sua dádiva está quase esgotada.

Quando ela chama fogo para a madeira, nada acontece.

Mirabella se ajoelha e esfrega as mãos. Ao lado dos raios, o fogo é seu elemento favorito. Ser ignorada por ele é como observar o bicho de estimação mais querido dar-lhe as costas e correr para longe.

Os lábios do rapaz estão azulados.

— Por favor... — Ela força sua dádiva até o limite.

A princípio, nada acontece. Então, lentamente, um fiapo de fumaça ascende da pilha. Logo, chamas aquecem suas bochechas e começam a secar as roupas do rapaz. O fogo crepita e cospe quando a chuva da Tempestade Shannon o atinge, mas não há nada a ser feito em relação a isso. Ela está cansada demais para ordenar que as nuvens desapareçam. A tempestade vai passar quando for o momento.

Ao lado dela, o tremor do rapaz diminui. Ela luta para lhe tirar a jaqueta e a camisa e espalha os itens na areia, o mais próximo do fogo que consegue sem o risco de serem incendiados. Ela também estende a capa de Elizabeth. A vestimenta o manterá completamente aquecido se permanecer seca.

O rapaz geme. Se ao menos Luca estivesse ali. Ela saberia o que fazer.

— Frio — resmunga o rapaz.

Mirabella não o arrastou das profundezas e através de toda aquela extensão de areia apenas para observá-lo morrer agora. Ela sabe que há somente uma coisa a fazer.

Ela desabotoa o vestido e o tira. Deita-se atrás do rapaz e o abraça, compartilhando seu próprio calor. Quando a capa estiver seca, ela a usará para cobri-los.

Mirabella acorda de supetão. Depois de cobrir os dois com a capa seca de Elizabeth, ela começara a cochilar, mirando o fogo, e sonhara com Arsinoe e Katharine até que os pedaços de madeira se transformaram nos ossos de seus dedos e os nós das algas marinhas molhadas e fumegantes se transformaram em seus cabelos. Elas queimaram e se desfizeram em carvão enquanto tentavam rastejar de volta para a água como se fossem caranguejos.

O rapaz está deitado em seus braços. Gotas de suor formam pontinhos em sua testa, e ele luta, mas ela o segura com firmeza. Ele precisa permanecer aquecido. De manhã, vai precisar de água fresca. Ela provavelmente vai conseguir encontrar alguma fonte se subir de volta a trilha do penhasco, na direção das árvores. Mesmo depois da chuva, ainda haverá gelo na floresta, não só nos galhos como também nas toras de madeira espalhadas pelo local.

Mirabella se acomoda e o braço do rapaz desliza ao redor de sua cintura. Seus olhos se abrem ligeiramente.

— O barco — diz ele.

— Está no fundo do mar. — Arrebentado e cheio de buracos, muito provavelmente, em virtude daquelas ondas Shannon.

— Minha família — sussurra ele. — Eles vão precisar substituí-lo.

— Não se preocupe com isso agora. Como é que você está se sentindo? Dói em algum lugar?

— Não. — Ele fecha os olhos. — Estou com frio. Estou com muito frio.

TRÊS COROAS NEGRAS   **137**

A mão dele vaga de maneira errática pelas costas dela, abaixo da capa, e a pulsação de Mirabella dispara. Mesmo quase afogado, ele é um dos rapazes mais bonitos que ela já viu na vida.

— Eu estou morto? Eu morri?

A perna dele se move entre as dela.

— Você não morreu — Sua voz sai quase sem fôlego. — Mas eu preciso manter você aquecido.

— Então me aqueça.

Ele atrai a boca de Mirabella até a sua. Ele tem gosto de sal. As mãos dele se movem lentamente sobre a pele dela.

— Você não é real — diz ele, encostado aos lábios dela.

Quem quer que tenha ensinado esse rapaz a beijar o ensinou muito bem. Ele a puxa para cima de si para lhe beijar o pescoço. Ele lhe diz novamente que ela não é real.

Mas talvez seja ele o ser irreal. Esse rapaz com olhos que lembram a tempestade.

Mirabella envolve as pernas no corpo dele. Quando ele geme dessa vez, não é de frio.

— Eu te salvei. Eu não vou deixar você morrer.

Ela o beija avidamente e seu toque o desperta, arrancando-o da escuridão. Ele tem a sensação de pertencer àqueles braços. Ela não vai permitir que ele morra. Ela os manterá aquecidos.

Ela incendiará a ambos.

Wolf Spring

A mãe de Joseph teve um sonho. Um sonho com seu filho sendo tragado pelas ondas. Foi mais do que um pesadelo, disse ela, e Jules acredita em suas palavras. Joseph tinha algo da Visão quando era criança. Tal dádiva só poderia ter vindo de alguma parte. Mas outros permaneceram céticos até que os pássaros retornaram de Trignor com notícias de que ele jamais chegara.

Luke empurra uma xícara de chá para a mão de Jules. Ele trouxera um bule para o píer com uma pilha de xícaras escondida no cotovelo.

— Desculpe — diz ele quando chá quente espirra e queima as juntas dos dedos dela. — E desculpe duas vezes por eu não ter mãos suficientes para carregar o leite. Mas aqui está. — Ele enfia a mão no bolso do paletó e pega um punhado de cubos de açúcar.

— Obrigada, Luke — diz Jules, e Hank, o galo, cacareja em seu ombro enquanto Luke se move através do aglomerado de pessoas preocupadas e curiosas, oferecendo chá a todos.

Jules está ansiosa demais para beber. Os pássaros trouxeram consigo notícias de uma tempestade no litoral, uma monstruosa tempestade que acometeu a ilha, vinda do mar aberto, e devastou as terras de Linwood até o porto, na Baía dos Mineiros.

Billy se posiciona ao seu lado e coloca a mão firme em seu ombro.

— Joseph é um marinheiro forte, Jules — diz Billy. — É muito mais provável que ele tenha conseguido chegar em alguma enseada e depois seguido em frente como se nada tivesse acontecido. Teremos notícias dele logo. Tenho certeza disso.

Jules assente com a cabeça, e Arsinoe encosta nela do outro lado. Camden se aninha nas pernas dela. Apesar das palavras de conforto, muitos barcos já deixaram Sealhead para dar início às buscas, incluindo Matthew, no *Whistler*. E a sra. Baxter disse que levaria seu *Edna* para as águas profundas.

Jules olha na direção da enseada. De onde ela está no píer, o mar parece vasto e maligno. Pela primeira vez na vida, ele lhe parece horrível. Indiferente e impassível, nada além de ondas possantes e um fundo repleto de pedras.

Ela odiou o mar apenas uma vez antes: na noite em que eles tentaram escapar e as águas se recusaram a liberar Arsinoe de suas garras. Balançando de encontro àquela névoa, densa como uma rede, ela odiara tanto o mar que chegara a cuspir nele.

Mas Jules era apenas uma criança naquela época. Certamente a Deusa não se agarraria a esse encanto amargo e esperaria todos esses anos cruéis para revidar.

— Eu não sei por que a gente está se esforçando tanto — sussurra alguém — por causa de um rapaz presunçoso que cheira a continente.

Jules se volta para a pequena multidão.

— O que foi que você disse? — Sua xícara de chá se despedaça em sua mão.

— Calma, Jules — diz Arsinoe, puxando-a pelo braço. — Nós o encontraremos.

— Não vou ouvir *uma* palavra contra Joseph — rosna Jules. — Não até ele voltar. Não até vocês terem coragem suficiente pra dizer isso na cara dele.

— Vamos embora, Jules — chama Arsinoe à medida que a multidão se afasta dos punhos cerrados de Jules. — Nós o encontraremos.

— Como? — pergunta Jules. Mas ela deixa Arsinoe levá-la para longe do píer. — Arsinoe, eu nunca senti tanto medo em toda a minha vida.

— Não tenha — insiste a rainha. — Eu tenho um plano.

— Por que será que isso me assusta? — murmura Billy, deixando as docas com elas.

Arsinoe, Jules e Billy deixam Wolf Spring no decorrer de uma hora em três cavalos de Reed Anderson. O de Arsinoe e o de Billy são animais de pernas longas e dotados de elegante ossatura. A montaria de Jules é mais encorpada e forte, de modo a conseguir suportar ocasionalmente o peso extra de um puma.

Há uma muda de roupa para Joseph dentro de uma bolsa atrás da sela de Arsinoe, juntamente com uma afiada faca de prata.

A Costa Oeste

Quando acorda, Mirabella está sozinha sob a capa de Elizabeth. A tempestade passou, e a fogueira apagou, mas ela ainda está suficientemente aquecida pelas lembranças dos abraços do rapaz. Ele foi seu primeiro. Como Bree ficará entusiasmada ao descobrir... se Mirabella puder algum dia voltar a Rolanth para lhe contar.

Ela estica a cabeça novamente. Ainda está cedo. A água ainda não está resplandecente, mas o dia começou a cobrir a praia com uma luz cinza e enevoada. O rapaz está sentado de costas para ela, vestindo apenas suas calças e uma camisa, a cabeça entre as mãos.

Mirabella gira o corpo e se apoia sobre os cotovelos. Seu vestido está em algum lugar embaixo dela. Ela avalia a possibilidade de tentar vesti-lo discretamente.

— Você está bem? — pergunta ela baixinho.

Ele se vira ligeiramente.

— Estou. — E fecha os olhos. — Obrigado.

Mirabella enrubesce. Ele é tão bonito à luz do dia quanto era à luz da fogueira. Ela gostaria que ele voltasse a se deitar com ela. Ele parece tão distante!

— O que... — ele ainda está parcialmente virado para ela — o que aconteceu?

— Você não se lembra?

— Eu me lembro da tempestade e de nós dois. — Ele para. — Só não entendo como é que... Como é que eu fiz isso.

Mirabella se senta e coloca a capa nos ombros.

— Você não queria — conclui ela, alarmada. — Você não gostou.

— Eu gostei, sim. Foi maravilhoso. Nada disso... nada disso é culpa sua.

Ela suspira, aliviada, e se aproxima para que ambos possam ficar abrigados sob a capa. Ela beija o ombro dele e em seguida seu pescoço.

— Então volte pra mim — sussurra ela. — Ainda não amanheceu.

Ele fecha os olhos quando os lábios dela tocam sua têmpora. Por um momento ela pensa que ele talvez resista por completo à sua aproximação, mas então ele se vira e a abraça. Ele a beija com ferocidade e a prende na areia ao lado das brasas adormecidas.

— Eu não sei o que estou fazendo — sussurra ele.

— Você parece saber muito bem o que está fazendo. — Mirabella sorri. — E você pode fazer de novo.

— Eu quero. Que se dane tudo, mas é exatamente isso o que eu quero.

Ele recua um pouco para olhá-la nos olhos.

Ela observa a expressão dele mudar da descrença para o desespero.

— Não. Ah, não.

— O que é? Qual é o problema?

— Você é uma rainha — lamenta-se ele. — Você é Mirabella. — Ele se afasta.

Então, ele não a havia reconhecido na noite anterior. Uma parte da cabeça dela imaginara, temera que ele pudesse devolvê-la a Rolanth. Mas a maior parte não se importara com isso.

— Não. — repete ele, e ela ri.

— Está tudo bem. Não há nada de errado em se deitar com uma rainha. Você não será castigado. Você não vai morrer.

— O que você está fazendo aqui? Por que você não está em Rolanth? Por que você está usando uma capa branca?

Ela o estuda cautelosamente. Não é o fato de ela ser uma rainha que ele lamenta.

— Qual é o seu nome? — pergunta ela.

Ele não é um Arron; ele não possui a tez deles. E suas roupas parecem pertencer a um artesão, gastas e remendadas em muitos lugares. Ele deve ter velejado de muito longe. Seu sotaque é diferente de qualquer um que ela já tenha ouvido.

— Meu nome é Joseph Sandrin.

O sangue de Mirabella gela. Ela conhece esse nome. Ele é o rapaz que ama Arsinoe. O que foi banido por tentar ajudá-la a escapar.

Ela tira o vestido da areia e o desliza rapidamente por baixo da capa de Elizabeth. Ela dormiu com o rapaz que sua irmã ama. Seu estômago pega fogo.

— Você achou que eu fosse ela? — pergunta ela, terminando de abotoar o vestido. — Você pensou que eu era Arsinoe?

Tendo em vista a confusão em que ele estava em função da tempestade e do frio, pode ser que pelo menos isso lhe sirva de absolvição.

— O quê? Não!

E então ele ri, surpreso.

— Se eu tivesse tocado em Arsinoe da maneira que eu toquei em você... — ele faz uma parada e readquire o tom solene —, ela teria batido em mim.

Batido nele. Sim. Arsinoe sempre batia antes quando elas eram crianças. Especialmente se realmente gostava de você.

Joseph olha para as ondas. A água agora está tranquila. Tremeluzente e calma, brincando inocentemente depois da fúria e da maldade da noite anterior.

— Por que isso tinha de acontecer? — pergunta ele. — Depois de eu ter esperado tanto tempo por ela?

— Por quem?

— Pela garota que eu amei a vida inteira. — Ele não diz o nome dela para Mirabella. Sem problema. Que ele o mantenha para si.

— Ela não precisa saber — sugere Mirabella. — Você não está ferido. Você está vivo. Você pode voltar pra casa.

Joseph balança a cabeça.

— *Eu* vou saber. — Ele olha para ela e toca-lhe o rosto. — O estrago já foi feito.

— Não diga isso. Estrago, como se o que aconteceu fosse algo terrível. Nós não sabíamos!

Joseph não olha para ela. Ele mira tristemente o mar.

— Mirabella. Talvez fosse melhor você ter me deixado afundar.

Eles não podem ficar na praia para sempre. Então escavam a areia durante a maré baixa em busca de moluscos e mariscos e em seguida secam suas roupas novamente encharcadas ao lado de uma fogueira recentemente acesa, mas eles estão se alongando. Seu tempo está se esgotando.

— Pra onde você vai? — pergunta Mirabella.

— Pra estrada, na direção do interior. Eu tinha que pegar uma carruagem pra voltar a Wolf Spring. E eu tenho a impressão que ainda tenho de fazer isso.

Joseph olha para a rainha a seu lado. Ela não é nem um pouco parecida com Arsinoe. E nem um pouco parecida com a imagem que ele fazia dela. Ele ouviu falar que Mirabella vive como se já estivesse coroada, que você precisa se ajoelhar se ela passar pela rua. Ele ouviu falar que ela fica trancafiada na propriedade dos Westwood ou mantida cuidadosamente escondida no templo. Na cabeça dele, ela se tornou um ornamento de feriados, saindo apenas de seu confinamento durante celebrações e sem jamais ter permissão para conviver com quem quer que seja.

Essa Mirabella não é dessa maneira. Ela é selvagem e corajosa. Seus cabelos pretos não estão trançados ou presos num coque no alto da cabeça. Ele imagina se essa é mesmo a rainha que todo mundo em Rolanth vê. Se os boatos não eram todos falsos. Ou talvez essa Mirabella somente apareça em praias após uma tempestade. Se esse for o caso, então ela pertence a ele e somente a ele.

Eles chutam areia sobre o que resta da fogueira apagada, e Mirabella conduz Joseph trilha acima, em direção ao topo dos penhascos.

— É mais fácil subir do que descer — comenta ela, mostrando-lhe os cortes nas palmas das mãos.

Quando alcançam o topo, eles caminham juntos através das árvores, na direção da estrada.

— Você provavelmente terá de andar até a cidade mais próxima pra encontrar uma carruagem — avisa Mirabella. — Segui essa estrada por pelo menos um dia inteiro e não ouvi muitas delas passarem por mim.

Joseph para.

— O que você está fazendo aqui? Por que você não está em Rolanth, cercada por pessoas de sua futura corte?

Parece uma provocação a maneira como ele diz isso. Mas esse não é o sentido que ele quer dar à pergunta. Ele pega a mão dela.

— Não é seguro ficar aqui sozinha.

— Você parece a minha amiga Bree falando. Eu me viro, pode deixar.

— Acabou de me ocorrer que você está se dirigindo pro sul porque Katharine e Arsinoe estão lá. Mas não pode ser isso. Movimentos contra as outras rainhas não são permitidos até o término do Beltane, a menos que as regras tenham mudado. Elas mudaram? Eu fiquei muito tempo afastado daqui.

— Elas não mudaram. Eu me afasto de vez em quando. Pra ficar comigo mesma. Foi muita sorte sua eu ter feito isso!

— É verdade. — Joseph sorri. — Acho que eu estou em dívida com você.

— Acho que sim.

Eles quase alcançaram a estrada, mas não querem se separar um do outro. Seus passos são lentos, quase um arrastar de pés. Quando Joseph sugere que ele a acompanhe até mais ao sul, Mirabella o beija no rosto.

Um beijo leva a algo mais. Eles terão tão pouco um do outro que precisam levar o que puderem. Quando o sol começa a baixar, eles ainda não percorreram uma distância significativa, mas pelo menos, embaixo das árvores é mais fácil encontrar lenha para uma fogueira.

A estrada de Wolf Spring

Jules usa sua dádiva para impelir os cavalos a correrem em maior velocidade. Eles jamais estiveram tão dispostos em suas vidas. Mesmo assim, eles e suas amazonas devem todos descansar pelo restante da noite em Highgate e, assim que alcançam os arredores de Indrid Down, Arsinoe usa o dinheiro do pai de Billy, juntamente com sua influência, para lhes conseguir novas montarias, bem como uma carroça para levar de volta a Wolf Spring os cavalos que pegaram emprestados.

Jules dá um tapinha carinhoso em cada um de seus velhos cavalos e beija suas bochechas. Eles foram bons, e ficarão doloridos por causa do excesso de velocidade imposto por ela durante a viagem.

— Tudo bem — diz Arsinoe. — Vamos embora.

— Espere um minuto, pelo menos — pede Billy, esticando as costas. Ele é um filho mimado da cidade, desacostumado a ter pressa e a ser obrigado a cochilar em selas. — Eu ainda nem ajustei meus estribos.

— Você consegue cavalgar sem eles.

— Não tão bem.

Ele vai pegar os couros e as garotas cedem, aproveitando o momento para ajustar seus próprios estribos. Elas verificam duas vezes suas cintas, e Jules dá para Camden uma fatia de peixe defumado.

Arsinoe gostaria de já estar na estrada. Sempre que eles param, Jules parece exibir um ar desolado. Mas eles estão quase lá. O ponto em que Joseph teria velejado ao redor de Cape Horn e onde a tempestade pode tê-lo pego.

— Nós vamos pela floresta agora — avisa Arsinoe.

— Por quê? — pergunta Billy.

— Você vai ver.

Ela sobe em sua sela e gira o corpo para encarar as enormes torres do Volroy. Indrid Down, por enquanto, é a cidade de sua irmã e, como tal, Arsinoe é proibida de entrar nela sem um convite. Mas, após o Beltane, isso vai mudar, e se ela ascender, aquelas torres serão dela, muito embora ela se sinta tonta só de olhar para eles.

Eles cavalgam velozmente através do emaranhado de ruas com calçamento de paralelepípedos em direção ao local onde as estradas mudam para cascalho e em seguida para terra até saltarem a última vala e desaparecerem em meio às árvores. O percurso é mais vagaroso na floresta, e os cavalos de Indrid Down não gostam dela — animais elegantes e retintos que são —, mas Jules consegue mantê-los em movimento. Camden está cansada e viaja com o corpo dobrado ao longo da parte dianteira da sela de Jules, maciça e ronronante e grudada ao pescoço do cavalo. O fato de seu cavalo não tombar morto de medo é um testemunho da força da dádiva de Jules.

— A gente devia ter ficado na estrada — pondera Billy.

Ninguém responde, e ele não fala mais nada. Desde que deixaram Wolf Spring, ninguém disse o que todos eles sabem ser a verdade: se Joseph caiu na água frígida, foi o fim dele. Morto em questão de minutos, e nenhuma busca, por mais extensa que seja, o trará de volta. Logo eles saberão. Se o encanto de Arsinoe os levar à orla, certamente saberão.

Quando penetram numa clareira grande o bastante para abrigar todos eles e uma fogueira, Arsinoe desce da montaria.

— Tudo bem. Vamos juntar gravetos.

— Juntar gravetos? A gente acabou de montar nesses cavalos — reclama Billy.

Arsinoe reúne galhos caídos. A fogueira não precisa durar muito tempo. Jules raspa casca de bétula com sua faca e solta uma montanha de anéis em tons branco e pêssego no topo da pilha.

Ela se ajoelha ao lado do fogo enquanto Arsinoe acende o fósforo.

— Você vai precisar do meu cabelo? — pergunta Jules.

Arsinoe olha para ela, surpresa. Mas é claro que ela sabe. Jules sempre foi capaz de lê-la melhor do que qualquer outra pessoa.

Arsinoe enfia a mão em sua bolsa de couro e tira a pequena lâmina prateada. Ela a desembainha. É uma lâmina ligeiramente curva, afiada e com aspecto

TRÊS COROAS NEGRAS **147**

maligno, e mais comprida do que as facas comuns que elas usam. Ela tira as roupas de Joseph que havia trazido e deposita a faca sobre elas.

— O que é que está acontecendo? — pergunta Billy. — O que vocês estão fazendo?

Arsinoe aumenta a intensidade do fogo com a adição de ervas secas e pequenos ramos. Não há ninguém por perto em nenhuma direção. Eles não passaram por nenhuma cerca e não ouviram latido algum de cães. Não há vento, está um pouco quente e fantasmagoricamente silencioso, exceto pelos estalos e pelo crepitar da madeira queimando.

Jules arregaça as mangas.

— Eu pensei que vocês faziam flores brotarem e obrigavam pumas a equilibrar livros na cabeça — sussurra Billy.

— Jules não obriga aquele puma a fazer coisa alguma. — Arsinoe pega a faca e vasculha a pilha de roupas com a ponta. — E ela pode, sim, fazer flores brotarem. Mas não eu. Tudo o que eu tenho é isto aqui.

— Magia baixa — explica Jules.

— Magia pra quem não possui dádivas. — Arsinoe segura a camisa de Joseph e rasga um pedaço da parte de baixo com os dentes.

— Por que será que eu não estou gostando disso? — comenta Billy. — Por que será que está parecendo que você manteve isso em segredo?

— Porque eu mantive — confirma Arsinoe.

— Porque é algo corrupto — completa Jules. — Porque é algo que volta.

— Então por que você está fazendo isso agora? — Billy quer saber.

Arsinoe inclina a faca para a frente e para trás.

— Você quer encontrar Joseph? Ou não?

Jules observa com temor nos olhos a lâmina balançar na mão de Arsinoe. Ela jamais se aventurou com magia baixa, nem mesmo quando era criança, quando muitas pessoas na ilha começaram a ficar curiosas. Magia baixa não é algo com que se brinca. Não é algo que se possui, como uma dádiva. É algo que se soltou da coleira. As sacerdotisas do templo às vezes chamam a magia baixa de reza oblíqua: talvez respondida ou talvez não, mas sempre com um preço.

— Tudo bem. — E Jules estende a mão.

— Espere aí! — interrompe Billy, antes que Arsinoe possa fazer uma única incisão que seja. — Joseph não ia querer que você fizesse isso. Ele não aprovaria isso!

— Eu sei. Mas ele faria isso por mim se eu estivesse desaparecida.

— Feche os olhos — pede Arsinoe. — Pense em Joseph. Não pense em nada além de Joseph.

Jules concorda com a cabeça. Arsinoe respira fundo e perfura a mão de Jules, cortando a macia elevação de carne logo acima de seu polegar. Sangue fino escorre em listras, contornando o dedo e gotejando no chão. Arsinoe faz pequenos cortes cuidadosos, entalhando a elaborada rede de símbolos que Madrigal lhe ensinou.

Ela segura a mão de Jules acima da camisa de Joseph.

— Esprema.

Jules fecha os dedos. Sangue goteja sobre o tecido. Quando há quantidade suficiente, Arsinoe solta a bagunça sangrenta sobre o fogo e rapidamente amarra os cortes de Jules com o pedacinho de tecido que rasgara.

— Aspire a fumaça.

— Você tirou muito sangue? — pergunta Jules. — Eu não estou me sentindo bem. Meus olhos...

— Não tenha medo. Pense em Joseph.

A fumaça tem um cheiro acre por causa da madeira queimada. Arsinoe e Billy observam com mórbida fascinação Jules inalar a fumaça e o feitiço dentro dela a esvaziar por completo. Ele faz de Jules um vaso vazio para seja lá qual for o desejo da fumaça. Se Arsinoe fez tudo certo, esse desejo será Joseph.

— Ela está bem? — pergunta Billy.

— Ela vai ficar — responde Arsinoe, embora ela não saiba de fato. Agora isso não importa. É tarde demais para reverter o processo.

Arsinoe e Billy conduzem os cavalos no rastro de Jules, que perambula desajeitadamente em meio às árvores. Não é uma tarefa fácil; os cavalos estão ariscos e nervosos sem a dádiva de Jules para acalmá-los e sentem medo do que Jules se tornou: magia encapsulada na pele, sem que haja nenhuma pessoa dentro do corpo.

— O que você está fazendo com ela? — sussurra Billy.

— Eu não estou fazendo nada com ela. Ela está procurando Joseph.

A *coisa* que ela se tornou está procurando Joseph. Não Jules. Mas quando ele for encontrado, a magia libertará Jules, ou pelo menos é o que ela espera.

Camden dá um encontrão na perna de Arsinoe e rosna nervosamente. O encanto parece ter deixado o puma ligeiramente doente. Ela não quer ficar perto da concha que é e não é Jules e se aproxima de Arsinoe e dos cavalos.

Billy olha ora para a felina ora para Arsinoe.

— Há quanto tempo você faz... isso? — Ele volta a cabeça por cima do ombro.

— Por quê?

— Porque eu acho que você não sabe muito bem o que está fazendo.

Os cantos de sua boca mostram que ele está desapontado. Arsinoe lhe dá um soco no braço.

— Está funcionando, não está? E além do mais, eu acho que você não é exatamente a pessoa mais apta a julgar.

Jules lhe conta que Joseph achava que Billy já estava mais ou menos apaixonado por ela. Mas ele não está. Arsinoe olha através dele, até os mais sombrios desígnios de seu pai. Ele vai se casar com a rainha. *A rainha, pela coroa*. Mas foi agradável se tornar amiga dele. E não é que ela não entenda seus motivos.

À frente, Jules geme. Então ela quase grita e dispara na direção do litoral. Na direção da água. Arsinoe olha para Billy com nervosismo, e ele aperta seu ombro.

Um momento depois, Jules muda de direção e dispara à frente.

Arsinoe empurra as rédeas de sua montaria para as mãos de Billy.

— Pegue. Cam, comigo!

O puma não necessita de nenhum outro incentivo. Ela parece sentir que Jules está retornando a si. Seus olhos se fixam à frente e ela ronrona enquanto avançam juntas atrás de Jules.

Joseph e Mirabella andam de mãos dadas. Mesmo depois de passarem uma longa manhã ao lado da fogueira, eles devem estar se aproximando da capital. Independente da lentidão de suas passadas, eles logo serão obrigados a se separar. Nenhum dos dois consegue mais adiar o inevitável.

Joseph retornará a Wolf Spring. Para sua garota e para o local onde deve estar, e esse estranho interlúdio estará encerrado.

Mas não esquecido.

— É tolice ficar triste — disse Mirabella na noite anterior, enquanto eles estavam deitados juntos. — As coisas são do jeito que são. Mesmo que você fosse livre, eu jamais poderia ficar com você.

Mirabella congela ao perceber movimento nas árvores, e Joseph se posta em frente a ela de modo protetor. Talvez se trate de algum grupamento de Rolanth atrás dela. Ela quase espera que seja. Então, eles a arrastarão de lá, e ela não terá de se afastar dele por livre e espontânea vontade.

O grito de uma garota soa em meio às árvores. Os dedos de Joseph soltam os de Mirabella.

— Jules? Jules!

Ele olha para a rainha, talvez se lamentando. Em seguida, corre por entre as árvores.

Mirabella segue a uma distância segura. Perto o bastante para ver a garota que chega em disparada arrebentando as folhas, correndo pela moita baixa como se fosse um animal.

— Joseph!

A garota se lança de encontro ao peito dele sem nenhuma graciosidade, e ele a abraça com firmeza. Ela soluça, soluços extremamente altos para um corpo tão diminuto.

— A sua mãe teve um sonho. Fiquei com tanto medo!

— Eu estou bem, Jules. — Ele beija a cabeça dela. Ela dá um pulo e encosta os lábios nos dele.

O coração de Mirabella lhe dá a sensação de estar pendurado do lado de fora do peito. Ela recua para o interior da floresta enquanto Joseph beija a garota que ele amou a vida inteira.

Algo sacode a moita, e um grande gato dourado salta sobre os dois.

Mirabella observa o casal acariciando o puma. Eles são naturalistas, então. E um Familiar tão forte como aquele é apropriado a uma rainha. Arsinoe deve estar por perto. Arsinoe, sua irmã.

Então, ela a vê. Correndo com um sorriso no rosto que Mirabella reconhece, seus cabelos curtos voando sobre os ombros.

Mirabella quer gritar. Ela quer abrir bem os braços. Mas está com medo de se mexer. Faz tanto tempo desde a última vez que ela viu Arsinoe, mas ela está igual. Há inclusive manchas de sujeira em seu rosto travesso.

Através das árvores, um outro rapaz se aproxima, conduzindo três cavalos. Um serviçal, talvez.

— Nós achávamos que você tinha morrido — comenta Arsinoe.

— Dá pra ver. Vocês nem trouxeram um quarto cavalo.

Todos riem, exceto Jules.

— Isso não tem graça... ainda.

Eles não veem Mirabella. Ela observa os abraços trocados e escuta as gargalhadas. Por mais que tente abrir a boca, não consegue encontrar a coragem necessária para falar. Em vez disso, ela se agacha atrás de uma árvore e sofre em silêncio. Não vai demorar muito até que eles partam.

Arsinoe respira aliviada observando Jules e Joseph se abraçarem. Jules voltou a ser ela mesma. No instante em que ela viu Joseph, o feitiço a deixou.

— Você está ferido? — pergunta Billy mais atrás. Os cavalos ainda estão nervosos, e ele está com as mãos ocupadas tentando mantê-los quietos.

— Não — responde Joseph. — Mas o barco já era. Fui pego na tempestade e ele acabou afundando. Eu mal consegui chegar na praia.

— Pensei que eu tivesse te ensinado a velejar melhor. — Billy ri.

— Você não o ensinou a velejar coisa nenhuma — retruca Arsinoe por sobre o ombro. — Ele tem estado em barcos desde que tinha idade suficiente pra andar.

— Jules. — Joseph olha para a mão dela, envolta num pano empapado de sangue. — O que aconteceu?

— Mais tarde — intervém Arsinoe. — Já não é o suficiente o fato de você não ter se afogado? E nós precisamos tirar você desta floresta e botar um pouco de comida quente nessa barriga.

— Você tem razão — concorda Joseph.

Ele abraça Jules. Ao fazê-lo, olha de relance para trás, na direção das árvores. Os olhos de Arsinoe o seguem, e ela vislumbra uma saia preta. Assim que eles saem da campina, ela discretamente deixa cair a faca. Será muito fácil fingir que reparou seu sumiço instantes depois e voltar para buscá-la sozinha.

Mirabella não ouve nada antes de Arsinoe contornar o tronco da árvore. Nada além de um galho se partindo.

— Arsinoe!

— Você não é muito boa em se esconder — diz Arsinoe. — Essa sua adorável saia preta aparece em toda parte.

Mirabella enrijece o corpo diante do tom de voz de Arsinoe. Seus olhos se dirigem à mão de Arsinoe, fechada sobre o cabo de uma faca. Todos lhe disseram que suas irmãs eram fracas. Que matá-las seria fácil. Mas não parece fácil. Até agora, Arsinoe tem sido bem melhor nesse jogo.

— O que você está fazendo aqui? — pergunta Arsinoe.

— Não sei — responde Mirabella. Ela parece uma tola. Quando saiu de Rolanth, ela jamais imaginou que se encontraria com uma de suas irmãs e ouviria sua voz. Mas aqui estão elas. Juntas, como se tivessem sido conduzidas até aquele lugar. — Você ficou mais alta.

Arsinoe ri.

— Alta.

— Você se lembra de mim?

— Eu sei quem você é.

— Não foi isso o que eu perguntei — rebate Mirabella. É difícil acreditar o quanto ela deseja se aproximar de Arsinoe. Ela não percebera até aquele momento o quanto sentiu falta dela.

Ela dá um meio passo à frente. Arsinoe dá um passo para trás e aperta a faca com mais força.

— Não é por isso que eu estou aqui.

— Pouco me importa por que você está aqui.

— Então você não se lembra — constata Mirabella. — Não tem problema. Eu lembro o suficiente por nós duas. E vou contar pra você, se você quiser escutar.

— Escutar o quê? — Os olhos desconfiados de Arsinoe disparam na direção das sombras das árvores. Os naturalistas a ensinaram a ter medo. Eles a ensinaram a odiar, da mesma maneira que o templo tentou ensinar Mirabella. Mas era tudo mentira.

Mirabella estende a mão. Ela não saberá o que fará se Arsinoe a apertar, mas ela precisa tentar.

Sons de cascos ribombam. Arsinoe dá um passo para trás à medida que cavaleiros surgem estrepitosamente em meio às árvores. Elas não estão mais sozinhas. Sacerdotisas armadas fecham o cerco sobre elas, contornando e contornando.

— O que é isso? — rosna Arsinoe. — Uma armadilha? — Ela olha de relance para a faca em sua mão como se estivesse avaliando a possibilidade de tomar Mirabella como refém. — Jules! — grita ela, em vez disso. — Jules!

Em questão de segundos, a garota e o puma avançam clareira adentro, com Joseph logo atrás. Mas são interrompidos. As sacerdotisas usam suas montarias para obrigá-los a ficar próximos numa formação compactada.

— Não, Arsinoe — começa Mirabella.

— Rainha Mirabella!

Mirabella faz uma careta. É Rho, montada num alto cavalo branco. Ela segura as rédeas com uma das mãos. Na outra, carrega uma das longas facas serreadas do templo.

— Você está ferida?

— Não. Eu estou bem! Estou sã e salva! Pare com isso!

Rho investe com o cavalo entre as duas irmãs, de maneira tão violenta que Arsinoe cai para trás sobre as folhas.

— Rho, pare!

— Não. — Rho puxa Mirabella para a sela à sua frente como se ela não tivesse peso algum. — Está cedo demais pra isso — diz ela em alto e bom som. — Nem você pode desrespeitar as regras. Guarde sua matança para depois da Aceleração!

No chão, Arsinoe olha para ela com fúria. Mirabella balança a cabeça em negativa, mas o gesto é infrutífero. Rho sinaliza para as sacerdotisas e elas galopam juntas, seguindo para o norte e deixando Arsinoe e Joseph para trás.

— A Alta Sacerdotisa não está feliz com você, minha rainha — Rho fala no ouvido de Mirabella. — Você não deveria ter fugido.

Lago Starfall

Luca se encontra com Sara Westwood na margem do Lago Starfall. É um local bem no interior para quem vem de Rolanth, um lago grande e profundo com mais largura do que comprimento. É onde o Rio da Graça Azul nasce e o lugar para o qual trouxeram Mirabella para se encontrar com Luca pela primeira vez. É um longo caminho a ser percorrido para uma xícara de chá e um almoço refrescante, mas pelo menos não há tantos ouvidos encostados em portas para ouvir o que elas estão falando.

Sara saúda a Alta Sacerdotisa e faz uma mesura. Mais cinza surgiu em seus cabelos esse ano, e há tênues rugas nos cantos dos olhos. No fim da Ascensão, Sara já poderá ser encarada como uma senhora idosa.

— Nenhuma notícia? — pergunta ela.

— Nada ainda — responde Luca. — Mas Rho a encontrará.

Sara mira o inflexível lago azul, tristonha.

— Nossa Mira. Eu não sabia que ela estava infeliz. Depois que ela veio até nós, nunca esperei que ela começasse a esconder suas emoções. E se ela estiver machucada?

— Ela não está machucada. A Deusa a protegerá.

— Mas o que nós vamos fazer? — pergunta Sara. — Não sei por quanto tempo ainda conseguiremos manter isso em segredo. Os serviçais já estão começando a ficar desconfiados.

— Eles não terão nenhuma prova, uma vez que Mirabella retorne. Não se preocupe. Ninguém jamais saberá que ela desapareceu.

— E se não for Rho a encontrá-la? E se...

Luca segura o braço de Sara. Se o toque da Alta Sacerdotisa já foi bom para alguma coisa, ele sempre o foi para aplacar o pânico. E Luca não tem tempo para pânico hoje. Ela não pediu a Sara que percorresse todo esse caminho apenas para acalmar seus temores.

Ela a conduz margem acima, na direção de um ajuntamento de sempre-vivas e de uma grande pedra, escura, desgastada e achatada como uma mesa. Suas sacerdotisas a arrumaram com chá, pães e sopa requentada sobre uma pequena fogueira.

Luca convoca seus velhos ossos e sobe na rocha. Ela fica satisfeita ao descobrir que não é difícil fazê-lo, e ali há uma almofada para ela juntamente com um macio cobertor dobrado em dois.

— Você pode sentar aqui comigo? E comer algo?

— Eu vou comer. — Sara olha com gravidade para a mesa de pedra. — Mas não vou me sentar, Alta Sacerdotisa, se não se importar.

— Por que não?

— Essa pedra é sagrada — explica Sara. — Sacerdotisas elementais antigamente sacrificavam lebres em cima dela e lançavam seus corações no lago.

Luca passa a mão pela rocha. Agora, ela lhe parece mais do que uma rocha, ciente que está de todo o sangue que bebeu. E não é apenas sangue de coelho que a mesa saboreou, ela tem certeza disso. Tantas coisas na ilha são mais do que aparentam ser. Tantos lugares onde o olho da Deusa está sempre aberto. É apropriado que Luca tenha vindo até este aqui para discutir o sacrifício de rainhas.

Luca corta o pão pela metade e oferece um pedaço a Sara. É um pão gostoso e macio, com crosta de aveia, mas Sara não dá nem uma mordida. Ela mexe e remexe o pedaço de pão de maneira preocupada entre os dedos até que ele se transforma em migalhas.

— Eu jamais imaginei que ela pudesse fazer algo assim. Ela sempre foi tão obediente.

— Nem sempre — observa Luca e mastiga o pão. Houve uma época em que Mirabella não escutava nada nem ninguém. Mas isso foi há muito tempo, e muito distante da digna jovem rainha que ela se tornou.

— O que vamos fazer?

Luca engole seu chá e luta contra a ânsia de dar um tapa na cara de Sara. Sara é uma mulher boa e foi sua amiga durante muitos anos. Mas não há firmeza nela. Será necessário uma espinha de aço para manter coeso o Conselho Negro liderado por ela. Às vezes, Luca sente pena da Alta Sacerdotisa que a substituirá, pois será ela quem terá que fazer isso.

156 KENDARE BLAKE

— O que nós faremos? — repete Luca. — De fato. Diga-me, Sara, o que você sabe a respeito das Rainhas de Mão-Branca?

— Elas são abençoadas — responde ela, hesitante. — Nascidas em quarto lugar.

— Certo, mas não só isso. Uma rainha é tida como Mão-Branca sempre que suas irmãs são mortas por outros meios que não os exercidos por ela própria. Isso significa que elas podem ser afogadas pela parteira antes que atinjam a maioridade, condenadas a morrer por alguma maldição desafortunada, ou — Luca faz uma pausa solene — sacrificadas pela ilha em nome da única rainha verdadeira.

— Eu não tinha ouvido falar disso.

— Trata-se de uma velha lenda. Ou, pelo menos, eu sempre pensei que se tratava apenas de uma lenda. Algo semelhante a um boato acerca dos Anos Sacrificiais. É uma coisa tão antiga que não é difícil de imaginar que tenhamos deixado escapar os sinais.

— Que sinais?

— A fraqueza de Arsinoe e de Katharine. A força irrefreável de nossa Mira. E, é claro, a própria relutância de Mirabella em matar. — Luca pressiona a mão na testa. — Eu sinto vergonha em dizer que, durante todo esse tempo, eu pensei que essa era a única falha dela.

— Eu não entendo. Você acredita que Mirabella reluta em matar porque ela, na verdade, é uma Mão-Branca? E Arsinoe e Katharine... serão sacrificadas?

— Elas são transformadas em oferendas sagradas na noite da Aceleração.

Luca batuca os dedos na pedra. O som vibra bem no fundo, como se fosse um batimento cardíaco.

— São histórias antigas — explica ela —, histórias que falam de uma rainha nascida com muito mais força do que suas irmãs. A única rainha verdadeira nascida nesse ciclo. Na noite da Aceleração, as pessoas reconhecem isso e jogam as outras rainhas nas chamas como uma oferenda.

Luca espera, tensa. Sara não fala durante um longo tempo. Ela fica imóvel, suas mãos juntas piamente sobre a barriga.

— Isso seria bem mais fácil — diz ela por fim, e Luca relaxa. Os olhos de Sara estão abatidos, mas se ela acredita de verdade na história, pouco importa. Rho está certa. Sara fará o que o templo ordenar.

— Não se aflija — acalma Luca. — O que tiver que acontecer, acontecerá. Eu só quero que a ilha esteja preparada. Você sempre foi uma voz forte para o templo, Sara. Seria melhor se as pessoas começassem a ouvir falar disso antes de serem obrigadas a assistir a coisa acontecendo.

Sara concorda balançando a cabeça. Ela será tão competente em espalhar a história quanto tem sido em expandir a fama de Mirabella. Na noite da Aceleração, as pessoas já estarão esperando e imaginando. Talvez elas próprias peguem suas facas.

Uma das sacerdotisas novatas se aproxima para aquecer as xícaras com mais chá. Através da dobras de seu robe, Luca vislumbra a prata das longas lâminas serreadas do templo. Durante o Beltane, todas as sacerdotisas fiéis estarão carregando uma.

Não é uma mentira, Rho lhe dissera. É uma verdade parcial. E é pelo bem da ilha. Alguém precisa assumir a responsabilidade se a rainha escolhida por eles se recusa a fazê-lo.

Após a Cerimônia da Aceleração, quando a multidão no Beltane estiver embriagada e em estado de êxtase pela performance de Mirabella, as sacerdotisas vão se apresentar para cortar a cabeça de Arsinoe e Katharine. Farão um corte no pescoço de cada uma e lhes deceparão os braços na altura dos ombros. E quando tudo tiver acabado, o povo terá uma nova rainha.

Greavesdrake Manor

Os Arron dão boas-vindas à delegação dos Chatworth da única maneira que sabem: com uma festa, embora não seja uma celebração grandiosa e cintilante na sala de baile norte. Apesar de conter muito brilho, a festa que eles oferecem para o rapaz Chatworth tem como objetivo apresentar a rainha e seu possível rei consorte. Eles farão a recepção na pequena sala de jantar do segundo andar, onde pode haver mais intimidade. E onde Katharine pode ser colocada no coração do recinto, como se fosse um arranjo de mesa.

É excitante ter a casa preparada novamente para uma festa, repleta de pessoas. Primo Lucian retornou com serviçais de sua residência e faz uma mesura sempre que avista Katharine nos corredores. Há um curioso sorriso em seu rosto quando ele faz isso, e ela não consegue se decidir se ele ri com ela ou dela.

Infelizmente, o retorno de pessoas a Greavesdrake também significou a volta de Genevieve, que encarou seu exílio como algo bastante pessoal. Na condição de irmã mais nova, ela odeia quando Natalia a exclui, e desde seu retorno ela tem insistido em participar de cada detalhe do planejamento.

— Meu couro cabeludo ainda está dolorido de tantos estilos de trança que foram experimentados — comenta Katharine, recostando-se em Pietyr. Eles se esconderam nas estantes da biblioteca, um dos poucos lugares nos quais ela pode ficar a sós com Pietyr desde que Genevieve voltou. — Os dedos da coitada da Giselle também devem estar doendo — continua ela. — Genevieve nunca fica satisfeita com o meu cabelo.

— Seu cabelo é lindo. Perfeito.

Genevieve ordenou trança após trança e coque após coque. Ela ordenou que continhas e pérolas fossem entrelaçadas nas tranças, apenas para arrancar tudo novamente. E isso só para declarar que o pescoço de Katharine ainda está magro demais e que ela deveria usar os cabelos baixos para ocultá-lo.

— Às vezes eu acho que ela quer que eu fracasse — sussurra Katharine.

— Não escute o que ela fala. — Pietyr beija uma feridinha vermelha e dolorida perto da têmpora. — Depois que o pretendente tiver ido embora, Natalia vai mandar ela voltar pra casa na cidade. Você só vai ser obrigada a vê-la novamente durante o Beltane.

Ela se enrosca nos braços dele para beijá-lo.

— Você precisa beijar o rapaz Chatworth exatamente desse jeito — instrui ele. — Vai ser difícil encontrar o momento certo durante esse jantarzinho mal-arranjado. Mas haverá uma hora que você vai conseguir trapacear.

— E se eu não gostar dele?

— Você pode passar a gostar com o tempo. Mas se não gostar, pouco importa. Você é a rainha e deve teve ter sua escolha de pretendentes.

Ele toca a bochecha dela e em seguida levanta o queixo. Ele não veria nenhum dos delegados serem capturados por Mirabella. E ela tampouco.

William Chatworth Jr. é um rapaz suficientemente bem-apessoado. Sua aparência não é arrebatadora como a de Pietyr, mas ele tem ombros fortes, um queixo sólido e cabelos bem curtos da cor de areia molhada. Seus olhos são de um tom castanho pouco marcante, mas estão firmes, inclusive quando ele está no meio de um jantar de envenenadores.

Ele veio sozinho, sem sua mãe ou mesmo seu pai, e com apenas dois serviçais como acompanhantes. Pelo olhar tenso em seu rosto, a ideia não partiu dele. Foi jogado para dentro do covil dos lobos. Mas há casas piores com as quais um continentino pode dar de cara. Muitos dos Arron tiveram contato íntimo com o último rei consorte. De todas as famílias na ilha, eles têm o maior conhecimento do continente e de seus costumes.

Fora a mesura formal e uma apresentação mútua, ele e Katharine não trocaram uma palavra sequer. Ele passou a maior parte da noite conversando com o primo Lucian, mas, aqui e ali, Katharine ergue a cabeça a descobre que ele a está estudando.

A refeição é servida: rosados medalhões de carne crestados com um pedaço de torta de batata dourada. Sem veneno, evidentemente. Os Arron se esforçam ao máximo para parecer impressionados, embora apenas aqueles que estão terrivelmente famintos farão algo além de experimentar ligeiramente a comida.

Genevieve pega Katharine pelo braço e enterra bem os dedos.

— Não se comporte como uma porca só porque não tem veneno nessa comida.

Para acentuar ainda mais a observação, ela torce a pele no interior do cotovelo de Katharine. A dor é tão aguda que Katharine quase tem um ataque de choro. Amanhã haverá um hematoma escuro que será coberto por mangas e luvas.

Do outro lado da mesa, Pietyr observa a cena com a mandíbula contraída. Ele parece preparado para saltar sobre os pratos e agarrar o pescoço de Genevieve. Katharine capta o olhar dele, e ele parece relaxar. Ele estava certo, afinal de contas. É só até o rapaz Chatworth partir. Depois disso, Genevieve será mais uma vez banida.

Após o término do jantar, com a comida mexida e remexida para dar a impressão de que foi consumida, Natalia conduz o grupo para a sala de estar. Edmund serve o digestivo, que deve ser envenenado, pois os Arron se aglomeram ao redor da bebida como se fossem passarinhos em torno de migalhas de pão. Uma criada carrega uma bandeja de prata com uma garrafa verde e duas taças: algo especial para a rainha e seu pretendente.

— Deixe comigo. — Katharine pega a garrafa pelo gargalo e as taças pelas hastes. Do outro lado da sala, primo Lucian a vê chegando e faz uma mesura ao lado do rapaz Chatworth.

— Toma um pouco, William Júnior? — pergunta ela.

— É claro, Rainha Katharine.

Ela serve o líquido para ambos, e a champanhe cintila com as bolhas efervescendo.

— Você pode me chamar de Katharine, se preferir. Ou até mesmo de Kat. Eu sei que o título completo pode ser difícil de pronunciar.

— Eu não estou acostumado a falar assim — explica ele. — Deveria ter praticado.

— Haverá tempo de sobra pra isso.

— E, por favor, pode me chamar de Billy. Ou de William. Tem um pessoal aqui que começou a me chamar de Júnior, mas eu prefiro que isso não se espalhe.

— É um costume estranho, dar o mesmo nome do pai à criança. É quase como se o pai esperasse algum dia herdar o corpo.

Ambos riem.

— De acordo com o meu pai, um nome bom o bastante pode ser usado novamente.

Katharine ri. Ela olha ao redor da sala.

— Todos estão nos observando e fingindo que não estão. Eu não teria escolhido conhecer você dessa maneira.

— É? E como você teria preferido?

— Numa trilha em algum lugar, ou em um bonito dia de primavera. Andando a cavalo pra que você pudesse provar o seu valor tentando me pegar.

— Você não acha que eu ter vindo até aqui por conta própria já prova o meu valor?

— Isso é verdade. Certamente prova.

Ele está nervoso e bebe com rapidez. Katharine enche a taça dele novamente.

— Os Arron vivem aqui há muito tempo — comenta ele, e Katharine concorda balançando a cabeça.

Os Arron estão entrincheirados em Greavesdrake. E há mais do que seus venenos e suas mórbidas telas nas paredes — naturezas-mortas com carnes de açougue e flores, e cobras pretas enroscadas em figuras nuas. Eles estão embebidos na própria mansão. Agora, cada centímetro de madeira e de sombra também faz parte deles.

— É claro que a propriedade ancestral dos Arron fica em Prynn — conta Katharine. — Greavesdrake Manor é o lar de direito dos acompanhantes da rainha, e eles estão onde a rainha está.

— Você quer dizer que se Arsinoe se tornar rainha, os Milone vão morar aqui? — Billy fecha a boca rapidamente após a pergunta, como se tivesse sido instruído a não mencionar o nome das irmãs dela.

— Exato — responde Katharine. — Você acha que eles gostariam daqui? Você acha que o local seria adequado pra eles?

— Não — responde ele, e levanta os olhos na direção do teto elevado, das janelas altas obscurecidas pelo cortinado de veludo. — Eu acho que seria mais provável que eles vivessem em tendas no jardim.

Katharine dá uma gargalhada. Uma gargalhada de verdade, e seus olhos encontram os de Pietyr por pura culpa. Ele se afastou para um canto distante, fingindo escutar as preocupações do Conselho declaradas por Renata Hargrove e Margaret Beaulin, mas o tempo todo observando Katharine com ciúme. Ela não quer pensar isso, mas seria mais fácil se Pietyr não estivesse lá.

— Billy, você gostaria de conhecer mais a mansão?

— Seria um prazer.

Ninguém se opõe quando eles se dirigem juntos ao hall, embora haja um silêncio momentâneo nas conversas já anteriormente silenciosas. Assim que eles se veem livres da sala de estar, Katharine dá um grande suspiro de alívio. Quando o continentino lhe olha estranhamente, ela enrubesce.

— Às vezes eu acho que participo de tantas formalidades que me dá vontade de gritar.

Ele sorri.

— Sei o que você quer dizer.

Ela acha que ele não sabe. Mas logo saberá. O Festival de Beltane é composto de um ritual após o outro: a Caçada, o Desembarque e a Aceleração. A pobre mente continentina dele vai ficar aturdida tentando se lembrar de todas as regras e decoros.

— Não haverá trégua, eu acho — comenta ele. — Nem mesmo de reuniões como esta. Quantos pretendentes serão, Rainha Katharine?

— Eu não sei. Antigamente eram vários. Mas agora Natalia acha que serão apenas seis ou sete.

Mas mesmo esse número parece um fardo quando ela pensa em Pietyr. Como ela poderá pedir que ele fique afastado observando? É o que ele afirma querer, mas ela sabe que ele está mentindo.

— Você não parece entusiasmada — observa Chatworth. — Nenhuma de vocês, rainhas, parece querer ser cortejada. As garotas que conheço lá onde eu moro ficariam loucas pra ter tantos pretendentes.

Katharine tenta sorrir. Ela está permitindo que a coisa escorregue de suas mãos, deixando-o livre para ser capturado por Mirabella e pelos Westwood. Ela força a si mesma a se aproximar e a inclinar o rosto na direção dele.

Quando ela o beija, seus lábios são cálidos. Ele corresponde, e ela quase se afasta. Katharine jamais ficará perdida com ele como fica com Pietyr. Não há nem como ter esperança de que isso possa acontecer. Ela terá muitos outros momentos como esse quando for rainha. Momentos desprovidos de paixão passados em gritos silenciosos até que ela possa retornar aos braços de Pietyr.

— Isso foi ótimo — diz Chatworth.

— Foi, sim.

Eles sorriem estranhamente. Ele parece não estar sendo muito mais sincero do que ela. Mas, de qualquer maneira, eles se aproximam para se beijar novamente.

Wolf Spring

— **Você a odeia, não é?** — pergunta Joseph, sentando-se com Arsinoe à mesa da cozinha dos Milone enquanto Madrigal lava os cortes recentes de runa na mão de Arsinoe. Os cortes agora vão até seu punho, com feridas sangrentas no interior de cada um dos braços.

— Mirabella, você quer dizer? — pergunta Arsinoe. — É claro que eu a odeio.

— Mas por quê? Se você nem a conhece!

Por um momento na floresta, quando Mirabella lhe estendeu a mão, ela quase fez Arsinoe acreditar em algo diferente. E então as sacerdotisas apareceram, assemelhando-se mais a soldados do que a serviçais do templo, e seja lá que lampejo de mudança possa ter lhe acometido, desapareceu por completo nesse instante. Sua irmã é astuciosa e forte. Ela chegou bem perto. Deve ser necessário todos aqueles soldados para detê-la. Para impedi-la de fugir e de matar suas irmãs precocemente.

— Eu não acho nem um pouco estranho — comenta Arsinoe. — Você não vê? Tem que ser uma de nós. Tem que ser ela. A minha vida inteira ouvi que tinha que ser ela. Que eu tinha que morrer pra que ela pudesse liderar. Que eu não importava porque ela estava lá.

Do outro lado da cozinha, vovó Cait joga uma toalha sobre o ombro, afugentando seu corvo, que sai voando para outro cômodo e retorna com um vidro com um bálsamo. Ela aterrissa na mesa e bate de encontro à madeira.

— Eu não toco nisso aí — avisa Madrigal. — É oleoso e cheira mal.

— Então deixe que eu faço — responde Cait aborrecidamente, e usa a mesma toalha para expulsar sua filha da cadeira.

As mãos de Cait nas feridas de Arsinoe são ásperas enquanto ela aplica o bálsamo nos cortes. Ásperas porque ela está preocupada, mas não diz nada. Ninguém disse nada sobre o uso que Arsinoe fez de magia baixa. Como a magia trouxe Joseph de volta para casa, até Jules ficou de boca fechada.

Não é da natureza de Cait segurar a língua. Mas castigar Arsinoe não faria bem nenhum. Ela foi mimada por tempo demais e ficou acostumada a fazer o que bem entende.

— Você deve deixar as feridas arejando um pouco. Antes de cobri-las novamente.

Cait segura a mão de Arsinoe durante um instante e em seguida lhe dá um tapinha e a coloca sobre a mesa. Arsinoe franze o cenho. Os Milone a amaram bastante, mas a amaram como alguém ama algo condenado. Somente Jules pensava de maneira diferente. E agora Madrigal.

— Acho que não importa pra vocês o fato de que nada disso é culpa da Mirabella — diz Joseph, e Cait lhe bate com a toalha.

— Pare de defender aquela rainha, Joseph Sandrin — rebate ela.

— Mas ela salvou a minha vida.

— Isso é tudo o que é necessário pra comprar a sua lealdade? — pergunta Cait, e Joseph e Arsinoe riem.

Joseph se levanta quando Jules passa pela porta da frente. Ele se curva e beija a testa de Arsinoe.

— Você também me salvou. Você me achou. — Ele coloca a mão no ombro de Arsinoe. — Mas eu não quero ver mais nenhum corte na Jules, está entendendo?

— Nem mesmo se você se perder de novo?

— Nem assim.

Ela reclama, com ares de enfado:

— Você mais parece um discípulo do templo.

— Pode ser. Mas eu poderia parecer coisas bem piores.

Arsinoe só volta a ver Jules muito mais tarde, quando ela entra no quarto que as duas compartilham, com Camden logo atrás. Não fosse pelo triste arrastar do rabo do gato da montanha, Arsinoe talvez jamais tivesse percebido que havia algo errado.

— Jules? Você acabou de chegar?

— Sim. Eu te acordei?

Arsinoe se senta na cama e vasculha a mesinha de cabeceira até encontrar os fósforos. Ela acende a vela para ver o rosto preocupado de Jules.

— Eu não estava dormindo tão bem mesmo. — Arsinoe estende a mão para Camden, mas a grande felina apenas rosna. — Qual é o problema? Aconteceu alguma coisa?

— Não. Eu não sei. — Jules sobe na cama sem trocar de roupa. — Acho que talvez tenha acontecido alguma coisa com Joseph.

— Como assim?

— Ele está diferente depois do acidente.

Jules se recosta silenciosamente nos travesseiros, e Camden salta na cama para se posicionar ao lado dela, pousando as enormes patas em seu ombro.

— Você acha... — começa Jules — você acha que alguma coisa pode ter acontecido com a sua irmã?

— Com a minha irmã? — repete Arsinoe. Jules quase nunca se refere às outras rainhas desse modo. O tom beira a acusação, embora Arsinoe não consiga acreditar que essa seja mesmo a intenção da amiga. — Não. Nunca. Você está imaginando coisas.

— Ele não para de encontrar maneiras para falar dela — explica Jules.

— Só porque ela salvou a vida dele.

— Eles estiveram juntos por duas noites.

Um desconfortável nó se forma no estômago de Arsinoe. Ela gostaria que Jules parasse de falar sobre isso. Ela não quer saber de nada a respeito.

— Isso não significa nada. Ela estava... ela estava muito provavelmente usando-o pra me encontrar. Talvez tenha sido ela mesma quem mandou a tempestade.

— Pode ser.

— Você perguntou a ele? — sugere Arsinoe, e Jules balança a cabeça em negativa. — Então, pergunte. Eu tenho certeza de que ele vai dizer pra você que não houve nada. Joseph espera por você há anos. Ele nunca...

Arsinoe faz uma pausa e olha de relance para o corredor, na direção do quarto de Madrigal. Quando Joseph voltou pra casa, elas haviam feito um feitiço. Então ele foi embebido no sangue dela e em seguida atado num nó. Mas ela o havia destruído antes que ele pudesse ter sido finalizado. Ou, pelo menos, ela imaginou que o destruíra.

— Durma, Jules. — Arsinoe apaga a luz. — Amanhã de manhã tudo vai estar melhor.

Naquela noite, nenhuma das duas dorme bem. Jules e Camden competem por espaço na cama, rosnando e se empurrando mutuamente com patas e joelhos. Arsinoe escuta o farfalhar dos cobertores por um longo tempo. Quando finalmente consegue fechar os olhos, ela sonha com Joseph afogando-se num mar vermelho como sangue.

Na manhã seguinte, Cait manda Jules e Arsinoe para a cidade com ordens de adquirir roupas adequadas para o festival. Vestidos de festa, disse ela, e fez uma careta ao dizê-lo. Cait, a exemplo de Arsinoe, não vê nenhuma utilidade em roupas do tipo. Os vestidos de lã marrons e verdes que ela usa para cuidar da casa são tudo de que ela precisa. Mas até ela vai precisar de roupas novas. Esse Beltane será o primeiro dos Milone mais velhos desde o nascimento de Jules. Na condição de acompanhantes de Arsinoe, todos os Milone têm que participar da festividade. O Beltane, diz Cait, é para os jovens e para os obrigados.

— Nós vamos ver o Joseph antes? — pergunta Arsinoe.

Jules franze o nariz.

— Pra obrigá-lo a ir às compras?

— Não há nenhum motivo pra sofrermos sozinhas. Ele e eu podemos experimentar jaquetas e ser expulsos da Murrow's por comer pata de caranguejo. Vai ser o máximo.

— Tudo bem. Ele não vai estar nos barcos mesmo.

Joseph não estará nos barcos por um bom tempo. Ninguém ficou feliz com o fato de quase o perderem logo após o terem reconquistado. Muito menos sua mãe. Ela reteve em terra ele e o irmão Jonah, colocando ambos para trabalhar no estaleiro, e não nos barcos. Até Matthew foi proibido de se aventurar longe demais no *Whistler*, embora isso signifique sacrificar suas mais lucrativas viagens.

Arsinoe inala o ar morno da manhã. Wolf Spring começou sua época de degelo. Logo, logo as árvores vão florescer e todos estarão bem mais entusiasmados.

— Esperem! Jules! Arsinoe!

Um pequenino corvo preto adeja acima das cabeças delas e faz um rodopio para bater duas vezes as asas junto ao rosto de Jules.

— Aria! — diz Jules, contrariada. Camden recua para friamente atacar o pássaro, mas o corvo é rápido demais e retorna ao chão para se posicionar aos pés de Madrigal.

TRÊS COROAS NEGRAS · **167**

— Eu vou com vocês — diz Madrigal. Ela está muito bonita num leve vestido azul e botas marrons até o joelho. Seus cabelos são encaracolados e balançam sobre os ombros. Sobre seu braço há uma cesta coberta com um tecido branco. Arsinoe sente cheiro de pão recém-saído do forno.

— Pra quê? — pergunta Jules.

— Eu sei mais sobre vestidos de festa do que qualquer uma de vocês duas. E o dia está muito bonito pra ficar em casa.

Jules e Arsinoe se olham e suspiram. Depois da péssima noite de sono, nenhuma delas tem energia suficiente para se opor.

Elas encontram Joseph e Matthew conversando no deque do *Whistler*.

— Aí vêm elas — diz Matthew com um sorriso amplo. — Três de nossas garotas favoritas.

— Matthew Sandrin. — Jules olha de relance para sua mãe. — Você é muito educado. — Mas ela sorri quando Joseph salta no deque e a puxa para perto de si.

— Eles são umas graças — comenta Madrigal.

— São, sim, é verdade, embora eu preferisse ver menos disso. — Matthew joga um rolo de corda na cabeça de Joseph.

— Viemos tirá-lo de você — informa Arsinoe.

— E o que vocês vão me dar em troca? Sua linda companhia enquanto eu trago os potes de caranguejo?

Arsinoe enrubesce. Matthew Sandrin é o único rapaz que foi capaz de fazê-la enrubescer até hoje. Ela costumava invejar muito tia Caragh, mesmo quando criança.

— Talvez isto sirva em troca. — Madrigal estende sua cesta. — Pão de aveia quentinho e um pouco de presunto cru. Dois tomates amadurecidos de estufa. Os melhores da casa. Eu mesmo os amadureci.

Matthew se curva para pegar a cesta.

— Obrigado. Isso foi uma surpresa.

— Volto mais tarde pra pegar a cesta — diz Madrigal. — Sua viagem vai ser longa?

— Não com a minha mãe de olho.

— Vamos embora — chama Jules, acenando. — Se a gente fizer isso logo, vamos conseguir chegar a tempo de tomar um chá com o Luke.

O destino deles é a Murrow's Outfitters, o único local provável para se encontrar vestimentas de festival adequadas a uma rainha.

— De repente um daqueles de renda? — sugere Joseph assim que elas estão dentro da loja, e Arsinoe pega um pela manga.

— Renda — murmura ela, cantarolando. — Renda, renda, se eu te bater, talvez você aprenda.

— Nada de renda, então — conclui ele. Mas não há muita escolha. Os vestidos disponíveis são comuns, de algodão em tons de azul e verde.

— Você vai precisar de algo? — pergunta Arsinoe e coloca uma jaqueta na altura do peito de Joseph. — Quem sabe para a Caçada?

— Pro banquete, você quer dizer — corrige Madrigal. — Rapazes naturalistas ficam sem camisa pra Caçada. O tórax nu, exceto pelos símbolos que nós pintamos neles. Como esse é o seu primeiro Beltane, Jules, é melhor você pensar em algumas marcas bonitas pro Joseph. — Ela sorri e estende um vestido para Jules, que o dispensa com um tapa, como o faria seu puma. — O Matthew vai se juntar à Caçada este ano?

— Não sei — responde Joseph. — Pode ser que sim. Pode ser que não. Ele diz que isso é pros jovens.

— Mas Matthew não é velho! Ele não pode ter mais de trinta anos!

Joseph aperta a mão de Jules. Matthew tem apenas vinte e sete anos. A mesma idade de Luke. Mas Luke parece bem mais jovem. Ele não conheceu a tristeza que Matthew conheceu. A perda. Todos os anos da vida de Matthew devem ter lhe dado a sensação de durarem uma eternidade depois que eles levaram Caragh.

— Vou ali falar com o atendente — anuncia Joseph. — Talvez eles ainda consigam trazer peças de Indrid Down, se o medo de vestidos envenenados ainda não tomou conta de todo mundo.

— Ele não me parece estar diferente — sussurra Arsinoe para Jules depois que ele se afasta.

— Talvez você esteja certa.

— Por que você não pega ele e sai daqui um pouquinho? A gente não está conseguindo muita coisa mesmo.

— Tem certeza? — Jules olha de relance para sua mãe. — Eu posso ficar.

— Vá — incentiva Arsinoe, fechando a cara para um vestido de renda e fitas pretas. — Assim você vai poder testemunhar a minha vergonha pela primeira vez durante o Desembarque, como todas as outras pessoas.

Jules cutuca o ombro dela, e Arsinoe a observa se aproximando de Joseph e sussurrando algo em seu ouvido, algumas palavras bobas de amantes que ela jamais poderia se imaginar dizendo.

TRÊS COROAS NEGRAS **169**

É claro que Jules está errada. Joseph pode ter dado suas olhadas, mas ele só teve uma garota em seu coração. Contudo, assim que eles estão saindo da loja, Arsinoe capta o reflexo culpado de Joseph no vidro da janela.

— Arsinoe? — pergunta Madrigal. — Qual é o problema?

— Nada. — Mas segura o punho de Madrigal. — Aquele primeiro feitiço embaixo da árvore, quando Joseph voltou pra casa... Aquilo não chegou a funcionar. Aquilo foi destruído. Não foi?

— Eu não sei. Eu te alertei pra não queimá-lo.

Ela não a alertara para não queimá-lo, lembra-se Arsinoe enquanto ela e Madrigal caminham pelas ruas na direção da praça e da Livraria Gillespie. Ela apenas sugerira que ela não deveria tê-lo feito, depois que o amuleto já havia sido queimado.

Magia baixa costuma voltar para cobrar seu preço. Quantas vezes ela não ouviu falar disso e em quantas vozes? De Jules e de Cait. Muito tempo atrás, de Caragh.

— Se você queimou, não há nada que possa ser feito sobre isso agora — atesta Madrigal. — Ele vai operar a vontade dele no mundo. O que quer que você tenha feito, vai ter que ser mantido. — Ela dá um empurrãozinho brincalhão em Arsinoe. — A minha Jules está apaixonada e feliz. Você está se preocupando à toa.

Mas durante todo o excelente chá servido por Luke, composto de bolo de sementes de papoula e sanduíches de frango desfiado, ela não consegue pensar em outra coisa. Quando Madrigal pede licença para ir às docas ver o que Matthew conseguiu pegar naquela tarde, Arsinoe mal consegue ouvi-la.

— Você sabe — começa Luke, e pelo jeito como ele torce as penas do rabo de Hank, ela entende que ele está se preparando para dizer isso há vários minutos —, toda essa procura na Murrow's é uma perda de tempo. Eu mesmo poderia fazer algo pra você duas vezes melhor do qualquer coisa costurada pelos alfaiates daquela loja.

Arsinoe olha para Luke e sorri.

— Luke, isso é brilhante. Eu realmente preciso que você faça o mais lindo vestido que alguém já fez até hoje. Só preciso que você o faça para Jules.

Jules e Joseph estão sentados ao lado da Lagoa Dogwood, num largo pedaço de tora morta, enquanto Camden dá uma patada em um pedaço de gelo derretido para lamber a água que se acumulou em sua pata. Agora que chegou o degelo, a fonte não está tão bonita quanto estava na dureza do inverno. Está enlameada e encharcada e cheira a plantas em decomposição. Mas ainda é o local deles, o mesmo lugar que lhes tem servido de esconderijo desde que eram crianças.

— Acho que Arsinoe nunca vai encontrar um vestido — comenta Joseph. Ele lança um graveto encharcado na água perto do centro da fonte. — Ou então, se ela encontrar, acho que Cait não vai conseguir que ela o use.

— Acho que isso não vai ter importância, se ela não tiver nenhuma dádiva pra mostrar na Aceleração. Outro dia mesmo eu perguntei o que ela ia fazer como apresentação e ela me disse que estava planejando eviscerar um peixe. Preparar uns filés.

Joseph ri.

— Essa é a nossa Arsinoe.

— Ela às vezes parece não ter jeito mesmo.

Joseph segura a mão de Jules e a beija. Sua mão não precisa mais de curativo. O corte feito para o feitiço de Arsinoe está quase curado. Mas, ainda assim, ela o mantém coberto, como Arsinoe mantém o seu escondido quando está na cidade.

— Madrigal devia apanhar por fazer ela se envolver com aquilo.

— Sim, devia mesmo — concorda Jules. — Embora eu já não me importe tanto, já que isso trouxe você de volta pra casa. E menos ainda porque isso deu esperança a Arsinoe. Que ela fique em segurança até que a verdadeira dádiva dela chegue.

— Não é exatamente essa a sua tarefa e de Camden?

É o que dizem todos. Jules e Camden são guardiãs da rainha há muito tempo. E elas vão continuar a ser até que tudo acabe de um jeito ou de outro.

— Mesmo assim, ela não tem muito tempo. É melhor ela pensar em alguma coisa, e é bom que seja uma coisa grandiosa. Faltam apenas algumas semanas para o Beltane.

Joseph baixa os olhos.

Ela e Joseph planejam ficar juntos na primeira noite do festival. Eles já estiveram bem próximos no quarto dele ou no colchão, apertados no barco do continente, mas Jules queria esperar. Ela é uma Cria do Beltane e, de qualquer jeito, ela sempre imaginou que sua primeira vez com Joseph seria no Beltane.

— Eu sei que você não gosta de falar sobre isso — começa Joseph —, mas você já imaginou o que vai acontecer se Arsinoe perder? Como será sua vida?

Jules arranca juncos mortos ao lado da tora e os torce. Ele não disse "for morta". Mas é isso o que ele quer dizer. E parte de Jules secretamente sempre pensou que, se Arsinoe morresse, ela encontraria uma maneira de morrer junto com ela. Que ela estaria lá, lutando.

— Eu não tenho pensado nisso com frequência. Mas deveria. Não parece que poderíamos continuar depois disso. Mas nós vamos. Tenho a impressão de que eu assumirei a casa. Os campos e o pomar. A Deusa sabe que Madrigal não vai fazer isso.

— Talvez ela faça. Não sei. E isso te deixaria livre pra pensar em outras coisas.

— Que outras coisas?

— Há todo um outro mundo lá fora, Jules.

— Você quer dizer o continente.

— Não é assim tão ruim. Há partes dele que são surpreendentes.

— Você... quer voltar pra lá?

— Não. — Joseph pega a mão dela. — Eu jamais voltaria. A menos que você quisesse. Eu estou apenas dizendo que... se o nosso mundo acabar aqui, nós poderíamos recomeçar tudo por lá. — Ele abaixa a cabeça. — Não sei por que eu estou falando disso. Por que estou pensando nisso.

— Joseph — ela beija a orelha dele —, qual é o problema?

— Eu não quero mentir pra você, Jules. Mas também não quero te magoar.

Ele se levanta abruptamente e caminha até a margem da fonte.

— Aconteceu uma coisa na noite em que Mirabella me salvou. — Ele enfia as mãos nos bolsos e mira a água. — Eu quase me afoguei. Quase congelei. Fiquei delirante. — Ele para e em seguida pragueja ao respirar. — Ah, Jules! Eu não quero que pareça que estou justificando o que fiz!

— Justificando o quê? — pergunta Jules baixinho.

Ele se vira para encará-la.

— Eu estava delirante a princípio. Quem sabe até mesmo quando a coisa aconteceu. Mas depois, não. E ela estava lá e eu estava lá e nós...

— Você o quê?

— Eu não quis que acontecesse, Jules.

Talvez não. Mas aconteceu.

— Jules? Deus, Jules, por favor, diga alguma coisa.

— O que você gostaria que eu dissesse? — pergunta ela. É difícil pensar. Seu corpo está entorpecido, feito da mesma madeira na qual ela está sentada. Um peso cálido pressiona seu colo. A cabeça pesada de Camden. Um rosnado direcionado a Joseph retumba na garganta dela.

— Me xingue de algo horrível. Me diga que tolo eu sou. Me diga... diga que você me odeia.

— Eu jamais conseguiria te odiar. Mas se você não for embora agora, a minha gata vai destroçar o seu pescoço.

Rolanth

— **Afaste-se dessa janela, Mira** — pede Luca. — E experimente este aqui.

Mirabella olha alguns segundos para os penhascos do Blackway, onde ela e Bree frequentemente disputavam corridas quando eram crianças. Bree cresceu e abandonou o hábito, mas Mirabella jamais. Seu amor pelo vento e pelos espaços abertos levaram-na com frequência ao limite daqueles penhascos. Ou, pelo menos, assim era antes que todas as portas passassem a ficar trancadas.

— Pra quê? Não é isso tudo e ainda pode ser apertado. Vai caber.

Luca deixa os trajes. São roupas que Mirabella vestirá na noite da Cerimônia da Aceleração. Duas tiras pretas de tecido reunidas que serão encharcadas e reencharcadas numa fervura de ervas e extratos para que sejam impedidas de queimar o corpo dela.

Para a Cerimônia da Aceleração, ela apresentará uma dança do fogo.

— Qual vai ser a música? Cordas? Flautas?

— Tambores — responde Luca. — Uma longa linha de grandes tambores de pele. Pra criar um ritmo pra você semelhante a um batimento cardíaco.

Mirabella assente balançando a cabeça.

— Vai ser bonito. — Luca acende uma lamparina com uma comprida vela cônica e deixa a parte de cima aberta. — A cerimônia no período noturno e o fogo brilhando em tom alaranjado. Cada olho na ilha vai estar em você.

— Sim.

— Mira — suspeira Luca —, qual é o problema com você?

O tom de voz da Alta Sacerdotisa é solidário. Mas demonstra frustração, como se ela não conseguisse entender como Mirabella poderia estar infeliz.

Como se Mirabella devesse ficar contente por estar em casa a salvo, grata por não ter sido chicoteada na praça.

Embora Luca saiba o que aconteceu na estrada, como ela se encontrou com a irmã e segurou-lhe a mão, ela não sabe tudo. Ela não sabe que Mirabella também se encontrou com um rapaz e que esse encontro lhe partiu o coração. E ela não sabe que, por um momento apenas, houve um lampejo de confiança nos olhos de Arsinoe.

— Onde está Elizabeth? — pergunta Mirabella. — Você prometeu que não a mandaria embora.

— E eu não mandei. Não para sempre. Ela vai voltar logo, logo de seu castigo.

— Eu quero vê-la assim que ela voltar.

— É claro, Mira. E ela vai querer te ver. Ela estava bastante preocupada.

Mirabella franze os lábios. Sim, Bree e Elizabeth estavam bastante preocupadas. E elas foram leais. Não a abandonaram, mesmo depois que uma dúzia de vergões foram colocados em suas costas. Ela deveria ter previsto o que aconteceria. Da mesma maneira que deveria ter pensado que o templo condenaria Elizabeth como conspiradora no momento em que Mirabella fosse encontrada usando sua capa branca. Mirabella disse que a havia roubado quando Elizabeth não estava olhando. Ninguém acreditou nela.

Ela deveria ter encontrado uma maneira de mantê-la a salvo. Vai ser difícil encarar Elizabeth quando ela voltar. Assim como vai ser difícil encarar Arsinoe no Beltane, incapaz de explicar como tudo havia sido um equívoco. Mirabella faz uma careta. Pensar no que se encontra à frente lhe causa um aperto no peito. Seu único conforto é reviver suas noites com Joseph, e mesmo essas são maculadas pelo amor que ele sente por outra garota.

— Ele correu pra ela — sussurra ela, sem perceber que falo em voz alta. — Como se ele não a visse há cem anos.

— O quê? Mirabella, o que foi que você disse?

— Nada.

Ela estende a mão para o calor da chama da lamparina. Um movimento de seu dedo e o fogo salta da vela para as costas de sua mão. Luca observa, satisfeita à medida que o fogo sobe pelo punho de Mirabella e contorna seu braço como se fosse uma curiosa minhoca. É assim que vai começar. Lento e cálido. Os tambores preencherão seus ouvidos. O fogo a alcançará, e ela o abraçará, deixando-o percorrer seu corpo enquanto ela rodopia com os braços abertos. Ela envolverá a si mesma nele como se fosse uma corrente e o deixará queimar. Talvez ele queime seu amor por suas irmãs, arrancando-o para fora de seu coração.

Dias mais tarde, Mirabella está caminhando pela floresta perto da Westwood House quando ouve um pica-pau bicando uma árvore. Ela levanta os olhos. É um pequeno pica-pau preto e branco com crista. Talvez seja Pepper. Ela acha que sim, embora, para ela, pica-paus tendam a se parecer muito uns com os outros.

— Mantenha-se no caminho, Rainha Mirabella.

Uma das sacerdotisas de sua escolta a cutuca, indicando o centro da trilha. Como se ela fosse tentar correr cercada como está. Há seis delas agora, todas jovens e em boa forma física. Quando o vento move suas capas, ele revela o brilho prateado de suas malignas facas serreadas. Será que as sacerdotisas sempre as carregaram? Mirabella acha que não. Certamente não tantas e não com tanta frequência. Agora, parece que toda sacerdotisa iniciando carrega uma dessas.

— Como as coisas mudaram — observa ela.

— Mudaram, de fato — confirma a sacerdotisa. — E de quem seria a culpa?

À frente, o telhado triangular da Westwood House ascende em meio às árvores, enfeitado com para-raios muito semelhantes a cabelos. Ela mal pode esperar para entrar. Lá dentro, estará livre pelo menos para andar pelos corredores. Talvez ela tome chá com Sara, como uma oferta de paz. Sara ficou extremamente preocupada quando ela fugiu. Há tantos brancos fios agora em seu coque. E quando Mirabella retornou, ela a abraçou com muito ardor.

— Mira!

Bree dispara em direção à trilha, tranças castanhas balançando no ar. Seus olhos estão vermelhos como se ela estivesse chorando.

— Bree? Qual é o problema?

Bree passa abruptamente pelas sacerdotisas e segura as mãos de Mirabella.

— Nada — diz ela, mas não consegue mascarar que há algo errado. Sua expressão fica séria.

— Bree, o que houve?

— É Elizabeth. — Ela contorna as sacerdotisas com os dentes cerrados. — Eu devia tocar fogo nas suas capas! — grita ela. — Eu devia matar vocês todas enquanto dormem!

— Bree!

Mirabella puxa sua amiga para o lado.

— Nós dissemos pra vocês que ela não teve nada a ver com isso! — soluça Bree. — Nós dissemos que aquela bata foi roubada!

— O que foi que vocês fizeram? — pergunta Mirabella às sacerdotisas. Mas elas parecem estar tão alarmadas quanto ela.

Mirabella e Bree começam a correr, abrindo caminho em meio à escolta.

— Não corra, Rainha Mirabella!

Várias delas tentam segurar os braços dela, mas o esforço é desprovido de ânimo, e ela consegue se soltar com um puxão. Elas sabem para onde ela está indo. Ela e Bree correm o resto do caminho que leva ao topo da trilha, passando pelas árvores e contornando a lateral da casa.

Elizabeth está lá na estrada. Ela está de costas para elas ao lado da fonte de pedra estagnada. As sacerdotisas que a acompanhavam baixam os olhos quando Mirabella se aproxima.

Mirabella respira aliviada. Elizabeth está em casa. Ela parece rígida, mas está viva.

— Elizabeth? — Mirabella se aproxima da amiga.

A jovem sacerdotisa se vira parcialmente.

— Eu estou bem — diz ela. — Não é tão ruim assim.

— O que não é tão ruim? — pergunta Mirabella, e Elizabeth permite que as mangas de sua capa subam.

Elas cortaram sua mão esquerda.

O cotoco está envolto em toscas bandagens brancas empapadas de sangue ressecado, com uma coloração marrom.

Mirabella cambaleia até sua amiga e cai de joelhos, agarrando a saia de Elizabeth.

— Não — geme ela.

— Elas me prenderam — diz Elizabeth. — Mas foi melhor assim. Elas usaram as facas pra serrar, entende? Então levou mais tempo do que levaria se tivesse sido feita com um machado. Portanto, foi melhor elas terem me mantido presa. Foi boa a sensação de ser capaz de lutar e brigar.

— Não! — grita Mirabella e sente a mão de Bree em suas costas. Elizabeth toca o alto de sua cabeça.

— Não chore, Mira — pede ela. — Não foi culpa sua.

Mas foi. É claro que foi.

TRÊS COROAS NEGRAS **177**

Wolf Spring

— **Ela logo vai perdoá-lo** — afirma Madrigal, falando de Jules e Joseph. — Por mais zangada e magoada que esteja, ela sente falta dele com mais intensidade. E eu acredito nele quando ele diz que a ama. Acho que ele não deu um sorriso sequer desde que ela o dispensou.

— Como você sabe? — pergunta Arsinoe, e Madrigal dá de ombros.

— Porque estive nas docas. Eu o vi trabalhando. A cara carrancuda o tempo todo. Nem o seu Billy consegue fazê-lo dar um sorriso.

Os lábios de Arsinoe contraem-se inadvertidamente quando Madrigal se refere a Billy dessa maneira. O Billy *dela*. É uma mentira, mas uma mentira engraçada. E é verdade o que Madrigal diz. Jules perdoará Joseph logo, logo. Bem como Arsinoe. Também não tem sido fácil para ela pensar nele com Mirabella. De certo modo, a sensação que ela tem é de que ele também a traiu.

— Isso não combina com ele — suspira Madrigal. — Os Sandrin não costumam ter esse jeito sério demais. Triste demais. Eles foram feitos para o riso e não estão nem aí pra nada.

— Ele merece a tristeza que está sentindo — rebate Arsinoe. — Merece toda palavra cruel que venha da parte dela e também algumas vindas de mim. Quem é que vai tomar conta de Jules se eu fracassar e não conseguir sobreviver? Eu estava contando com ele pra cuidar dela.

— *Eu* vou cuidar dela — argumenta Madrigal, mas ela não olha nos olhos de Arsinoe quando diz isso. Madrigal nunca foi boa em cuidar de ninguém. E Jules jamais se permitiria receber esse cuidado.

— Tenho a impressão de que a nossa Jules está perfeitamente pronta pra cuidar de si mesma — comenta Arsinoe, a raiva esfriando. — E quem sabe ela jamais tenha que tentar. Eu ainda posso me tornar rainha.

— Você pode, de fato. — Madrigal pega sua faquinha de prata e a passa no fogo. — Mas o tempo de espera está acabado. Agora nós vamos fazer alguma coisa acontecer.

Madrigal pega um frasco de vidro que contém um líquido escuro. Trata-se principalmente de sangue de Arsinoe, não só recente como também oriundo das cordas embebidas que ela recolhera antes. As cordas foram molhadas novamente com água da enseada. Ela anda até o tronco da árvore curvada.

— O que você está fazendo? — pergunta Arsinoe.

Madrigal não responde. Ela espalha o conteúdo do frasco na encosta da colina, nas placas expostas de pedra sagrada, no tronco da árvore curvada e nas raízes que formam uma rede através das rochas e que mantêm a árvore lá fincada. Quando ela sussurra alguma coisa para a casca, a árvore parece respirar. Para o espanto de Arsinoe, botões cor de café brotam ao longo dos galhos como se fossem pele arrepiada.

— Eu não sabia que isso florescia — comenta.

— Não floresce, ou pelo menos não com frequência. Mas esta noite deve florescer. Me dê a sua mão.

Arsinoe anda até a árvore e estende a mão na expectativa de sentir dor. O que ela não espera é que Madrigal encoste sua mão com força no tronco, transpassando-a com a faca.

— Ah! Madrigal! — berra Arsinoe. A dor lhe sobe pelo braço até o peito. Ela não consegue se mexer. Ela está presa, pregada, enquanto Madrigal começa a entoar um cântico.

Arsinoe não conhece a letra, ou talvez seja apenas o fato de que as palavras são pronunciadas muito rapidamente. É difícil ouvir qualquer coisa com a dor que sente por causa da faca em sua mão. Madrigal volta à fogueira e Arsinoe cai apoiada sobre um dos joelhos, procurando lutar contra a ânsia de arrebentar a mão tentando tirá-la da árvore. A lâmina está enterrada bem fundo na madeira. Ela puxa o cabo delicadamente e depois com mais força, mas ela não sai.

— Madrigal — chama ela entre os dentes. — Madrigal!

Madrigal acende uma tocha.

— Não! — grita Arsinoe. — Me deixe em paz!

TRÊS COROAS NEGRAS **179**

O rosto de Madrigal está determinado de um jeito que Arsinoe jamais viu antes. A rainha não sabe se ela pretende fundir sua mão à árvore, mas não deseja descobrir. Ela respira fundo, preparando-se para se soltar com um puxão, muito embora isso signifique abrir um corte entre os ossos dos dedos do meio.

Rápida como um raio, Madrigal avança e puxa a faca do tronco. Arsinoe cambaleia para trás, abraçando sua mão junto ao peito enquanto Madrigal põe fogo na árvore. Ela fica tomada de vívidas chamas amarelas e cheirando a madeira queimada.

Arsinoe cai no chão, e o mundo escurece.

Naquela noite, numa cama para a qual ela não se recorda de haver retornado, Arsinoe sonha com um urso. Um grande urso marrom, com longas patas curvas e gengivas rosa e púrpura. Ela sonha com o bicho rosnando diante de uma árvore curvada em chamas.

É quase de manhã quando Arsinoe desperta Jules delicadamente de seu sono, provocando rosnados não só da garota como também do puma que compartilha seu travesseiro.

— Arsinoe? — pergunta Jules. — O que houve? Você está bem?

— Estou mais do que bem.

Jules estreita os olhos à tênue luz azulada.

— Então por que você está me acordando tão cedo?

— Por causa de algo grandioso. — Arsinoe sorri. — Agora, levante-se e se vista. Quero que Joseph e Billy venham também.

Não demora muito para que Jules se vista e se lave, prendendo seus rebeldes cabelos ondulados com um espesso pedaço de fita na altura da nuca. Elas estão fora de casa e na estrada, tomando o rumo da cidade muito antes que qualquer outra pessoa comece a se mexer na cama. Inclusive vovó Cait.

Jules não se opôs quando Arsinoe quis levar Joseph. Mas quando chegarem na casa dele, ela não vai subir para bater na porta.

Arsinoe descobre que também não quer fazer isso. Ansiosa como está para alcançar a árvore curvada, ela se sente culpada e estranhamente tímida por perturbar os Sandrin tão cedo. Mas justamente quando ela está prestes a juntar umas pedrinhas para arremessar na janela de Joseph, Matthew sai de casa.

Ele se assusta ao vê-las. Em seguida, sorri.

— O que vocês duas estão fazendo por aqui a uma hora dessas?

— Nada — responde Arsinoe. — Estamos procurando Joseph. Ele está acordado?

— Acabou de acordar. Vou avisar que vocês estão aqui.

— E o continentino também — completa Arsinoe quando ele entra novamente na casa.

— Quando eles saírem — começa Jules, se apoiando em Camden —, você vai me dizer o que a gente está fazendo aqui?

— Talvez seja uma surpresa.

Arsinoe anda ao redor de Jules. O sangue está agitado, e nem mesmo o buraco com um curativo solto em sua mão lhe causa qualquer dor. Mas ela está hesitante em dizer o que viu. Ela tem medo de Jules lhe dizer que não passou de um sonho. E tem medo de Jules estar certa.

Parece uma eternidade o tempo que leva até os rapazes descerem, com a aparência confusa e o rosto amassado. Joseph fica radiante quando vê Jules. Billy alisa o cabelo quando vê Arsinoe, que tosse para disfarçar o sorriso. Billy não a vê desde que retornou de seu encontro com Katharine, e muito embora não admita, ela ficou preocupada com a possibilidade de ele retornar devotado aos envenenadores.

— Essa é uma visão bem-vinda — comenta Billy. — Você sentiu tanto a minha falta que foi obrigada a me ver assim que eu cheguei em Wolf Spring?

— Pra mim, você já tinha chegado há dias — mente Arsinoe. — E eu não estou aqui por sua causa, mas por Joseph.

— Eu ouvi você me chamar. "O continentino também", você disse. Não sou surdo.

Arsinoe não diz nada. Ela está ocupada demais observando Joseph olhar fixamente para Jules, e Jules mirando fixamente o puma.

— Arsinoe, você está me ouvindo? Perguntei aonde a gente está indo.

— Pro norte — ela diz distraidamente. — Pra floresta.

— Então a gente vai passar pelo Lion's Head. Eu vou comprar alguma coisa pra gente comer.

— Na verdade eu não quero parar em lugar nenhum.

— Mas você vai parar — diz Billy —, se quiser a minha companhia. Você está nos arrastando para a floresta antes do café da manhã.

Eles arrastam o menino da cozinha do Lion's Head antes de seu café da manhã também, e demora mais tempo do que o usual o preparo dos ovos fritos e das fatias de bacon com feijão. Arsinoe passa a refeição toda em estado de agitação, embora acabe comendo todo o seu prato e parte do de Jules também.

Em seguida, ela os conduz por uma trilha sinuosa através das ruelas e ruas de Wolf Spring, pegando a rota mais curta até a árvore. Arsinoe curva o braço para elevar sua mão machucada. Ela começou a latejar.

Quem sabe isso seja um bom presságio. Ou talvez ela devesse ter trazido Madrigal. Pode ter sido apenas um sonho, afinal de contas, e ela os conduzirá através de um caminho cheio de neve derretida por nada.

Quando estão a uma boa distância no interior da floresta, Jules reconhece a direção que eles estão tomando e para.

— Diga, Arsinoe. Diga agora.

— O quê? — pergunta Joseph. — O que há de errado? Aonde ela está levando a gente?

— Vem mais magia baixa por aí — responde Jules. Ela olha para a mão recentemente machucada de Arsinoe. — Estou certa?

— Eu ainda não entendo o que há de tão diferente entre a magia baixa — comenta Billy e olha para Jules — e o que você faz com esse puma.

— É diferente — explica Joseph. — A dádiva de Jules pertence a ela. Magia baixa é pra qualquer pessoa. Você, eu... até lá em casa nós poderíamos fazer. Mas é perigoso. E não é pra rainhas.

— Espere. Você está dizendo que lá em casa você poderia ter feito... — Billy faz um gesto de rodopio com o punho que não agrada a Arsinoe. Joseph faz que sim com a cabeça e, após um momento, Billy dá de ombros. — Isso não é possível. E eu não consigo imaginar você fazendo feitiços. Você é como se fosse meu irmão.

— O que isso importa? — pergunta Arsinoe.

— Não importa — responde Billy rapidamente. — Sei lá... eu... eu sei que conheci o Luke, e o Ellis e tantos outros caras, mas... feitiços? Tenho a impressão de que, na minha cabeça, magia era ainda algo exclusivo para garotas.

— Por que seria uma coisa exclusiva para garotas? — pergunta Arsinoe, mas ela não pode de fato culpá-lo por não saber.

—Ah, pouco importa isso agora — interrompe Jules. —Arsinoe, responda a pergunta. Por que você está trazendo a gente pra esse lugar?

— Porque eu vi o meu Familiar.

Jules e Joseph ficam enrijecidos. Até Camden empina as pontas pretas de suas orelhas. Arsinoe estende a mão e desenrola os curativos para revelar a ferida feia e avermelhada que percorre toda a palma, dos dedos ao centro.

— Nós usamos o meu sangue. Eu estava pregada na árvore, e nós acorda-mos a minha dádiva. Madrigal... De alguma maneira, ela deve ter percebido que nós seríamos ouvidas naquele espaço sagrado se ao menos o meu sangue encharcasse e embebesse as raízes.

Parece uma insanidade. Mas ela estava lá. Ela sentiu algo passar através dela em direção ao interior da árvore. Em direção ao interior das pedras e da ilha. Ali, sob a árvore curvada, como em tantos outros lugares, a ilha é mais do que simplesmente um lugar. Ali, ela respira e escuta.

— O que você viu? — pergunta Jules. — E onde?

— Em meu sonho, na noite passada. Um urso. Um grande urso marrom.

Jules exprime um suave som de perplexidade. Ter um grande urso mar-rom como Familiar tornaria Arsinoe a mais poderosa rainha naturalista que a ilha já conheceu. Mais forte do que Bernadine e seu lobo. Quem sabe mais forte ainda do que Mirabella e seus raios. Jules não quer acreditar no uso que Arsinoe fez de magia baixa, mas nem mesmo ela pode deixar de ter esperança.

— Tem certeza? — pressiona Jules.

— Eu não tenho certeza de nada. Mas foi isso o que eu vi. Foi isso o que eu sonhei.

— E pode ser verdade? — Joseph quer saber.

Arsinoe aperta com força o punho contundido, e as tênues casquinhas da ferida passam a verter mais sangue, como se o gesto pudesse fazer com que fosse realidade.

— Pode ser que o templo repense o apoio que estão dando a Mirabella — completa ele.

— Isso te incomodaria? — pergunta Jules. Ela se volta para Arsinoe. — Tal-vez ele não devesse estar aqui. Talvez ele nem devesse ter vindo.

— Eu só quis dizer que ninguém se importa se a nova rainha é uma ele-mental ou uma naturalista — explica Joseph suavemente. — Contanto que não seja uma envenenadora.

Jules franze o cenho. Ela não se move, muito embora os passos de Arsinoe sigam na direção da árvore.

— Doer não vai, certo? — Billy dá alguns passos atrás de Arsinoe. — Uma olhada nós podemos dar.

Arsinoe dá um tapinha no ombro do rapaz.

— Você está certíssimo, Júnior! Vamos!

Ela se move com rapidez através das árvores, escolhendo onde pisar em meio à neve que perdura em alguns pontos e pedaços de gelo que já começaram a derreter. Ela não olha para trás. Muito embora não consiga escutar os passos silenciosos de Jules e de Camden, ela sabe que ambas estão lá. Aprovando ou não, Jules jamais a deixaria ir sozinha.

À medida que se aproximam da árvore, a imagem do urso surge por trás das pálpebras de Arsinoe. Mesmo no sonho a criatura era enorme. Obscurecia qualquer outra coisa. Em sua mente, existia apenas a brilhante pelagem marrom-escura e o rugido. Presas brancas e garras pretas e curvadas, longas o bastante para destripar um cervo.

— O urso será domado, certo? — pergunta Billy.

— Tão domado quanto Camden — responde Joseph.

— Nem um pouco domado, então — conclui Jules. — Mas não representa perigo para amigos.

— Esse puma é mais domado do que a metade dos spaniels da minha mãe — comenta Billy. — Mas eu não consigo imaginar um urso se comportando da mesma maneira.

Eles contornam a curva da colina em direção à faixa de terra afundada diante da árvore curvada e das antigas superfícies das pedras sagradas.

A árvore está intacta. Na noite anterior, parecia explodir num fogo amarelo, mas a única marca visível agora é uma faixa chamuscada que se estende do tronco aos galhos mais baixos. Seus ramos estão livres dos botões que Arsinoe se lembra de ter visto Madrigal fazer florescer, e cada gota e cada espirro de sangue desapareceu como se jamais tivesse estado lá. Ou como se o sangue tivesse sido bebido.

— O que aconteceu aqui? — pergunta Jules fazendo uma careta. Ela pisa cautelosamente ao redor das brasas adormecidas e flutua a mão sobre a parte enegrecida do tronco. Em seguida esfrega as pontas dos dedos na jaqueta, embora não tenha encostado em nada.

— Eu acho... — começa Billy — eu acho que até eu estou sentindo alguma coisa. Quase que uma vibração.

— Esse lugar me dá uma sensação de cansaço — comenta Joseph. — Como se tivesse sido usado até o limite.

— Não — rebate Jules. — A sensação que ele me dá é o que ele é mesmo. Exterior. Isto aqui não é o mesmo que o resto das árvores. Não é o que o resto do terreno é.

— Exato — acrescenta Arsinoe sem fôlego. — É exatamente essa a sensação que eu tenho.

Os cabelos na nuca de Arsinoe ficam eriçados. É a primeira vez que ela tem essa sensação. Como se a apreensão de Jules e o nervosismo de Billy estivessem vazando para o ar.

— O bicho deveria estar aqui? — pergunta Joseph. — Foi aqui que você o viu?

— Foi.

Estava ali, diante da árvore. Rosnando enquanto os galhos queimavam atrás dele.

Mas os galhos não estão queimando. E ela os fez percorrer toda aquela distância a troco de nada.

— Quanto tempo a gente vai ter de esperar? — Billy quer saber. — Não seria melhor a gente... assobiar pra ele?

— Não é um cachorro — rebate Arsinoe. — Não é um bicho de estimação. Só mais... só mais um pouquinho. Por favor.

Ela se vira e procura entre as árvores. Não há som. Não há vento e não há nenhum pássaro. O local está tão imóvel e silencioso quanto sempre esteve.

— Arsinoe — chama Jules delicadamente —, a gente não deveria estar aqui. Isso foi um erro.

— Não foi, não — insiste Arsinoe.

Jules não estava lá. Não foi ela quem foi unida àquela árvore, sangrando nela. Não foi ela quem sentiu a mudança no ar. Madrigal disse que o sangue de uma rainha valeria de fato alguma coisa, e ela estava certa. A magia baixa de Arsinoe é forte.

— O urso vai aparecer — murmura ela. — Ele vai.

Ela começa a caminhar na direção norte.

— Arsinoe? — pergunta Jules e dá um passo, mas Billy estende o braço.

— Dê um tempo pra ela. — Mas ele próprio a segue, mantendo distância à medida que ela vasculha o local.

Quando a criatura aparece, não é difícil de ser avistada. O grande urso marrom é maciço e chega rolando preguiçosamente colina abaixo. Seus ombros balançam em arcos sinistros enquanto ele tenta encontrar seu caminho até ela através da mata fechada.

Arsinoe quase grita. Mas alguma coisa a detém. O urso não se parece com a criatura que ela viu em seu sonho. Com suas garras se arrastando pela lama e a cabeça pendendo, a impressão que ela tem é de que alguém o tirou de uma vala já morto, forçando-o a se reerguer sobre seus pés apodrecidos.

— Ele vai me reconhecer — sussurra Arsinoe e força as pernas a dar um passo. Depois outro.

Ela sente cheiro de algo em decomposição. A pelagem do urso se move como se moveriam pelos mortos quando perturbados por colônias de vermes e formigas.

— Jules — sussurra ela, e ousa olhar para trás. Mas Jules está distante demais. Ela não consegue enxergar.

— Arsinoe, afaste-se dele — chama Billy. — Isso é loucura!

Mas ela não pode. Ela o chamou, e ele é dela. Ela estende a mão.

A princípio, o bicho parece não saber que ela está lá. Ele continua seu lento caminhar e, para acrescentar mais coisas à sua lista de equívocos, há algum problema com seu andar: seu ombro esquerdo se mexe de forma mais rígida que o direito. Ela vê faixas vermelhas nas pegadas deixadas por sua pata. Uma garra excessivamente crescida enterrou-se em seu pé, como é comum em ursos muito velhos ou doentes.

— É ele? — pergunta Billy. — É o seu Familiar?

— Não. — O urso está enraivecido, olhos vermelhos finalmente encontrando os dela. — Corra! — grita ela, virando-se assim que o urso ruge. O chão treme sob o peso do animal quando este se lança no encalço dela.

Eles descem a colina em disparada, e o tempo parece passar mais devagar. Vários anos atrás, quando ela e Jules eram crianças, um lavrador trouxe seus cachorros mortos para a praça com o objetivo de alertar as pessoas acerca de um urso mal-intencionado. Um grupo de caçadores encontrou e matou a criatura alguns dias depois. Tratava-se apenas de um urso preto comum, mas aqueles cães de caça estavam praticamente irreconhecíveis, arrebentados do focinho ao rabo pelas garras do animal. Tantos anos depois, Arsinoe ainda lembra da maneira como a mandíbula de um dos cães estava pendurada por um ínfimo pedaço de pele.

A lama levantada pelo urso espirra em seus ombros. Ela não vai conseguir.

Jules grita e corre na direção dela, mas Joseph a agarra pela cintura.

Bom. Ele não pode permitir que ela se arrisque. Ele precisa cuidar dela, do jeito que Arsinoe sempre soube que ele cuidaria.

Os pés de Arsinoe deslizam na lama, e ela cai de cara no chão. Ela fecha os olhos. A qualquer momento as garras despedaçarão a parte traseira de suas pernas. O que sobrar de seu sangue manchará o chão.

— Ei! — grita Billy. — Ei! Ei!

O tolo se aproxima, entrando bem no raio de visão do urso. Ele balança os braços e arremessa no animal gelo e bolas de lama que pega com a mão. Os projéteis não fazem nada além de desequilibrar ligeiramente a criatura, mas dão a Arsinoe tempo de se levantar.

— Corra! — berra ele. — Corra, Arsinoe!

Mas Billy acaba de trocar sua vida pela dela. O urso estará em cima dele em questão de instantes. Talvez ele ache que a troca foi justa, mas ela não.

Arsinoe se lança entre Billy e o urso. O animal ataca duramente com sua pata. O impacto da agressão desloca facilmente o seu ombro. O resto ela recebe no rosto.

Respingos vermelhos pintam a neve.

Camden rosna e sai em disparada para colidir com o grande urso marrom num borrão de pelagem dourada.

Billy abraça Arsinoe na altura das costelas e a levanta.

— Está quente e frio — murmura ela, mas não consegue fazer com que sua boca trabalhe adequadamente.

— Vamos lá — incentiva Billy, e Jules dá um grito. Camden geme dolorosamente. Ela para de forma abrupta ao ser lançada com dureza de encontro a uma árvore.

— Não! — grita Arsinoe. Mas o som é praticamente inaudível equiparado aos gritos pungentes e desesperados vindos da boca de Jules. Gritos cada vez mais intensos, cada vez mais altos, até que sua própria voz não se parece mais com sua voz. O grande urso marrom sacode a cabeça e então ataca a si mesmo com suas garras. Ele coça o peito como se estivesse tentando arrancar o próprio coração.

Por um instante, em meio aos gritos de Jules, parece que o urso paira no ar.

Em seguida, cai morto no chão.

Suor escorre de Jules como se fosse no meio do verão em Wolf Spring, e ela desaba sobre um dos joelhos. O urso está morto, suas enormes patas caídas para o lado. A fera permanece imóvel e parece estar agora quase que pacífica, não aparentando velhice excessiva ou doença, mas livre de seu sofrimento.

— Jules — chama Joseph, e se agacha ao seu lado. Ele coloca o braço nos ombros dela e vira seu rosto para ele. — Você está bem?

— S-sim. — Ela respira fundo. Ela está bem. E seja lá o que ela tenha usado para matar aquele urso, para explodir o coração dentro da caixa torácica do animal, desapareceu. Talvez tenha retornado ao cerne da árvore curvada e retorcida.

— Cam. Arsinoe.

— Eu sei — responde Joseph. Ele corre pelas árvores e sobe a colina até o local onde Arsinoe e Camden estão. Billy rasgou as mangas da camisa e apertou com firmeza faixas do tecido ao redor do braço de Arsinoe. Ele pressiona o resto do tecido com força no rosto dela.

— Ela não tinha sangue suficiente antes disso, pra começo de conversa — resmunga ele. — Pecisamos levá-la até um médico. Agora.

— Não há nenhum — responde Joseph com tranquilidade. — Há curadores.

— Bom, seja lá o que vocês tiverem por aqui — dispara Billy. — Ela precisa de um.

— Eles estão no templo — diz Jules, aproximando-se para se ajoelhar ao lado deles. — Ou então em suas casas na cidade. Oh, Deusa. O sangue...

— As casas estão perto, não? Você não pode entrar em pânico agora, Jules. Você precisa escutar. Esta menina aqui vai sangrar loucamente, e a neve vai fazer parecer ainda pior. Você pode ajudar ou vai desmaiar? — pergunta Billy.

— Não vou desmaiar.

— A gente pode arriscar transportá-la daqui? — pergunta Joseph.

— Não temos outra escolha — afirma Billy. — O sangramento é grave demais. Eu não tenho como fazê-lo parar.

Ele e Joseph olham um para o outro com gravidade por sobre o corpo de Arsinoe. Jules mal consegue enxergar, suas lágrimas brotam muito rapidamente. Billy disse que não deveria entrar em pânico, mas ela não consegue evitar. Arsinoe está pálida demais.

— Tudo bem — diz Billy. — Fique com os quadris e as pernas dela. Eu seguro os ombros e mantenho a pressão no rosto.

Jules faz o que lhe é pedido. Sangue morno cobre suas mãos quase que instantaneamente.

— Joseph — chama ela. — Camden. Por favor, não deixe a Camden.

— Eu não vou deixar. — Ele a beija rapidamente. — Prometo.

Jules e Billy carregam Arsinoe através das árvores e trilha abaixo. Joseph segue atrás com Camden estirada em seus ombros. O grande felino rosna suavemente. Quando Jules olha de relance por sobre os ombros, Cam está lambendo a orelha dele.

Quando eles alcançam Wolf Spring, todos já estão exaustos. A casa da primeira curadora não fica a mais de quatro ruas de distância, mas eles não vão conseguir chegar lá.

— Wolverton — aponta Billy, com o queixo. Ele chuta a porta até que ela abra, e grita com a sra. Casteel até que o som de pés correndo por todas as partes do local começa a ser ouvido.

— Não tem ninguém que sirva pra alguma coisa nesta cidade? — berra Billy.

Eles depositam Arsinoe no sofá perto da entrada e esperam. Quando a curadora finalmente chega com duas sacerdotisas a tiracolo para queimar os ferimentos fechados e dar os pontos necessários, elas empurram Jules e Billy para fora do caminho.

— O que é isso? — pergunta uma das sacerdotisas. — Como foi que ela se feriu? Não foi um outro ataque de Rolanth, foi? Mirabella voltou pela floresta desta vez?

— Não — diz Jules. — Foi um urso.

— Um urso?

— Nós... — começa a dizer Jules e para. Tudo aconteceu tão rapidamente. Mas ela deveria saber. Ela deveria tê-la protegido.

— Nós estávamos andando — continua Joseph, atrás dela. — Nós saímos da trilha. O urso veio para cima de nós de repente.

— Onde? — pergunta a sacerdotisa, tocando a faca serreada pendurada na cintura. — Eu vou mandar um grupo de caçadores pra lá.

— Não é necessário — avisa Jules. — Eu matei o bicho.

— Você?

— Sim, ela — confirma Joseph com um tom de quem está disposto a dar a conversa por encerrada. — Bom, ela e um puma.

Ele desliza o braço ao redor da cintura de Jules e a afasta de mais perguntas. Eles andam lentamente até Billy e se posicionam de pé ao lado dele, que está ajoelhado e acariciando a cabeça de Camden. O puma ainda não consegue andar, mas está ronronando.

— Joseph? — pergunta Jules. — Elas vão sobreviver, não vão?

— Você fez a Camden forte — diz ele, abraçando-a com firmeza. — E tanto você quanto eu sabemos que Arsinoe é mais má do que qualquer urso.

Greavesdrake Manor

Não falta veneno em Greavesdrake Manor. Abra qualquer armário ou gaveta e muito provavelmente haverá algum pó, tintura ou frasco contendo raízes tóxicas. Sussurra-se nas ruas de Indrid Down que, quando os Arron forem depostos, os Westwood mandarão o local ser destruído. Pelo fato de temerem que cada parede tenha sido maculada. Tolos. Como se os Arron fossem tão descuidados com seus produtos. Como se eles fossem descuidados com o que quer que seja.

Natalia está parada diante da lareira na sala de venenos tomando o chá do fim da manhã na companhia de Genevieve. Katharine está um pouco distante delas, trabalhando nas mesas. Misturando e mexendo as substâncias com suas luvas de proteção pretas.

— Finalmente aconteceu — comenta Genevieve. — O tempo virou e o calor está forte demais. Você vai ter de começar a abrir as janelas.

— Não aqui — diz Natalia. Nunca aqui. Nesta sala, a brisa certa passando pelo pó errado poderia instantaneamente resultar em uma rainha morta.

Genevieve faz cara feia e se vira parcialmente na cadeira.

— O que é que ela está fazendo ali?

— Trabalhando — responde Natalia.

Katharine sempre trabalhou muito bem em seus venenos. Desde que era uma criança, ela se debruçava sobre as mesas e sobre os pequenos frascos com tamanho entusiasmo que Genevieve tinha de arrastá-la e esbofeteá-la para forçar mais seriedade. Mas Natalia colocou um ponto final nesse tipo de atitude. O fato de Katharine se deleitar em produzir venenos é o que Natalia mais ama nela.

Genevieve suspira.

— Ouviu a novidade? — pergunta ela.

— Ouvi, sim. Eu imagino que seja por isso que você voltou pra casa, estou certa? Para garantir que eu saiba da novidade.

— Mas é interessante, não é? — comenta Genevieve. Ela deposita a xícara de chá e empurra as migalhas de biscoito presas em seus dedos para o prato. — Primeiro a tentativa na Floresta Masthead, e agora Arsinoe à beira da morte na cama.

Atrás dela, o tilintar se aquieta quando Katharine se detém para escutar.

— Dizem que foi um ataque de urso — conta Natalia.

— Um ataque de urso a uma rainha naturalista? — Genevieve estreita os olhos. — Ou será que Mirabella é simplesmente mais esperta do que todas nós imaginávamos? Uma morte "acidental" como essa não iria parecer um ataque contra ela.

— Ela não estava preocupada com ataques quando saiu de Rolanth pra assassinar Arsinoe na floresta. — Natalia olha de relance para Katharine. Aquele ataque mexeu com todas. Masthead fica a apenas meio dia de cavalgada de Indrid Down. A arrogante elemental chegara perto demais.

Natalia deixa a lareira e atravessa a sala para pôr a mão no pequeno ombro de Katharine. A mesa está uma bagunça. Parece que ela tirou venenos de todas as prateleiras e gavetas.

— O que você tem aqui, Kat? — pergunta ela.

— Nada ainda — responde a jovem rainha. — Isto ainda precisa ser fervido e concentrado. E depois tem que ser testado.

Natalia olha para o vidro contendo cinco centímetros de líquido âmbar. Não há fim para as combinações que podem ser criadas aqui. Em muitos aspectos, a sala de venenos em Greavesdrake é inclusive superior à câmara no Volroy. Em si, já é mais organizada. E abriga um grande estoque das misturas especiais feitas pela própria Natalia.

Natalia passa a mão carinhosamente pela madeira. Quantas vidas ela já não despachou desta mesa? Quantos maridos indesejados ou amantes inconvenientes? Tantos problemas do continente, cuidados aqui, para honrar a aliança e os interesses do rei consorte.

Ela leva a mão ao vidro, e Katharine se exaspera, como se Natalia precisasse ter mais atenção.

— Não derrame o líquido na madeira — explica Katharine, enrubescendo. — É cáustico.

— Cáustico? Quem exigiria um veneno assim?

— Não Arsinoe, com certeza — responde Katharine. — Ela ainda pode ter misericórdia.

— Misericórdia — resmunga Genevieve, escutando de sua cadeira ao lado da lareira.

— Mirabella, então? — sugere Natalia.

— Todo mundo está sempre dizendo que ela é muito bonita — comenta Katharine. — Mas isso é só na superfície.

Ela levanta os olhos para Natalia de maneira tão tímida que esta ri e beija o alto de sua cabeça.

— Natalia.

É seu mordomo, Edmund, empertigado ao lado da porta.

— Há uma pessoa aqui para vê-la.

— Agora? — pergunta ela.

— Sim.

Katharine olha do veneno para Genevieve. Ela não terminou, mas não gosta de ficar num lugar quando Genevieve está lá e Natalia não.

— Já basta por hoje — anuncia Natalia. Ela despeja o veneno com destreza no interior de um frasco de vidro e o tampa. Em seguida o joga para o alto e agarra-o. Quando ela abre as mãos para Katharine, o veneno não está mais lá, tendo desaparecido na manga de seu vestido. Um truque fácil e sempre bom para uma envenenadora aprender. Ela gostaria muito que Katharine fosse melhor nisso.

— Eu vou guardar isto aqui para você terminar mais tarde.

A visita está à espera de Natalia no estúdio. Não é um rosto desconhecido, mas inesperado. Trata-se de William Chatworth, o pai do primeiro pretendente, já sentado em uma de suas poltronas. A favorita dela.

— Posso lhe oferecer uma bebida? — pergunta ela.

— Eu trouxe a minha própria bebida. — Ele enfia a mão no bolso da jaqueta e exibe um frasco de prata. Seus olhos passam pelo bar com desprezo. Perduram sobre o conhaque com infusões de cicuta e com um belo escorpião preto suspenso perto do fundo da garrafa.

— Isso não era necessário. Nós sempre temos estoques de produtos sem veneno para nossos convidados.

— E quantos deles você envenenou acidentalmente?

— Nenhum que trouxesse consequências. — Ela sorri. — Nós nos associamos a continentinos há três gerações e jamais envenenamos algum que já não tivesse traços de toxinas em seu organismo. Não seja tão paranoico.

Na cadeira, Chatworth exibe um ar familiar, como se fizesse parte da decoração, como se na verdade a possuísse. Ele continua tão bonito e arrogante quanto quando eles se conheceram, anos atrás. Ela se curva e desliza a mão pelo ombro dele em direção a seu peito.

— Não. Hoje não.

— Apenas negócios, então. Acho que estou decepcionada. — Ela afunda na cadeira oposta à dele. William é um amante muito bom. Mas a cada vez que vão para a cama, ele parece pensar menos dela. Como se ela entregasse algo durante o processo que não conseguisse retomar após seu término.

— Eu realmente adoro o jeito como você fala — comenta ele.

Ela beberica seu drinque. Ele pode adorar o jeito como ela fala. Ele também aprecia sua aparência. Os olhos dele nunca param de se mover pelo corpo dela, mesmo agora, enquanto discutem negócios. Para os homens do continente, todas as estradas com mulheres levam, de uma maneira ou de outra, àquele ponto entre suas pernas.

— O que você achou do meu filho?

— Ele é um ótimo rapaz. Encantador como o pai. E me pareceu gostar bastante de Wolf Spring.

— Não se preocupe — comenta Chatworth. — Ele vai fazer o que lhe ordenarem. Nosso acordo ainda está de pé.

O acordo deles. Fechado muito tempo atrás, quando Natalia reivindicou um lugar onde Joseph Sandrin pudesse residir após seu banimento. Seu amigo e amante foi uma escolha fácil. Ela não foi capaz de matar Sandrin como gostaria de ter feito, mas não lhe negariam tudo. Há sempre algo a ser ganho se for prestada atenção o suficiente.

— Bom. Valerá muito a pena ele obedecer. Os acordos comerciais em si já vão elevar a fortuna de sua família a valores incalculáveis.

— Sim. E o resto?

Natalia termina seu conhaque e se levanta para se servir de mais uma dose.

— Você é tão fraco. — Ela gargalha. — Diga as palavras: "assassinatos", "assassinos" e "envenenamentos".

— Não seja vulgar.

Não é vulgaridade. Mas ela suspira.

— Sim. E o resto.

Ela matará quem quer que necessite ser morto, discretamente e a partir de uma distância grande, impossível de ser rastreada, contanto que a aliança deles perdure. Exatamente como ela fez, e os Arron fizeram, para a família de cada rei consorte.

— Mas por que você veio aqui? — Ela quer saber. — Tão urgente e inesperadamente? Não pode ter sido apenas para discutir antigos acordos.

— Não. Eu estou aqui porque descobri um segredo que não me agradou. Um segredo que poderia pôr um fim a todos os nossos planos bem delineados.

— E que segredo é esse?

— Eu acabo de chegar de Rolanth, onde fui intermediar um encontro entre meu filho e a Rainha Mirabella. E Sara Westwood me contou um segredo que eu imagino que você não saiba.

Natalia ri. Isso é improvável. A ilha é boa em permanecer escondida, mas terrível em esconder qualquer coisa dela.

— Se veio de Sara Westwood, você desperdiçou as pernas de seus cavalos. Ela não passa de uma mulher doce. Doce e devota. E duas outras palavras mais inúteis que eu nunca ouvi falar.

— A maior parte de Fennbirn é religiosa — observa Chatworth. — Se você tivesse um ouvido no templo, não precisaria que eu te contasse o que estou te contando agora.

Os olhos de Natalia lampejam. Se mergulhar seu abridor de cartas em seu conhaque, ela poderá esfaqueá-lo no pescoço. Seria uma disputa entre a morte por envenenamento ou pela perda de sangue.

— Elas estão planejando assassinar as rainhas.

Por um momento, as palavras soam tão ridículas que Natalia não consegue processar seu significado.

— O quê? É claro que sim. Todos nós estamos.

— Não — rebate Chatworth. — Eu me refiro ao templo. Às sacerdotisas. Depois da sua cerimônia no festival. Elas vão fazer uma emboscada para nos pegar. Elas vão matar a nossa rainha e a de Wolf Spring. Ela chamou isso de "Ano Sacrificial".

— Um Ano Sacrificial — repete Natalia. Uma geração de duas rainhas fracas e uma forte. Ninguém duvida da verdade disso. Mas ela jamais ouviu falar de rainhas fracas sendo mortas por sacerdotisas durante a Cerimônia da Aceleração.

— Luca — sussurra ela. — Como você é sagaz.

— E então? — Chatworth se curva à frente em sua cadeira. — O que faremos?

Natalia balança a cabeça e então fixa um sorriso vívido em seu rosto.

— Nós não faremos nada. Você já fez a sua parte. Deixe que os Arron cuidem do templo.

— Tem certeza? O que faz você pensar que vai conseguir?

— Apenas o fato de que nós temos conseguido nos últimos cem anos.

WOLF SPRING

Quando acorda, Arsinoe sabe que há algo errado com seu rosto. A princípio ela pensa que dormiu mal, talvez com a cabeça excessivamente colada no travesseiro. Exceto pelo fato de que está deitada de costas.

O quarto está quieto e intensamente iluminado como se fosse meio-dia; ela não sabe quanto tempo ficou dormindo. As cortinas em tons de azul e branco estão fechadas. Travessas com comida intocada abarrotam a escrivaninha.

— O urso — sussurra ela.

Jules aparece ao seu lado, cansada, seus cabelos castanhos num emaranhado de fios.

— Não se mexa — pede ela, mas Arsinoe ergue o tronco e se apoia sobre os cotovelos. Assim que o faz, seu ombro direito reclama.

— Pelo menos deixe eu te ajudar. — Jules a levanta e empilha alguns travesseiros atrás dela.

— Por que não estou morta? Onde está Camden?

— Ela está bem. Está ali.

Jules faz um gesto com a cabeça na direção de onde o puma se encontra deitado na cama de Jules. O grande felino parece estar relaxando em relativa tranquilidade. Ela tem alguns cortes, e uma de suas patas dianteiras está envolta por uma atadura e presa numa tipoia, mas poderia ser pior.

— O ombro dela está quebrado — explica Jules, baixinho. — Quando perceberam finalmente que ela precisava de socorro... Isso nunca vai sarar adequadamente.

— Foi culpa minha — afirma Arsinoe, e Jules baixa os olhos.

— Você podia ter morrido. Madrigal nunca deveria ter ensinado aquelas coisas.

— Ela estava apenas tentando me ajudar. Não foi culpa dela alguma coisa errada ter acontecido. Todos nós sabemos que isso às vezes acontece com magia baixa. Todos nós conhecemos o risco.

— Você diz isso como se, ainda assim, fosse tentar de novo.

Arsinoe franze o cenho. Ou pelo menos tenta. Sua boca não funciona adequadamente. E a bochecha está esquisita e pesada. Há uma parte em seu rosto que ela não consegue mais sentir, como se uma pedra tivesse nascido sob a pele.

— Abra uma janela, por favor, Jules.

— Claro.

Ela anda até o outro lado do quarto para abrir as cortinas. O ar fresco é um alívio. O quarto está com um odor estagnado, com cheiro de sangue e de excesso de sono.

— Luke esteve aqui — comenta Jules. — Ele trouxe biscoitos.

Arsinoe leva a mão ao rosto e tira os curativos.

— Arsinoe, não faça isso!

— Pegue um espelho pra mim.

— Você precisa ficar na cama.

— Não seja chata. Traga pra mim um daqueles de Madrigal.

Por um instante, parece que Jules vai se recusar a atendê-la. É nesse momento que o primeiro temor verdadeiro se instala. Mas, finalmente, ela sai do quarto para vasculhar a penteadeira de Madrigal até encontrar um espelho com um bonito cabo de madrepérola.

Arsinoe passa a mão boa pelos cabelos pretos, alisando-os onde estão eriçados pelo contato com o travesseiro. Em seguida, levanta o espelho e se olha.

Ela não pisca. Nem mesmo quando Jules cobre o rosto e começa a chorar. Ela precisa se obrigar a ver. Cada centímetro dos pontos avermelhados dados em seu rosto. Cada nó enegrecido que mantém coeso o que resta de sua face.

A maior parte de sua bochecha direita desapareceu, um espaço oco que deveria ser rechonchudo. Linhas de pontos escuros cruzam-lhe o rosto do canto da boca à parte externa inferior do olho. Uma linha maior de pontos cobre o oco de sua bochecha até abaixo do queixo.

— Bom, um fio de cabelo mais acima e eu precisaria usar um tapa-olho. — Ela começa a rir.

— Arsinoe, pare.

Ela observa os pontos esgarçarem no espelho até que sangue começa a escorrer por seu queixo. Jules tenta acalmá-la, chamando Cait e Ellis, mas Arsinoe apenas ri com mais intensidade.

Os cortes se abrem. O sal das lágrimas dela queimam. Sorte que ela jamais ligou para sua aparência.

Jules encontra Joseph no estaleiro da família, remexendo em um emaranhado de cordas e massame. Está um dia quente, e ele tirou a jaqueta e arregaçou as mangas da camisa. Ela o observa lugubremente enxugar o suor da testa. Ele tem o tipo de beleza que atrai todos os olhares.

— Jules — ele chama assim que a vê, soltando a pilha de massame. — Como ela está?

— Ela é Arsinoe. Arrancou os curativos. Estão recolocando agora. Eu não consegui ficar lá. Não estava mais aguentando.

Joseph esfrega os dedos num lenço para limpá-los. Ele pegaria a mão dela se imaginasse que ela permitiria.

— Eu ia levar flores pra ela. — Ele dá uma risada. — Dá pra imaginar? Eu quero ir lá vê-la, mas não sei se ela quer me ver. Se ela vai querer ser vista.

— Ela vai querer te ver — afirma Jules. — Arsinoe nunca vai se esconder de nada.

Jules se vira para encarar a água, obscurecida pelos barcos na doca, quase invisíveis depois do limite do píer.

— Estou me sentindo estranha — comenta ela. — Sem a Camden. Sem a Arsinoe. É como se eu tivesse perdido as minhas sombras.

— Elas vão voltar.

— Mas não como eram antes.

Joseph coloca timidamente os dedos no ombro dela até que Jules se curva na direção dele. Por um momento, parece que ele poderia abraçá-la, segurando todo o peso dela apenas com uma das mãos.

— Eu também a amo, Jules. Quase tanto quanto te amo.

Juntos, eles olham para a enseada. Está silenciosa, nada ali além de ondas baixas e vento, e parece que alguém poderia velejar para sempre.

— Joseph... queria que a gente tivesse conseguido tirá-la da ilha cinco anos atrás.

* * *

Billy não sorri ao entrar no quarto, e isso é bom. Ou melhor, pelo menos, do que os sorrisos forçados, trêmulos e culpados que os curadores e os Milone têm tentado exibir. Ele levanta a mão. Ele trouxe flores. Florações vibrantes em tom de amarelo e laranja, que não vêm de nenhuma estufa em Wolf Spring.

— Meu pai mandou buscá-las. Lá no florista favorito da minha mãe. Ele as enviou assim que nós ficamos sabendo. Antes que soubéssemos se você continuaria viva ou morreria. Ele disse que poderíamos usá-las de um jeito ou de outro, pra cortejar ou pra dar condolências. Devo pisoteá-las?

— Numa casa naturalista?

Ela pega as flores. As pétalas são pequenas e aveludadas, e o aroma é semelhante ao das laranjas que eles importam no verão.

— Elas são lindas. Jules vai conseguir mantê-las florescendo por muito tempo.

— Mas você não.

— Não. Eu não.

Ela deposita as flores na mesinha de cabeceira, perto da`janela e da casca enroscada e seca de sua samambaia de inverno morta. Billy coloca a jaqueta em cima de uma cadeira, mas em vez de se sentar nela, acomoda-se ao pé da cama.

— Como você veio parar aqui? — pergunta ele. — Se você realmente não possui uma... dádiva... então por que te colocar com os Milone? Por acaso eles ganharam na loteria ou qualquer coisa assim? Ou será que perderam?

Arsinoe ri, e uma sensação de dor intensa lhe acomete a lateral do rosto. Billy se curva para a frente enquanto ela segura a bochecha, mas não há nada que ele possa fazer. E além do mais, o riso valeu a pena.

— Nunca foi dito que eu era desprovida de dádiva — responde Arsinoe. — Pelo menos, não naquela época. Nenhuma de nós foi rotulada como desprovida de dádiva.

— Rotulada?

— A rainha sabe o que tem quando ela dá à luz as filhas. Então, ela nos deixa pra sermos criadas por uma parteira. Quando atingimos a idade ideal, nossas famílias nos pegam de volta. Foi Jules quem veio me buscar. Ela foi a única razão pela qual eu não fiquei aterrorizada. Ela apareceu num belo dia, segurando a mão da tia Caragh de um lado e a de Matthew do outro.

—Ah! — Billy se recosta na cadeira. — Tia Caragh e Matthew, o irmão de Joseph. Pelo que eu entendi, eles eram um casal bem firme.

— Eram, sim. Algumas pessoas diziam que ela era séria demais pra ele. Que ele era jovem demais. Mas eu nunca vou me esquecer do rosto dele quando a levaram.

Arsinoe limpa a garganta. Como ela deve estar com uma aparência ridícula, presa àquela cama e coberta de curativos, falando de amores perdidos.

— Você pulou na frente daquele urso por mim — diz ele.

— Você pulou na frente dele por mim antes.

Ele dá um leve sorriso.

— E então Jules o matou — completa ele. — Eu antes achava que ela era forte demais pro seu próprio bem e dos outros. Mas nós tivemos uma sorte enorme de ela estar lá naquela hora.

— Sim. E eu vou me certificar de tê-la comigo quando for tentar de novo.

— De novo? Arsinoe, você quase foi morta.

— E se eu não tentar novamente, com certeza serei.

Eles olham fixamente um para o outro. Billy é o primeiro a desviar o olhar.

— As rainhas simplesmente sabem. O que as filhas são. — Ele sacode a cabeça. — Vocês são tão estranhos, de tantas maneiras diferentes.

— Você já deve ter ouvido que rainhas não são pessoas de verdade — rebate ela. — Portanto, quando nós matamos uma a outra, não é uma pessoa que estamos matando. — Ela baixa os olhos. — É o que eles dizem. Não sei mais se isso é verdade.

Mas, verdade ou não, pouco importa. É o costume da ilha. E está quase na hora de começar. O Beltane chega com o degelo. Logo, logo a ilha vai começar a se mexer, de fora para dentro, na direção de seu coração. Todas as grandes casas grudadas umas nas outras por três noites no Vale de Innisfuil.

— Uma carta do meu pai chegou ontem — comenta Billy. — Mas eu não a abri. Sei que está escrito nela que terei que me encontrar com Mirabella, e eu não quero me encontrar com ela.

— Você quer que eu vença. Você quer se casar comigo.

Billy sorri.

— Eu não quero me casar com você. Você não tem nenhuma das características adequadas de uma esposa. Mas eu não quero que você morra. Você virou minha amiga, Arsinoe.

Ele pega a mão dela e não a solta, e ela fica surpresa pela maneira como o gesto é bastante significativo. As palavras dele são sinceras, muito embora ela saiba que, mesmo assim, ele vai se encontrar com Mirabella.

— Quer ver? — Ela toca o rosto.

— Agora nós somos crianças? — pergunta ele. — Vamos comparar os machucados?

— Se fôssemos, eu venceria.

Ela vira a cabeça e tira os curativos. Os pontos esgarçam na bochecha, mas não sangram.

Billy se demora. Ele vê tudo.

— Será que eu deveria mentir e te dizer que já vi piores? — pergunta ele, e ela balança a cabeça em negativa. — Há uma rima sobre vocês, sabia? Lá de onde eu venho. Meninas declamam os versos enquanto pulam corda.

Três bruxas de negro num vale vêm ao mundo,
Pequenas doces trigêmeas
Nutrem um ódio profundo

Três bruxas de negro, lindas de se ver
Duas a serem devoradas
E uma Rainha por ser

— É assim que as pessoas se referem a vocês no continente. Bruxas. É isso o que o meu pai diz que vocês são. Monstros. Bestas. Mas você não é um monstro.

— Não — repete ela, baixinho. — E nem o resto de nós. Mas isso não muda o que precisamos fazer. — Ela pega a mão dele e aperta suavemente. — Volte para a casa dos Sandrin, Júnior. Volte e leia a sua carta.

Indrid Down

Pietyr Renard jamais foi convidado a entrar no Volroy, mas sempre sonhou com isso. Desde que era criança e seu pai lhe contava histórias. Não há nada nos corredores para captar som, dizia ele. O Volroy dispensa ornamentação, como se houvesse coisas importantes demais em seu interior para perder tempo com tapeçarias. Somente as câmaras onde o Conselho se reúne possuem algo que não seja superfícies pretas, e este algo é uma escultura em relevo representando florescências naturalistas e fogos elementais, toxinas envenenadoras e a carnificina do guerreiro. Ele costumava fazer um esboço da parte envenenadora para Pietyr, carvão sobre papel branco, um ninho intrincado de víboras sobre um leito de pétalas de oleandro.

Ele prometeu levar Pietyr lá assim que ele atingisse a maioridade. Mas isso foi antes da casa no campo e de sua nova esposa.

— Por aqui — indica um serviçal, que conduz Pietyr escada acima na Torre Leste, onde Natalia está à sua espera.

Ele não precisa de fato de um guia. Já percorreu o Volroy milhares de vezes em sua imaginação.

Ao passar por uma janela, observa a Torre Oeste. Imensa e intimidadora, ela anula quaisquer outras estruturas a seu redor. De perto, não dá a mesma impressão de quando vista de um ponto distante, retalhando o céu como uma faca entalhada. Daqui, parece apenas preto e mau, mantendo-se muito bem trancado até a chegada da nova rainha.

O serviçal para diante de uma pequena porta e faz uma mesura. Pietyr bate e em seguida entra.

A sala é um pequeno estúdio circular que quase se parece com o casebre de uma sacerdotisa, um espaço esquisito esculpido numa rocha. Ao lado da janela solitária, Natalia parece quase grande demais para ela.

— Entre.

— Fiquei surpreso por você me convocar a vir aqui.

— Eu sabia que você estava esperando por isso. Um vislumbre de seu prêmio. Como você imaginou?

Pietyr olha a vista na janela e assobia.

— Devo admitir que eu sempre pensei que deveriam ser três torres em vez de duas. Três, para três rainhas. Mas agora eu entendo. A construção é estonteante! Mesmo duas é uma conquista suprema.

Natalia atravessa a sala e se curva diante de um pequeno aparador, seus passos altos como os cascos de um cavalo numa rua de paralelepípedos. Há poucos locais onde o piso é revestido. Deve ser um suplício para as pernas dos serviçais.

Natalia serve duas taças contendo um líquido cor de palha. Vinho de Maio. Ele pode sentir o cheiro da janela. É uma escolha estranha. Uma bebida para uma criança envenenadora. Ele pega a taça e cheira, mas não detecta nenhum acréscimo de toxinas.

— A que estamos brindando? Não tomo Vinho de Maio há anos. Minha madrasta costumava fazer pra mim e meus primos no verão. Adoçado com mel e suco de morango.

— Exatamente como eu costumava fazer para Katharine — lembra Natalia. — Ela sempre gostou muito dessa bebida. Embora, a princípio, ela ficasse enjoada como um cão, coitadinha.

Pietyr toma um gole. É muito bom, mesmo sem estar adoçado.

— É de uma vinícola de Wolf Spring. Os naturalistas podem ser uma corja imunda, mas sabem como cultivar uvas. Um pequeno sol em cada fruta, dizem eles. — Natalia ironiza.

— Tia Natalia, qual é o problema?

Ela sacode a cabeça.

— Você é um rapaz religioso, Pietyr? Você sabe muitas coisas sobre o templo?

— Não muito. Marguerite tentou me levar para esse caminho depois que ela e o papai se casaram. Mas já era tarde demais.

— Nunca é tarde demais. Ela persuadiu seu pai a abandonar o Conselho, não foi? A renunciar à capital e à família. — Natalia suspira. — Eu gostaria muito que Paulina não tivesse morrido. Foi um imenso insulto a ela Christophe se casar com Marguerite.

— Sim. Mas não foi isso que fez você me chamar aqui.

Natalia ri.

— Como você é parecido comigo. Tão direto. E você está certo. Eu te convoquei porque o templo está fazendo uma manobra contra nós. Você já ouviu boatos acerca de algo chamado "Ano Sacrificial"?

— Não.

— Não fico surpresa. Você anda muito isolado com Katharine. O Ano Sacrificial se refere a uma geração de rainhas em que uma delas é forte e duas são fracas.

— Uma geração como essa atual.

— Exato. E essa parte da história é verdade. Inclusive eu me lembro de uma passagem contada pela minha avó, que lhe foi contada por sua avó. Mas o templo decidiu fazer um desvio de rota.

— Como?

— Elas estão dizendo que, em Anos Sacrificiais, as duas rainhas mais fracas são atacadas por uma turba após a Cerimônia da Aceleração.

— O quê? — Ele deposita a taça de vinho com as mãos ligeiramente trêmulas, e um pouco do conteúdo respinga na saliência da janela.

— Elas estão dizendo que, nesses anos, uma grande multidão se insurgia e decepava os braços e as cabeças dos corpos das rainhas, jogando tudo no fogo. E elas pretendem fazer isso com Katharine e Arsinoe. Estão tentando fazer de Mirabella uma Rainha de Mão-Branca.

Pietyr prende a respiração. Rainhas de Mão-Branca são muito amadas pelo povo. Só são menos amadas do que uma Rainha Azul. Mas não se tem notícia de uma Rainha Azul há duzentos anos.

— Essa parte do Ano Sacrificial não é verdadeira — afirma Natalia. — Pelo menos não foi dessa maneira que ouvi.

— Então a velha Luca está tão desesperada assim, é? Deve haver algo de errado com a elemental delas.

— Talvez. Ou talvez o templo esteja apenas aproveitando uma oportunidade. Pouco importa. O que importa é que nós sabemos.

— E como nós sabemos? — Pietyr quer saber.

— Fui informada por um passarinho tolo do continente. Ele sussurrou em meu ouvido.

Pietyr passa as mãos no rosto. Katharine. A doce Katharine. Elas pretendem tirar seus braços e sua cabeça. Pretendem queimá-la.

— Por que eu sou a única pessoa aqui, Natalia? Onde estão Genevieve e Lucian e Allegra?

— Não contei a eles. Não há nada que possam fazer. — Ela olha pela janela, para além da cidade e para o campo. — Nada nesta ilha acontece sem o meu conhecimento. Ou pelo menos era o que eu pensava. Mas o que sei realmente é que toda lâmina cerimonial que o templo possui está a caminho de Innisfuil. Todas as sacerdotisas estarão armadas.

— Então nós também nos armaremos da mesma maneira!

— Nós não somos soldados, sobrinho. E mesmo que fôssemos, não há tempo. Nós iríamos precisar de todos os envenenadores da cidade. Em Innisfuil, os elementais e as sacerdotisas do templo estarão em um número três vezes maior do que nós.

Pietyr segura a tia pelo braço e aperta com força. Ele pode não tê-la visto com frequência enquanto estava crescendo, mas sabe o suficiente, pelas histórias de seu pai, para reconhecer quando ela está fora de si. A matriarca dos Arron não aceita simplesmente ter perdido o jogo.

— Nós não vamos ficar parados olhando a nossa rainha ser decapitada. — Então, Pietyr suaviza as mãos e a voz. — Não a nossa Katharine. Não a nossa Kat.

— O que você faria para salvá-la, Pietyr? No Beltane, nós somos quase impotentes. As sacerdotisas supervisionam tudo, da Caçada à Aceleração. Vai ser quase impossível fazer alguma manobra em meio a elas.

— Quase impossível — corrige ele. — Mas não impossível. E eu vou fazer o que tiver que ser feito. Vou fazer qualquer coisa.

Ela franze o lábio.

— Você a ama.

— Amo. — responde ele — E você também.

Wolf Spring

Ellis entalha uma máscara para Arsinoe cobrir seus cortes. É tão fina e tão bem ajustada que consegue repousar no rosto apenas com a ajuda do nariz, mas ele esculpe pequenos buracos nas laterais e em seguida coloca fitas pretas que serão amarradas na parte de trás da cabeça. A máscara é preta e laqueada, e se estende sobre a bochecha sã e a ponte do nariz para se afunilar em seu queixo na lateral direita. Ele pinta vívidas faixas em tom vermelho sobre a superfície da máscara, ao longo da bochecha e a partir do olho, a pedido dela.

— Vai deixar uma baita impressão nos pretendentes — comenta ele. — Quando eles saírem de seus barcos. Eles vão imaginar quem você é. E o que se esconde atrás da máscara.

— Vão ficar horrorizados ao descobrir. — Arsinoe toca Ellis no braço quando ele franze o cenho. — A máscara ficou maravilhosa. Obrigada.

— Deixe eu te ajudar a colocá-la — pede Jules.

— Não. Melhor guardá-la. Para o Desembarque, como diz Ellis.

Cait concorda com severidade.

— Boa ideia. É algo muito bonito pra ser usado por aí sem nenhum motivo.

Ela bate palmas, fazendo voar farinha para todos os lados. Está enrolando a massa para uma torta com as últimas compotas de maçã do outono. Jules já cortou longas listras para a treliça. Madrigal também ajudaria, mas naquela manhã ela não foi vista em parte alguma.

Do lado de fora, alguma coisa farfalha de encontro ao canto da casa, perto do galinheiro. Jules olha pela janela.

— É o Billy. Ele ficou agarrado no arbusto de uva-espim. Deve ter entrado pelo pomar.

— Eu vou lá. — E Arsinoe se afasta da mesa. É um alívio sair da cama e estar de pé novamente. Talvez ela o leve para subir a trilha da colina. Ou talvez não. A trilha da colina serpenteia perto demais da árvore curvada, aonde nenhum Milone quer que ela vá. Mas, ah, como ela está se coçando para ir.

Do lado de fora, Billy está chutando os espinhos.

— Que droga de planta demoníaca é esta?

— Uva-espim — explica Arsinoe. — Cait as planta ao redor do galinheiro pra desencorajar as raposas. O que você está fazendo aqui?

Ele para de lutar.

— Essa não é uma recepção das mais calorosas. Eu vim te ver. A menos que você esteja num clima pesado.

— Clima pesado?

— Chateada. Deprimida. Sombria. Mal-humorada. — Ele ri. — Deus, vocês às vezes são tão estranhos.

Ele estende a mão, e ela o puxa do arbusto.

— Imaginei que você talvez quisesse sair um pouco daqui. Sair um pouco do seu leito de convalescência.

— Olha, isso, sim, é uma boa ideia.

Ele a leva até a enseada, para uma das docas dos Sandrin. Ali há um simpático barco pesqueiro com velas azul-claras e um casco pintado de amarelo. Arsinoe não pode de fato velejar. Está proibida de fazê-lo desde que tentou fugir. Mas a proibição não é oficial.

É um bom dia para se estar na água; a enseada está calma, como ela está acostumada a vê-la, e algumas das cabeças das focas, que dão nome ao lugar, aparecem perto do ponto das rochas.

— Vamos. Pedi à sra. Sandrin que preparasse um almoço pra nós. — Billy levanta uma cesta coberta por um pano. — Galinha frita e batatas. Creme azedo. Ela disse que era um dos seus pratos favoritos.

Arsinoe avalia a cesta, bem como os olhares mal disfarçados do sr. Bukovy enquanto regateia preços com dois comerciantes do mercado. Sobre o que eles estão fofocando ultimamente? A rainha com as cicatrizes. Atacada pela irmã na floresta e quase morta por um urso. Mesmo aqueles que são leais terão suas dúvidas agora. Inclusive Luke.

— Galinha frita?! — Ela entra no barco.

Billy solta a corda. Não demora muito e já estão passando pelas focas e velejando para o norte, ao longo da costa oeste da ilha.

— Se formos mais longe, pode ser que a gente veja esguichos — comenta Arsinoe. — Baleias. Devíamos ter trazido a Jules. Ela poderia fazer com que elas puxassem o barco, e a gente poderia prender as velas.

Billy ri.

— Você parece quase amarga, sabia?

Quase não. Totalmente. Tantas vezes ela desejou ter apenas uma fração da dádiva de Jules. Ela toca os talhos cobertos pelo curativo na bochecha. Eles não estarão nem cicatrizados para o Beltane. Estarão vermelhos, com casquinhas e feiosos.

— Quando é que você vai embora pro Desembarque?

— Logo, logo. Longmorrow Bay não fica muito distante. Meu pai diz que nós não vamos parar à noite, e se o vento firmar, ficaremos até adiantados. Além do mais, só precisamos chegar até o Porto da Areia. Depois é uma procissão lenta até o interior da baía. Sei disso porque o Joseph me contava as histórias.

— Tenho a impressão de que ele te contou tudo.

— Eu devia ter prestado mais atenção. Mas nada disso era real pra mim até eu passar pela névoa e observar Fennbirn ficando maior e maior.

Arsinoe olha para trás, na direção da ilha. Ela parece diferente vista do mar. Mais segura. Como se não respirasse e exigisse sangue.

— Estou decepcionado pelo fato de os pretendentes perderem a Caçada. Essa é a única parte do festival que me parece realmente divertida.

— Não fique tão triste. Quando for rei consorte, você vai liderar a Caçada todo ano. E mesmo que não se torne o rei consorte, os pretendentes participam da Caçada aos Veados ano que vem, antes do casamento.

— Você já esteve no lugar onde a gente está indo? Em Innisfuil?

— Não. Embora seja bem próximo do Chalé Negro, onde eu nasci.

— E onde Caragh, a tia de Jules, está agora — relembra Billy. — Isso vai ser difícil. Ela está tão próxima. Será que Jules e Madrigal vão tentar vê-la? Você acha?

— Jules pode ficar tentada, mas ela não vai desobedecer o decreto do Conselho. Por mais injusto que seja. E quanto a Madrigal, ela e Caragh nunca se gostaram mesmo.

— Nenhuma irmã gosta da outra nesta ilha? — pergunta ele, e Arsinoe ri.

— Por falar em irmã, você não deveria estar cortejando a minha? Por que você não está em Rolanth com Mirabella?

— Eu não quis ir, depois que você se feriu. Eu vou vê-la no festival, como todo mundo.

As palavras dele dão a Arsinoe uma agradável sensação na barriga. Ele é uma boa pessoa, esse continentino. E embora não estivesse mentindo quando disse que ela daria uma esposa ruim, ele dará um bom rei consorte para uma de suas irmãs. Ela não ousa imaginar que ele dará um bom rei consorte para ela. Tais esperanças são perigosas.

Billy solta as velas ao direcionar o barco para longe da ilha, entrando no mar aberto.

— Nós não deveríamos nos afastar tanto — alerta Arsinoe. — Senão, vai estar escuro na hora de voltarmos.

— Nós não vamos voltar pra Wolf Spring.

— O quê? — pergunta ela. — Então pra onde estamos indo?

— Eu estou fazendo o que qualquer sujeito civilizado deveria fazer. Estou tirando você daquela ilha. Vamos direto pelo Sound até chegarmos em casa. Você pode desaparecer, se quiser. Ou pode ficar comigo. Eu vou te dar qualquer coisa de que você precisar. Mas lá você não pode ficar.

— Ficar com você?

— Não exatamente comigo. Eu vou precisar voltar pro festival. Se eu não retornar, meu pai vai arrancar o meu couro. Mas se eu não me tornar rei, vou voltar pra te encontrar. E minha mãe e as minhas irmãs vão ajudar nesse meio-tempo.

Arsinoe fica em silêncio. Ela não esperava por isso. Ele está tentando salvá-la, afastando-a daquele perigo pela força. É uma atitude bem continentina. E uma atitude bem corajosa para com uma amiga.

— Eu não posso permitir que você faça isso. Você vai ser punido se eu sair da ilha.

— Eu vou dar um jeito de parecer que você me jogou pra fora do barco e me deixou nadando no mar. Você já tentou isso antes; ninguém vai duvidar de mim.

— Júnior. — Ela olha para o mar, em parte esperando ver a rede de névoa se formando. — Eu não vou ter como sair. Por acaso, Joseph não te contou?

— Vai ser diferente desta vez. Este barco não é de Fennbirn. Ele é meu, e pode ir e voltar como bem entende. — Ele toca o mastro como se estivesse acariciando o pescoço de um cavalo. — Eu mandei buscá-lo. Da última vez que o meu pai foi pra casa, mandei ele rebocá-lo pra mim. Um presente pro Joseph, eu disse a ele. Pra nós dois velejarmos.

Arsinoe sente uma esperança lhe subindo pela garganta. Ele faz isso parecer possível.

— Billy. Você tem sido um bom amigo pra mim. Um amigo como eu nunca tive. Mas eu não posso ir. Além do mais, você deveria ter fé. Mesmo com esse rosto arruinado, eu ainda posso vencer.

— Não, você não pode. Arsinoe, elas vão te matar. E não vai ser antes do festival do ano que vem. Não vai ser algum dia ou daqui a alguns meses. Vai ser agora. Meu pai me contou o que elas estão planejando. Foi por isso que ele mandou a carta. As sacerdotisas daquela maldita ilha dos infernos. Elas vão triturar você e Katharine. Elas vão jogar vocês duas esquartejadas nas chamas e coroar Mirabella antes do amanhecer do dia seguinte.

— Isso não é verdade — rebate ela, mas, em seguida, escuta o que ele tem a dizer acerca do que descobriu sobre o complô e o Ano Sacrificial.

— Arsinoe, você acredita em mim? Eu não mentiria pra você. Eu jamais inventaria uma coisa dessas.

Arsinoe continua em silêncio. À sua direita está a ilha, permanente e imperturbável pelas ondas. Ancorada bem no fundo. Se ao menos houvesse uma maneira de arrancar uma parte dela e deixá-la à deriva. Se ao menos fosse apenas uma ilha em vez de um simpático cãozinho adormecido com areia nas patas e penhascos sobre os ombros esperando a hora de acordar e arrebentá-la.

— Seu pai pode estar errado.

Mas ele não está. Billy está dizendo a verdade.

Arsinoe pensa em Luke e nos Milone. Ela pensa em Joseph. Pensa em Jules.

— Nós lutaríamos. Muito embora a batalha fosse perdida de antemão. Mas eu pensava que teria mais tempo. Eu não quero morrer, Júnior.

— Não se preocupe, Arsinoe. Eu não vou deixar. Agora, segure esta corda. Ajude-me a ir mais rápido.

O Festival de Beltane

Vale de Innisfuil

Acampamento Westwood

— **Eles não encontraram nada.** Nenhum sinal dela. Ela não estava escondida em algum sótão de Wolf Spring, e os barcos não dragaram nada além de redes e peixes. Arsinoe sumiu.

— Ela não pode ter desaparecido — diz Mirabella, e Bree franze os lábios.

— Pode não ter, talvez não tenha — concorda Bree. — Mas está.

— Isso é bom — comenta Elizabeth. — Se ela fugiu, ninguém pode te forçar a lhe fazer algum mal. E ela não poderá fazer nenhum mal a você.

Mal. É um eufemismo para o que elas devem fazer. Mas ela não esperaria nada mais duro vindo de Elizabeth.

Mirabella está parada diante do espelho alto enquanto Bree a veste com um vestido longo preto. É confortável, solto e não pesado demais. Bom para ficar em casa num dia em que ela não precisa ser vista.

Elizabeth se ajoelha no chão, vasculhando os muitos baús em busca de uma escova de cabelo macia. Enquanto faz isso, se esquece de seu ferimento e bate o cotoco do punho no canto de uma das tampas. Ela agarra o braço com firmeza e morde o lábio. Pepper, o pica-pau, voa rapidamente para seu ombro.

— Elizabeth — chama Mirabella —, você não precisa fazer isso.

— Preciso, sim. Eu tenho que aprender uma maneira de usar isto aqui.

Sombras passam do lado de fora. Sacerdotisas, sempre à mão. Sempre vigilantes. Na pródiga tenda preta e branca de Mirabella, equipada com espessos tapetes e uma cama, macios travesseiros, mesas e cadeiras, é fácil se esquecer de que o lugar não é uma sala com paredes sólidas, mas feitas de tela e seda, onde elas podem ser facilmente ouvidas.

Bree termina o trabalho com o vestido e se coloca de pé ao lado de Mirabella em frente ao espelho.

— Você viu alguns dos rapazes aqui? — pergunta ela em voz alta. — Montando tendas ao sol e sem camisa? Você acha que os naturalistas são realmente tão selvagens quanto dizem por aí?

Mirabella prende a respiração. Rapazes naturalistas. Como Joseph. Ela não contou para Bree e Elizabeth o que aconteceu entre eles. Embora anseie por isso, ela tem medo de dizer em voz alta. Joseph estará no festival. Ela poderia vê-lo novamente. Mas ele estará com Juillenne Milone. E, independente do que aconteceu entre Mirabella e Joseph na praia e na floresta, apesar de terem ficado tão entrelaçados um no outro que nem puderam ouvir a tempestade, Mirabella sabe que a intrusa na história é ela própria.

— Provavelmente, não — responde Mirabella também em alto e bom som. — Mas eu tenho certeza de que você vai descobrir e depois vai me contar.

As sombras se movem, e Bree aperta o ombro de Mirabella. Vai ser um longo dia lá dentro, após dois longos dias de viagem. O percurso de carruagem de Rolanth até lá foi tão cheio de solavancos que o estômago de todas ficou um pandemônio, principalmente durante o trecho em volta da entrada do Porto da Areia, que fedia a sal e a peixe jogado numa praia quente.

Mirabella espia através da aba da tenda. Há tantas pessoas rindo e trabalhando no sol. Ela não viu muita coisa do vale. Foi mantida reclusa na carruagem até que a tenda estivesse pronta e imediatamente a levaram para dentro. A vista que teve, se é que teve alguma, foi dos penhascos antes do amanhecer e de árvores grossas e escuras cercando a ampla clareira.

As sacerdotisas dizem que ela deveria se sentir mais ela mesma ali. Mais como uma rainha, quando está no coração da ilha e tão perto da pulsação da Deusa no abismo profundo e escuro da Fenda de Mármore. Mas ela não se sente. Mirabella sente a ilha zumbindo sob seus pés e não gosta nem um pouco disso.

— Onde está Luca? — pergunta ela. — Eu mal a vi.

— Está ocupada com a busca — responde Elizabeth. — Eu nunca a vi tão agitada e zangada. Ela não consegue acreditar que a sua irmã pudesse agir de modo tão desafiador.

Mas essa é Arsinoe. Ela sempre foi assim, e parece que ter crescido em Wolf Spring apenas a fez pior. Mirabella pôde ver isso em seus olhos naquele dia na floresta. Ela viu isso também nos olhos de Joseph. Wolf Spring cria seus filhos para que se tornem pessoas desafiadoras.

— Luca também está ocupada supervisionando o que quer que eles estejam transportando naqueles engradados — informa Bree. — Caixas e mais caixas e mais caixas. E ninguém consegue dizer o que há dentro deles. Você sabe, Elizabeth?

A sacerdotisa sacode a cabeça em negativa. Isso não é nenhuma surpresa. O templo não confia mais nela, e apenas com uma das mãos, ela não seria de muita utilidade carregando caixas de um lado para o outro.

— Você acha — pergunta Elizabeth — que eles vão encontrá-la? Será que ela poderia ter fugido e continuado viva?

— Ninguém acha isso — responde Bree delicadamente. — Mas é melhor ela morrer desse jeito do que de qualquer outro.

Acampamento Arron

Os envenenandores chegam à noite, todo o seu clã descendo sobre o terreno do festival como formigas. Eles montam suas tendas ao luar e apenas com a ajuda das mais ínfimas lamparinas, trabalhando tão silenciosamente que, quando o dia irrompe sobre o acampamento fincado no chão, muitas das sacerdotisas de sono pesado miram o resultado literalmente boquiabertas.

Dentro de sua tenda, Katharine anda de um lado para o outro. Pietyr deveria lhe trazer o café da manhã, mas já saiu há um bom tempo e ainda não voltou. Não é justo ele ter liberdade para perambular pela campina enquanto ela deve permanecer dentro da tenda até o Desembarque. Talvez se ela pudesse encontrar Natalia, elas dariam uma volta juntas.

Ela põe o pé para fora da tenda e dá de cara com Bertrand Roman.

— Melhor ficar aí dentro, minha rainha. — Ele coloca suas imensas mãos enluvadas nos ombros dela para fazê-la atravessar novamente a aba e voltar para a tenda.

— Tire suas mãos dela. — Pietyr dá um passo entre os dois e empurra Bertrand para o lado, embora o gigantesco brutamontes não se afaste tanto.

— É apenas por segurança.

— Não estou nem aí. Nunca mais toque nela dessa maneira.

Ele desliza o braço para a cintura de Katharine e a conduz ao interior da tenda.

— Eu não gosto dele — diz ele.

— E eu tampouco. A última vez que o vi eu era uma criança e ele me mostrou como envenenar com leite de oleandro — lembra Katharine. — Só achei que ele não precisava ter feito a demonstração do veneno numa ninhada inteira de gatinhos!

— No entanto, quem melhor do que ele pra liderar uma escolta armada? — murmura Pietyr. — Nós não podemos relaxar com a sua segurança.

Mas havia outros que poderiam ser tão eficientes quanto. Escolher o brutal Bertrand Roman foi ideia de Genevieve. Disso Katharine não tinha a menor dúvida.

Pietyr sobe na cama improvisada de Katharine e dispõe os alimentos que encontrou. A maior parte da comida ainda se encontra empacotada ou está sendo cuidadosamente estocada para os banquetes. Mas ele conseguiu um pouco de pão, manteiga e alguns ovos cozidos.

— Pietyr, há uma flor no seu cabelo.

Ele leva a mão à cabeça e a tira da orelha. É apenas uma margarida, algo muito comum no campo.

— Onde você a conseguiu?

— Uma ou outra sacerdotisa — responde ele, e Katharine cruza os braços. — Kat. — Ele se levanta e a abraça. Beija seu rosto até ela começar a rir. Beija os lábios dela e o pescoço até ela deslizar as mãos para dentro da camisa dele.

— É injusto da minha parte ser ciumenta.

— Não tem problema. É a nossa sina. Levar um ao outro à loucura por causa do ciúme. Você vai beijar um pretendente e eu vou beijar uma sacerdotisa, e isso vai fazer o seu fogo por mim queimar ainda mais intensamente.

— Não me provoque — diz ela, e ele sorri.

Do lado de fora da tenda, envenenadores conversam enquanto se movimentam de um lado para o outro desempacotando baús. Começaram os preparativos para a Caçada da noite. Todo envenenador em Innisfuil logo estará colocando cordas nos arcos e preparando as bestas, mergulhando as pontas das flechas em diluições venenosas de rosa invernal.

— Eu gostaria muito de participar da Caçada — comenta Katharine. Ela anda até a cama e se ajoelha para passar manteiga em um pedaço de pão. — Seria legal pegar um cavalo, subir as colinas e ir atrás de codornas e faisões. Você vai a cavalo ou a pé?

— Nem de um jeito nem de outro. Vou ficar aqui com você.

— Pietyr. Não é necessário. Eu estarei chata, me preocupando com o *Gave Noir* e o Desembarque.

— Não. Não se preocupe com nada disso.

— Vai ser difícil pensar em qualquer outra coisa.

— Então, eu vou te ajudar.

Pietyr a puxa para junto de si e a beija novamente até ambos ficarem sem fôlego.

— Não pense nisso, Kat. Não se preocupe. — Ele a deita na cama. — Não tenha medo.

Ele se coloca sobre ela, seu hálito quente em seu ouvido. Algo mudou em Pietyr; seu toque é desesperado e ligeiramente triste. Ela imagina que seja porque ele sabe que logo eles serão separados por um ou outro pretendente, mas ela não diz uma palavra sequer, com medo de que ele pare. Seus beijos a deixam tonta, mesmo que ela não entenda quando ele passa o dedo por sua pele, primeiro onde o braço dela se encontra com o ombro e em seguida numa linha invisível ao longo da garganta.

Acampamento Milone

Jules levanta a marreta bem acima da estaca da tenda. Ela tem a intenção de bater. Mas quando faz o movimento, o impacto divide a estaca de madeira em dois. Um desperdício de uma estaca de excelente qualidade, mas pelo menos assusta as pessoas que estão assistindo a cena. Desde o desaparecimento de Arsinoe, Jules não tem um momento de paz sequer. Todos pensam que ela sabe para onde a rainha foi.

Até o pai de Billy. No dia seguinte ao desaparecimento do barco, William Chatworth finalmente fez uma visita aos Milone, mas apenas para bater na porta deles exigindo respostas. Exigindo punição. Mas não há ninguém a ser punido. A rainha sumiu, e Billy foi junto com ela.

Ellis se curva com seu spaniel branco, Jake, para pegar os restos da madeira.

— Eu não queria partir a estaca ao meio — lamenta Jules.

— Eu sei. Não se preocupe. Jake pode puxá-la de volta, e há outras no carrinho.

Jules esfrega a testa enquanto o cachorro começa a escavar a estaca. A principal tenda deles está disposta na grama como uma asa de morcego morto e exala um cheiro tão acre quanto. Não é nada semelhante às elegantes tendas que abrigam Mirabella e Katharine. Não que isso tenha alguma importância. Eles não precisam de fato montá-la. Sem Arsinoe, eles não precisavam nem ter vindo para Innisfuil.

Jules toca com a ponta dos pés a extremidade da tenda e um buraco nela que precisa ser remendado.

— Isso é uma vergonha. A gente devia ter tomado mais cuidado. Deveríamos tê-la tratado como uma verdadeira rainha.

— Nós fizemos isso — argumenta Ellis. — Nós a tratamos como se ela fosse uma rainha naturalista. Nariz na terra. Correndo conosco e pescando. Rainhas naturalistas são rainhas do povo; é por isso que elas dão rainhas tão boas, quando são fortes o suficiente pra conseguir assumir o trono.

— Fora!

Jules e Ellis se viram e avistam Cait expulsando Camden de sua tenda. Eva cacareja e bate as asas ao redor da cabeça do puma.

— Qual é o problema? — pergunta Jules.

— Nada de mais — responde Cait. — Ela só está atrás do bacon. — Ela faz um gesto com o queixo. — Olha o Joseph.

Ele faz uma saudação, caminhando ligeiramente curvado. Os olhos da ilha estão fixos nele desde que Billy e Arsinoe desapareceram.

— Olá, Joseph — diz Ellis. — Você e sua família já se assentaram? Onde estão acampados?

— Por aquele lado ali. — Ele aponta para o leste. — Embora os meus pais tenham decidido ficar com Jonah. Portanto, viemos somente Matthew e eu.

— Vocês já fizeram a varredura do terreno pra Caçada? — pergunta Cait.

— Não. Ainda não.

— Então é melhor começar. Você e Juillenne. Se vocês forem devagar, poderão levar essa fera com vocês.

À sua menção, Camden olha esperançosamente para Jules. Sua perna e ombro esquerdos dianteiros estão sarando sofrivelmente, mas seus olhos estão vívidos e com uma coloração verde-amarela. *Eu não sou inútil*, eles parecem dizer. *Ainda estou viva e ávida*.

— Vamos — sussurra Jules, e o puma galopa à frente em três pernas.

— Façam um bom trabalho — diz Cait. — Mais mortes ocorrerão este ano, só por conta de tantos pés colidindo uns com os outros. — Ela olha na direção da enorme campina. — Não vai demorar muito até que essas tendas comecem a se esparramar pelas praias.

E mais virão, além delas. Pessoas sem nenhuma tenda, para dormir ao relento.

— Jules — chama Joseph quando eles estão no meio das árvores.

— A vegetação rasteira não é densa — observa Jules.

Isso vai facilitar o ir e vir, mas caçar na escuridão das árvores é sempre perigoso. Pessoas tropeçam e são pisoteadas. Quebram os ossos no piso desnivelado. Ou então são atingidas por uma lâmina ou flecha descuidada.

— Jules. — Ele toca o ombro dela. — Como você está? Enfim, depois de tudo isso.

— A gente não deveria estar feliz? — pergunta ela, dispensando-o com um dar de ombros. — Não foi isso que a gente sempre quis, que ela encontrasse uma saída da ilha?

— Sim. Mas eu não achava que seria tão repentinamente. E sem uma palavra. Eu não achava que ela iria sem nós.

Os olhos de Jules ardem.

— Essa parte doeu. Mas eu não a culpo. Ela aproveitou a chance dela.

Camden segue à frente e rosna na beira de uma escorregadia depressão natural ao longo das margens alargadas de um córrego. Durante a Caçada, Cam será mantida no acampamento com os outros Familiares. Embora fosse adorar acompanhá-los, o lugar não é propício para os ossos trituráveis de cães e pássaros, e qualquer um deles poderia ser confundido com uma presa.

— Mirabella está aqui — comenta Jules. Pelo canto do olho, ela vê Joseph ficar tenso. — Você viu as carruagens que a trouxeram? Douradas e impecáveis. Os cavalos não tinham um pelo branco sequer. Se não fosse por toda a prata nos arreios, eles se pareceriam com sombras.

— Eu não os vi. Eu não a vi, Jules.

— Estou dizendo que é bom Arsinoe ter desaparecido — continua Jules. — Ela nunca venceria. De repente até poderia, se os Westwood ou os Arron estivessem bancando-a em vez de nós. Se tivéssemos sido capazes de dar a ela... qualquer coisa...

— Arsinoe era feliz. Ela era nossa amiga e foi embora. Você a fez forte o bastante pra que fosse capaz de fazer isso.

As orelhas de Camden apontam para trás quando um galho estala sob um pé. Outros caçadores vasculham a floresta. Joseph ergue um braço em saudação. Não é ninguém que eles conheçam. Provavelmente são naturalistas, mas poderiam ter qualquer dádiva. No Beltane, as pessoas se misturam e se mesclam, embora as tendas não reflitam isso. Os naturalistas estão acampados perto de outros naturalistas, e todas as tendas de Indrid Down e Prynn estão juntas. Mesmo durante a Caçada, apenas aqueles com a dádiva da guerra vão se aventurar fora de seus grupos, e somente eles, porque são tão poucos e sabem que a dádiva naturalista fornecerá uma melhor oportunidade para abater uma presa.

TRÊS COROAS NEGRAS   **221**

— Está quase na hora — observa Joseph. Seus olhos brilham intensamente. Por mais triste que esteja por causa de Arsinoe, ainda assim ele é um jovem lobo, e essa é a sua primeira vez correndo com o bando.

— Imagino que você não tenha tido nenhuma caçada tão grandiosa quanto esta no continente.

— Não. Nós caçávamos, mas não era nada assim. Era de dia, então podíamos enxergar, pra começo de conversa.

Ao longe, na direção do acampamento, alguém bate num tambor. O dia se transformou em noite sem que ninguém tivesse notado. Em breve, as fogueiras serão acesas e as pessoas saltarão sobre elas. Naturalistas vão trocar suas roupas por pele de cervo e listras de tinta em preto e branco em seus corpos.

Quando eles retornarem à campina, o sol já terá mergulhado atrás das árvores, deixando a luz com um melancólico tom amarelado. E Cait estava certa: na ausência deles, Innisfuil encheu a ponto de quase explodir. Tendas estão fincadas lado a lado com pouquíssimo espaço entre elas, e as trilhas e os fossos onde se encontram as fogueiras estão abarrotados de rostos excitados e sorridentes.

Eles alcançam a tenda de Joseph, e ele arranca a camisa.

— Você vai ficar com isso? — pergunta Jules, fazendo um gesto para suas calças marrons de continentino.

— Não vejo motivo pra não ficar. Todo mundo acha mesmo que eu sou do continente.

Ele a ajuda a tirar a camisa, restando apenas a macia túnica de couro e as perneiras. Ela não está muito no clima para caçadas, mas o sangue naturalista em suas veias não permitirá que fique para trás. Já a está impelindo na direção das árvores.

— Você vai me pintar? — pergunta Joseph. Ele está segurando um jarro com tinta preta.

A princípio, ela não sabe o que pintar. Então começa.

Ela mergulha quatro dedos e faz linhas ao longo dos ombros dele. Mergulha-os mais uma vez e desenha traços ao longo da bochecha direita antes de fazer o mesmo em si.

— Por Arsinoe — diz ela.

— Está perfeito. Mais uma só.

— Mais uma?

Ele a segura pelo punho.

— Eu deixaria as marcas de tinta da sua mão no meu coração.

A mão de Jules paira sobre o tórax dele. Em seguida, ela cobre a palma da mão de tinta, pressionando-a de encontro ao coração dele. Ao fazê-lo, encosta os lábios nos dele.

Ela estava com saudades desse toque. Do calor e da força de seus braços em volta dela. Desde Mirabella, às vezes parece que Joseph não voltou à ilha em momento algum. Mas ele está ali, mesmo que Arsinoe não esteja, e ainda que as promessas que fizeram um ao outro em relação ao Beltane, e sobre estarem juntos pela primeira vez, tenham sido desonradas.

Joseph abraça Jules com firmeza. Ele a beija como se estivesse com medo de parar.

Ela leva as mãos até o peito dele e o empurra para longe.

— Joseph. Isso foi um erro.

— Não — rebate ele, sem fôlego. — Não foi, não. A gente pode ficar aqui a noite toda, Jules. Não precisamos caçar.

— Não.

Ele toca o rosto dela, mas ela se recusa a olhá-lo nos olhos. O que ela veria ali talvez a fizesse mudar de ideia.

— Você nunca vai me perdoar?

— Por enquanto, não. Eu não quero ter a sensação de que tudo entre nós foi arruinado. Quero que as coisas se acertem e que tudo volte a ser como antes.

— E se isso nunca acontecer?

— Então a gente vai saber que nunca era pra ter sido mesmo.

A Fenda de Mármore

— É tão preto — comenta Katharine.

— É, sim — concorda Pietyr. — Mas você deveria saber o que é o preto, sendo uma rainha.

A voz dele vem de um ponto distante atrás dela. Ele se recusou a se aproximar demais da beira. Mas, assim que viu a Fenda de Mármore, Katharine se deitou de bruços e deslizou o corpo até a beira do abismo como se fosse uma cobra.

A Fenda é um abismo profundo no chão, conhecido como "o coração da ilha". Trata-se de um lugar sagrado. Dizem que não possui fundo e, ao vê-la, Katharine não consegue descrever sua escuridão. É tão preto que é quase azul.

Pietyr conseguiu tirá-la sorrateiramente do acampamento quando Natalia e Genevieve ficaram distraídas com a Caçada. Eles saíram sem fazer barulho e penetraram no interior da floresta ao sul de Innisfuil, onde a caçada é proibida, até que as árvores se abriram sobre a rígida formação rochosa cinzenta e na escura fissura na ilha, como uma ferida aberta por uma lâmina dentada.

— Venha aqui comigo — ela diz.

— Não, muito obrigado.

Ela ri e estica a cabeça sobre a beira. Pietyr não consegue sentir o que ela sente como rainha. Esse lugar é próprio para pessoas da linhagem dela.

Ela respira profundamente mais uma vez.

A Fenda de Mármore sente. A Fenda *é*, daquela maneira que tantos lugares sagrados em Fennbirn são, mas ali é onde todos os outros lugares se conectam. É a fonte. Tivesse Katharine sido criada nos templos como Mirabella, talvez dispusesse de melhores palavras para exprimir o zumbido no ar e de uma explicação para justificar a maneira como ele faz sua nuca ficar eriçada.

O ar denso e frio do local percorre seu sangue e a deixa tão tonta que ela ri.

— Kat, afaste-se daí agora.

— A gente já precisa ir embora? Eu gosto daqui.

— Eu não entendo por quê. É um lugar mórbido no meio do nada.

Ela repousa a cabeça na mão e continua a olhar para baixo, na direção da imensa fissura. Pietyr está certo. Ela não deveria gostar tanto desse lugar. Em gerações passadas, era o local onde se lançavam os corpos das rainhas que não haviam sobrevivido em seus Anos da Ascensão. Genevieve diz que eles se encontram empilhados no fundo do buraco. Despedaçados.

Mas agora Katharine não acha que seja isso. A Fenda de Mármore é tão vasta e tão profunda. Aquelas rainhas não podem estar esquartejadas lá no fundo. Elas ainda devem estar caindo.

— Katharine, não podemos ficar aqui a noite toda. Precisamos voltar antes do fim da Caçada.

Ela dá uma última e longa olhada na direção da negritude e suspira. Em seguida, levanta-se e tira a poeira do vestido. É melhor que eles voltem. Ela precisa descansar antes que o dia amanheça.

Amanhã eles vão se preparar para o Desembarque no pôr do sol, quando ela e Mirabella verão seus pretendentes pela primeira vez, bem como uma a outra. Ela imagina se a bela elemental ficará surpresa ao ver sua fraca irmã envenenadora com uma aparência tão saudável.

— Que desperdício — comenta Katharine. — Beijar aquele rapaz continentino, Billy Chatworth. Só pra ele fugir depois com Arsinoe.

— O que você quer dizer com beijar? Você o beijou?

— Claro que eu o beijei. Por que você acha que eu saí da sala de estar? Justamente pra você não ser obrigado a assistir.

— Foi gentil da sua parte, mas logo eu não serei mais capaz de evitar isso. Vai precisar fingir que eu não estou por perto, Kat. Você vai ter que fingir que eu não existo.

— Eu sei, mas estarei apenas fingindo. E nenhum deles vai tocar em mim aqui durante o Beltane. Eu só vou ficar a sós com eles depois da Aceleração.

Pietyr desvia o olhar, e Katharine anda até ele e o beija rapidamente. Ela roubará dele muitos outros beijos nesta e na próxima noite, escondidos dos olhares reprovadores de Genevieve.

— Nós não vamos nos separar — sussurra ela encostada aos lábios dele. — Muito embora tenhamos sempre que nos esconder.

— Eu sei, Kat. — Ele a abraça. Ela repousa a cabeça de encontro ao peito dele.

Vai ser difícil, mas não impossível. Eles ficaram muito eficientes em se esconder.

A Caçada

Quando a Caçada começou, Jules estava tão próxima de Joseph que eles estavam quase se tocando, parados perto da frente da horda naturalista enquanto os tambores batiam a contagem regressiva. A Alta Sacerdotisa soou a trompa, e eles saíram correndo com os demais, os únicos sons em seus ouvidos os gritos dos outros caçadores e a grama esmagada sob seus pés.

Eles permaneceram juntos por um tempo, correndo, à medida que as dádivas dos naturalistas atraíam presas espontaneamente para as árvores. Então, ela olhou para a direita e ele não estava mais lá.

Ela procurou por ele em todos os lugares onde imaginou ser possível encontrá-lo. Pegou inclusive uma das tochas para dar uma busca no chão, caso ele tivesse caído. Mas não o encontrou, e agora a floresta está quieta.

— Joseph? — chama ela.

Os outros naturalistas e aqueles poucos com a dádiva da guerra a deixaram bem para trás. Por um tempo, ela ouviu seus gritos de vitória, mas agora nem isso ela ouvia mais. Os envenenadores com suas lâminas e flechas maculadas assumiram os terrenos de caça na colina abaixo dos penhascos, e os elementais velozes e de pés leves inundaram a floresta ao norte, atrás da tenda de sua preciosa rainha.

— Joseph! — chama ela novamente e espera.

Ele deve estar bem. Ele está em forma e é um caçador habilidoso. É fácil se perder de um companheiro em meio a tamanha multidão de pessoas correndo em todas as direções; talvez tenha sido tolice deles tentar ficar juntos, para começo de conversa.

Jules segura a tocha e espia a escuridão. O ar noturno produz calafrios em sua pele agora que ela não está mais correndo. Após um momento, ela segue na direção oposta à tomada pelo bando. Ela já percorreu toda essa distância. Não há motivo para não encontrar alguma presa.

Mirabella está sentada diante de uma travessa contendo frutas e queijos. Ela se levanta rapidamente quando ouve um barulho semelhante ao de uma pancada do lado de fora de sua tenda. Instantes depois, Bree e Elizabeth arrastam para o interior da tenda guardas inconscientes.

— O que é isto? — pergunta ela.

Bree está muito bonita numa túnica preta cinturada com bainhas prateadas e botas altas e macias. Ela e Elizabeth usam mantos com capuz de lã cinza escura. Mantos de caça.

Mirabella estuda as sacerdotisas inconscientes. Pelo menos, ela imagina que estejam inconscientes. Estão ambas imóveis.

— O que vocês fizeram?

— Nós não as matamos — responde Bree num tom que sugere que ela não se importaria se tivessem feito isso. — Só estão drogadas. Um truque de envenenadora, eu sei, mas o que adianta ficar numa campina cheia de envenenadores por perto se você não consegue nem uma simples água de dormir?

Elizabeth entrega um manto cinza dobrado para Mirabella.

— Nós vamos ser descobertas — avisa Mirabella. Ela olha para Elizabeth, para o lugar onde sua mão deveria estar. — Nós não podemos correr esse risco.

— Não me use como desculpa — diz a sacerdotisa. — Eu posso ser do templo, mas elas não vão me controlar. — Por baixo do capuz, suas bochechas morenas estão rubras de excitação.

— Você será uma péssima sacerdotisa, um dia. — Bree ri, maliciosa. — Por que você continua naquele lugar, afinal de contas? Você poderia vir viver com a gente. Você não tem nada a ver com aquele povo.

Elizabeth empurra o manto para as mãos de Mirabella.

— Não é tão ruim assim ser uma pária. E o simples fato de as sacerdotisas terem se voltado contra mim não significa que a Deusa se voltou. Agora vamos. Não precisamos nos ausentar por muito tempo. Apenas o suficiente pra ver os naturalistas. Os verdadeiros caçadores, com penas presas nos cabelos e ossos pendurados no pescoço.

— E sem camisa — completa Bree.

— Nós podemos recolocar essas duas aqui em seus postos quando voltarmos — afirma Elizabeth. — Talvez elas acordem e fiquem envergonhadas demais pra admitir que caíram no sono.

Há uma adaga e um estilingue atados ao cinto de Bree, e uma besta pendurada no ombro de Elizabeth. Não para caçar, mas para proteção. Os olhos de Mirabella disparam na direção da mão ausente da amiga. Ela vai precisar de ajuda para recarregar a arma.

— Tudo bem — concorda ela, vestindo o manto. — Mas só se for rápido.

Jules ouve o urso antes de ver o covil escavado na encosta da colina. Ela move a tocha para que a luz ilumine a entrada, e o bicho a encara com olhos brilhantes e flamejantes.

Trata-se de um grande animal marrom. Ela não o procurava. Ela estava na trilha de um veado e teria alcançado sua presa na próxima elevação.

O urso não quer encrenca. Ele muito provavelmente se retirou para o covil de hibernação com o intuito de evitar os caçadores.

Jules saca a faca. É uma arma longa e afiada, perfeita para perfurar a pelagem de um urso. Mas a fera vai matá-la se decidir lutar.

O animal olha para a faca e fareja. Parte dela deseja que ele se aproxime. Jules fica surpresa ao se dar conta disso, do calor de sua raiva e do peso de seu desespero.

— Se você está procurando a rainha, chegou tarde demais.

Não é necessário ver os elementais ou os envenenadores para saber que os naturalistas terão o maior bocado de carne. Muitos caçadores abarrotam as árvores, e há muitos gritos de vitória. A maioria dos que Mirabella avista possui presas amarradas em seus cintos: coelhos ou bonitos e gordos faisões. Ninguém que participa do banquete dos naturalistas comerá cabrito criado no campo; disso, pode-se ter certeza.

Ela, Elizabeth e Bree correram um bom trecho com os caçadores. Talvez tenham se distanciado mais do que era sua intenção original. Mas os grupos se movem com muita rapidez. É quase impossível não se deixar apanhar no rastro deles.

— A dádiva dos naturalistas está ficando forte — observa Mirabella, pensando em Juillenne Milone e seu puma.

TRÊS COROAS NEGRAS   **229**

— Eu ouvi um boato — comenta Elizabeth — de uma garota que tem um puma como Familiar.

— Não é só boato — afirma Mirabella. — Eu a vi. Naquele dia na floresta, com a minha irmã.

— Com a sua irmã? — repete Bree. Ela parece estar alarmada. Mas à parca luminosidade da lua, é apenas uma forma sombreada.

— O que é? — pergunta Mirabella. — Qual é o problema?

— Não passou pela sua cabeça que os naturalistas também tenham ficado mais inteligentes além de mais fortes? Que eles talvez tenham escondido a força de Arsinoe todo esse tempo e que aquele puma seja, na verdade, dela?

— Eu acho que não — rebate Mirabella.

— E além do mais — acrescenta Elizabeth —, com puma ou não, Arsinoe desapareceu.

Mirabella concorda com a cabeça. Elas deveriam estar se encaminhando de volta ao acampamento. As sacerdotisas envenenadas logo vão acordar. Mas antes que ela possa fazer isso, um outro grupamento de caçadores as alcança, arrastando-as em sua corrida.

— Jules!

É apenas um sussurro áspero, praticamente impossível de ser escutado com todos aqueles gritos dos caçadores e o riso agudo de Bree e de Elizabeth.

— Jules!

Mirabella diminui a passada e em seguida para. Bree e Elizabeth correm sem ela.

— Joseph!

Ele está sozinho, segurando uma tocha quase apagada. Há marcas pretas em seu rosto e em seu ombro. Mas é ele.

Quando ele a vê, fica paralisado.

— Rainha Mirabella. O que você está fazendo aqui?

— Não sei. Eu provavelmente não devia estar aqui.

Ele hesita por um momento e então a pega pela mão e a puxa para trás de uma árvore de tronco largo, onde não serão vistos.

Nenhum dos dois sabe o que dizer. Eles seguram com firmeza as mãos um do outro. O queixo de Joseph está manchado de sangue, visível apenas à luz da tocha quase apagada.

— Você está ferido — nota Mirabella.

— Foi só um arranhão. Tropecei numa tora quando a Caçada começou. Perdi meu grupo.

Perdeu Juillenne, é o que ele quer dizer. Mirabella sorri ligeiramente.

— Parece que você se fere com certa frequência. Talvez você não devesse ter permissão pra ficar sozinho.

Joseph ri.

— Acho que não. Desde que voltei pra cá, eu tenho estado um pouco propenso a... acidentes.

Ela toca o rastro de sangue no queixo dele. Não é nada sério. Apenas intensifica seu ar selvagem quando aliado às listras pretas em seu rosto e nos ombros nus. Ela se pergunta quem as terá pintado e imagina os dedos de Jules deslizando sobre a pele de Joseph.

— Eu sabia que você estaria aqui. Mesmo depois da fuga de Arsinoe. Eu sabia. Eu tinha esperança.

— Eu não imaginei que te veria. Você devia estar escondida.

Escondida. Mantida prisioneira, sob pesada vigilância. Mas ela e Bree têm frustrado as tentativas do templo de mantê-la detida desde que eram crianças. É espantoso que as sacerdotisas já não tenham desistido a essa altura ou aprimorado a vigilância.

Mirabella desliza a mão pelo tórax de Joseph para se enroscar na base do ombro. Ele está quente por causa da corrida e sua pulsação se acelera com o toque dela. Ela se aproxima ainda mais dele até que seus lábios quase se tocam.

— Você não me conhece como conhece Jules — começa Mirabella —, mas me quer do mesmo jeito? O que aconteceu naquela noite, durante a tempestade, significou algo pra você?

Joseph respira fundo. Ele a mira com a cabeça baixa. Não lhe sobra mais muita resistência. Desde o início, ele não dispunha de nenhuma.

Ela desliza o outro braço em torno de seu pescoço e ele a beija com força, pressionando-a de encontro à árvore.

— Significou, sim — diz ele com o corpo colado ao dela. — Mas, meu Deus, eu gostaria muito que não tivesse significado.

Acampamento Arron

As presas dos envenenadores são, em sua maior parte, aves e uns poucos coelhos. Não é nada em comparação às presas dos naturalistas, mas era algo esperado. A Caçada é verdadeiramente a porção naturalista do Beltane.

Katharine se junta a Natalia na comprida e branca tenda-cozinha e a encontra com punhos bem enfiados em penas, depenando um faisão.

— Será que eu deveria ter trazido os serviçais? — começa Katharine.

— Não. Os poucos que nós trouxemos estão atarefados com outras coisas. Mas ainda há aves que precisam ser depenadas. O Beltane faz de nós todas serviçais.

Katharine arregaça as mangas de seu vestido e agarra a ave mais próxima. Natalia balança a cabeça indicando que aprova o gesto da outra.

— Pietyr tem exercido uma boa influência sobre você.

— Ele não me ensinou a depenar aves. Eu faço uma bagunça danada.

— Mas você tem autoconfiança. Você tem encantos. E cresceu desde que ele chegou.

Katharine retribui o sorriso e sopra penas para longe de seu nariz. A maior parte das aves é destinada aos banquetes, mas algumas das melhores são reservadas para a Cerimônia da Aceleração e para seu *Gave Noir*.

— Não foi por isso que você o trouxe pra Greavesdrake?

— Foi. Era tarefa dele tornar você uma mulher atraente, e ele o fez. — Natalia tem um pouco de sangue nos dedos. Ela está puxando as penas com muita força e cortou a pele. — Era tarefa minha desenvolver sua dádiva e te manter em segurança. E minha obrigação fazer de você uma rainha.

— Natalia, qual é o problema? Você parece achar que fracassou nessa tarefa.

— Talvez sim. — Então, baixa a voz até transformá-la num sussurro quase impossível de se ouvir, embora não haja mais ninguém na tenda e nenhuma sombra próxima à lona. — Eu tinha esperança de que a fuga de Arsinoe pudesse mudar os planos delas — prossegue Natalia. — Que ficariam ocupadas demais procurando aquela pirralha odiosa. Ou que considerassem isso desnecessário. Mas eu vi as caixas sendo transportadas e percebi o que havia dentro delas. Todas aquelas facas serreadas.

Do outro lado da mesa, Katharine continua trabalhando. O olhar distante e vago nos gélidos olhos azuis de Natalia e o pavor em sua voz deixam a rainha arrepiada até os ossos.

— Arsinoe sempre foi esperta — comenta Natalia. — Uma covarde, mas esperta. Usando aquele rapaz continentino pra dar o fora sem ninguém perceber... Quem teria imaginado que isso seria possível?

— Eu não acho que eles fizeram tal coisa. Penso que os dois estão no fundo do mar. Com um monte de peixes mordendo seu rosto.

Natalia ri.

— Talvez. Mas se ela está no fundo do mar, então não está aqui. E elas terão um único alvo.

— "Elas"? Natalia, do que você está falando? Há alguma coisa errada? Você acha que eu vou fracassar no *Gave Noir*?

— Não. Você não vai. Vai ser um sucesso espetacular.

Katharine enrubesce, envergonhada. O banquete é a coisa que mais lhe apavora. Desde muito antes da humilhação de seu aniversário. Fracassar diante de Natalia e Genevieve já é ruim o bastante. Fracassar diante da ilha será algo muito pior.

— Espetacular? Isso é pouco provável.

Natalia empurra as aves mortas para o lado. Seus olhos viajam por Katharine como se ela a estivesse vendo pela primeira vez.

— Kat, você confia em mim?

— Claro que sim.

— Então coma do banquete até que a sua barriga esteja estufada. — Sua mão avança para segurar a mão da jovem rainha com uma rapidez semelhante ao ataque de uma cobra. — Coma sem medo. E confie que não haverá nenhum veneno nele.

— O quê? Como?

— As sacerdotisas podem pensar que são espertas. Mas ninguém é melhor em truques com as mãos do que eu. E farei qualquer coisa pra que você pareça ser forte. Pra que ninguém possa dizer que este é um Ano Sacrificial.

Acampamento Milone

— **Nós costumávamos compartilhar** a nossa carne — conta Ellis —, em vez de dividir tudo em banquetes separados. Envenenadores, naturalistas. Guerreiros. Elementais. Até os sem dádiva. Nós éramos um só nos dias de festival quando eu era jovem.

— Quando foi isso, vovô? — pergunta Jules. — Cem ou duzentos anos atrás?

Ellis dá um risinho e manda Jake bicar os dedos dela em cima da mesa.

A manhã após a Caçada está quieta. Todos na campina estão ou trabalhando ou descansando. Ou cuidando de seus feridos. Conforme previsto, muitos dentro da grande horda ficaram feridos. Mas não há notícia de óbitos. Alguns começaram a sussurrar que esse Beltane é abençoado.

Mas não pode ser abençoado com Arsinoe desaparecida.

Camden sobe desajeitadamente no colo de Jules e fareja o corte no ombro dela coberto por um curativo. Não foi feito pelo urso. O grande animal marrom foi deixado onde ela o encontrou, aconchegado em seu covil. Em vez de enfrentá-lo, ela prosseguiu no encalço de seu veado e o abateu com rapidez, um corte com sua faca na garganta do animal. Mas enquanto ela o mantinha preso ao solo, seu casco acertou-lhe o ombro.

Jules leva a mão à mesa e fatia um graúdo pedaço do coração do veado para Cam.

— Aquele veado foi a melhor presa da Caçada — comenta Cait. — Esse coração deveria ir por direito para um cozido das rainhas.

— Mande o resto pra lá, então — sugere Jules. — Não tem nenhuma rainha aqui. E Arsinoe gostaria que Cam tivesse a porção dela.

Atrás da mesa, ouve-se um barulho na tenda de Madrigal. Jules franze o cenho e aperta seu puma. Ela está ouvindo esse barulho na tenda desde que acordou. Um burburinho e risos. Madrigal não está sozinha.

— Levante-se e saia daí — repreende Cait, dando um chute na tenda. — Há trabalho a ser feito.

A aba da tenda é erguida. Matthew a levanta para que Madrigal possa se agachar sob seu braço.

Cait e Ellis ficam petrificados. Matthew estava com Madrigal, mas isso não faz sentido algum. Ele ama tia Caragh. Ou amava. Os dedos de Madrigal deslizam pela abertura do colarinho da camisa dele, e ele sorri. Sorri, inclusive, como um inocente cão indo atrás de gravetos arremessados pelo dono.

Jules salta da mesa com tanta rapidez que derruba Camden.

— O que foi que você fez? — grita ela. E dá um forte tapa na mesa. Tudo ali em cima trepida — Saia de perto dele!

— Jules, não! — Ellis segura Camden pelo pescoço quando ela estava prestes a atacar. Matthew dá um passo para se colocar na frente de Madrigal e protegê-la, e Jules rosna.

— Eu... — começa Madrigal. — Eu...

— Eu não estou nem aí se você é minha mãe! Cale essa boca!

— Juillenne Milone.

Jules se aquieta. Ela cerra os punhos e os dentes, desviando rapidamente o olhar de Matthew e Madrigal para encarar a avó.

— Saia daqui agora — pede Cait calmamente. — Vá.

Jules respira fundo várias vezes, mas se acalma, e Ellis solta Camden. Ela gira nos calcanhares.

— Jules, espere — chama Madrigal.

— Madrigal. — É a voz de Cait. — Fique quieta.

Jules se dirige às pressas para o centro da multidão do Beltane. Ela se vê perdida em questão de segundos.

Por um tempo ela caminha sem propósito, uma garota enraivecida e um puma percorrendo uma trilha larga. Matthew e Madrigal aparentavam estar bastante tranquilos. Não pareciam nem um pouco com amantes recentes. Com as frequentes desaparições de Madrigal, é impossível determinar quando tudo começou.

— Eu a odeio — Jules diz baixinho a Camden.

A egoísta Madrigal, constantemente agindo sem pensar. Ela fomentara o caos durante toda a vida de Jules e jamais fizera nada para endireitar a situação além de beiço. Agora ela tem Matthew. Ela sempre gostou de tomar as coisas de Caragh. Até mesmo essa última coisa. A única coisa que Caragh deixara.

— Jules!

Ela se vira. É Luke tentando abrir caminho em meio às pessoas.

Ela não tivera certeza se ele viria ou não. O leal Luke. Ele acreditara em Arsinoe desde o início. Foi o único que jamais duvidou dela.

Quando alcança Jules, ele a envolve num caloroso abraço. Hank, o galo, adeja das costas de Luke para bicar um alô para Camden.

— Fico contente de você ter vindo — diz Jules. — Você é uma das únicas visões bem-vindas que eu tive neste festival.

Ele lhe estende um pacote embrulhado em papel-pardo.

— O que é isso?

— O vestido que eu fiz pra Arsinoe.

Jules aperta o tecido dentro da bolsa.

— Por que você o trouxe? Se ela não está aqui pra vesti-lo?

— Nunca foi para ela. Ela encomendou para você. Ela me disse para fazer um vestido bem-feito e que brilhasse. Para você e para os olhos do seu jovem.

Jules segura o pacote junto ao peito. A doce e tola Arsinoe, pensando nela em vez de em si mesma. Ou talvez não. Quem sabe ela só tenha feito isso porque já soubesse naquele momento que pretendia fugir.

— Ela realmente nos deixou, Jules? Ou foi o continentino? Ela foi levada?

Jules não consegue imaginar Arsinoe fazendo o que quer que fosse contra a própria vontade. Mas é possível. E a ideia confortará Luke.

— Eu não sei. Pode ser que sim.

Luke suspira. Ao redor deles, os rostos são joviais. Despreocupados rostos festivos. A maioria provavelmente está contente pelo fato de Arsinoe estar desaparecida. É menos um obstáculo no caminho de Mirabella. Agora há apenas Katharine. Uma envenenadora, cujos boatos a seu respeito indicam que se trata de uma pessoa fraca e doente.

— Tenho a impressão de que devíamos apoiar Mirabella agora — comenta Luke. — E penso que devemos começar a amá-la. Vai ser mais fácil fazer isso, já que ela não foi obrigada a matar a nossa Arsinoe.

Jules faz que sim com a cabeça, mas de um modo lúgubre. Ela nunca vai amar Mirabella, mas por seus pequenos motivos pessoais. Isso não significa que ela será uma rainha fraca.

— Eu vi os barcos dos pretendentes quando passei pelo Porto da Areia — continua Luke. — Cinco deles, embora o de Billy não conte de fato.

Jules repete o gesto com a cabeça, mais uma vez de um modo lúgubre, enquanto Luke lhe conta quais bandeiras ele viu nos barcos. Duas da terra do consorte de Bernadine. Uma de Camille. Uma de algum lugar que ele não conseguiu identificar. Mas Jules não está mais escutando. O barco do pai de Billy está em Innisfuil. Com Billy a bordo? De algum modo, ela acha que não. Ela duvida que Chatworth saiba mais acerca do destino de Billy e de Arsinoe do que qualquer outra pessoa.

— Estranho, não é? — pondera Luke. — A maneira como nós recebemos os continentinos em nosso seio apenas para mantê-los afastados depois.

No porto a sudeste, os barcos de delegações vão esperar até o pôr do sol, quando darão início à procissão rumo à Baía do Tempo. Lá, eles jogarão a âncora para efetivar o Desembarque. Estivesse Arsinoe com ela, e talvez Jules pudesse ter levado Camden até os penhascos para espionar. Agora isso tem pouquíssima importância. Que Mirabella escolha quem ela bem entender. Ele terá pouco poder na ilha. Reis consortes são figurantes. Símbolos da paz com o continente.

— O que é aquilo? — Luke aponta.

Sacerdotisas correm pela trilha dos penhascos numa fila preta e branca. Jules e Luke avançam para obter uma melhor visão. O mesmo fazem muitos outros. Pequena como é, Jules precisa pular para ver por cima das cabeças e ombros.

Há um tumulto próximo às tendas dos Westwood. Ou quem sabe seja na tenda da Alta Sacerdotisa. Elas estão tão próximas uma da outra que é difícil distinguir. Luke cutuca as costas de um sujeito alto.

— Oi, você sabe o que está acontecendo lá?

— Não dá pra ter certeza — responde o homem —, mas parece que pegaram a rainha traidora.

— Não pode ser.

— Acho que é isso, sim. Há várias sacerdotisas chegando agora.

— Deixe a gente passar! — grita Jules. Mas a multidão está compacta demais. Ela rosna, e Camden ruge e salta de encontro às costas do homem,

TRÊS COROAS NEGRAS   **237**

retalhando sua camisa. As bordas do tecido ficam tingidas de vermelho e ele dá um grito.

A multidão se separa. Eles também gritam com ela: horríveis xingamentos naturalistas a respeito dela e de sua fera. Mas ela não liga. Atrás dela, Luke foi buscar Cait e Ellis. Se for realmente Arsinoe, algo que Jules espera, mas teme, ela precisará de todos eles.

Acampamento da Alta Sacerdotisa

Não demora muito para que o Conselho Negro se reúna na tenda designada por Luca. A tenda é pequena e está praticamente vazia, com apenas uns poucos tapetes e pilhas de caixas em seu interior. É frágil e impermanente, mas o peso das pessoas sob ela a torna tão substancial quanto uma rocha sólida.

Os envenenadores Paola Vend e Lucian Marlowe, e Margaret Beaulin, dotada com a dádiva da guerra, estão em um dos lados com Renata Hargrove. Natalia Arron está postada na cabeceira. A cabeça da cobra, como Luca às vezes a chama. Atrás dela estão os outros Arron do Conselho: Allegra, Antonin, Lucian e Genevieve. Esta se encontra perto do ombro de Natalia. Ela é os ouvidos de Natalia no Conselho, dizem. Sua faca no escuro. Mirabella antipatiza com ela assim que a vê.

É somente por acaso que Mirabella está lá. Ela estava com Luca quando as sacerdotisas chegaram com a notícia da captura de Arsinoe, e Luca não teve tempo de discutir com ela a inconveniência de sua presença.

Do outro lado da tenda, Mirabella e Jules se encaram por breves instantes. É um momento carregado em meio a vários momentos carregados, e não dura muito. Mas depois de tudo, Mirabella se lembrará da ferocidade visível na fisionomia de Jules e o quanto ela se assemelhava ao puma que se encontrava ao seu lado.

— A Rainha Mirabella não deveria estar aqui — observa Natalia com sua voz fria e equilibrada. Ela é a única pessoa na tenda cujo coração não parece estar batendo. — Ela não tem voz ativa no Conselho.

— Há muitos aqui que não têm voz ativa no Conselho — observa Cait.

— Cait — reconhece Natalia —, é claro que você pode ficar. Na condição de família adotiva, todos os Milone têm permissão para ficar.

— Sim, e nós agradecemos — responde Cait sarcasticamente. — Mas é mesmo verdade? Ela foi realmente encontrada?

— Em breve saberemos — responde Luca. — Enviei algumas sacerdotisas até o litoral para recolher os viajantes, seja lá quem forem.

O Conselho Negro exprime desprezo à menção dos "viajantes", e Natalia faz com que se calem como se fossem crianças.

— Se um desses viajantes for de fato Arsinoe, então a Rainha Mirabella será obrigada a sair. Você sabe melhor do que ninguém que elas não devem se encontrar antes do Desembarque.

— Elas já se encontraram uma vez — informa Luca. — Uma outra ocasião não causará dano algum. A rainha ficará. Ela ficará e permanecerá em silêncio. Assim como você, jovem Milone.

O puma empina as orelhas. Os Milone mais velhos colocam, cada um deles, a mão nos ombros de Jules.

As sacerdotisas retornam da praia com passadas brutas e corpos aos solavancos. Mirabella escuta tensa a multidão murmurando e arquejando. E então a aba da tenda se abre, e as sacerdotisas lançam Arsinoe para dentro.

Mirabella morde o interior de sua boca para conter o choro. É difícil dizer a princípio que aquela é Arsinoe. A moça está encharcada e trêmula, em posição fetal no fino tapete do templo. E seu rosto está arruinado por profundos cortes com pontos visíveis.

As sacerdotisas montam guarda com as mãos nos cabos de suas facas. Elas são ridículas. A menina mal consegue se levantar, quanto mais correr.

— O que aconteceu com o rosto dela? — pergunta Renata Hargrove, enojada.

— Então houve de fato um urso — murmura Genevieve por sobre o ombro de Natalia.

Os cortes com os pontos estão bem vermelhos. Irritados pela água salgada.

Mais barulho ribomba do lado de fora da tenda, e outras duas sacerdotisas entram com um rapaz se debatendo entre elas. Em meio a suas roupas empapadas e cheias de areia, Mirabella o reconhece como o rapaz que estava na floresta quando Arsinoe e Jules encontraram Joseph. Ele estava segurando os cavalos na ocasião. Ela pensara que se tratava de um serviçal. Mas ele deve ser o pretendente, William Chatworth Jr.

O rapaz se livra das sacerdotisas com um safanão e se ajoelha perto de Arsinoe, trêmulo.

— Arsinoe, vai dar tudo certo.

— Arsinoe, eu estou aqui! — grita Jules, mas Cait e Ellis a contêm.

Lucian Marlowe se aproxima e puxa Chatworth pelo colarinho.

— O rapaz deve ser executado — diz ele.

— Talvez — pondera Natalia. — Mas ele é um delegado. — Ela dá um passo na direção dele e segura seu queixo. — Você estava ciente do que fazia quando levou Arsinoe, continentino? Você tentou ajudá-la a fugir? Ou ela assumiu o controle de sua embarcação e fugiu por conta própria?

A voz dela é cuidadosamente neutra. Qualquer pessoa escutando acreditaria que ela não se importa nem um pouco com a resposta dele.

— Nós fomos surpreendidos por uma tempestade — responde ele. — Mal conseguimos chegar aqui inteiros. Não tivemos nenhuma intenção de escapar.

Margaret Beaulin ri alto. Genevieve Arron balança a cabeça.

— Ele não sabia — sussurra Arsinoe do carpete. — Eu o convenci. Fui eu o tempo todo.

— Muito bem. — Natalia faz um gesto e duas sacerdotisas levam Billy pelos braços.

— Não — reclama ele. — Ela está mentindo!

— Por que deveríamos acreditar na palavra de um continentino contra a palavra de uma das nossas rainhas? — pergunta Natalia. — Leve-o para o porto. Mande avisar o pai dele. Diga-lhe que estamos bastante aliviados pelo fato de que ele retornou são e salvo. E corram. Ele não tem muito tempo para se recuperar até o Desembarque.

— Este lugar é uma loucura — rosna Billy. — Não toquem nela! Não ousem tocar nela!

Ele luta, mas não é difícil removê-lo, exausto como está.

Sem a presença dele, todos os olhos recaem sobre Arsinoe.

— Isso é uma infelicidade — comenta Renata.

— E um desprazer — emenda Paola. — Teria sido melhor se ela tivesse continuado perdida. Se tivesse se afogado. Agora vai ser uma confusão.

Genevieve desliza de trás de Natalia e se curva perto do ouvido de Arsinoe.

— Ela agiu de modo bastante estúpido. Outro barco e outro rapaz. Ela nem mesmo bolou um plano diferente.

— Afaste-se dela. — A voz de Jules Milone é um rosnado. Genevieve olha por um momento para o puma, como se estivesse em dúvida sobre qual das duas havia efetivamente falado.

— Quieta — repreende a Alta Sacerdotisa. — E você, Genevieve, volte para o seu lugar.

Genevieve contrai o maxilar. Ela olha para Natalia, mas esta não discorda. No Beltane, o templo dita as regras. A Deusa dita as regras, goste o Conselho Negro ou não.

Luca se ajoelha diante de Arsinoe. Ela segura as mãos da rainha nas suas e as esfrega.

— Você está um gelo — observa. — E está parecendo um peixe de barriga pra cima. — Ela faz um gesto para uma das sacerdotisas. — Traga água para ela.

— Eu não quero água.

Luca suspira. Mas sorri delicadamente para Arsinoe, tentando ser paciente.

— O que você quer, então? Você sabe onde está?

— Eu tentei me afastar de vocês — começa Arsinoe. — Tentei fugir, mas a névoa não deixou. Nós lutamos. Nós remamos. Mas a névoa nos reteve como uma rede.

— Arsinoe, não diga mais nada — pede Cait.

— Pouco importa, Cait. Porque eu não consegui ir embora daqui. Nós ficamos presos naquela neblina até que fomos cuspidos bem no meio daquele maldito porto.

Os braços de Arsinoe tremem, mas seus olhos não lacrimejam. Eles estão vermelhos e inflamados, cheios de ódio e desespero, mas permanecem fixos no rosto da Alta Sacerdotisa.

— Ela sabe? — pergunta Arsinoe. — A sua preciosa rainha sabe o que você está planejando?

Luca respira fundo. Ela tenta se afastar, mas Arsinoe não a deixa ir. Sacerdotisas avançam para ajudar e agarram Arsinoe pelos ombros.

— Ela sabe que você está planejando me matar?

As sacerdotisas forçam Arsinoe a ficar de bruços no tapete. Jules grita, e Ellis segura Camden com firmeza pelo pescoço para impedi-la de pular.

— Ela sabe? — berra Arsinoe.

— Mate-a — diz Luca calmamente. — A fuga não pode ser perdoada uma segunda vez. — Ela faz um gesto para as sacerdotisas, e estas sacam suas facas.

— Cortem a cabeça e os braços dela. Arranquem o coração do corpo. E joguem tudo na Fenda de Mármore.

Arsinoe luta à medida que as sacerdotisas se movem em direção a ela. Elas a imobilizam no chão. Erguem suas facas. O Conselho acompanha a cena em estado de choque. Nem mesmo os envenenadores estavam preparados para isso. A única pessoa que não está ligeiramente verde é a dotada da dádiva da guerra, Margaret Beaulin.

— Não! — grita Jules novamente.

— Tire-a daqui — diz Natalia. — Para o bem da menina, Cait. Ela não precisa ver isso.

Cait e Ellis lutam com Jules e a arrastam para fora da tenda. Mirabella dá um passo à frente e pega Luca pelo braço.

— Você não pode fazer isso. Não aqui. Não agora. Ela é uma rainha!

— E ela terá os ritos fúnebres de uma rainha, embora morra em desgraça.

— Luca, pare! Pare com isso agora!

A Alta Sacerdotisa empurra Mirabella delicadamente para trás.

— Você também não precisa ficar. Talvez fosse melhor se nós a escoltássemos para fora daqui.

Sobre o fino tapete, Arsinoe grita enquanto as sacerdotisas investem contra ela, esforçando-se para manter os membros da jovem na posição horizontal. Parece que ela está chorando lágrimas vermelhas, mas são apenas os pontos em seu rosto começando a esgarçar.

— Arsinoe — sussurra Mirabella. Arsinoe costumava perseguir Katharine como um monstro ao longo da margem enlameada. Ela estava sempre suja. Sempre brava. Sempre rindo.

Uma das sacerdotisas coloca um pé nas costas de Arsinoe e puxa seu braço com força suficiente para destroncá-lo. Arsinoe emite um ganido. Não lhe resta muita força para lutar. Não será difícil serrar seus braços e sua cabeça.

— Não! — grita Mirabella. — Vocês não vão fazer isso!

Ela convoca a tempestade quase sem perceber. O vento sacode as laterais da tenda e arranca as abas. As sacerdotisas em cima de Arsinoe estão tão focadas que não reparam em nada até que o primeiro raio abala o chão abaixo delas.

Os membros do Conselho Negro se espalham como ratos. Antes que ela possa mandar as chamas das velas em seu encalço, ou fazer raios caírem diretamente em suas cabeças, Luca e as sacerdotisas tentam convencê-la a ser sensata, mas Mirabella traz a tempestade com muito mais força. Metade da tenda desaba sob a força do vento.

No fim, todos correm.

Mirabella coloca Arsinoe no colo e tira o cabelo salgado e imundo do rosto da irmã. A tempestade se acalma.

— Está tudo bem agora — diz Mirabella suavemente. — Vai ficar tudo bem com você.

Arsinoe pisca os olhos escuros e exaustos.

— Você vai pagar por isso.

— Eu não me importo. Que eles executem nós duas.

— Pfff — bufa Arsinoe. — Eu gostaria de vê-los tentando.

Mirabella beija a testa da irmã. Ela está fraca e febril. Os ferimentos nodosos que percorrem seu rosto estão inchados e ligeiramente abertos. Cada pedacinho dela deve estar cantando de dor. No entanto, Arsinoe não estremece.

— Você é feita de pedra — diz Mirabella, tocando a bochecha cheia de pontos de Arsinoe. — É espantoso alguma coisa ter sido capaz de te cortar.

Arsinoe luta para escapar dos braços de Mirabella. Também é assim a irmã da qual ela se lembra. Sempre selvagem, não afeita a afagos.

— Tem água? — pergunta Arsinoe. — Ou será que você a transformou numa flecha pra acertar bem no coração de Natalia Arron?

Mirabella pega a jarra do local no chão onde a tempestade a jogou. A maior parte do conteúdo foi derramada, mas ainda há um pouco, balançando nos lados.

— Não há muito. Eu não me concentrei. Apenas queria que elas se afastassem de você. Foi como aquele dia no Chalé Negro.

— Eu não me lembro desse dia. — Arsinoe levanta a taça e engole o conteúdo avidamente. Há uma chance de ela vomitá-lo assim que se levantar.

— Então tente. Tente se lembrar.

— Eu não quero. — Arsinoe deposita a taça no chão. Leva algum tempo, mas por fim ela acaba conseguindo se levantar.

— Seu ombro — diz Mirabella. — Tenha cuidado.

— Eu vou pedir pra Jules recolocá-lo no lugar. É melhor eu ir agora.

— Mas — diz Mirabella — o Conselho e Luca... Eles estarão esperando.

— Ah. — Arsinoe dá um passo e prende a respiração. Em seguida dá outro passo. — Acho que não vão estar, não. Acho que você deixou as coisas bem claras.

— Mas se você me deixar...

— Deixar o quê? Escute aqui, eu sei que você acha que fez algo realmente grandioso agora. Mas eu estou aqui. Eu fui capturada. Todas nós estamos presas.

— Você me odeia, então? Você quer me matar?

— Sim, eu te odeio. Sempre odiei. E não tentei escapar pra te poupar. Não teve nada a ver com você.

Mirabella observa a irmã mancando em direção à abertura da tenda.

— Acho que tenho sido muito estúpida. Acho que...

— Pare com esse ar tão triste. E pare de olhar pra mim desse jeito. Isso é o que nós somos. Pouco importa o fato de não termos pedido por isso.

Arsinoe agarra a aba da tenda. Ela hesita como se talvez pudesse dizer mais coisas. Como se estivesse arrependida.

— Te odeio um pouco menos agora — diz ela baixinho, e então vai embora.

Acampamento Milone

Jules está esperando por Arsinoe pouco além da tenda parcialmente caída. Arsinoe não quer um ombro no qual se amparar, mas aceita o braço de Jules e ajusta o colarinho da camisa sobre o rosto. Isso pelo menos fornece um pequeno escudo contra as cusparadas e as cascas de fruta que são arremessadas à medida que ambas navegam pelas multidões.

— Todo mundo pra trás! — grita Jules. — Ninguém diga coisa alguma!

As pessoas de fato recuam, graças a Camden. Mas dizer elas dizem, e muito.

— Exatamente como estar em casa, hein? — comenta Arsinoe num tom soturno.

Dentro de sua tenda no acampamento Milone, a salvo de olhares indiscretos, Cait e Ellis tratam dela. Luke e Joseph estão lá também. Até Madrigal. Quando Ellis recoloca no lugar o ombro de Arsinoe, Luke choraminga.

— A Rainha Mirabella se atém às regras — diz Ellis. — Ela não permitirá que as sacerdotisas façam mal a uma rainha antes da hora.

— Foi por isso que ela as deteve? — pergunta Jules. — Ou será que quer apenas fazer isso ela própria?

— Seja lá qual for a razão, acredito que o templo verá que é mais difícil controlá-la do que havia imaginado — observa Ellis.

— Billy está bem? — pergunta Arsinoe. — Alguém tem notícias?

— Ele estava bem quando elas o escoltaram até o porto — informa Joseph. — Tenho certeza de que ele está lá agora, preparando-se pro Desembarque.

— O Desembarque — repete Madrigal. — Não temos muito tempo até o pôr do sol.

— Fique quieta, Madrigal — repreende Jules. — Ela não tem que se preocupar com isso.

— Não — rebate Arsinoe. — Eu tenho, sim. Eu estou aqui e não vou permitir que vocês se encrenquem ainda mais por minha causa.

— Mas... — diz Jules.

— Eu prefiro muito mais subir aqueles penhascos do que ser arrastada por sacerdotisas.

Cait e Ellis trocam olhares solenes.

— Nesse caso, é melhor terminarmos os preparativos para o banquete — anuncia Cait. — E desenterrar os nossos trajes pretos cheios de naftalina dos armários.

— Eu posso ajudar — diz Luke. Ele está com uma aparência ótima, bonito e vivaz, em suas roupas de festival. Mas Luke está sempre mais bem vestido do que o resto de Wolf Spring. — Se vou ficar pra comer, é meu dever participar do trabalho pesado. — Ele pega a mão de Arsinoe e a aperta. — Estou contente por você estar de volta. — Então ele segue Cait e Ellis tenda afora.

Arsinoe se senta na cama improvisada com almofadas e cobertores. Ela poderia dormir por dias, mesmo numa tenda que fede a mofo, sem nenhum móvel exceto um baú de madeira e uma mesa com uma garrafa cor de creme cheia d'água.

— Eu deveria torcer o seu pescoço — diz Jules.

— Seja simpática comigo. Meu pescoço foi quase cortado não faz nem uma hora.

Jules serve um copo d'água a Arsinoe antes de se sentar no baú.

— Eu preciso te contar uma coisa — começa Arsinoe. — Preciso contar a todos vocês.

Eles se aproximam. Jules e Joseph. Madrigal. Eles a escutam dizer o que Billy lhe havia contado. Acerca do Ano Sacrificial e do complô das sacerdotisas para assassinar Katharine e ela própria.

— Isso não pode ser verdade — reage Jules quando Arsinoe termina a explanação.

— Mas é. Eu vi isso estampado nos olhos da velha Luca — afirma Arsinoe, suspirando. — É melhor que o Luke não fique aqui. Alguém deveria tirá-lo daqui. Ele se colocaria entre mim e as facas de mil sacerdotisas, e eu não quero que ele se machuque.

— Espere — diz Joseph. — Nós não podemos desistir agora, depois de tudo isso. Deve haver alguma maneira... alguma maneira de detê-las.

TRÊS COROAS NEGRAS **247**

— Passar a perna na Alta Sacerdotisa durante o Festival de Beltane? — pergunta Arsinoe. — Pouquíssimo provável. Você devia... — diz ela, e faz uma pausa. — Você devia tirar Jules daqui também, Joseph. Pelo mesmo motivo do Luke.

— Eu não vou a lugar nenhum — rebate Jules. Seus olhos faíscam para Joseph como se ele pretendesse segurá-la naquele exato momento.

— Eu não quero que você veja isso, Jules. Não quero que nenhum de vocês veja.

— Então nós vamos impedir que isso aconteça — afirma Madrigal.

Eles se viram e olham para ela. Ela parece estar bastante segura de si.

— Você disse que o templo está usando a desculpa do Ano Sacrificial — repete Madrigal. — Uma rainha forte e duas fracas.

— Exato — confirma Arsinoe.

— Então nós vamos fortalecer você. Elas não vão poder atacar depois da Aceleração se a ilha não enxergar nenhuma fraqueza. A mentira delas não vai se sustentar.

Arsinoe olha para Jules e para Joseph.

— Talvez funcione — pondera Arsinoe com o ar cansado. — Mas não há como me tornar forte.

— Espere — interrompe Jules. Seus olhos estão dispersos e distantes. Seja lá o que esteja pensando, ela parece tão distraída que nem mesmo reage quando Camden cutuca sua perna com as garras muito afiadas.

— E se houvesse um jeito de fazer você *parecer* forte? — Seus olhos se voltam para Arsinoe. — E se amanhã à noite, no palco, você chamar o seu Familiar e ele chegar na forma de um grande urso marrom?

Arsinoe toca distraidamente os cortes em seu rosto.

— Do que você está falando?

— Eu vi um grande urso marrom na floresta do lado oeste — explica Jules. — E se eu conseguisse fazer com que ele acompanhasse você? Eu poderia segurá-lo naquele palco.

— Isso é demais mesmo pra você. Um grande urso, no meio das multidões e do agito... Você não conseguiria controlá-lo. Ele me despedaçaria na frente de todo mundo. — Arsinoe inclina a cabeça. — Embora eu tenha a impressão de que preferiria que ele fizesse isso comigo do que as sacerdotisas.

— Jules consegue — afirma Madrigal. — Mas apenas segurar o urso no palco não vai ser suficiente. Ele deve ser obrigado a obedecer você, ou então ninguém vai acreditar. Nós vamos precisar atar o animal a você através do sangue.

Jules segura a mãe pelo pulso.

— Não. Chega disso.

Madrigal se livra da mão da filha.

— Juillenne. Não há escolha. E, ainda assim, será perigoso. Não vai ser um laço com um ser Familiar. Você não poderá se comunicar com o urso. Ele será mais ou menos como um bicho de estimação.

Arsinoe olha para Camden. Ela não é um bicho de estimação. Ela é uma extensão de Jules. Mas é melhor um bicho de estimação do que uma garganta cortada ou perder a cabeça e os braços.

— Do que a gente precisa? — pergunta Arsinoe.

— Do sangue do urso e do seu.

Jules respira fundo, trêmula. Joseph a pega pelo cotovelo.

— Isso é demais — diz ele. — Segurar um urso é uma coisa, mas tirar o sangue dele? Deve haver alguma outra maneira.

— Não há.

— É perigoso demais, Jules.

— Você esteve longe muito tempo — intervém Madrigal. — Você não sabe do que ela é capaz.

Jules põe a mão sobre a mão de Joseph.

— Confie em mim agora. Você sempre confiou antes.

Joseph contrai o maxilar. Parece que todos os músculos de seu corpo estão prestes a explodir por causa da tensão, mas ele consegue balançar a cabeça afirmativamente.

— O que eu posso fazer pra ajudar? — pergunta ele.

— Ficar longe — responde Jules.

— O quê?

— Sinto muito, mas é exatamente isso o que eu quero dizer. Essa é a coisa mais difícil que já pedi até hoje à minha dádiva. Eu não vou poder me distrair. E tenho que começar o quanto antes. Vai levar um certo tempo pra tirá-lo da floresta. Vou precisar trazê-lo contornando o vale, onde ele não será visto. Mesmo que eu vá em sigilo até lá hoje à noite, depois que todos estiverem dormindo, pode ser que eu não consiga fazer isso a tempo. E se a Caçada o levou para um ponto mais distante...

— É a nossa única chance — repete Arsinoe. — Jules, se você estiver disposta, eu faria essa tentativa.

Jules olha de relance para Madrigal e em seguida faz que sim com a cabeça.

— Eu parto hoje à noite.

O Desembarque

Arsinoe é a última rainha a tomar seu lugar no topo dos penhascos para o Desembarque. Quando ela percorre o caminho trilha acima, atravessando a campina, o vale já está vazio. Todos estão reunidos na praia, parados ao lado das altas tochas acesas à espera dos barcos.

Arsinoe ajusta a máscara em seu rosto. Mesmo o mais leve toque em seus cortes inflamados lhe causa dor. Mas ela precisa usar a máscara. Ela quer usá-la, depois de Ellis ter passado por tanto trabalho. Além disso, as listras vermelhas parecerão ferozes em contraste com a luz da fogueira. Embora talvez não tão ferozes quanto seus ferimentos.

Ela sobe o pavilhão improvisado no topo dos penhascos e olha para baixo na direção do povo. Eles verão o que verão. Usando calças pretas, uma camisa e um colete igualmente pretos, Arsinoe não se esconde.

No pavilhão mais afastado de Arsinoe está Katharine, imóvel como uma estátua, cercada pelos Arron. Um vestido preto sem alças abraça com firmeza a jovem rainha, e gemas pretas adornam seu pescoço. Uma cobra viva desliza pelo seu punho.

Na plataforma central, o vestido de Mirabella forma ondas ao redor de suas pernas. Ela está com os cabelos soltos, e estes caem por seus ombros. Ela não olha para Arsinoe; mantém os olhos fixos à frente. Mirabella se posta como se ela fosse *a* rainha e não houvesse motivo para olhar em direção a qualquer outro lugar.

Os Arron e os Westwood se afastam de seus pavilhões. Arsinoe entra em pânico e segura a mão de Jules.

— Espere. O que eu devo fazer?

— A mesma coisa que você sempre faz. — Jules pisca.

Arsinoe aperta com força a mão dela. Deveria ser Jules ali postada entre as tochas, bela no vestido feito por Luke. Na tenda, Madrigal deu um toque vermelho e cobre nos lábios de Jules e trançou seus cabelos com fitas nas cores cobre e verde-escuro para combinar com a fita na barra do vestido. Se fosse Jules na plataforma, a ilha veria uma bela naturalista com seu puma, e eles não teriam nenhuma dúvida.

Arsinoe olha de relance para baixo, na direção da praia, e sua cabeça gira.

— Estou com medo — sussurra ela.

— Você não tem medo de nada — argumenta Jules, antes de descer a trilha do penhasco para esperar com sua família.

Os tambores começam a soar, e o estômago de Arsinoe dá sinais de náusea. Ela ainda está fraca por causa do barco, com a barriga cheia de água salgada.

Ela estica as pernas e apruma os ombros. Ela não cairá e nem ficará enjoada. Tampouco tombará do penhasco para o deleite de suas irmãs.

Arsinoe olha novamente para Mirabella, muito bonita e nobre sem nenhum esforço, e para Katharine, que é adorável e tem uma aparência tão malévola quanto um vidro escuro. Em comparação às outras, Arsinoe não é nada. Apenas uma traidora e uma covarde. Desprovida de dádiva, inatural e cheia de cicatrizes. Em comparação às outras, ela não é nem um pouco rainha.

Na baía, cinco barcos do continente estão ancorados, à espera. Enquanto Arsinoe observa, cada barco envia seu bote; cada bote carrega um rapaz que deseja se tornar um rei da ilha. Todos os botes estão decorados e iluminados com tochas. Ela imagina qual deles pertence a Billy. Ela espera que o pai tenha sido gentil com ele quando de seu retorno.

Os tambores aceleram o ritmo, e as pessoas desviam o olhar das rainhas para observar a aproximação dos botes. A multidão, toda de preto, deve proporcionar uma visão imponente para quem chega à costa, mas apenas um pretendente parece estar com medo: um rapaz bronzeado de cabelos escuros com uma flor vermelha na lapela. Os outros se curvam para a frente, sorridentes e ansiosos.

O bote de Billy segue lentamente atrás à medida que os outros aportam na costa. Os pretendentes ainda estão muito distantes para que palavras e apresentações sejam feitas. Isso acontecerá mais tarde. O Desembarque é uma verdadeira cerimônia. Primeiros olhares e primeiros rubores.

Arsinoe levanta o queixo quando o primeiro rapaz faz uma mesura para Katharine. Esta sorri e devolve uma mesura parcial. Quando ele cumprimenta Mirabella, ela faz um aceno de cabeça. Quando ele finalmente faz uma mesura para Arsinoe, demonstra surpresa nos olhos, como se ele não tivesse notado que ela estava ali. Ele olha fixamente para a máscara dela por um longo tempo. Então oferece apenas uma mesura parcial.

Arsinoe não se mexe. Ela olha fixamente para todos eles, um após o outro, e deixa a máscara fazer seu serviço. Até Billy aportar.

O coração dela se enche de vida. Ele não parece fraco ou machucado.

Billy para abaixo do penhasco e olha para ela. Ele faz uma mesura profunda e lenta, e a multidão murmura. Arsinoe prende a respiração.

Ele se curva apenas para ela.

Acampamento Arron

Envenenadores não têm permissão para usar venenos em seus banquetes no Beltane. Essas são as regras, de acordo com o decreto do templo, de modo que qualquer participante dos festejos do Beltane possa usufruir das oferendas. Parece bastante injusto para Natalia, já que os elementais têm liberdade para soprar ventos através do vale e os naturalistas deixam seus imundos Familiares correrem à solta.

Na travessa de Natalia, uma ave grelhada sem a cabeça cintila para ela, completamente desprovida de toxinas. Ela não se rebaixará a comê-la. Ontem, o bicho estava cantando alegremente nos arbustos. Que desperdício.

Ela se levanta com uma expressão de nojo e em seguida entra na tenda. A aba se mexe atrás dela, e ela se vira para encontrar Pietyr.

— Eles deviam nos deixar fazer o nosso banquete do jeito que nós queremos — comenta ele, lendo a mente dela. — Não que exista alguém corajoso o bastante pra querer experimentar a nossa comida.

Ela olha para a noite, para as fogueiras e para as pessoas circulando. Ele está certo, evidentemente. Nem mesmo aqueles que beberam em excesso terão a ousadia de tocar em qualquer alimento preparado por envenenadores. Há muito temor. Pouca confiança.

— Os delegados podem se aventurar a se aproximar o suficiente para comer — observa Natalia. — E nós não queremos envenená-los. Convulsões em cima de um tapete dariam um espetáculo e tanto.

E eles não podem se dar ao luxo de perder um delegado. Há menos pretendentes a cada geração. No continente, o número de famílias que compartilham o segredo da ilha vem diminuindo drasticamente. Um dia, Fennbirn pode vir a ser nada além de um rumor, uma lenda para o deleite das crianças do continente.

Natalia suspira. Ela já viu alguns dos pretendentes postados diante do banquete de Katharine. O primeiro era o rapaz bem-apessoado de ombros largos e cabelos dourados. Ele parecia apreciar muito a aparência dela, embora eles ainda não tenham permissão para conversar.

— Espero que você lhe tenha ensinado a flertar — diz Natalia.

— Ela sabe como usar os olhos — responde Pietyr. — E seus movimentos. Não se preocupe.

Mas ele está preocupado. Ela pode ver isso no peso de seus ombros.

— É uma pena que o rapaz Chatworth tenha se provado leal a Arsinoe — comenta Pietyr.

— Será? Eu não tenho muita certeza disso. Asseguraram-me de que ele vai entrar nos eixos.

— Não me pareceu ser assim na praia. Agora mesmo ele deve estar lá zanzando no banquete de Arsinoe como se fosse um cachorro esperando receber alguns restos de comida.

Natalia fecha os olhos.

— Você está bem, tia? Parece cansada.

— Estou bem.

Mas ela está cansada. O Ano da Ascensão de Katharine é o segundo em seu tempo de vida. E provavelmente será o último. Tudo foi bem mais fácil com Camille, quando Natalia era uma menina e sua mãe ainda estava viva para atuar como a chefe da família.

Pietyr espia através da aba da tenda.

— Aqueles idiotas do interior ficam desafiando um ao outro a se aproximar do nosso banquete. Tamanha é a nossa influência. É difícil acreditar que tudo estará acabado amanhã. É difícil acreditar que as sacerdotisas venceram.

— Quem disse que elas venceram? — pergunta Natalia, e Pietyr olha para ela com surpresa. — Você diz que eu estou cansada, mas por que você acha que estou? Você me pediu para encontrar uma maneira de salvar a nossa Kat. Durante o dia inteiro eu fiquei preparando comida pra um *Gave Noir* sem nenhum veneno.

— Como, se as sacerdotisas estavam supervisionando tudo?

Natalia inclina a cabeça. Nenhum envenenador é melhor em truques com a mão do que ela.

— Natalia, eles vão provar a comida.

Natalia não responde. Ele age como se não soubesse que, desde que se conhece por gente, ela coloca veneno em tudo sem que ninguém repare.

Acampamento da Alta Sacerdotisa

— **Eu não acredito que aquela pirralha** tenha voltado — comenta Rho, parada com Luca do lado de fora da tenda da Alta Sacerdotisa, observando a última caixa do templo ser movida.

— É curioso. A Rainha Arsinoe aparecendo na nossa praia foi certamente uma coisa que eu não esperava. Mas não foi escolha dela.

— A parte dela na história ainda não acabou, ao que parece — observa Rho. — Ou talvez a Deusa seja tão obediente à tradição quanto a nossa Mirabella, e nenhuma rainha possa sair daqui a não ser despachada pela mão da irmã.

— O que foi que você ouviu, Rho? — pergunta Luca, seus olhos fixos nos engradados. — Sobre o fiasco de hoje? Quais são os boatos?

— Os únicos boatos que eu ouvi dizem respeito ao retorno de Arsinoe. Quando mencionam a tempestade de Mirabella, eles falam apenas de sua raiva. Ninguém desconfia do motivo pelo qual a tempestade foi de fato evocada.

Rho se afasta para repreender uma das sacerdotisas por não haver reparado que a caixa que ela está levando foi danificada. Ela a arranca da menina e lhe dá um tapa na nuca. A iniciada, com treze anos de idade, se tanto, sai correndo aos prantos.

— Você não precisava fazer isso — observa Luca. — Não havia nenhum risco de rachar.

— Foi para o próprio bem dela. Se a caixa tivesse rachado, talvez ela perdesse grande parte da mão.

Rho segura a caixa e a gira. As laterais se partem. Em seu interior encontram-se três dúzias das facas serreadas do templo.

Luca tira uma das facas da caixa. A lâmina longa e ligeiramente curva refulge de forma ominosa à luz das fogueiras do festival. Ela não sabe que idade ela tem, mas o cabo é bem trabalhado e confortável. Pode muito bem ter vindo de inúmeros templos antes de chegar em Innisfuil. Talvez seja oriunda de um lugar naturalista e tenha sido usada primariamente para cortar trigo. Mas, independente de seu local de origem, há poucas dúvidas de que a lâmina provou sangue.

Ela vira a faca de um lado para o outro. Na condição de Alta Sacerdotisa, faz anos desde a última vez que ela carregou uma.

— Você terá que liderá-las amanhã — aponta Luca. — No silêncio que se seguirá à última dança do fogo de Mirabella. Antes que eu fale. Suba até os Arron e alcance Katharine. Não demore muito. Eu quero que você esteja na dianteira quando capturarmos Arsinoe.

— Certo. Estarei lá. A garota Milone com o puma é a única que pode eventualmente causar algum problema. Matarei o puma primeiro, se ele tentar nos deter.

Luca passa o polegar na lâmina da faca e só percebe que cortou seu dedo quando o sangue escorre pela pele.

— Devem estar todas afiadas como esta aqui — ordena ela. — Para que seja rápido e elas não sintam nada.

Acampamento Milone

O banquete dos Milone é o mais popular do festival, e não apenas por causa da excelente carne grelhada proveniente do magnífico veado abatido por Jules. Quase que inadvertidamente, Arsinoe causou uma impressão no Desembarque. Pessoas se aglomeram ao redor da mesa e das tendas para olhar mais detidamente para ela e para sua máscara pintada. Ela não era em nada semelhante às outras rainhas, postada sobre aqueles penhascos. Agora, as pessoas imaginam se há mais nela além da mera aparência. Se há alguma coisa que lhes escapou.

— Lá está o último — diz Joseph em meio a uma bocada de cozido. Ele faz um gesto com a cabeça indicando os corpos em movimento, e Arsinoe vê seu pretendente, o rapaz de cabelos dourados, mirando-a do outro lado das mesas. Ela permite a si mesma um risinho e um olhar de relance na direção de Billy, que observa das proximidades com ares protetores.

— Isso completa o circuito — conclui Luke.

Arsinoe não esperava ver nenhum. Tanta atenção é algo estranho.

— Se eu soubesse que esses continentinos gostam tanto assim de indiferença eu não teria me preocupado demais — comenta ela, olhando novamente para Billy. — Eu gostaria muito que o Júnior não precisasse ficar afastado. Alguém vá lá pegá-lo, por favor. Deixe o templo fazer suas fofocas.

Jules ri.

— Olhe só quem está bêbada de triunfo. Não, Arsinoe. Você já desrespeitou mais regras do que o aceitável. — Ela toca em Joseph. — Joseph e eu vamos lá lhe fazer companhia.

— Antes que ele comece uma briga com um dos pretendentes por sua causa. — Joseph dá um risinho.

Antes de partirem, Jules cutuca o ombro de Arsinoe. Está ficando tarde da noite. Não vai demorar para o fogo baixar e ela se dirigir à floresta atrás do grande urso marrom.

Arsinoe olha bem nos olhos de Jules durante um longo tempo. Garota corajosa. A dádiva dela é muito forte, mas um grande urso marrom pode ser ainda mais poderoso.

— Eu gostaria muito de não precisar de você. Ou de poder ir com você.

— Eu vou tomar cuidado. Não se preocupe.

Billy está aborrecido quando Jules e Joseph se juntam a ele no banquete. Ele está de braços cruzados, observando o outro pretendente com franca hostilidade.

— A gente trouxe um pouco do cozido do Ellis pra você. — Joseph empurra uma tigela nas mãos dele. — Já que você não se aventurou perto o bastante pra se servir sozinho.

— Eu não sabia o quanto poderia me aproximar — explica Billy. — E depois, pela maneira como nós fomos descobertos, pensei que seria melhor manter certa distância.

— Mas você não achou que foi uma má ideia fazer a mesura apenas pra ela? Seu pai vai mandar cortar a sua cabeça.

— Acredite em mim, eu sei disso. Eu não sei onde eu estava com a cabeça. — Ele come um pouco do cozido.

— Sua atitude a ajudou — observa Jules. — Olhe só pra todas essas pessoas. O que você fez deu uma mãozinha pra isso aí acontecer. E o que você fez antes. Tentando tirá-la daqui.

Billy baixa a cabeça.

— Eu sinto muito por isso. Por não ter contado pra vocês. Eu tinha que fazer aquilo, sabendo o que aquelas sacerdotisas tinham planejado. E aqui está ela, de volta a este lugar, mesmo assim. Que se dane tudo.

— Vai dar tudo certo. Nós temos nosso próprio plano.

— E qual é? — pergunta Billy, e Jules sussurra no ouvido dele. O rosto do rapaz resplandece de imediato. — Joseph sempre disse que você era gloriosa. E esse vestido. Você está deslumbrante nesse vestido.

— Deslumbrante? Essa é uma palavra muito fina.

— Talvez, mas é a palavra certa.

Jules enrubesce e desliza para mais perto de Joseph com o intuito de se esconder sob o braço dele.

— Bom — Billy suspira —, vocês não precisam me fazer companhia. Pretendo ficar aqui a noite toda até que aquelas sacerdotisas me escoltem de volta ao bote.

— Tem certeza? — pergunta Joseph, mas Jules dá um puxão no braço dele. Eles se despedem com um aceno de mão e se põem a caminhar por entre a multidão.

— O que a gente está fazendo? — pergunta Joseph enquanto ela desliza a mão para a dele.

— Pensei que seria uma boa ideia se a gente fosse visto juntos. Porque, como eu não vou estar aqui amanhã, se alguém imaginar alguma coisa, vai pensar que eu estou apenas numa dessas tendas com você.

A noite está repleta de fogueiras e gargalhadas. Garotas delgadas com suas bochechas rosadas e cálidas tiram rapazes para dançar e, no vestido de Luke, Jules se sente tão bonita quanto qualquer uma delas.

— Eu nunca te vi desse jeito. — E a maneira como os olhos de Joseph se movem pelo corpo dela a enche de prazer. — Luke vai precisar fechar a livraria pra virar costureiro.

Jules ri. O peso que ela sentiu quando o Beltane começou já passou. Arsinoe retornou. E eles não vão ficar parados e deixar que ela seja morta. Eles vão agir, e a ideia a deixa tão completamente animada que Camden salta de pura felicidade, como se fosse um gatinho.

Com o canto do olho, ela vê uma garota deslizar os dedos pelo peito nu de um rapaz. Muitos casais esta noite vão desaparecer nas tendas ou no chão macio sob as árvores.

— Como foi que a gente chegou aqui? — pergunta Joseph.

Jules percorreu as fogueiras num círculo lento de modo que eles foram parar exatamente em frente à tenda dela.

Ela puxa Joseph para dentro.

— Eu tenho a sensação de que preciso pedir desculpas pelo tempo que desperdicei.

— Não. Não se desculpe.

Ela acende uma lamparina e fecha a aba da tenda, que não é muito grande. A cama nada mais é do que um fino rolo de cobertores. Mas terá que servir.

TRÊS COROAS NEGRAS

Ela se aproxima e desliza os dedos por baixo do colarinho da camisa de Joseph. A pulsação dele já está disparada quando ela levanta os lábios para lhe beijar o pescoço. Ele tem o cheiro dos condimentos usados para preparar o banquete. Seus braços a envolvem.

— Eu senti a sua falta.

— Antes da Caçada, você não me queria — começa ele, mas ela balança a cabeça. Antes, tudo a magoava. Agora, tudo está diferente.

Jules atrai a boca de Joseph para a sua e pressiona o corpo ferozmente de encontro ao dele. Ela está ousada essa noite. Talvez seja o vestido ou a energia das fogueiras.

Eles se beijam avidamente, e as mãos de Joseph agarram as costas de Jules.

— Eu sinto muitíssimo — diz ele.

Ela desabotoa sua camisa e passa as mãos dele ao redor das presilhas de seu vestido.

— Jules, espere.

— Nós esperamos demais.

Ela se afasta na direção de sua cama improvisada, e eles se colocam de joelhos.

— Eu preciso te dizer uma coisa.

Mas Jules o faz parar com seus lábios e sua língua. Ela não quer ouvir nada sobre Mirabella. Está encerrado. Acabado. Mirabella não importa.

Eles se deitam juntos, e as mãos de Jules pairam sob a camisa de Joseph. Ela tocaria todo o corpo dele essa noite. Cada centímetro de pele nua.

Joseph se apoia sobre ela cuidadosamente. Ele beija os ombros e o pescoço dela.

— Eu te amo. Eu te amo, eu te amo.

E então ele cerra os olhos, e seu rosto se contrai. Ele desliza para longe dela e rola o corpo para ficar de costas.

— Joseph? Qual é o problema?

— Eu sinto muito. — Ele cobre os olhos com a mão.

— Eu fiz alguma coisa errada? — pergunta Jules, e Joseph a aperta com força.

— Jules, deixe eu te abraçar, só isso. Eu só quero te abraçar.

Acampamento Arron

Depois que os banquetes acabam e as fogueiras começam a se apagar, Katharine e Pietyr se deitam na tenda dela, lado a lado. Pietyr de costas e Katharine de bruços, escutando os últimos momentos da festa. O ar cheira a fagulhas e fumaça, de diferentes madeiras queimando e variadas carnes cozinhando. Por baixo desses aromas quentes há agulhas de sempre-vivas e ar salgado vindo dos penhascos.

— Você acredita em Natalia? — pergunta Pietyr. — Quando ela diz que vai conseguir alterar o *Gave Noir*?

Katharine batuca os dedos no peito dele.

— Ela nunca me deu razão alguma pra duvidar dela.

Pietyr não responde. Ele estava quieto durante o banquete. Katharine sobe em cima dele para tentar animá-lo com beijos.

— Qual é o problema? Você está diferente. Normalmente você é tão carinhoso. — Ela levanta a mão dele e a solta em seus quadris. — Onde está seu costumeiro toque exigente?

— Eu tenho agido com essa brutalidade toda? — Pietyr sorri. Então, fecha os olhos. — Katharine. A doce e tola Katharine. Não sei o que estou fazendo.

Ele rola o corpo e fica de lado na cama. Em seguida, segura o queixo dela.

— Você se lembra do caminho até a Fenda de Mármore? — pergunta ele.

— Lembro. Acho que lembro, sim.

— É lá — ele aponta através da tenda na direção da floresta ao sul. — Através das árvores, atrás da tenda pentagonal com a corda branca. Devemos seguir diretamente de lá até alcançar as pedras e a fissura. Você precisa atravessar o riacho. Lembra?

— Lembro, Pietyr. Você me carregou sobre a água.

— Mas amanhã à noite eu não vou te carregar. Não vou poder fazer isso.

— Como assim?

— Ouça-me, Kat. Natalia acha que tudo está sob controle. Mas se ela não...

— O quê?

— Eu não estarei amanhã à noite na Aceleração. Se der errado, eu não suportaria ser obrigado a assistir tudo.

— Você não tem fé em mim — conclui ela, magoada.

— Não é isso. Katharine, você precisa me prometer uma coisa. Se qualquer coisa der errado amanhã à noite, eu quero que você fuja. Quero que você venha diretamente pro local onde eu estarei, na Fenda de Mármore. Está entendendo?

— Estou — responde ela suavemente. — Mas, Pietyr, por que...

— Qualquer coisa, Kat. Se qualquer coisa der errado, não escute ninguém. Simplesmente vá pra lá. Você me promete isso?

— Prometo, Pietyr. Eu prometo.

A Aceleração

Acampamento Westwood

Elizabeth ajusta a capa preta nas costas de Mirabella, e Bree a amarra na frente do peito dela. Ela fica pendurada cuidadosamente sobre o tecido molhado e embebido em ervas envolto em seus quadris e seios. Isso é tudo o que ela vestirá para a Cerimônia da Aceleração, exceto pelo fogo.

— Seu garoto não vai conseguir tirar os olhos de você.

— Bree. — Mirabella faz um gesto para que ela fique quieta. — Não há nenhum garoto.

Bree e Elizabeth trocam sorrisos conspiratórios. Elas não acreditam em Mirabella, já que a descobriram na extremidade da campina após a Caçada, enrubescida e sem fôlego. Mas Mirabella não consegue criar coragem para lhes contar sobre Joseph. Ele é um naturalista e leal à irmã dela. Isso pode ser demais até mesmo para Bree.

Do lado de fora, a luz está alaranjada, a caminho de se tornar rosada e azulada. A cerimônia começa na praia ao pôr do sol.

— Vocês já viram Luca? — pergunta Mirabella.

— Eu a vi se encaminhando para a praia no fim da tarde. Ela vai ter muito o que fazer. Eu não sei se vai conseguir voltar a tempo de te ver antes do início da cerimônia. — Elizabeth sorri com confiança. Sim, a Alta Sacerdotisa deve estar ocupada. Não se trata de estar furiosa com Mirabella por interferir na execução de Arsinoe.

— Você deveria estar brava com ela.

— Eu estou, Bree. — Mirabella está e não está. Luca tem sido carinhosa com ela ao longo de todos esses anos. A tensão entre as duas nos últimos meses não tem sido fácil.

— Qual é a dessas sacerdotisas, Elizabeth? — pergunta Bree, espiando por entre as abas da tenda. — Elas estão agindo de um jeito muito estranho. Andando em bando, cochichando.

— Não sei. Eu sou uma de vocês agora, e elas sabem disso. Elas não me dizem nada.

Mirabella estica o pescoço para olhar. Bree tem razão. As sacerdotisas não têm se comportado normalmente ao longo do dia. Elas estão inclusive mais duras e distantes que o habitual. E algumas delas parecem estar com medo.

— Há algo no ar — suspeita Bree — que não me cheira bem.

Acampamento Milone

Arsinoe abotoa um outro colete sobre outra camisa preta e endireita a fita na sua máscara. Atrás dela, Madrigal está inquieta em um leve vestido preto.

— Jules te contou? Que ela me viu com Matthew?

Arsinoe para. Ela se vira para Madrigal, surpresa e desapontada.

— Matthew? Você quer dizer o Matthew da Caragh?

— Não fale dele assim.

— Pra você e pra todos nós, é exatamente isso o que ele é. Eu imagino que Jules não tenha ficado nem um pouco feliz com isso.

Madrigal chuta uma almofada e joga para trás seus bonitos cabelos castanhos.

— Ninguém ficou feliz. Eu sabia que vocês não ficariam. Sabia exatamente o que vocês diriam.

Arsinoe lhe dá as costas novamente.

— Se você sabia o que nós diríamos, então nossas palavras não devem ter muita relevância. Você fez assim mesmo.

— Não brigue comigo hoje! Você precisa de mim.

— Foi por isso que você me contou a história agora? Porque, assim, eu não vou poder dizer o que você merece ouvir?

Mas ela realmente precisa de Madrigal. Numa pequena mesa circular estão as partes iniciais do feitiço: uma tigela de pedra contendo água que foi fervida e resfriada, aromatizada com ervas e pétalas de rosa. Madrigal fecha a cara ao acender uma vela e aquece o fio da faca na chama.

— Eu ainda não vi a Jules. — Arsinoe muda de assunto. — Se ela não conseguir chegar a tempo...

Madrigal pega a tigela e caminha na direção dela com a faca. Arsinoe arregaça a manga.

— Não pense assim. — Ela faz um corte profundo no braço de Arsinoe. — Ela vai voltar.

O sangue de Arsinoe escorre para o interior da tigela como mel de um favo. O vermelho brilha intensamente na água e agita as ervas e os pedaços de pétalas trituradas. Entre seu sangue e o do urso, será metade água e metade sangue. Ela não consegue se imaginar tendo que bebê-lo.

—A magia vai continuar funcionando mesmo se eu vomitar isto aqui no palco?

— Shhh. Agora ouça, você não vai poder entalhar a runa na sua mão dessa vez. Existem muitos ferimentos antigos de runa aí, e este aqui nós não podemos deixar que fique turvo. Você vai precisar colher o sangue. Depois pressione na cabeça do urso coberto com a poção. Guarde o suficiente pra molhar a palma da mão depois de beber o que restar.

— Tem certeza de que eu preciso beber tudo? Não dá pra eu dividir com o urso?

Madrigal pressiona um pano no corte e aperta com firmeza o braço de Arsinoe.

— Pare de fazer piada! Isto não é um encanto qualquer. E não vai fazer do urso o seu Familiar. Talvez não faça dele nem seu amigo. Se Jules não for forte o bastante pra segurar o bicho depois de guiá-lo pelo vale, pode ser que ele ainda te despedace na frente de todo mundo.

Arsinoe fecha a boca. Eles não deveriam ter pedido a Jules que fizesse isso. Joseph estava certo: é demais. Segurar o urso na tranquilidade da floresta já seria difícil. Segurá-lo com firmeza em frente a uma multidão ensandecida e com a presença de inúmeras tochas flamejantes parece uma tarefa quase impossível.

— Se ao menos nós pudéssemos tingir os cabelos de Jules de preto e deixá-la ser rainha... — sugere Arsinoe com sarcasmo.

— Sim. Se ao menos isso fosse possível.

Do lado de fora da tenda, Jake late.

— Arsinoe — chama Ellis. — Está na hora.

Madrigal segura a jovem rainha pelos ombros e lhe dá uma sacudida para aprumá-la.

— Quando Jules chegar, ela vai levar o sangue pra mim, e eu vou mandar a poção pro palco com ela. Está tudo bem. Ainda há tempo.

Arsinoe sai da tenda, e um nó se forma em sua garganta. De pé do lado de fora estão não apenas os Sandrin, Luke e os Milone, como também metade dos naturalistas do vale.

— O que eles estão fazendo aqui? — sussurra Arsinoe para Joseph.

— Isto aqui? — Joseph sorri. — Parece que alguém ouviu o boato da sua apresentação. A Rainha Arsinoe e seu grande urso marrom.

— E como foi que isso aconteceu?

— Assim que Luke ouviu a notícia, o vale inteiro soube em questão de horas.

Arsinoe olha para as pessoas. Algumas sorriem para ela à luz de tochas. Durante toda a sua vida, essas pessoas a consideraram um fracasso. No entanto, ao primeiro indício de esperança, elas aparecem para segui-la como se isso fosse o que sempre tivessem desejado.

Talvez seja.

Palco da Rainha Katharine

O templo decretou a ordem das apresentações da Aceleração. Katharine será a primeira. As sacerdotisas puseram a longa mesa de mogno com o banquete dos envenenadores. As tochas são acesas. Ela precisa apenas subir ao palco e dar início.

Katharine estica o pescoço para ter uma visão da multidão. O mar de rostos e corpos vestidos de preto se estende à frente de todos os três palcos e ao longo da costa. O palco de Katharine fica no meio. Bem em frente ao dela está um tablado elevado onde os pretendentes se sentam com a Alta Sacerdotisa.

— Tantas sacerdotisas — murmura Natalia do lado dela.

— É mesmo. — O estômago de Katharine se tensiona. Natalia é uma boa fonte de conforto, mas ela gostaria que Pietyr tivesse mudado de ideia em relação a não participar.

— Tudo bem, Kat. Vamos lá.

Elas sobem juntas. Katharine sorri com a intensa luminosidade que sabe possuir, lembrando-se de não dar a impressão de ser rígida e formal como sua irmã elemental. Mas, mesmo assim, os olhos da multidão sobre ela são sombrios. Quando Mirabella subir ao palco, não há dúvida de que todos sorrirão como tolos.

Genevieve e o primo Lucian estão na primeira fila. Ela faz um aceno de cabeça para eles e, por incrível que pareça, Genevieve não está de cara fechada.

Katharine e Natalia assumem seus lugares na cabeceira da mesa.

— Confie em mim — diz Natalia. — Diga as palavras em voz alta.

O vestido de Katharine farfalha de encontro às suas pernas. É um traje bastante elegante para ser arruinado por manchas do *Gave Noir*. Ela apenas espera que nenhuma das manchas seja causada por seu vômito.

Diante delas, sacerdotisas removem as tampas de cada um dos pratos envenenados e anunciam seus conteúdos. Cogumelos venenosos recheados com queijo de cabra e acônito. Bacalhau cozido em frutos de teixo. Pequenas tortas de beladona. Escorpiões *deathstalker* açucarados e amanteigados, ao lado de um prato de creme de oleandro coalhado. E vinho com cantarella. A parte principal do banquete é uma grande torta dourada em formato de cisne.

O ar se enche de aromas deliciosos. As primeiras três fileiras de envenenadores erguem seus narizes para aspirar o ar como se fossem gatos de rua diante da janela de uma cozinha.

— Está com fome, Rainha Katharine? — pergunta Natalia, e Katharine respira fundo.

— Estou faminta.

Natalia se posta em um dos lados enquanto Katharine come. Suas mordidas a princípio são tímidas e pequenas, como se ela não acreditasse. Mas, à medida que o banquete progride e os envenenadores batem palmas, ela fica mais confiante. Sumos rosados lhe escorrem pelo queixo.

Os rapazes continentinos no tablado molham os lábios. Que espanto eles não devem estar sentindo, observando essa garota que não consegue morrer. Nem importa o fato de que aquilo não é real.

Katharine empurra para o lado a travessa com os bombons de escorpião. Ela comeu três, sagaz o suficiente para deixar as caudas mergulhadas no açúcar amarelo. Tudo o que resta é a torta de cisne.

Natalia guia Katharine ao redor da mesa, e a rainha despedaça uma crosta para recolher a carne. Isso é tudo. Katharine engole o pedaço com a ajuda de uma taça cheia de vinho, esvaziando-a por completo.

Ela bate com força a mão na mesa. A multidão a encoraja. Mais alto, ao que parece, por pura surpresa.

Natalia ergue os olhos para o tablado e encontra o olhar frio e pétreo de Luca. Ela sorri.

Palco da Rainha Arsinoe

De seu lugar atrás do palco e à direita de Katharine, o *Gave Noir* parece tão grotesco quanto Arsinoe imaginara ser um banquete ritualístico de envenenamento. Ela não conhece muitos dos venenos listados nos pratos, mas até ela precisa admitir estar impressionada ao ver a pequenina e pálida Katharine engolir tudo aquilo. Ao final, Katharine já está salpicada até os cotovelos de cobertura de amora e molho de carne, e a multidão está urrando.

Arsinoe cerra os punhos e então se lembra da runa desenhada na palma de sua mão e rapidamente os relaxa. Ela não pode ser manchada ou turvada. E este não é o melhor dos dias para pedir às palmas de suas mãos que não suem.

— Arsinoe.

— Jules! Graças à Deusa!

Jules pressiona a tigela preta com a poção na mão de Arsinoe. Esta faz uma careta.

— Finja que é vinho.

Arsinoe mira a poção. Bebê-la parece impossível. Embora ela não tenha que ingerir mais do que quatro goles, são quatro goles de um líquido com sabor salgado, metálico e de temperatura tépida. Sangue de suas próprias veias e das veias de um urso.

— Eu acho que estou vendo um pedaço de pelo.

— Arsinoe! Beba logo isso!

Ela inclina a tigela até batê-la de encontro à madeira de sua máscara.

O gosto da poção é tão ruim quanto ela temia. É surpreendentemente espesso, e as ervas e rosas não ajudam, proporcionando apenas uma indesejável textura e uma desagradável mastigação. A garganta de Arsinoe tenta se fechar, mas ela consegue forçar o líquido a descer, lembrando-se de guardar o suficiente para molhar a palma da mão onde se encontra a runa.

— Estarei bem ao lado do palco — avisa Jules e desaparece.

As sacerdotisas anunciam Arsinoe, e ela sobe ao palco. Os olhares da multidão estão tão pesados quanto estavam no topo dos penhascos, mas ela não consegue pensar neles agora. Em algum lugar, não muito distante dali, um urso está à espera.

Ela anda até o centro do palco, as tábuas reunidas às pressas rangendo sob seus pés. O gosto de sangue cobre sua língua e dá voltas em sua barriga. Ela mantém a mão da runa cuidadosamente encostada ao peito. Vai funcionar. Vai parecer que ela está rezando. Como se ela estivesse chamando seu Familiar.

— Aqui, urso, urso, urso — murmura Arsinoe e fecha os olhos.

Por alguns instantes, tudo fica em silêncio. Então, ele ruge.

Pessoas gritam e abrem um largo corredor enquanto ele salta na direção do palco, vindo de seu esconderijo nos penhascos. O animal se posiciona ao lado dela sem hesitação. A visão de suas longas garras curvadas faz os cortes em seu rosto coçarem. Em algum lugar à sua direita, Arsinoe escuta Camden rosnar e sibilar.

Arsinoe pode estar com as horas contadas. Jules pode não ter tanto controle. Ela precisa encostar o sangue e a runa na testa do animal.

Ele se aproxima. A pelagem toca seus quadris, e ela congela. As mandíbulas são grandes o bastante para arrancar metade de suas costelas com uma única mordida.

— Venha — chama ela, surpresa por sua voz não sair engasgada. O urso vira o focinho para mirá-la. Seu lábio inferior pende para baixo, como ocorre com os lábios inferiores dos ursos. As gengivas têm pintinhas rosadas. Há um ponto preto na ponta da língua.

Arsinoe se aproxima e encosta a runa ensanguentada na pelagem situada entre os olhos do urso.

Ela prende a respiração. Olha fixamente para os olhos castanhos salpicados de dourado do urso.

O urso fareja o rosto dela e baba na máscara, e Arsinoe ri.

A multidão vibra. Até os naturalistas que duvidavam dela jogam os braços para o ar. Ela apalpa a pelagem marrom do urso e decide testar sua sorte ainda mais.

— Vamos, Jules — incentiva ela, e levanta os braços para formar um amplo V. — De pé!

O urso desliza para trás. Em seguida, levanta-se sobre as patas traseiras e dá um urro.

A praia se enche de vivas e gritos, de latidos e grasnidos de felizes Familiares. Então, o urso volta a ficar apoiado nas quatro patas, e Arsinoe joga os braços em volta do pescoço do bicho, abraçando-o com firmeza.

O TABLADO

A Alta Sacerdotisa observa a garota abraçar o urso e bate palmas junto com as outras pessoas. Ela não tem escolha. Em meio aos gritos entusiasmados e à celebração, seus olhos procuram Rho, que a encara com olhos cheios de sangue. Luca balança a cabeça. Está acabado. Elas perderam.

Rho sacode a cabeça. Ela cerra os dentes e segura o cabo de sua faca.

Palco da Rainha Mirabella

— **Ninguém esperava tamanha** exibição de Katharine e Arsinoe — comenta Sara Westwood enquanto ajusta o caimento da capa de Mirabella. — Mas pouco importa. Ainda é você quem eles vieram ver.

Mirabella estica o pescoço na direção de onde Katharine está sentada em seu palco, no meio de uma mesa envenenada, e mais à direita, onde está Arsinoe, acariciando calmamente um enorme urso marrom. Ela não está tão certa de que Sara esteja correta em sua avaliação. Mas pode fazer apenas o que está ao seu alcance.

Os tambores começam antes da rainha ser chamada ao palco pelas sacerdotisas. Todas as tochas são apagadas, de modo que o palco fica escuro, exceto pelo cálido fulgor avermelhado de um único braseiro.

Mirabella sobe os degraus em três passadas rápidas. Ela joga a capa, e a multidão fica em silêncio. A quietude é absoluta.

Os tambores batem mais aceleradamente, no ritmo da pulsação dela. Ela vai até o fogo, e a chama salta para suas mãos. Um murmúrio perpassa a multidão à medida que as chamas sobem por seus braços e se enrolam em sua barriga.

Trabalhar o fogo é algo lento e sensual. Mais controlado do que quando ela chama o vento e as tempestades. As chamas brilham intensamente. Elas não a queimam, mas seu sangue ainda lhe dá a sensação de que está fervendo.

Ela rodopia. A multidão arqueja, e fogo crepita nos ouvidos dela.

No meio do povo, esforçando-se para ter uma melhor visão dela, está Joseph. Vê-lo quase faz com que ela dê um passo em falso. Sua expressão é a mesma que ele tinha na noite em que se conheceram, iluminado pelas chamas em uma praia escurecida. Como ela anseia puxá-lo para junto de si naquele palco. Ela agasalharia a ambos no fogo. Ela queimaria a ambos juntos, e não separados.

Ela joga a cabeça para trás no exato momento em que ele pronuncia o nome dela.

— Mirabella.

Palco da Rainha Katharine

Natalia observa a garota rodopiando no fogo. A multidão é um mar de rostos perplexos e cativados. Mirabella os tem na palma da mão.

Há uma movimentação nas muitas fileiras de sacerdotisas que alinham o palco. Seus dedos deslizam para dentro das capas e repousam sobre os cabos de suas facas. Uma sacerdotisa com cabelos vermelhos como sangue encara Natalia com um olhar tão intenso que ela se vê obrigada a evitá-lo.

É difícil acreditar na força da apresentação de Mirabella. Até Natalia sente o impulso, o ímpeto de ir na direção dela e subir ao palco.

Ela pisca e se vira na direção de Luca e dos flamejantes olhos escuros da velha mulher. As artimanhas que Natalia e os naturalistas levaram a cabo não têm importância. O templo não hesitará. Elas tornarão real o Ano Sacrificial.

Palco da Rainha Arsinoe

Jules mal consegue segurar o urso e assistir a dança de Mirabella ao mesmo tempo. O barulho e o movimento da multidão deixam o animal nervoso e, ao lado de Arsinoe, ele começa a balançar a cabeça e a arranhar as tábuas.

Jules volta a se concentrar.

— Está tudo bem — sussurra ela, com gotinhas de suor na testa, e, na sua mente, o urso dá um puxão. E puxa com força.

A multidão avança na direção de Mirabella, e Jules cerra os dentes. Quando essa garota vai terminar a apresentação? A dança dá a sensação de que durará uma eternidade, embora o povo não pareça estar se importando com isso. Jules respira bem fundo e procura Joseph. Ele estará em algum lugar assistindo, orgulhoso pelo que ela fez com o urso.

Só que ele não está olhando para Jules. Ele está em frente ao palco de Mirabella. Abrindo caminho em meio à multidão para tentar chegar mais perto.

Jules mal consegue acreditar no que vê nos olhos dele. Se ela tivesse de gritar seu nome a plenos pulmões, ele não a escutaria. Ele não a escutaria se ela estivesse parada bem ao lado do ouvido dele. A lascívia no rosto de Joseph embrulha o estômago de Jules. Ele jamais olhou para ela da mesma maneira.

No meio de sua dança, Mirabella procura Joseph através das chamas. Todos podem ver isso. Todos devem saber que eles estão juntos. Que Jules é uma tola.

O coração de Jules se afia como um caco de vidro em seu peito, e algo se desfaz. Quando isso acontece, cessa também seu controle sobre o urso.

Arsinoe sabe que algo está errado quando o urso começa a sacudir a cabeça. Seus olhos passam de serenos para assustados e então se tornam enraivecidos.

Ela dá um passo para trás.

— Jules. — Mas quando tenta chamar a atenção de Jules, ela não consegue. Jules está olhando fixamente na direção do palco de Mirabella, como todas as outras pessoas.

O urso bate com a pata nas tábuas de madeira.

— Calma — pede Arsinoe, mas ela não pode fazer nada. A magia baixa que os liga não é a mesma que liga um naturalista a seu Familiar. O urso está com medo, e Jules perdeu o controle.

Não há tempo de avisar ninguém quando o animal rosna e salta do palco para ir em direção às pessoas, golpeando com as garras afiadas e jogando a cabeça para a frente e para trás. Não há como se espalhar. Estão todos muito grudados uns aos outros enquanto se esforçam para alcançar o palco de Mirabella. Nem mesmo as garras do urso atacando ensandecidamente a multidão conseguem abrir caminho, e o animal volta ao palco.

— Jules! — grita Arsinoe. Mas seu grito fica perdido em meio aos outros gritos à medida que a multidão começa a se dar conta do que está acontecendo.

O urso sobe no palco do meio, e Katharine berra. Ele dispara com seu corpanzil em direção à mesa do *Gave Noir*, despedaçando-a e jogando os destroços para a areia. Mas ele chega a Katharine. Ela é rápida e mergulha para o lado em busca de um lugar seguro.

Sacerdotisas sacam suas facas e avançam com rostos aterrorizados. O urso golpeia a mais próxima, e a capa branca é inútil para esconder todo o vermelho e todas as sinuosidades das entranhas que as garras do animal arrancam do corpo dela. Diante da visão de tanto sangue, a coragem das outras falha, e elas se viram para fugir junto com a multidão.

A Alta Sacerdotisa Luca se levanta e grita. Os pretendentes observam tudo horrorizados.

Nos fundos do palco, Mirabella parou de dançar, mas o fogo ainda queima em seu peito e em seus quadris. Não demora muito até que o urso concentre suas atenções nela. Ele ataca, despedaçando tochas e qualquer um que por acaso apareça em seu caminho. Mirabella não consegue se mexer. Ela não consegue nem mesmo gritar.

Joseph pula no palco, bem no caminho do urso. Ele cobre Mirabella com seu corpo.

— Não — lamenta Arsinoe. — Não!

Jules precisa saber que aquele é Joseph. Ela precisa ver. Mas pode ser que seja tarde demais para chamar o urso de volta.

Palco da Rainha Mirabella

Sacerdotisas gritam para proteger a rainha. Mas tudo o que Mirabella ouve são os rugidos do urso. Tudo o que ela sente são os braços de Joseph.

O urso não os atacou. Ele recuou, apoiando-se nas patas traseiras. Rosnou. Mas, no fim, passou a garra no rosto como se estivesse sentindo dor e em seguida saltou do palco para disparar praia afora.

Mirabella ergue a cabeça e olha para a multidão espalhada e em pânico. A maioria achou um caminho seguro através dos penhascos e de volta ao vale. Mas diversos corpos estão imóveis diante dos palcos. A jovem sacerdotisa que estava cuidando do palco de Katharine está aos pés da estrutura, seus braços curvados, capa e abdome abertos visíveis a todos. E muitas outras pessoas ficaram feridas.

— Você está bem? — sussurra Joseph no ouvido dela.

— Estou. — Ela se agarra a ele.

Ele beija os cabelos dela e o ombro. Sacerdotisas em capas brancas os cercam com as facas à mostra.

— Acalmem-se! — grita Luca, parada no tablado ao lado de dois trêmulos pretendentes. — O bicho foi embora!

Mirabella espia os palcos arruinados por sobre o braço de Joseph. Arsinoe está sozinha, os braços adejando ao lado do corpo. Talvez não tenha percebido a extensão da carnificina que ela própria causaria.

— Ela mandou aquele urso pra mim — diz Mirabella. — Depois de tudo o que eu fiz pra salvá-la. Ela deixaria aquela fera me estraçalhar se não fosse por você.

— Pouco importa. Você está a salvo. Você está bem. — Joseph segura o rosto dela. Ele a beija.

— Onde está a Rainha Katharine? — grita Natalia Arron. — Luca! Onde ela está?

— Não entre em pânico — pede a Alta Sacerdotisa. — Nós vamos encontrá-la. Ela não está entre as vítimas.

Natalia olha tresloucadamente ao redor, talvez para formar seu próprio grupamento de busca. Mas todos os seus envenenadores fugiram. Gemidos irrompem do pé do palco, e ela faz uma careta.

O urso destruiu o *Gave Noir*, e o que restou foi espalhado em meio à multidão. A comida envenenada está agora em estado lastimável na areia. Diversos cães Familiares lambem avidamente o conteúdo.

— Eles comeram um pouco — choraminga uma mulher. — Faça-os parar! Chame-os de volta!

Natalia se dirige rapidamente para a frente do palco.

— Isolem a comida — ordena ela, sua compostura reconquistada e a voz equilibrada e profunda. — Os cães devem ser trazidos à minha tenda para receber tratamento. Rapidamente. Reúna-os e mantenham o restante longe da comida.

Do outro lado dos palcos, Arsinoe se retira acompanhada dos Milone. A máscara que ela está usando torna qualquer expressão indecifrável.

— Como ela pôde fazer uma coisa dessas? — pergunta Mirabella, o coração partido. Mas, mesmo aos seus ouvidos, parece uma pergunta tola para uma rainha fazer.

Joseph a acalma enquanto beija seus cabelos.

— Afaste-se dela agora, naturalista. — Rho se aproxima e arrasta Joseph sem esforço. Ele não luta muito quando vê a faca serreada na mão dela.

— Deixe-o em paz, Rho. Ele me salvou.

— Da tentativa de assassinato empreendida pela própria rainha dele — completa Rho. Ela faz um gesto com a cabeça, e três outras sacerdotisas aparecem para tirar Joseph de lá. Rho segura Mirabella pelo braço. Os dedos dela se enterram bem fundo em sua carne até que Mirabella dá um ganido.

— De volta à sua tenda agora, minha rainha. A Aceleração está encerrada. O Ano da Ascensão começou.

A Fenda de Mármore

Galhos roçam o rosto de Katharine enquanto ela corre através das árvores na floresta ao sul. Seu coração bate aceleradamente e seu joelho lateja desde o momento em que caiu batendo de encontro ao palco. Ela cai novamente quando sua saia se enrosca num arbusto. Sem tocha, tem apenas a luz da lua para guiá-la, e não há muita claridade nas profundezas da floresta.

— Pietyr! — chama ela, fraca e sem fôlego.

Ela fez o que ele lhe instruiu e correu diretamente da Aceleração para a tenda de cinco lados e em seguida para a floresta.

— Pietyr!

— Katharine!

Ele sai de trás de uma árvore segurando no ar uma pequena lamparina. Ela cambaleia até ele, que a segura junto ao peito.

— Eu não sei o que aconteceu. Foi horrível.

O urso a teria matado. Teria destroçado seu corpo da mesma maneira que fizera com aquela pobre sacerdotisa. Ela levará ainda muito tempo para esquecer o olhar ensandecido da criatura e o arco selvagem e afiado de suas garras.

— Eu tinha esperança que isso não acontecesse — diz Pietyr. — Eu esperava que Natalia tivesse razão. Que ela pudesse ter a situação sob controle. Eu sinto muitíssimo, Kat.

Ela repousa a cabeça no ombro dele. Ele foi gentil em se encontrar com ela aqui, distante de todos, para alguns momentos de conforto. Os braços dele amenizam o calafrio de Katharine, e o estranho cheiro das entranhas da terra presente na Fenda de Mármore a acalma quando ela o respira.

Pietyr a embala. Ele anda lentamente com ela até que os passos pareçam quase uma dança, e os pés de ambos deslizam ao longo da macia superfície rochosa nas margens do abismo.

— Talvez eu devesse ter ficado com Natalia. Ela pode ter se machucado.

— Natalia pode cuidar de si mesma. Não é ela quem está em perigo. Você agiu da maneira correta.

— Elas logo virão atrás de mim. Vão começar a me procurar. Nós não temos muito tempo.

Pietyr beija o alto da cabeça dela.

— Eu sei. — Seu tom é de lamento. — O templo sedento de sangue.

— O quê?

— Eu não tinha permissão pra te amar, Kat. — Ele segura o rosto dela.

— Mas você me ama?

— Sim. — Ele a beija. — Eu te amo.

— Eu também te amo, Pietyr.

Pietyr dá um passo para trás. Ele a segura delicadamente pelos ombros.

— Pietyr?

— Eu sinto muito. — Então ele a empurra. Bem para baixo, bem para o fundo. Para o fosso sem fim da Fenda de Mármore.

O Ano da Ascensão tem início

Acampamento Arron

Um dia e meio após o desastre da Aceleração, o Vale de Innisfuil está quase vazio. Os naturalistas e os elementais se foram. Bem como os desprovidos de dádivas e aqueles poucos com a dádiva da guerra. Até a maior parte dos envenenadores retornou para suas casas, exceto os Arron e as famílias mais leais a eles.

Muitas sacerdotisas ainda permanecem, incluindo a Alta Sacerdotisa Luca, organizando grupos de busca e vasculhando os penhascos à procura de Katharine. Mas elas varreram o vale. A costa e a floresta de todos os lados. O pobre Pietyr empreende buscas sem cessar desde que Katharine desapareceu.

Mas eles não encontraram nenhum corpo e nenhuma resposta.

Natalia está sozinha, sentada em sua tenda. Ela não procura desde ontem, e quanto mais duram as buscas, menos ela quer encontrá-la. Hoje, o corpo ainda seria Katharine. Mas em breve ele estaria inchado e, em seguida, decomposto. Natalia não sabe se consegue suportar encontrar os pequenos ossos de Katharine unidos pelos tendões e por um apodrecido vestido preto.

Ela põe as mãos na cabeça, cansada demais para se levantar. Certamente muito cansada para desarmar tendas e retornar para Indrid Down. Para encarar o Conselho e fingir que ainda resta alguma coisa a ser feita.

A aba da tenda se abre e a Alta Sacerdotisa Luca entra em sua capa branca de colarinho preto. Natalia endireita a postura, mas o assunto não pode ser alguma notícia de Katharine. Se fosse, Luca teria enviado alguém para buscá-la, em vez de vir ela própria sem uma escolta.

— Alta Sacerdotisa, entre, por favor.

Luca se vira parcialmente, certificando-se de que a aba da tenda está fechada. Em seguida, levanta o nariz e fareja.

— Esta tenda, Natalia, está com cheiro de cachorro morto.

Natalia franze os lábios. Os cães Familiares trazidos para ela após a Aceleração morreram em meio a uma grande desordem. Não houve tempo para elaborar um veneno adequado. Ela usou o que tinha à mão, e eles entraram em convulsão, vomitando nos tapetes e nas almofadas.

Luca tira o capuz de sua capa e abre o colarinho, exibindo um pescoço enrugado e cabelos grisalhos brilhantes e elegantes.

— Eu devo partir logo. Para Rolanth e Mirabella.

— Deve — concorda Natalia com amargura.

— Um pequeno contingente de sacerdotisas permanecerá aqui. Elas vão continuar as buscas até que a pequena rainha seja encontrada.

Por um momento, as duas mulheres trocam olhares. Então, Natalia faz um gesto indicando a cadeira oposta a ela na pequena mesa.

Luca estala os dedos e manda servirem um bule de chá. Quando ambas estão instaladas e novamente sozinhas, ela suspira e se recosta, exausta.

— Um dos delegados fugiu — informa Luca. — O escuro, com a flor vermelha na lapela. Sua família é supersticiosa. Eles disseram que essa geração é amaldiçoada.

— Esse Beltane não foi incrivelmente bem-sucedido — comenta Natalia, e Luca ri pela primeira vez.

— Se ao menos nós tivéssemos cortado a cabeça e os braços daquela pirralha quando tivemos a oportunidade.

— Se ao menos a sua Mirabella nos tivesse deixado fazer isso.

Luca adiciona leite e dois torrões de açúcar a seu chá e coloca um biscoito fino em seu prato.

— Não há veneno nele — avisa Luca, olhando de esguelha para o chá. — Talvez você possa espremer aquela sua cobra na xícara.

Natalia ri afetadamente e depois toma um gole da bebida.

— O que pode ser feito a respeito de Arsinoe? — pergunta Natalia.

— O que tem ela?

— Ela atacou as rainhas antes do fim da Aceleração. Antes que o Ano da Ascensão tivesse começado. Isso é crime, não é?

— Uma violação por dia. Foi uma demonstração de força, queiramos ou não. O povo vai reagir se nós a castigarmos publicamente.

— De que adianta o templo se não consegue fazer valer suas próprias leis? — resmunga Natalia.

— De fato. — Luca toma um gole do chá e olha para Natalia por sobre a borda da xícara. — Aquele adorável *Gave Noir* que você montou. Todo aquele veneno jogado na areia. Eu coloquei um pouco dele no jantar de uma das minhas sacerdotisas. E, ah! — O rosto de Luca se ilumina brevemente. — Ela continuou viva! Ela nem ficou enjoada. Ao contrário daqueles pobres cachorros que você despachou. O que foi que você deu a eles, Natalia? Arsênico?

Natalia batuca os dedos na mesa. A Alta Sacerdotisa ergue uma sobrancelha.

— Não comece a choramingar sobre a nossa fraqueza agora — alerta Luca. — Uma vez que somos apenas o que vocês fizeram de nós. Já que foram vocês que deram as costas ao povo.

— Se o povo dá as costas às suas pregações, a culpa não é nossa. Nós nunca tivemos a intenção de impor a vontade do Conselho ao templo.

— Não. Apenas calar a nossa voz.

Luca estuda Natalia silenciosamente. Elas são adversárias há muitos anos, mas passaram pouco tempo na companhia uma da outra, e nunca em situações nas quais não estavam em combate a respeito de alguma coisa.

— É estranho o fato de você ter dado as costas à Deusa. Já que é ela quem cria as rainhas. E cujo poder nesta ilha preserva o nosso modo de vida.

Natalia vira os olhos.

— Eu sei. Você acha que é você. Que é a força da sua dádiva que nos mantém em segurança. Mas quem você acha que concede essa dádiva? Ela é a fonte dessa coisa que você venera, embora você não a venere. Em seu orgulho, você se esquece de que ela lhe deu a dádiva e é ela quem pode tirá-la.

Rolanth

Da janela de uma carruagem balouçante, as ruas de Rolanth são estranhamente quietas. A cidade esperava que Mirabella retornasse em triunfo. Agora que isso não aconteceu, há um ar de perda. Lojas no distrito central retiraram grande parte das decorações do Beltane, embora umas poucas faixas e guirlandas modestas permaneçam. Ela não foi exatamente vencida, afinal de contas. Sua apresentação na Aceleração foi quase um sucesso.

Quase. Mas, graças à Arsinoe, ela nem chegou a finalizá-la.

Não demorará muito até que elas estejam de volta e em segurança à Westwood House. Todavia, nada será como antes. Agora que Katharine está desaparecida e presumivelmente morta, o templo assumirá uma posição defensiva até que seja determinado o que aconteceu. Rho manterá um pequeno exército perto de Mirabella noite e dia. Sacerdotisas armadas já estão cercando sua carruagem, bem como a que leva Sara e tio Miles à frente delas.

Mirabella duvida que Arsinoe empreenda outro ataque tão cedo. Mas o templo estará preparado para qualquer coisa.

— Eu fiquei paralisada quando aquele urso atacou — sussurra Mirabella, e Bree e Elizabeth erguem a cabeça das janelas onde estão apoiadas. — A princípio, pensei que fosse um erro. Mas o bicho veio bem na minha direção.

Suas amigas baixam o olhar, entristecidas. Elas não vão lhe dizer que Arsinoe não teve a intenção. E ela não quer que o façam. Ela teve dias para reviver aquele terror e para que a mágoa em seu coração se transformasse em raiva. Quem sabe Arsinoe também tenha assassinado Katharine. Talvez ela tenha mandado alguma outra criatura atrás dela quando Katharine fugiu para a floresta.

A doce e pequena Katharine. Que ela e Arsinoe costumavam jurar proteger.

— Elizabeth, você é uma naturalista. Será que você conseguiria ter feito o que Arsinoe fez com aquele urso? — pergunta Mirabella.

Elizabeth balança a cabeça.

— Jamais. Nem cinquenta Elizabeths. Ela é... mais forte do que qualquer naturalista que eu já vi até hoje.

— Ou de que você tenha ouvido falar — completa Bree, com os olhos arregalados. — Mira, o que a gente vai fazer? Se não fosse por aquele rapaz, Joseph, você estaria morta.

Mirabella contou para elas, depois de tudo, quem era Joseph e o que acontecera entre eles. Ela contou num rompante, em sua tenda, quando estava magoada de muitas maneiras. Traída por Arsinoe e brutalmente afastada de Joseph, talvez para sempre.

— O querido Joseph. O amor dele por você pode te salvar novamente — divaga Elizabeth. — Se ele é realmente muito amigo de Arsinoe, talvez possa fazer com que ela pare. Talvez ele nos ajude.

— Eu não vou pedir a ele que escolha um lado — argumenta Mirabella.

— Mas alguém vai escolher. Arsinoe. Ou Luca. Eu não acho que uma pessoa tão forte quanto Arsinoe vai hesitar em usar suas vantagens.

— Isso é bom. Eu não quero que ela hesite. Quero que ela me provoque e me provoque até eu odiá-la.

Ela olha pela janela para escapar do olhar de tristeza estampado no rosto de Bree e de Elizabeth. Elas sabiam que acabaria assim. Todos sabiam, exceto Mirabella. Mas ela já deixou de ser sentimental. Ao ver aquele urso e o rosto frio de Arsinoe por trás da máscara, ela conseguiu enxergar a verdade.

As irmãs que ela amava no Chalé Negro não existem mais. Arsinoe viu sua chance e a agarrou. Portanto, da próxima vez, Mirabella também agarrará a sua.

Greavesdrake Manor

Depois de uma semana de buscas, Pietyr viajou de volta a Greavesdrake com Natalia. Mas, assim que chegaram, ele resolveu não ficar. Sem Katharine, não havia nada para ele lá.

Natalia não tentou convencê-lo a mudar de ideia. O rapaz estava arrasado. Mesmo sua enfadonha casa de campo era preferível a Greavesdrake, assombrada pelo fantasma de Katharine.

Antes de ele ir embora, eles tomaram um último drinque no escritório dela.

— Você me deixou tão convencido a respeito do Ano Sacrificial e do templo — disse ele — que achei que elas fossem cortar a cabeça dela. Nem pensei em Arsinoe.

Agora ele está longe, acomodado em sua carruagem, e Natalia está novamente sozinha. Genevieve e Antonin foram diretamente para suas casas na cidade, temerosos de seu estado de espírito. Eles não ousariam retornar sem um convite.

Os serviçais também se recusam a olhar nos olhos dela. Seria simpático se algum deles fosse decente o bastante para fingir que tudo estava bem.

Natalia percorre o corredor principal e escuta o vento primaveril chacoalhar os galhos próximos à janela. A sensação é que a mansão está cheia de correntes de ar este ano. Ela vai precisar que trabalhadores da capital inspecionem as janelas e as portas. A casa pode em breve não ser mais dela, mas ela não deixará que a grandiosa e antiga residência seja vítima do desleixo.

No longo e vermelho corredor que liga a escadaria a seu quarto, ela nota poeira nos castiçais e uma pequena pilha de roupas dobradas e colocadas junto à porta do banheiro. Ela se agacha para pegá-las e se detém.

Ela não está sozinha. Há uma garota parada no saguão.

Seu vestido está arruinado, os cabelos desgrenhados e cheios de sujeira. Ela não se move. Ela poderia estar lá há muito tempo.

— Kat?

A figura não reage à pergunta. À medida que Natalia se aproxima, ela começa a temer que aquilo seja fruto de sua imaginação. Que sua mente tenha sido prejudicada e que, a qualquer momento, a garota sumirá ou se dissolverá numa pilha de piolhos.

Natalia se aproxima ainda mais, e Katharine olha bem nos olhos dela.

— Katharine. — Natalia aperta a garota contra seu peito.

É Katharine, suja e fria, porém viva. Cortes marcam cada centímetro de sua pele. Suas mãos laceradas pendem molengas ao lado do corpo, com as extremidades em tom vermelho-escuro e a maior parte das unhas arrancadas.

— Eu não caí — geme Katharine. Sua voz está áspera, como se sua garganta estivesse cheia de cascalho.

— Você precisa se aquecer. Edmund! Traga cobertores e prepare um banho!

— Eu não quero nada disso.

— Como assim, querida? O que você quer?

— Quero vingança — sussurra ela, e seus dedos traçam listras sangrentas pelos braços de Natalia.

— E depois eu quero a minha coroa.

Wolf Spring

Embora os moradores da cidade tenham desejo de vê-la, Arsinoe passa seu tempo na casa dos Milone ou no pomar. Ela não está exatamente se escondendo. Mas é mais fácil ali, onde ninguém olha para ela com um respeito recém-adquirido e onde ela não precisa informar a localização do urso.

Contar para as pessoas que o urso não era seu Familiar será difícil. Eles podem ficar impressionados com a artimanha dela, mas ficarão desapontados pelo fato de que ela não passeará pela cidade montada no animal.

— Você está recebendo visitas? — pergunta Billy, chegando do pomar.

— Júnior!

Ele sorri. Está recuperado do tempo na neblina, no mar, e parece estar muito bem, vestindo uma leve jaqueta marrom. Com as folhas jovens presas em seu ombro, ele dificilmente seria identificado como um continentino.

— Nunca vi você parecer tão contente ao me ver.

— Eu não tinha certeza de que você ainda estivesse aqui. Pensei que o seu pai pudesse ter mandado um barco te buscar.

— Não, não. Em breve, vou ter de começar a fazer formalmente a corte, como os outros pretendentes. O meu pai é um sujeito teimoso. Ele não desiste. Você vai entender esse jeito dele.

Ele estende a mão. Nela está uma caixa embrulhada em papel azul e amarrada com uma fita verde e preta.

— Ele mandou isto aqui, viu? Como uma oferta de paz. — Ele dá de ombros. — Não é muita coisa. Bombons da nossa loja favorita na cidade. Chocolates. Amêndoas ao licor. Algumas puxa-puxas. Mas eu imaginei que você fosse gostar. Já que você é sobretudo estômago.

— Um presente? De verdade? — Arsinoe pega a caixa. — Eu imagino que o urso tenha feito as pessoas mudarem de ideia a meu respeito.

— Ele mudou a cabeça de todo mundo a seu respeito. — Ele suspira e em seguida faz um aceno de cabeça para a casa. — Como estão as coisas por aqui?

Arsinoe franze o cenho. Desde a Aceleração, Jules está arrasada. Ela não trocou uma palavra sequer com ninguém.

Joseph aparece atrás de Billy com as mãos nos bolsos. Sua aparência é soturna e determinada.

— O que você está fazendo aqui? — pergunta Arsinoe.

— Estou aqui pra ver a Jules. Eu preciso conversar com ela sobre o que aconteceu.

— Você precisa é rastejar pra ela, isso sim. Pra nós duas, melhor dizendo.

— Pra vocês duas? — pergunta ele, confuso.

— Ela deve ser mesmo impressionante. Aquela minha irmã elemental. Pra fazer você esquecer todas as promessas que fez até hoje. A Jules. E a mim.

— Arsinoe.

— Você quer que eu morra agora no lugar dela? Isso te deixaria feliz?

Ela o empurra para o lado, tomando o caminho da casa. Há muitas outras coisas que ela gostaria de dizer a Joseph, mas o correto é Jules ser a primeira a conversar com ele.

— Deixe eu guardar isto aqui primeiro. — Ela sacode a caixa de bombons. — Depois eu procuro Jules pra você.

Não demora muito até ela encontrar Jules andando em um dos campos do sul com Ellis, discutindo a planta do manancial. Quando Jules a vê, seu rosto desaba, como se ela soubesse.

— Você vai precisar conversar com ele em algum momento — diz Arsinoe.

— Vou?

Ellis coloca a mão delicadamente no ombro de sua neta e volta para a casa pela trilha com Jake nos braços. O pequeno spaniel branco mal conseguiu dar um passo desde o Beltane. Ellis está muito grato por ele não ter sido atingido pelo veneno, como aqueles desafortunados Familiares que ingeriram os alimentos que haviam caído do *Gave Noir*.

Jules deixa Arsinoe caminhar com ela até a frente da casa, onde Joseph e Billy estão esperando.

Arsinoe pega Billy pelo cotovelo e o conduz para longe dali, de modo que Jules e Joseph possam ter um pouco de privacidade.

— Tudo bem — diz Jules. — Vamos conversar.

* * *

Jules deixa Joseph entrar no quarto que compartilha com Arsinoe e fecha a porta suavemente na cara de Camden. Ela não sabe o que será dito ou o quanto ela poderá ficar irritada. Mas se Camden fizesse algum mal a Joseph, ela se arrependeria mais tarde.

Do lado de fora, Joseph parecera tenso, embora controlado, como se tivesse ensaiado muitas vezes seja lá que espécie de bronca ele pretendesse dar nela. Dentro do quarto, ele encolhe. Ele olha para a cama dela, onde eles passaram tantos momentos juntos.

— Como você pôde fazer uma coisa dessas? — pergunta ele suavemente. — Como você pôde mandar aquele urso?

— Eu detive o bicho, não detive? — rebate Jules. — E foi isso que você veio falar comigo? Você veio aqui pra me acusar? Não foi pra dizer que sente muito por ter se apaixonado por uma outra pessoa?

— Jules. Pessoas morreram.

Ela lhe dá as costas. Ela sabe disso. Será que ele pensa que ela é alguma imbecil? Tudo aconteceu rápido demais. Num instante, tinha o urso sob controle. No outro... Foi a coisa mais difícil que ela fez na vida, controlá-lo novamente. Mas ela não poderia deixar que o urso machucasse Joseph.

Ela encosta na escrivaninha e toca numa caixa embrulhada em papel azul.

— O que é isto?

— O Billy trouxe pra Arsinoe. É uma caixa de bombons.

Jules abre a tampa. Ela não é muito chegada a doce. Certamente não como Arsinoe.

— Ele escolheu bem.

— Jules. Responda a minha pergunta. Por que você fez aquilo?

— Eu não fiz! — grita ela. — Eu não tive intenção de soltar o bicho. Ele estava sob o meu controle. Até eu começar a assistir a dança. Até eu te ver e ver o jeito como você olhava pra ela. De um jeito que você nunca olhou pra mim.

Os ombros de Joseph despencam.

— Isso não é verdade. Eu sempre olhei pra você. Eu olho pra você, Jules. Sempre olhei.

— Não daquele jeito.

Em sua mente, ela vê o urso atacando. Ela não sabe se teria conseguido impedi-lo de matar Mirabella. Ela lembra apenas da raiva, da mágoa e de como seu mundo ficara tingido de vermelho.

Jules remexe na caixa de bombons e coloca um na boca. Não tem gosto de nada, mas pelo menos ele não pode mais fazer nenhuma pergunta enquanto ela mastiga.

— Na noite do Desembarque — sussurra ela. — Na minha tenda. Quando você se recusou a tocar em mim. Foi por causa dela, não foi?

— Foi.

Ele diz isso de maneira tão simples. Uma palavra. Como se não requeresse mais nenhuma explicação. Nenhuma justificativa. Como se não fizesse a cabeça de Jules começar a girar.

— Então você não me ama mais? Já me amou, por caso? — Ela se afasta abruptamente da escrivaninha e tropeça, seu estômago fraco e dolorido. — Que tremenda idiota eu fui, hein?

— Não.

Jules pisca. Sua visão fica preta e brilhante, e depois preta novamente. Suas pernas ficam dormentes abaixo do joelho.

— Jules... eu...

— Joseph — diz ela, e sua voz faz com que ele levante os olhos. Ele se aproxima e a puxa de encontro a seu peito enquanto ela cai. — Joseph. Veneno.

Os olhos dele ficam arregalados. Eles lampejam na direção da caixa de bombons enquanto Jules começa a perder os sentidos, e ele grita por Cait e Ellis.

— Foi culpa minha — diz Joseph.

— Cale essa boca — rebate Arsinoe. — Como é que isso pode ser culpa sua?

Eles estão sentados ao lado da cama de Jules, como têm feito desde que os curadores saíram. Eles não podiam fazer nada, disseram, apenas observar e esperar o veneno paralisar os pulmões ou o coração dela. Cait os expulsou depois disso. Ela os expulsou e chorou por horas, curvada sobre a mesa da cozinha.

— Droga, onde está Madrigal? — Joseph segura a pelagem de Camden, que está deitada sobre as pernas de Jules.

— Ela não consegue lidar com isso. — Mas Arsinoe sabe onde Madrigal está. Ela foi até a árvore curvada para rezar e fazer barganhas com magia de sangue. Foi implorar por sua filha.

Ellis bate suavemente na porta e estica a cabeça.

— Arsinoe. O continentino está lá fora perguntando por você.

Arsinoe se levanta e enxuga os olhos.

— Não saia de perto dela, Joseph.

— Pode deixar. Nunca mais vou fazer isso. Nunca mais.

No jardim, Billy está esperando de costas para a casa. Ele se vira quando a ouve e, por um momento, ela pensa que ele vai tentar abraçá-la, mas ele não o faz.

— Eu não sabia, Arsinoe. Você precisa acreditar em mim. Eu não sabia.

— Eu sei disso.

O rosto dele se inunda de alívio.

— Eu sinto muitíssimo. Ela vai ficar bem?

— Eu não sei. Eles acham que não.

Billy desliza os braços em volta de Arsinoe, de maneira lenta e hesitante, como se ela pudesse mordê-lo. Ela provavelmente morderia, se a sensação de ficar encostada nele não fosse tão sólida e boa.

— Eles vão pagar por isso — afirma ela junto ao ombro dele. — Eles vão sangrar e gritar e terão o que merecem.

Dois dias depois de ter sido envenenada, Jules abre os olhos. Arsinoe está tão exausta que não tem certeza se está tendo uma alucinação até que Camden sobe no peito de Jules e lambe seu rosto.

Madrigal chora de alegria. Ellis se ajoelha ao lado da cama e reza. Cait manda seu corvo, Eva, chamar novamente os curadores.

Joseph consegue apenas choramingar e apertar a mão de Jules em seu rosto.

Arsinoe leva outro vaso de flores de Joseph para o quarto delas e o deposita na janela. Quase não há lugar. Tantos arranjos abarrotam o espaço que está começando a parecer uma estufa. Enquanto ela arranja as florações, alguns botões se abrem com pequenos estalos animados. Ela se vira para Jules, encostada nos travesseiros.

— Sentindo-se melhor, hein?

— Só queria ver se ainda conseguia.

— É claro que você consegue. Você sempre vai conseguir.

Ela anda até a cama e se senta, coçando os quadris de Camden. Jules parece estar bem melhor hoje. Finalmente forte o suficiente, talvez, para ouvir o que Arsinoe está há tempos morrendo de vontade de contar.

— O quê? — pergunta Jules. — O que é? Você está parecendo a Camden depois que fez alguma besteira.

Arsinoe dá uma espiada no corredor. A casa está vazia. Cait e Ellis estão no pomar, e Madrigal está na cidade, com Matthew.

— Eu preciso te dizer uma coisa. Sobre os bombons.

— O quê? É sobre o Billy? Foi ele quem fez isso?

— Não. Eu não sei. Acho que não. — Ela engole em seco e olha para Jules com olhos vívidos.

— Eu também comi alguns bombons.

Jules olha fixamente para ela, confusa.

— Quando eu coloquei a caixa em cima da escrivaninha — diz Arsinoe. — Antes de te procurar no campo. Eu comi três deles. Dois de chocolate e uma bala puxa-puxa.

— Arsinoe.

— Quando foi que você me viu recusar um bombom?

— Eu não entendo.

— Nem eu. Não de início. Você estava tão mal, e Joseph disse que você só tinha comido um. E eu estava tão preocupada com você que por um tempo nem pensei nisso. Mas aí você acordou. E eu soube.

Arsinoe se curva para a frente apoiada nos cotovelos.

— Eu não fui uma rainha sem dádiva durante esse tempo todo, Jules. Incapaz de fazer brotar um broto de feijão ou de deixar um tomate vermelho ou de fazer algum pássaro idiota se sentar no meu ombro. — A voz dela fica mais alta e mais rápida até que ela se dá conta e se aquieta. — Todo esse tempo eu pensei que eu não fosse nada. Mas eu sou, Jules.

Arsinoe levanta os olhos e sorri.

— Eu sou uma envenenadora.

Agradecimentos

Olá. Este livro foi uma odisseia e tanto. Anos para ser feito. Um monte de gente para agradecer. Mas por onde começar?

Pela ideia, imagino eu. Sempre se pergunta aos escritores de onde nós tiramos as nossas ideias, e eu nunca tenho uma boa resposta. Portanto, é uma emoção danada o fato de que, desta vez, eu tenho uma. Muito obrigada à minha amiga Angela Hanson e ao amigo dela, Jamie Miller, que é apicultor, pela conversa que tivemos sobre enxames de abelhas e que começou tudo isso. A cerveja ale com toques de amora azul também estava uma delícia. Abelhas e cerveja, vocês sabem como se divertir.

Segundo passo, o empurrão para sair da ideia e começar a escrever. Tenho que agradecer a minha agente, Adriann Ranta, por isso (e por muitas e muitas outras coisas). Quando conversei com Adriann a respeito, os olhos dela se iluminaram. Depois ela educadamente me escutou falar sobre um outro livro que eu queria escrever antes. Ela até leu esse livro depois de eu tê-lo escrito. Mas eu sabia que ela queria este aqui. Então, obrigada, Adriann, por bancar o Três Coroas quando o livro ainda era um vago pedaço de nada, e por ter cuidado dele até o fim.

Meus agradecimentos à minha maravilhosa editora Alexandra Cooper. Você contribuiu muito mesmo para o mundo das rainhas. E eu amo a sua minuciosidade. Isso não é uma palavra. Ou é? Seja como for, você sabe o que eu quero dizer. Você também é fantástica para qualquer livro. Essas rainhas são sortudas.

Obrigada a toda a equipe de criação da HarperTeen: Aurora Parlagreco, designer extraordinária, e Erin Fitzsimmons, lendária diretora de arte! Olivia Russo, maga da publicidade, e Kim VandeWater e Lauren Kostenberger, usinas de marketing. Jon Howard, por mais excelência editorial. A fabulosa revisora, Jeannie Ng. Fico admirada com o tamanho da paixão que vocês todos dedicam aos seus projetos. E com o quanto vocês conseguem realizar!

Virginia Allyn, descobridora de eventos radicais. John Dismukes, curtindo de montão as coroas. Esses dois são artistas dos mais talentosos.

Obrigada a Allison Devereux e Kristen Wolf da Wolf Literary.

Obrigada a Amy Stewart, com quem eu nunca me encontrei, mas cujo excelente livro *Wicked Plants: The Weed That Killed Lincoln's Mother & Other Botanical Atrocities,* me ajudou bastante a entender sobre venenos. É claro que tomei muitas liberdades, então não a culpe por qualquer exagero que eu tenha escrito.

Obrigada à romancista April Genevieve Tucholke por ter lido um primeiro esboço e por ter me dito que havia gostado.

Obrigada aos leitores, aos bibliotecários, aos bloggers, aos livreiros, aos booktubers, aos lambedores de livros (eu já vi alguns de vocês — não se envergonhem; podem lamber orgulhosamente).

Obrigada aos meus pais (prontos para mais um churrasco de lançamento?); a meu irmão Ryan; e à minha amiga, Susan Murray. Obrigada a Missy Goldsmith.

E obrigada a Dylan Zoerb, pela sorte.

Este livro, composto na fonte Fairfield,
foi impresso em papel pólen natural 70g/m² na gráfica Lis.
São Paulo, Brasil, agosto de 2022.